Michael Ebmeyer · Landungen

MICHAEL EBMEYER

LANDUNGEN

ROMAN

KEIN & ABER

Coverfoto: Ling Na Tan/Corbis/Specter
Covergestaltung: Nicholas Ditzler
Satz: Fotosatz Amann, Aichstetten
Druck und Bindung: CPI – Ebner & Spiegel, Ulm
ISBN 978-3-0369-5570-4

www.keinundaber.ch

1

Friederike Soltau erschrak über sich selbst. Nicht weil ihr in diesem Moment der Heimsuchung – und das, nachdem sie die letzten Tage in der ihr bekannten Welt, auf der ganzen Reise nach Bremen und noch in der Nacht vor der Einschiffung so beherrscht und gedankenleer wie eine Puppe gewesen war – das schrille Lachen ausbrach; sondern weil sie nichts dagegen unternahm und sich kaum schämte. Sie hätte sich bemühen können, es zu unterdrücken, es wäre ihr nicht gelungen, aber ein Versuch gewesen. Sie hätte sich zumindest rasch auf die Stiegen zurückziehen und warten müssen, bis es ihr wieder verging. Doch sie war an Deck geblieben, hielt sich am Türknauf fest und lachte dem armen Alfred ins Gesicht.

Obwohl, er kehrte ihr ja den Rücken zu, den Rand der Reling umklammernd, die Knie so weich, dass seine Hosenbeine über die nassen Planken schleiften, während sein Magen sich ein ums andere Mal nach außen kehrte.

Wer, der einen kerzengeraden Herrn Pastor plötzlich in solcher Lage sähe, wäre nicht versucht zu lachen? Die Möwen jedenfalls teilten Friederikes Ungehörigkeit und standen keckernd über der Heckwelle des Dampfers *La Plata*, im Morgengrauen des 23. März 1869. Man war den zweiten Tag auf See und vom offenen Atlantik noch weit entfernt, wo ein ganz anderer Wellengang zu erwarten war.

Friederike hätte ihrem Bruder nicht nachzulaufen brauchen, hätte in ihrer stickigen, düster getäfelten Kabine ohne Fenster bleiben können, als sie hörte, wie er keuchend die Stiegen hochhastete. Aber sie hatte schon so lange wachgelegen, gewiss seit Stunden, fertig angekleidet in der engen Koje. Die Schatten begannen zu drücken, und sie wollte wissen, ob draußen Tageslicht war, wollte wissen, warum Alfred keuchte, wusste, dass hier niemand sie ans Bett fesseln würde, und auch sie einzuschließen würde er an Bord kaum wagen.

Das Schlimmste schien überstanden. Er lockerte seinen Griff um das Geländer, seine Füße fanden Halt, er richtete sich auf und hob den Kopf, allerdings ohne sich nach ihr umzusehen.

»Alfred, ist dir jetzt besser?«, rief sie außer Atem, doch ein Windstoß schluckte ihre Stimme. Die Möwen stoben schimpfend auseinander, und dem Bruder riss es den neuen grauen Hut, den er auf seiner Flucht nach oben mitgenommen hatte, aus der Hand. Nun hätte Friederike sich nützlich machen, dem schlingernden Chapeau claque hinterherspringen können, aber der schmutzige kleine Junge war schneller. Er schoss aus der Dämmerung hervor, gerade war das Kajütendeck noch menschenleer gewesen, hatte sich den Hut schon geschnappt, hangelte sich wie ein lebensmüder Affe über die Reling und glitt an irgendwelcher Takelage hinab oder schlüpfte durch einen Luftschacht in die wimmelnden Tiefen des Zwischendecks. Friederike hätte ihre Frage gerne wiederholt, doch unmöglich, sie musste wieder lachen, hatte keine Wahl, es kam so mächtig über sie, dass es sie zu zerreißen drohte. Sie ließ den Türknauf los und hielt sich die Seiten. Wie aus weiter Ferne hörte sie Alfred husten, meinte, dass er die Worte »der Bengel, der elende kleine Dieb« hervorstieß. Dann vernahm sie seine Stimme dicht bei ihrem Ohr: »Wir gehen jetzt runter.«

Er klang sehr angeschlagen, das half ihr, sich aus dem Bann zu befreien. Sie rang nach Luft. »Alfred, ist dir wieder besser?«

»Wir gehen jetzt runter, Friederike!«

Ehe er sie am Arm packen konnte, hatte sie genug Fassung gewonnen, um die Tür zu öffnen und ihn, indem sie einen Schritt zur Seite trat, vorzulassen.

Vor seiner Kabine zögerte er kurz, dann bedeutete er ihr mit einem Kopfnicken, ihm zu folgen. Sie trat ein und wartete, an die Tür gelehnt, den Blick abgewandt, bis er sein Gesicht über der Waschschüssel gereinigt, trockengerieben und den Rock wieder übergezogen hatte. Er ließ sich auf dem Stuhl nieder, der vor einem winzigen Sekretär stand.

»Dein Hut«, sagte sie rasch, um zu verhindern, dass er von etwas anderem anfing.

»Meinen Hut hätte ich wohl noch, wenn du nicht mit deinem blödsinnigen Gelächter –« Ein Schwanken des

Schiffskörpers ersparte Friederike den Rest des Satzes. Sie hörte den Bruder japsen und sah zugleich, wie ihm ein paar Wassertropfen aus dem braunen Bart über den Kragen rannen.

»Wirst du den Bengel beim Kapitän anzeigen?«

»Das sollte man wohl.«

»Es tut mir leid.«

»Mir ist nicht gut, Friederike, also lass es uns kurz machen. Viel ist ohnehin nicht zu sagen. Du weißt, was du aufs Spiel setzt und welche Mühe –«

»Ja, Alfred, es tut mir leid.«

»Unterbrich mich nicht. Ein ›tut mir leid‹ ist schnell gesagt. Ich möchte, dass du verstehst. Wir alle haben gehofft – gebetet – und geben die Hoffnung nicht auf, dass diese Reise dich kurieren wird. Ich dachte auch, du hättest … dir ist bekannt, welches Schicksal wir dir ersparen wollen und wie viel wir darangesetzt haben, es dir zu ersparen. Aber wenn du nun wieder anfängst, dich deinen dummen Launen hinzugeben, wirst du das Leben auf dem Kamp nicht lange durchstehen. Argentinien ist kein Narrenhaus.«

Sie hatte ihren Rücken noch fester gegen die Tür und ihre Lippen aufeinander gepresst. Es half nicht, die Worte quollen trotzdem hervor: »Aber einem Narrenhaus muss es doch ähnlich sein, sonst würdet ihr mich nicht dorthin schicken.«

Und da sie schon ihren Mund nicht hatte halten können, riss sie auch die Tür auf und rauschte hinaus, auf den Gang und in ihre eigene Kabine, genau gegenüber. Sie hörte Alfred husten, doch er rief ihr nichts nach. Ihr blieb keine andere Wahl, als sich wieder in die Koje zu legen, Tischchen und Stuhl gab es bei ihr nicht, hätten gar nicht hineingepasst. Sie war hungrig, keine Spur von seekrank. Sie begann das Frühstücksklappern aus dem nahen Speisesaal herbeizusehnen oder wenigstens das Mädchen, das den mit einem Klammerdeckel ausgestatteten und in einem Messinggestell die Waagerechte haltenden Nachttopf abholen käme.

Eine Unruhe in der Funzel an der getäfelten Wand. Nicht das noch! Das Licht, das die ganze Nacht gebrannt hatte, flackerte, rußte, verlosch. Friederike lag im Finstern und konnte sich nicht rühren. Der große Schatten hinterm Fußende setzte sich sogleich in Bewegung. Sie spürte, wie er sich an der Rückwand ausbreitete und weiter wuchs, um sich über das Bett zu senken.

»Bleib doch, wo du bist.«

Der Schatten ließ sich nicht beirren.

»Wer hat dich überhaupt an Bord gelassen? Und wie bist du hier hereingelangt?«

Sie erhielt keine Antwort, natürlich nicht, warum sollte auch ein Schatten seine Gewohnheiten auf einer Schiffsreise ändern? Und zu schreien, das wusste sie, wäre ebenso sinnlos wie ihr Flüstern. Alfred würde sich nur aufregen. Nein, sie musste liegen bleiben und warten, wieder warten. Aber ehe der Schatten zu sehr drückte, drehte sie sich auf die Seite, mit dem Gesicht zur Wand, und sagte: »Hätte ich gewusst, dass du auswandern willst, dann müsste ich es ja nicht tun.«

Beim Dinner am Kapitänstisch, an dem er dank einer Arznei, die Bordarzt Dr. Andresen in aller Bescheidenheit als »Dr.-Andresen-Salz« verkaufte, ohne Einschränkungen glaubte teilnehmen zu können, behandelte Alfred sie kühl, aber nicht schroff; als wäre am Morgen nichts Schlimmes geschehen. Fast bewunderte sie ihn dafür, wie er seinen Groll bezwang, ihm musste viel an einer ruhigen Überfahrt gelegen sein. Und sie dankte es ihm, indem sie ihre Äußerungen während des Mahls auf ein leises Lächeln beschränkte.

»Sie sind nun also das zweite Jahr im Estanciageschäft?« fragte Kapitän Bartges, dessen Gesicht im Kerzenschein dunkelrot aussah.

»Genau genommen beginnt gerade das dritte«, berichtigte Alfred. »Es ist ein hartes Leben, gegen das ich die Aussicht auf eine ruhige Pfarrstelle eingetauscht habe.«

Der Kapitän nippte am Weinglas. »Ja, Herr Soltau, die Welt mag uns heute offen stehen, doch einfach macht sie es uns nicht. Und was immer wir erwerben: Besitzen werden wir es erst, wenn wir es auch begreifen.«

»Wohl wahr.«

Man saß zu siebt am Tisch, die Herren im Frack, und außer Friederike war nur eine Dame zugegen, des Bordarztes schüchterne Gattin, deren Kopf zur Hälfte in einem bauschigen Tüllkragen versank, sodass ihr das Essen schwer fiel und sie ihre Gabel die meiste Zeit ruhen ließ. Kapitän Bartges hatte mit Alfred weitere Tatsachen und Klugheiten zum Estancialeben ausgetauscht und wurde nun persönlicher: »Darf ich fragen, wie es Ihrem Bruder Karl drüben mittlerweile ergeht?«

»Kein leichtes Leben auf dem Kamp. Aber daran gemessen ist er wohlauf.«

»Ich sehe ihn noch stark abgemagert vor mir.«

»Das ist lange her.«

Friederike war schmerzhaft bewusst, wie der Bruder unter der unverblümten Art litt, und in ihr brannte das Bedürfnis, ihm beizustehen. Bloß wie? Wenigstens fragte der Kapitän nicht auch noch nach ihr. Das war bei der Begrüßung, bevor man sich zum Mahl setzte, erledigt worden: Handkuss, »Willkommen an Bord«, »Eine große und tapfere Entscheidung von Ihnen …«, »… Ihnen die lange Reise so angenehm wie möglich zu gestalten«, ein gelispelter Dank ihrerseits.

»Lungenleidend, Ihr Bruder Karl, oder verwechsele ich ihn nun? Nein, ich verwechsele ihn nicht.«

Ausgerechnet an dieser Stelle erlitt Alfred einen Hustenanfall und musste sich abwenden, die Serviette auf den Mund gepresst. Bartges straffte den Oberkörper und bearbeitete das Stück Braten auf seinem Teller, Dr. Andresen musterte Alfred über seine Brillengläser hinweg. So gewannen fürs Erste zwei backenbärtige Engländer die Oberhand bei Tisch, deren Gesprächsthema die Bremer Börse war. Neben den Warengeschäften, die sie dort getätigt hatten, rühmten sie die prachtvollen gotischen Fassaden des Neubaus, für dessen Errichtung, wie sie wussten, siebzehn Giebelhäuser sowie eine Kirche am östlichen Rand des Marktplatzes hatten weichen müssen. Vom Wein schon befeuert, gerieten sie dann außer sich, als ihnen der Name eines deutschen Händlers wieder einfiel: Verhülsdonk. *Wrhollsdonk* machten ihre Zungen daraus, und sie baten halbherzig um Nachsicht gegen ihre Heiterkeit.

»Eine Jugendfreundin von mir hieß mit Familiennamen Schley. Seit ihrer Vermählung heißt sie Zitterbarth.«

Friederike hatte gesprochen. Der Bruder, der nicht mehr hustete, sah sie erbleichend an. Ob auch die Blicke der anderen sich auf sie richteten, blieb ihr verborgen, ihren eigenen hatte sie gesenkt.

Das ist keine Hilfe gewesen, sagte sie sich.

Unter dem steifen Tischtuch lauerte vielleicht ein Schatten, aber den Schatten war gleichgültig, was man redete. Friederike erbebte; der Gedanke verwirrte sie.

Und immer noch keine neuen Worte in der Runde. Ein zaghaftes Rascheln der Arztgattin, das war alles. Oder kam allein der Vorlauten dieser Moment endlos vor?

Irgendwann sprach der Kapitän wieder: Einigermaßen frühlingshaftes Wetter erwarte man für die nächsten Tage, überhaupt rechne man mit einer ruhigen Reise. Er habe die Route schon zwei Dutzend Mal als Schiffsführer für die Reederei Lahusen bestritten, unter Segeln wie unter Dampf. Auch seinerzeit, als Karl Soltau hinübergefahren war. Aber den Teufel werde er tun, am zweiten Abend auf See von überstandenen Abenteuern und Widrigkeiten anzufangen! Auf derlei könne man zurückkommen, wenn Buenos Aires in Sicht sei. Den Herrn Pastor bat er noch schmunzelnd um Verzeihung für das unbedachte Ausrufen des Teufels.

»Wenn es weiter nichts ist«, murmelte Alfred.

Auf das Dessert, ein Birnenkompott, musste er ganz verzichten, harrte aber aus, während die anderen löffelten. Erst jetzt kam Friederike die Frage in den Sinn, ob es ihm auf seiner ersten Fahrt nach Argentinien auch so übel ergangen sein mochte. Erwähnt hatte er nichts dergleichen. Und es musste wohl ein anderer Kapitän als Bartges gewesen sein.

Das Gespräch, das sich auf die Segnungen der Dampfschifffahrt verlagert hatte, erstarb, weil plötzlich ein Fremder im Separee stand. Gekleidet in etwas Graublaues, das Friederike als Straßenanzug eingeordnet hätte, allerdings mit einem feinen beigeseidenen Kragentuch.

»Meine Herren, meine Damen, bitte verzeihen Sie die Störung.«

Er redete Deutsch, sprach es jedoch aus wie Englisch. Der Kapitän und der Arzt sahen ihn an, als wäre die Störung keineswegs leicht verzeihlich, aber der Blaugraue hielt den Grund seines Eindringens vor sich in den Händen.

»Johnston«, stellte er sich vor, »Harvey Johnston, Kaufmann aus New York, mittlerweile in Montevideo ansässig.«

Bartges erwiderte darauf nur: »Herr Johnston«, während Friederike sich leise »Montevideo« wiederholen hörte, wie eine zu lernende Vokabel. Alfred hatte sich aus seinem Stuhl erhoben.

»Sie haben meinen Hut gerettet.«

»Ein glücklicher Zufall spielte ihn mir in die Hände.«

»Das ist ja … ich bin Ihnen sehr dankbar, Herr Johnston. Überaus dankbar. Ich hätte nie gedacht … Sie müssen nämlich wissen« – er sprach nun in die Runde –, »dass mir mein Hut heute früh abhanden kam.«

»Abhanden?« Der Kapitän kniff die Augen zusammen.

Im selben Moment warf einer der Engländer ein: »Und Mr. Johnston hat ihn gefunden. Fabelhaft.«

Bei dieser Darstellung ließ man es im Separee bewenden. Alfred nahm den erst eine Woche zuvor gekauften Chapeau claque mit neuerlichen Dankesworten an sich, den Herren, den Überbringer inbegriffen, wurden spanischer Brandy und Zigarren angeboten, der Kapitän entschwand zu seinen Pflichten, und unter den Verbleibenden fand der Vorschlag Anklang, sich noch einen Augenblick gemeinsam an Deck zu erfrischen, die kühle abendliche Seeluft zu atmen, das werde beim Einschlafen helfen.

Alfred sah sich außerstande. Er bat aber Johnston kurz beiseite, und Friederike, die hinter ihm stehen geblieben war, konnte mithören.

»Wie haben Sie denn den Hut, also wenn ich fragen darf –?«

Der Bruder sprach hastig, fieberhaft.

»Ach, ein Zufall.«

»Verzeihen Sie, es ist für mich wirklich von Bedeutung.«

»Warum?«

»Ich möchte wissen, was geschehen ist.«

»Aber das –«

»Bitte. Herr Johnston.«

»Nun gut. Um ehrlich zu sein, ich habe Ihren Hut vorhin für ein paar Groschen erworben.«

»Ich verstehe nicht ganz.«

»Es ist unwichtig.«

»Nein, gestatten Sie – Sie haben für meinen Hut bezahlt? Bei – ?«

Johnston antwortete nicht, doch sein Gesicht schien genug zu verraten.

»Das ist nicht rechtens! Auf diese Weise wird ja der Dieb für seine Tat belohnt.«

»Herr Soltau, es tut mir leid.«

»Ihre Groschen müssen Sie natürlich zurückhaben. Ich gehe gleich Geld holen, aus der Kabine. Aber Herr Johnston: Wenn Sie so verfahren, fühlt sich das Gesindel nur bestärkt. Und wird noch frecher werden! Zuvörderst hatte der Dieb auf dem Deck der Kajütenklasse – also dort geschah es – nichts zu suchen. Er kann von Glück sagen, dass ich ihn nicht angezeigt habe. Wenn nun freilich –«

Johnston lächelte undurchschaubar, während er den schwer Atmenden unterbrach: »Das alles habe ich nicht hinreichend bedacht. Ich bitte Sie um Entschuldigung.«

»Aber nein!« Alfred drehte den Hut in den Händen. »Ich bin Ihnen doch zutiefst dankbar! Wie gesagt. Ich meinte nur, man sollte – oh, die Groschen.«

»Auf keinen Fall. Das ist meine Angelegenheit, ich schäme mich, Ihnen überhaupt davon erzählt zu haben. Aber Sie fragten so eindringlich.«

»Herr Johnston –«

»Mein letztes Wort in dieser Sache.«

Alfred suchte mit der Linken Halt an der Tischplatte und schüttelte den Kopf. »Wie Sie meinen. Nochmals meinen verbindlichsten Dank. Und gute Nacht.«

»Nichts zu danken, Herr Soltau. Auch Ihnen eine gute Nacht.«

»Kommst du, Friederike?«

Abrupt hatte er sich nach ihr umgewandt; sie fuhr zusammen.

»Ich … entschuldige, Alfred.«

»Was ist?«

»Ich muss noch Dr. Andresen in einer Frauenangelegenheit befragen.«

Welch ein Einfall! Der bleiche Bruder, zurückzuckend, abwehrend: »Bitte, Friederike!«

»Nur einen Augenblick.«

Und sie schlüpfte hinaus an Deck.

Die Nachtluft, der kalte Wind. Ein Taumel.

Sie hatte das Meer nicht gekannt. Ein Besuch bei Verwandten in Kiel, viele Jahre zuvor, war nicht als Begegnung mit ihm zu werten; es hatte ruhig und unbeteiligt im Hafen gelegen, der Friederike ebenfalls fremd geblieben war. Die Brüder hatten vom Meer nie geschrieben, Alfred hatte auch nicht von ihm berichtet in der hektischen Zeit, die er nun in der alten Heimat zugebracht hatte. Nein, es war immer nur vom Land die Rede gewesen, vom Land am Fluss Paraná, das man mit glücklich angeheiratetem Geld gekauft hatte. Auf die wogende graublaue Unermesslichkeit, welcher der Dampfer *La Plata* mit fünfhundert Seelen an Bord nun drei Wochen lang überlassen bleiben sollte, hatte niemand Friederike vorbereitet.

Was wusste sie?

Dass die Welt, die sie kannte, ihr bereits entschwunden war; dass sie diesen Gedanken besser gleich wieder fallen ließ, denn sonst könnte ihr abermals das verheerende Lachen ausbrechen. Dass das Ziel der Reise *Águilas* hieß (und *águila* war der Adler, verriet das spanisch-deutsche Wörterbuch aus der Familienbibliothek). Dass dieses Ziel, auf der anderen Seite der Erdkugel gelegen, in der Provinz Santa Fe eine Fläche von drei Quadratleguas inmitten der Pampa einnahm (und eine Legua, hatte Alfred erläutert, entsprach einer Stunde Fußmarsch oder gut drei viertel deutschen Meilen oder genau 5 196 Metern). Dass die

Schatten sich vom Verschwinden der Friederike Soltau bekannten Welt ebenso wenig beirren ließen wie von Reisepass- oder Schiffsbilletkontrollen oder vom Gedränge auf den Barkassen, mit denen die Passagiere – die der Kajütenklasse zuerst – in Bremerhaven an Bord gebracht wurden. Dass Friederikes ältester Bruder, der Arzt Dr. Karl Soltau, das Stück Pampa zusammen mit seinem ebenfalls lungenkranken Schwager im Jahr '64 zu recht günstigen Bedingungen von einem Einheimischen namens Facundo Torres erworben hatte. Dass im Kaufpreis inbegriffen einige schlecht gemauerte Gebäude sowie Unmengen Rindvieh, aber auch Pferde waren. Dass Herr Facundo Torres »gauchoschlau«, wie die Brüder sich ausdrückten, den halbwilden Rindern die Hörner hatte stumpfen lassen, um sie als zahm auszugeben. Dass in Argentinien nun Herbst war, das Klima in der Provinz Santa Fe jedoch viel milder als in Deutschland – es gediehen dort sogar Orangenbäume – und der Gesundheit der Estancieros überaus förderlich. Dass Alfred, als der Schwager des Bruders, Christian von Strelitz hieß er, nach zwei Jahren auf dem Kamp seinem Leiden dennoch erlegen war, sofort den Entschluss fasste, Karl zu helfen, dem glänzenden zweiten Examen, der Ordinierung und der Aussicht auf eine rheinische Pfarrei zum Trotz. Dass er vom Theologischen Verein in Bonn ein Reisestipendium erhielt, gebunden an den Auftrag, über die Verhältnisse in den evangelischen Gemeinden Argentiniens zu berichten. Dass man auf Águilas den Großteil des Rindviehs verkauft und durch zwei robuste Schafherden sowie einige wertvolle Negretti-Zuchtböcke ersetzt hatte. Dass Alfred (man stelle sich vor) die Negrettis und den ihnen zugeordneten Harem meist persönlich hütete und sich bei gutem Wetter ein gelehrtes Buch mit auf die Weiden nahm. Dass er sonntagmorgens auf der Estancia eine Andacht zu halten pflegte und dass er, sooft es die Umstände zuließen, in einer der weit verstreuten deutschen oder Schweizer Kolonien predigte. Dass er den ersten Besuch in der alten Heimat, von dem er nun in Begleitung Friederikes zurückkehrte, auch dazu genutzt hatte, dem Theologischen Verein seinen Bericht abzuliefern.

Das Haupthaus auf Águilas war, unter der Leitung eines aus dem Schwarzwald eingewanderten Maurermeisters, mit hohem Schindeldach neu errichtet worden, dazu ein flaches Leutehaus, eine Werkstatt, ein Backofen, eine Fleischhalle sowie Schuppen für Geräte und Waren. Und für die Zuchtherde ein großer, gut gesicherter Stall, *galpón* genannt. Auch das wusste Friederike, doch, sie wusste viel. Alfred hatte sogar, damit die Mutter daheim einen besseren Eindruck gewann, eine Tuschezeichnung von der umfriedeten Fläche angefertigt, auf welcher all die Gebäude im Halbrund standen. Und auf Fragen nach Gefahren hatte er beruhigend geantwortet. Die Indianer seien aus der Gegend gänzlich vertrieben, und gegen umherstreifendes Gesindel, das sich manchmal auf den Kamp wage, sei man gewappnet. Zur Estancia zählten drei Vorwerke, *puestos*, wie man dort sagte, strategisch gelegen, besetzt mit zuverlässigen, im Umgang mit Schusswaffen erprobten Leuten. Und Friederike wusste, dass man in Argentinien *mate* trank und *choclos* aß, aber worum es sich dabei handelte, hatte sie nicht erfahren (wie die Brüder überhaupt manch fremden

Begriff in ihren Briefen unerklärt ließen, *porteños* zum Beispiel oder *cañada*; manchmal half das Wörterbuch weiter).

Fahl und trocken war all ihr Wissen geblieben. Bilder von einer Wirklichkeit auf Águilas vermochte sie daraus beim besten Willen nicht zu machen, hatte es nicht einmal gekonnt, als sie auf Alfreds Zeichnung blickte (oder lag es daran, dass ihr Wille nicht der beste war?). Allen Ausführungen über Gebäude oder Negrettis oder Quadratleguas zum Trotz fand sie das Leben drüben in jeder Hinsicht so unvorstellbar wie den Bruder als Schäfer mit einem Buch inmitten der Pampa. Das gibt es gar nicht, dachte sie nun, da sie wieder zu denken begann. Das ist bloß Geschwätz, darauf kann ich nichts geben.

Sie war eingeschifft, ausgeschifft, aus der Welt geschafft. Die Welt war ihr entschwunden, abgesehen von ihrem Reisegepäck und den anhänglichen Schatten. Und Alfred? Nein, Alfred zählte nicht. Alfred, der sich, so weit ihr Gedächtnis reichte, immer möglichst von ihr ferngehalten hatte, trat jetzt nur als Vollstrecker in Erscheinung: als derjenige, der sicherstellte, dass die Schwester tatsächlich auf den Ozean geworfen wurde, in das rauschende Nichts dieser Märznacht ohne Sterne, das man ihr wohlweislich verschwiegen hatte. Das bisschen Widerschein der Dampferbeleuchtung auf dem Wasser und in den Nebelschwaden verlor sich doch, ebenso wie das Dröhnen des Antriebs oder das Knarzen der Aufbauten, ganz und gar in der Finsternis.

Die großen Brüder waren beide fort. Dass es für sie eine Estancia Águilas und all die fremden Worte wirklich geben mochte, hätte Friederike nicht bezweifelt. Für sie selbst aber bestand allein die schwarze Haltlosigkeit, die an die

Stelle der Welt getreten war; alles andere war Geschwätz. Und der Garten kam ihr in den Sinn, der herrliche Obstgarten der alten Abtei in Siegburg, der sich in sanften Terrassen über den Südhang des Michaelsbergs zog. Riesengroß wie alles in der Kindheit. Wohl weil der Zweck, dem die Anlage mittlerweile diente, mit ihrer ursprünglichen Bestimmung kaum vereinbar schien, nannte man sie nicht Abtei, sondern *das alte Schloss*, obgleich sie nie ein Schloss gewesen war. Der sommerliche Wochenendausflug: für Friederike und die Geschwister stets ein Höhepunkt des Jahres. Die endlosen Spiele unter den Apfelbäumen, bis weit in den hellen Abend hinein. Die Flussfahrten mit zwei himmelblau gestrichenen Ruderbooten (und dabei leider eines Tages Karls Unfall, Folge seines halbwüchsigen Übermuts, mit dem, wie man vermuten musste, seine Erkrankung ihren Ausgang nahm). Das edle, herzliche Gastgeberpaar: Professor Ernst Conrady und Gattin, selbst zwar kinderlos, doch nie um eine höchst annehmliche Unterkunft für fünf junge Soltaus verlegen. Conrady ein Jugendfreund des Vaters, welcher der Familie auch nach dessen Tod die Treue hielt. Und niemals hatte man die Nachbarschaft der Unglücklichen im alten Schloss als störend empfunden, im Gegenteil, die Eltern wurden nicht müde zu loben, wie bewundernswert mild und geduldig (bei aller notwendigen Strenge) Conrady als Leiter der Rheinischen Provinzialheilanstalt für Geisteskranke mit seinen Pfleglingen umging. Nannte man sie Verrückte, so empörte er sich: »Es sind leidende, kranke Menschen!«, und seine Stimme konnte in diesen Momenten donnern. Dabei hatten die Brüder im Schloss einen gesehen, der den lieben langen Tag auf allen vieren an den Wänden seiner Zelle entlangstrich, wie ein Bär im Käfig, und sich weigerte, beim Essen Messer und Gabel zu benutzen. »Ein Mann des Fortschritts«, hatte der Vater über den Professor geurteilt. Jahre später aber – zum Beispiel nachdem Friederike in ihrer Dummheit zu Hause den Schatten, weil sie immer frecher wurden, mit der heißen Pfanne in beiden Händen, das Fett verspritzend, nachgejagt und den einschreitenden Geschwistern dreimal entronnen war, ehe man sie hatte überwältigen und festbinden können – sollte es eine furchtbare Drohung sein, in Siegburg zu landen, eine Schande, die auf keinen Fall über die Familie kommen durfte. Zu dieser Zeit war der Vater schon lange tot. Und Professor Conrady, falls er noch lebte, gewiss aufs Altenteil zurückgezogen; hoch in den Siebzigern musste er nun stehen.

Die Schmach überm Apfelhain oder die Ozeanfinsternis. War das die Wahl, die Friederike gehabt hatte? Und wenn ja, wer hatte dann wen getroffen, sie die Wahl oder die Wahl sie?

Unter ihren Füßen die schlüpfrigen Planken, im Gesicht den kalten, salzigen Wind: ein Taumel. Das nasse Element, mit dem sie (das verblüffte sie) viel besser zurechtkam als Alfred.

»Mein Bruder tut mir so leid«, hörte sie sich zu Herrn Johnston sagen, »er ist hier furchtbar magenkrank geworden.«

Wie die Gedanken gerast waren. Bestimmt keine zwei Minuten, die sie an Deck stand, vor der Kajütentür im unsteten Licht einer großen Schiffslampe, die an ihrem Haken knirschte.

»Oh, fast jeder macht das durch, zumindest an den ersten Reisetagen.«

»Mir scheint, ich bleibe verschont.«

»Da haben Sie Glück. Das Meer muss Ihr Freund sein. Übrigens, Johnston mein Name.«

»Das weiß ich doch. Friederike Soltau, Alfred Soltaus Schwester.«

»Das weiß ich doch«, imitierte er sie, und beide lachten, ohne dass Friederike dabei die Beherrschung verlor.

Wenige Schritte entfernt, an der Reling, lehnte Dr. Andresen, mit der Brille in der Hand gestikulierend, im Gespräch mit den beiden Engländern, während seine Frau den Kopf gesenkt hielt.

»Sie meinen also, ich soll das Meer als meinen Freund betrachten. Das werde ich tun, wenngleich ich es noch kaum kenne und die Umstände, unter denen ich nun seine Bekanntschaft mache, nicht die einfachsten sind. Ist es mit Ihnen denn ebenfalls befreundet?«

»Darauf darf ich hoffen.«

»Montevideo«, wisperte sie.

»Tatsächlich? Das kann ich kaum glauben.«

»Wie meinen Sie das?«

Mochte es Herrn Johnston gehen wie ihr – dass das Ziel seiner Reise für ihn undenkbar war? Im gelben Licht sein Lächeln, bei dem seine Augen seltsam dunkel blieben. Ein sehniger, hohlgesichtiger Mann von vielleicht vierzig Jahren; das Kinn glattrasiert, aber der Schnurrbart zog sich weit auf seine Wangen.

»Na, Sie haben doch eben Lateinisch mit mir gesprochen.«

»Nein, das habe ich nicht!«

»Oh, entschuldigen Sie! Bitte, Fräulein Soltau, es war nur ein schlechter Scherz.«

»Ich habe nicht Lateinisch gesprochen!« Ungewollt schrill klang ihre Stimme, und ihr zitterten die Hände.

»Keineswegs haben Sie das. Es ist meine Schuld. Sie sagten Montevideo, und da wollte ich, weil es klingt wie –«

»Montevideo. Ja. Aber das war –«

»Sie haben durchaus Recht. Ganz und gar. Bitte verzeihen Sie mir die törichte Anwandlung eines eigentlich ungebildeten –«

Sie unterbrach ihn abermals, nun aus Scham: »Nein, nein, bitte verzeihen *Sie* mir. Ich habe Sie missverstanden, ich bin für einen Moment hysterisch geworden.«

Doch der Amerikaner war, obwohl erschrocken, kaum zurückgewichen. Und Friederikes Seitenblick brachte ihr die Erleichterung, dass die anderen Herren sich in ihrem Geplauder nicht hatten beirren lassen. Die Arztgattin schien mit Frösteln beschäftigt.

»Wie haben Sie denn, wenn ich fragen darf, vom Diebstahl des Hutes erfahren?«

»Ich war Zeuge der Tat. Frühmorgens an Deck gegangen, um einen Nachtmahr abzuschütteln …«

»Nachtmahr.« Unwillkürlich repetierte sie das Wort, während er fortfuhr: »… stand ich dort drüben, seitlich der Kajüte.«

»Ganz in meiner Nähe!« Das hieß, er musste sie gehört haben. »Aber wie«, fragte sie rasch, »haben Sie dann den Hut zurückgewonnen?«

»Ich bin runter ins Zwischendeck und habe die Sache geregelt.« Dazu machte er eine kleine, abwiegelnde Handbewegung. »Wissen Sie, Zwist und Groll zählen zu den gefährlichsten Seuchen, die auf einer solchen Überfahrt ausbrechen können. Wo wir in der Lage sind, zu ihrer Vermeidung beizutragen, sollten wir nicht zögern.«

»Nun reden Sie wie ein Pastor.«

»Das trifft sich gut.«

»Warum sagen Sie das? Ich verstehe Sie schon wieder nicht.«

Doch diesmal war ihre Stimme ruhig geblieben.

»Es trifft sich gut, weil … Fräulein Soltau, ich muss Sie bitten, mir meine Unverblümtheit nachzusehen.«

Er sprach nicht gleich weiter, sodass sie »Natürlich sehe ich sie Ihnen nach« murmelte. Und er breitete die Arme aus.

»Hier stehen wir. Zwei Menschen – vielleicht zwei verlorene Seelen – auf einem Auswandererschiff. Sie sind, wenn ich mich nicht irre, im Begriff, zu ihrem Bruder nach Argentinien überzusiedeln. Der Vorfall oder Zufall von heute Morgen hat uns ins Gespräch gebracht. Und nun wünschte ich, wir würden uns – trotz oder vielleicht auch wegen der Flüchtigkeit dieser Lage – nicht wieder ganz aus den Augen verlieren.«

»Ach.«

Ein Laut der Überraschung, doch sie hoffte, dass es ihr gelungen war, ihn wie einen ironischen Einwurf klingen zu lassen.

»Also werde ich mich«, schloss Johnston, »darum bemühen, dass Ihr Bruder meine Bekanntschaft als vorteilhaft erachten möge.«

»Diesmal haben Sie nicht wie ein Pastor geredet.«

»Wie denn dann?«

Sie überlegte. »Wie ein Geschäftsmann.«

»Das mag daran liegen, dass ich einer bin.«

»Kaufmann in Montevideo, ich entsinne mich. Übrigens, wollen Sie mir Ihren lateinischen Scherz von eben vielleicht noch erklären?«

Da sah sie ihn peinlich berührt, doch es war ja seine eigene Schuld.

»*Ich sehe einen Berg. Montem video.* Man erzählte mir, von diesem Ausruf eines Geistlichen leite sich der Name der Stadt her.«

»Das ist wirklich zum Lachen. Im Finstern mitten auf dem Meer einen Berg zu sehen.«

»Bitte, Fräulein Soltau. Ihren Spott habe ich mehr als verdient. Glauben Sie mir, ich schäme mich meiner blöden Worte sehr.«

Sie hätte ihm gern begreiflich gemacht, dass sie im Ernst gesprochen hatte, aber sie wusste nicht, wie. Also erkundigte sie sich nach seiner Tätigkeit und erfuhr, dass er mit Wolle und Leder, gelegentlich mit Fleisch handelte, dass seine Lieferanten vor allem uruguayische Estancieros waren, vereinzelt auch argentinische, und seine Abnehmer die Märkte in den Hauptstädten beider Länder, welche sich an der Flussmündung, von der dieser Dampfer seinen Namen entlieh, fast gegenüber lagen.

»Dann sind Sie ja nicht weit weg von uns – drüben. Nur ein Land weit entfernt.«

Diese Bemerkung schien ihn sehr zu erheitern. Während er seiner Freude Lauf ließ, kam Friederike sein Wort von den verlorenen Seelen wieder in den Sinn, doch dann war er es, der die nächste Frage stellte: »Haben Sie keine Angst vor dem neuen Leben?«

»Nanu? Eben noch lachten Sie schallend, und nun kommen Sie mir mit so etwas an.«

»Sie haben Recht, ich muss mich für meine Sprunghaftigkeit entschuldigen. Für mich liegen sehr unterschiedliche Dinge oft nah beieinander.«

»Ich werde auf die Estancia geschickt, um meinen Bruder zu pflegen.«

»Ihren Bruder? Aber warum – verzeihen Sie!«

»Meinen Bruder Karl. Alfred ist der zweite.«

»Ah. Nun begreife ich.«

»Lungentuberkulose. Der Grund, aus dem Karl überhaupt nach Argentinien ging. Des Klimas wegen. Jahrelang ist es ihm gut bekommen. Jetzt jedoch –«

Sie beendete den Satz nicht. Also übernahm nach kurzem Zögern er: »Jetzt reisen auch Sie hin, um ihm zur Seite zu stehen. Eine noble Aufgabe.«

Ihr kamen in dem Moment seine Worte *Ich bin runter ins Zwischendeck* wieder in den Sinn, und sie erschauerte. Das Zwischendeck, ein dunkles Gewimmel, dessen Poltern und Schreien bis in ihre Kabine dringen konnte. Nur einen kurzen Blick hatte sie hineingeworfen, beim Aufstieg aus der Barkasse, als der Pulvergestank ihr in die Nase biss (zur Desinfektion, wurde ihr erklärt, räuchere man zwischen den Fahrten vorschriftsmäßig aus); einen Blick in einen düsteren Flur, noch ohne Menschen, und dahinter einen drückend niedrigen Raum, den, zweistöckig in ein großes Eisengestell montiert, Dutzende von Schlafpritschen anfüllten.

Verlorene Seelen. Herr Johnston, ein Mann des Fortschritts.

In die Gruppe war Bewegung gekommen. Dr. Andresen hatte gemahnt, ein weiteres Verweilen in der Nachtkühle wäre der Gesundheit abträglich, und bot seiner Frau, die sofort zugriff, den Arm.

»Ehe wir uns aus den Augen verlieren könnten«, sagte Friederike im Hineingehen zu Herrn Johnston, »stehen uns ja drei gemeinsame Wochen auf dem Wasser bevor.«

»Wenn wir nicht untergehen. Aber Sie werden sehen: So unerträglich sich die Zeit an Bord dehnen mag, während man sie erlebt, im Nachhinein schmilzt sie dann zu einer Sekunde zusammen.«

Was redet er, dachte sie. Diese eine Sekunde ist doch alles, was es noch gibt.

Man wünschte einander eine gute Ruhe. Herr Johnston und die beiden Engländer schritten durch den weitgehend verlassenen Speisesaal zu ihren Kabinen, Friederike folgte dem Arzt und seiner Gattin auf die Stiege nach unten. Sie hörte noch, wie draußen eine Möwe aufkreischte, und fragte sich, ob der Vogel an Bord übernachtete.

Zurück in der Enge, auf der knisternden Matratze, im Oberbauch des Schiffs, zurück bei sich selbst, löste sie ihr Haar, begann ihr Kleid aufzuhaken. Und nachdem sie das Wandlämpchen gelöscht hatte, sagte sie zum Schatten am Fußende: »Du hast Angst. Ich nicht.«

Die Zeit an Bord dehnte sich beträchtlich, doch binnen weniger Tage wurde das Wetter mild, die Sonne stieg hoch, und trotz steifer Winde brachte Friederike, wie die meisten Kajütenpassagiere, immer mehr Zeit an Deck zu. Man nutzte die gut zwanzig Schritt tiefe Freifläche vor der Außentür, um Shuffleboard zu spielen, die beiden Engländer malten das Punktefeld aus neun Quadraten und zwei Halbkreisen Morgen für Morgen mit Kreide auf die Planken und weihten jeden Mitreisenden, den sie zu fassen bekamen, in die Regeln ein. Einmal brachten sie sogar Dr. Andresens Gattin so weit, sich an einem Stoß zu versuchen. »Du bist zu ungeschickt dafür, Clarissa!«, brüllte da der Arzt, sodass sie den gegabelten Cue gleich wieder fallen ließ; und Friederike, die danebenstand, hatte den Eindruck, die harten Worte meinten noch weitaus anderes als das Spiel. Doch immerhin wusste sie nun den Namen der schüchternen Frau.

Alfred machte sein Magen mal mehr, mal weniger zu schaffen. Außer zu den Mahlzeiten mied er die Gesellschaft meist, blieb in seiner Kabine, um abwechselnd zu lesen und Berechnungen anzustellen, deren Gegenstand Wolle, Lammfleisch oder Gaucho-Löhne waren und über die er seiner Schwester unverständliche Vorträge hielt.

»Ich glaube, der Kamp wird mich kurieren«, unterbrach sie ihn einmal und brachte ihn damit tatsächlich zum Verstummen. Es schien ihr allerdings nicht ratsam, dieses Mittel ein zweites Mal zu erproben.

An einem strahlenden Mittag nach einer Woche auf See rief sie »Montevideo«, und Herr Johnston, der in Gedanken versunken an der Reling gelehnt und sie nicht bemerkt hatte, zuckte heftig zusammen.

»Aber diesmal habe ich Recht!«

Fern am südwestlichen Horizont zeichnete sich der Umriss eines gewaltigen schneebedeckten Berges ab. Johnstons Lachen wirkte angestrengt, also fragte sie ihn, ob das Meer nicht mehr sein Freund sei.

»Ich bin soeben zu dem Schluss gekommen, dass ich Ihnen etwas anvertrauen werde«, sagte er statt einer Antwort und ohne ihr dann etwas anzuvertrauen.

Tags darauf, als aus dem Berg eine kanarische Insel geworden war und man im Hafen von Santa Cruz de Tenerife vor Anker lag, durfte Friederike den Bruder auf seinem Landgang begleiten. Der feste Boden, von dem Alfred erleichtert gesprochen hatte, gab ihr mit jedem Schritt einen Stoß unter die Fußsohlen und ein Gefühl, als wöge sie doppelt so viel wie an Bord. Doch sie schwieg, denn sie wusste, woran es lag. Der Schatten aus ihrer Kabine hatte sich mit herauslocken lassen, hatte ihr das hektische »Komm schon, schnell, wir sind da« geglaubt und lastete ihr nun auf dem Rücken.

Laut und wirr war der Hafen, und in den Fisch- und Pechgeruch mischte sich scharfer Kohlendunst. Wohin sie blickte, lag der Brennstoff gehäuft oder gestapelt, wurde auf grässlich quietschenden Schienenwagen an die Molen gezogen, säckeweise auf große, flache Lastkähne verladen und zu den gefräßigen Dampfern gerudert – neben der *La Plata* ließen noch zwei weitere ihre Bunker auffüllen, einer unter britischer, einer unter Hamburger Flagge. Allenthalben schwitzten gedrungene, dunkeläugige Männer, tönte spanisches Geschrei. Friederike verstand nur *sí* und *no* und fand, dass Alfred, der nun seinerseits das eine und andere Wort in der Fremdsprache um sich bellte, kaum wiederzuerkennen war.

Sie hielten sich nicht lange in dem Durcheinander auf, er strebte in die Stadt, ein wenig bergan, durch recht breite Straßen, gesäumt von Palmen und anmutigen, gekalkten Häusern. »Es ist nicht weit«, sagte er, und mit der nächsten Biegung kam der schlanke Kirchturm bereits in Sicht, blendend weiß auch er, umrandet von schwarzgrauem Stein. Eine Spitze hatte er nicht, stattdessen krönte ihn eine Art gemauerter Pavillon, während seinen Sockel ein offener runder Torbogen durchbrach, der einem Fuhrwerk bequem Platz bot. Der Bruder eilte, und Friederike bemühte sich, Schritt zu halten, obwohl es das erste Mal in ihrem Leben war, das sie echte Palmen sah – es sei denn, man ließ zwei im Vergleich kümmerliche Exemplare im Wintergarten der Conradys in Siegburg gelten. Der Schatten klammerte sich um ihre Schultern, hatte sich im Hafengetümmel nicht abstreifen lassen. Mummenschanz und Dönekens, so pflegte Alfred über den Katholizismus zu schimpfen, es war einer der wenigen Anlässe, zu denen er sich aus dem Platt bediente. Desto erstaunlicher, dass er nun vor dem Altar einer Maria beten wollte.

»Hast du ein Gelübde abgelegt?«, fragte sie ihn keuchend.

»Du kannst draußen warten«, gab er zurück.

Das tat sie nicht, sie folgte ihm ins Halbdunkel und schlich, während er sich in einer Bank niederließ und den Kopf über die gefalteten Hände senkte, in der hohen, säulenreichen Halle umher. Die Luft im Innern war fast kalt und trug ein süßliches Aroma. Friederike presste Zeige- und Mittelfinger beider Hände gegen ihre Schläfen. Außer den beiden Reisenden befanden sich in der Kathedrale nur ein paar Mütterchen in schwarzen Tüchern. Als sie die Augen wieder hob, stand sie vor der Nische eines Heiligen, der sie aus goldenem Gesicht anglotzte.

»Ich glaube nicht, dass wir uns kennen.«

Du hast hier nichts zu suchen.

»Ich suche auch nichts.«

Schweig, Sünderin!

»Dönekens. Nur gut, dass sie euch alle hier eingesperrt haben.«

Und brüsk wandte sie sich ab. Das Bild in der Nachbarnische, eine prunkvolle Frauengestalt, war stumm und leblos, auch wenn eine der Alten davor zwei Kerzen angezündet hatte und sich leise jammernd bekreuzigte. Friederikes Blick huschte weiter, blieb an einem vorspringenden Mauerbogen hängen. Was, fuhr es ihr ein, wenn sie nun befugt wäre, in den unter diese Steine geduckten Beichtstuhl zu schlüpfen? Würde sie dort nicht den Schatten abwerfen können? Wäre nicht, wer immer sie in der Düsternis hinter der geflochtenen Wand empfinge, verpflichtet, diese Bürde von ihr zu nehmen?

Näher heran.

Als sie sich in Bewegung setzte, sprang ihr die Alte in den Weg; schrie auf – obwohl, es war kein Schrei, es war ein spitzes Seufzen – und warf den umhüllten Kopf zurück, sodass Friederike in ihr Gesicht sah. Doch sie erkannte kein Gesicht. Nur einen riesigen, klaffenden Mund, fast ohne Zähne. Vielleicht über der strichdünnen Oberlippe noch zwei schwimmende Augen.

Da konnte sie sich nicht beherrschen, zerrte mit hastigem Griff den Schatten herab und stopfte ihn in das offene Maul.

»Verzeihen Sie bitte, pardon«, hörte sie sich sagen.

Dem Blick des Bruders musste sie da, wo sie stand, verborgen sein, so wie sie ihn ihrerseits nicht sehen konnte. Treib es nicht zu toll, ermahnte sie sich. Auch die Alte hatte etwas gemurmelt. Friederike roch Knoblauch und gebratenen Fisch und stellte fest, dass sie hungrig war. Den Rock gerafft, nichts wie hinaus – in den Wind, in die gleißende Sonne! Und im Palmenschatten auf Alfred warten.

Leider bestand er darauf, den Imbiss auf Weißbrot und ein paar Orangen zu beschränken; alles andere, behauptete er, würde man eine Stunde später bereuen. Die Frage nach dem Grund für seinen religiösen Abstecher wies er erneut zurück: »Das ist meine Sache. Aber sei unbesorgt, du wirst mich nicht so bald wieder in einem Tempel der Katholiken sehen.«

Am Rand des Hafengeländes trat er noch in eine zugige hölzerne Lagerhalle, und Friederike sah ihn bei schwachem Licht eine Kiste voll dunkelroten Pulvers eingehend inspizieren. Er sprach wieder Spanisch und fuchtelte mit den Händen. Am Ende musste er mit einem muskulösen Schnauzbärtigen auf der anderen Seite des Tisches handelseinig geworden sein, denn der rief zwei ebenso stämmige Helfer herbei, die Kiste wurde zugenagelt, auf einen Schubkarren verladen und den Geschwistern voraus aus der Halle geschoben.

»Karmin«, sagte Alfred, und als die Schwester sich ahnungslos zeigte, wurde er wütend: »Da haben wir es! Ich mache mir die Mühe und erkläre dir alles wie einem kleinen Kind, und du hörst mir überhaupt nicht zu!«

Natürlich: die Vorträge in seiner Kabine. Und von unterm Bett her die muffige Ahnung von Erbrochenen in seinem Nachttopf.

»In Herrn Johnston würdest du einen Gesprächspartner finden, der von Wolle und Leder eine Menge versteht.«

»Was schwätzt du schon wieder!«

»Was schwätze ich schon wieder.«

Bei Anbruch der Dämmerung waren sie zurück an Bord. Im Speisesaal wurde der Flügel enthüllt, ein schief gewachsener Pianist gab ein Konzert und ließ sich danach ein großes Stück Rindfleisch servieren, von dem er nur die Hälfte aß.

»Da bist du ja doch noch«, sagte Friederike zu dem Schatten am Fußende ihrer Koje. »Du hast hier nichts zu suchen.« Und dann log sie: »Aber du bist viel kleiner geworden.«

Als die Luft selbst nachts so heiß und schwer war, dass, wie Alfred sich ausdrückte, nichts als Verderbtheit an ihr gedeihen konnte, fuhren die Matrosen auf dem Achterdeck einen Kran auf, mit dem sonst Fracht an Bord gehievt wurde. An seinen Haken hatten sie einen grob gezimmerten Käfig gehängt. Friederike ließ sich nicht davon abbringen, das Schauspiel zu verfolgen, aus der sicheren Balkonperspektive der Kajütenpassagiere. Unten vor dem Kran drängte sich die dunkle Menschenmasse aus dem Zwischendeck, schrie und pfiff und schien nur widerwillig Abstand zu halten. Unter dem Johlen der Besatzung musste ein junger Bursche nach dem andern sich in das Brettergehäuse zwängen und wurde ins Meer getunkt. »Haie,

Haie!«, riefen Witzbolde aus dem Mob jedes Mal, wenn das Seil wieder von der Winde glitt. Die meisten Opfer machten sich durch ihr Kreischen zum Gespött, während die Kerle am Kran den Käfig ungebremst in die Wellen sausen ließen. Sobald er ganz untergetaucht war, trat ein Seemann mit eisgrauer Mähne an die Reling und zählte hinabblickend sehr laut und furchtbar langsam bis fünfzig. Erst dann wurde das Gehäuse wieder herausgezogen, mit einem zitternden, schnappenden, spuckenden Burschen darin, dem, zurück an Deck, auch noch die ganze Mannschaft den Rücken prügelte. Johnston behauptete, für die Jungs sei dies einer der größten Momente ihres Lebens.

»Überhaupt, Fräulein Soltau, für Sie ist es doch auch das erste Mal – sollten wir uns da nicht ebenfalls eine Äquatortaufe überlegen?«

»Hören Sie auf. Das ist Blasphemie.«

»Entschuldigen Sie, ich ließ mich hinreißen.«

»Sagen Sie mir lieber, was das für ein Geschrei ist da unten. Ich sehe nicht gut, es herrscht so ein Gedränge.«

»Ich kann auch nichts erkennen. Aber geschrien wird doch schon die ganze Zeit.«

»Ein Kind! Ein kleiner Junge!«

»Was?«

»Die haben ein Kind in den Käfig gesperrt! Sehen Sie doch!«

Er reckte den Hals. »Sie müssen sich täuschen. In dem Tumult … Fräulein Soltau?«

»Und jetzt werfen sie ihn ins Wasser!«

»Aber nein.«

»Aber doch! Clarissa!«

In ihrer Aufregung war ihr der Vorname herausgerutscht, anstatt »Frau Dr. Andresen«. Doch die Arztgattin, bei der sie sich der Richtigkeit ihrer Wahrnehmung versichern wollte, war fort; neben Friederike lehnte der Doktor selbst am Geländer und gab nur ein Brummen von sich, damit beschäftigt, seine Taschenuhr aufzuziehen.

»Herr Johnston! Der Käfig!«

Diesmal stand niemand unten an der Reling und zählte.

»Der Junge!«

»Fräulein Soltau, bitte beruhigen Sie sich. Es ist ein Irrtum, in dem Käfig ist – schauen Sie, da kommt Bartges! Mit einem Fass Rum. Er wird nun ganz bescheiden die Mannschaft fragen, ob er mitfeiern darf. Auch das gehört zum Ritus. Da geht alles seinen vorgesehenen Gang.«

Der Amerikaner hielt sie fest, von hinten, an beiden Oberarmen, und redete weiter auf sie ein. Während sie sich wand, starrte sie aus aufgerissenen Augen in das Gerangel auf dem Achterdeck.

»Da hat jemand geschossen!«

»Nicht doch.«

Dr. Andresen griff ein: »Ich helfe Ihnen. Wir bringen sie hinein.«

»Lassen Sie nur, ich mache das schon.«

»Mister Johnston, ich als Arzt –«

»Der Käfig! Er kommt wieder hoch!«

Da taumelte er am Kranseil, da schlug er gegen den Schiffsrumpf, da wurde unten gebrüllt, geflucht. Und der Käfig krachte an Deck, klappte auf. Er war leer.

»Das Kind! Der Kleine! Der kleine Hutdieb!«

Hinein. Dr. Andresen ließ sich nicht mehr aufhalten, er trug die Johnston entrissene Friederike schnaufend vor sich her bis in den Speisesaal, bettete sie dort mit Mühe auf einen Tisch und wies den Amerikaner an, bei ihr zu wachen, bis er seine Arzneitasche aus der Kabine geholt hätte.

Zwei herbeigeeilte Kellner scheuchte Johnston fort.

»Können Sie mich hören, Fräulein Soltau?«

»Der Junge. Wo ist der Junge?«

»Ich wollte Ihnen etwas anvertrauen. Erinnern Sie sich?«

»Runter ins Zwischendeck.«

»Bitte?«

»Werden Sie schauen, was mit dem Jungen ist?«

»Gewiss werde ich das tun.«

»Tun Sie es jetzt.«

»Ich tue es so bald wie möglich. Das verspreche ich Ihnen. Doch erst müssen wir sehen, dass Sie wieder auf die Beine kommen.«

»Der Junge!«

»Ja. Ja.«

»Und Sie wollten mir etwas anvertrauen.«

»Ja. Hier ist es.«

»Was ist das?«

»Nun. Ein Ring.«

Silbern und zierlich mit einem rundgeschliffenen Rubin. So viel sah sie selbst.

»Aber was soll das?«

»Nun«, wiederholte er und musste sich räuspern. »Eine Theorie, der ich anhänge. Dass man einem heftigen, erschütternden Eindruck am besten entgegenwirkt, indem man sogleich einen zweiten, ähnlich starken, aber ganz anders gearteten Eindruck provoziert. Darum dieser Überfall auf Sie, dieses unwahrscheinliche Geschenk.«

Der Arzt wurde auf der Stiege hörbar.

»Nein, verzeihen Sie bitte, das war dumm ausgedrückt. Unwahrscheinlich ist ja nicht ein solches Geschenk an Sie, sondern allein sein Zeitpunkt. Bitte, bitte, Fräulein Soltau, nehmen Sie den Ring. Nehmen Sie ihn, und entscheiden Sie bis zur Ankunft in Buenos Aires, was damit zu geschehen hat.«

»Aber Sie haben mir nicht –«

Zu spät. Der Arzt war am Tisch angelangt, und auch ein blasser Alfred kam die Stiege herauf. Friederike blieb keine andere Wahl, als den Ring einzustecken.

»Der kleine Junge –«

»Nun machen Sie mich mal nicht noch jünger, als ich bin«, witzelte Dr. Andresen, eine Tinktur mit widerlichem Geruch auf einen Wattebausch träufelnd.

Ihre ersten Tage auf der Südhalbkugel verbrachte Friederike in Erstarrung. Wenn sie sich noch ankleidete, aß oder eine Begrüßung erwiderte, so geschah das automatisch, ohne ihr Zutun. Wenn die anderen Shuffleboard spielten, saß sie auf einem Stuhl daneben und rührte sich nicht, bis selbst die beiden Engländer es aufgaben, sie zum Stoß zu locken.

»Eine Art Heimweh mit hysterischer Ausprägung«, urteilte der Doktor, kein Einzelfall, und es vergehe von selbst wieder; Sonnenlicht und kräftigende Speisen, beides nicht im Übermaß, förderten die Genesung. Alfred nahm die Diagnose dankbar an.

Ob Johnston hielt, was er ihr versprochen hatte, überprüfte Friederike nicht, sie wechselte auch mit ihm kein echtes Wort mehr. Seinerseits wirkte er fahrig und angegriffen. Und ringsum wogte weiter das Nichts, die Haltlosigkeit: silbrigschwarz bei Nacht, tiefblau am Tag.

Doch die Luft wurde wieder trockener und leichter. Und eines Morgens ging das Wort »*La Plata*« von Mund zu Mund, und es war nicht mehr das Schiff damit gemeint.

Land in Sicht.

»Überstanden«, sagte Alfred.

Die Küste rückte immer näher, ein mattes, undurchschaubares Grün. Welt in Sicht.

Es war der 13. April, und Friederikes Verdacht, man würde sich gleich in Bremerhaven wiederfinden – und hinter den Bahngleisen am Kai würde wieder die geziegelte Wartehalle aufragen, der dunkle Menschenstrom aus dem Zwischendeck würde dorthin zurückfließen, ohne das verlorene Kind, Alfred und sie (er mit dem verhängnisvollen Hut auf dem Kopf) würden ein Erster-Klasse-Abteil besteigen, erst nach Bremen, dann nach Bonn, und dort würde die alte Mutter sie empfangen, würde ausrufen: »Wie schön, mein Alfred, dass du mir eine Kiste Karmin mitgebracht hast!«, und leise anfügen: »Aber wenn dein Vater dich in dem Marientempel gesehen hätte, würde er sich im Grabe umdrehen« –, ließ sich nicht halten. Aus diesem Grün konnte kein Bremerhaven entstehen. Seltsame Wendungen nahm das Leben.

Bevor sie in ihrer Kabine das Handgepäck zusammensuchte, stieg sie noch einmal an Deck, schob sich zwischen den aufgeregt versammelten Passagieren hindurch. Seitlich der Kajüte trat sie an die Reling und warf mit einer schnellen Bewegung den Ring in den Wind, in die so nah der gewaltigen Flussmündung schon bräunlichen Fluten, in Richtung der offenen See, wohin gerade fast niemand blickte.

2

Grün, Grün, Grün. Mal mit etwas Grau, mal mit ein bisschen Ocker, mal unter einem hellbunten Blütenschleier. Aber immer Grün. Mal flach bis zum Horizont, mal sanft gewellt, und selten ragte ein höheres Baumgrüppchen aus dem Gras.

»Die Pampa«, sagte er, und er fragte sich, wie oft er das an diesem Vormittag schon gesagt hatte. Es war wie verhext, er spürte nichts oder so gut wie nichts, jedenfalls nichts, was in ihm aufstieg oder aufblitzte oder sich klärte. Ihm war, als wäre er zum ersten Mal hier und hätte weder zur Freude noch zur Wehmut Grund. Als hätte er vergessen, was er hier wollte. Als wäre er hier falsch.

Und wenn an der Trasse ein paar Rinder, Schafe oder Pferde weideten, sagte er »Rinder«, »Schafe«, »Pferde«, als wären das Tiere, die man von zu Hause nicht kannte.

»Ach so«, hatte sie anfangs spöttisch oder spielerisch geantwortet, inzwischen nickte sie nur noch, mit einem kleinen Lächeln und einem kaum hörbaren »Hm«, und nutzte seine Stichworte, um sich das rotblonde Haar von der Wange zu streichen.

Das Grün, das Vieh, sonst nichts. Nichts, was ihm in den Sinn kam, nichts, was er ihr zu eröffnen vermochte, nichts, ausgerechnet jetzt. Und da das bäuerlich gekleidete ältere Paar, das ihnen im Abteil gegenübersaß, kurz hinter Buenos Aires begonnen hatte, *choclos* auszupacken und zu verzehren, wusste sie nun auch, was sich hinter dieser Vokabel verbarg, und zeigte sich erwartungsgemäß wenig beeindruckt.

»Gegrillte Maiskolben. Das ist doch nichts Besonderes.«

»Ich habe auch nicht gesagt, dass es was Besonderes ist.«

»Du Witzbold.«

»Schau. Die Pampa.«

Wenn er sich so reden hörte und dasitzen sah, wünschte er, ein Hammer aus höheren Sphären würde ihn gnädigst durch den Waggonboden und das Gleisbett in die Erde stampfen. Aber solche Härte im Umgang mit sich selbst war nicht angebracht. Er musste sich große Müdigkeit zugestehen, schon wegen der langen Reise, und hinzu kam ja, dass er allein alles organisiert, alles zu verantworten und schon seit Tagen kaum ein Auge zugetan hatte. Gründe genug, unbestreitbare Gründe für einen dumpfen Kopf. Von all dem, was vorausgegangen war, ganz zu schweigen.

Das regelmäßige Rattern des Zuges. Jeder Mensch an seiner Stelle würde nun erschlaffen. Vielleicht sogar ein Nickerchen machen. Noch knapp drei Stunden bis Rosario, und Pampa würde es in den nächsten Wochen weiß Gott genug zu sehen geben.

»Ich freue mich«, sagte sie plötzlich.

»Du freust dich«, echote er ungläubig.

»Auf die Estancia.«

»Meine geliebte Frau!«, stieß Udo Soltau da hervor, mit vom aufwallenden Gefühl halb erstickter Stimme, und die Frage, ob dem *Choclo*-Paar so ein Anblick zumutbar war, hielt ihn nicht davon ab, Sigrid Soltau leidenschaftlich zu küssen.

Als sie sich wieder voneinander gelöst und Luft geholt hatten, beeilte er sich, den Mitreisenden zu erklären, dass es sich um ihre Hochzeitsreise handelte. Der Mann sprang auf, strich sich die beigefarbene Wollweste glatt, die Frau erhob sich ebenfalls, und beide sprachen den Frischvermählten ihre Segenswünsche aus. Der frühen Stunde zum Trotz zog der Mann einige Flaschen Quilmes-Bier aus dem Gepäck, damit man auf das Glück anstoßen konnte. Und Udo Soltau, den auf Reisen immer sein nervöser Darm plagte und auf dieser mehr denn je, konnte Sigrid in derart freundlicher Gesellschaft ruhigen Gewissens kurz allein lassen.

Der erste Morgen oder eigentlich die Stunde nach dem ersten Morgen. Die gab den Ausschlag. Was sie in der Nacht getan hatten – der elfenzarte, elfenbeinblasse Körper, dem Glücklichen mit einer wortlosen Scheu dargeboten, die ihn sehr erleichterte und ihn zu verloren geglaubter Form auflaufen ließ; und wie sie danach in seinem Arm schlummerte, während er selbst, von dem Arm abgesehen, vor Dankbarkeit gar nicht erst einschlief –, wäre ihm in jedem Fall als unauslöschliche, wundervolle Erinnerung geblieben. Doch dass dies mehr war als eine märchenhafte Episode und ein Trost in schwerer Zeit, viel, viel mehr, dass es tatsächlich seine Rettung sein konnte, seine Zukunft, das hatte er gespürt, als er sich an jenem Junivormittag wieder allein in der Wohnung befand und rings um den Stuhl, auf dem Sigrid Gerlach ihm am Frühstückstisch gegenübergesessen hatte, die Krümel auf dem Parkett erblickte.

Wie in Zeitlupe. Niemanden zuvor hatte er auf ähnliche Art essen gesehen. Ob sie ihr Mohnbrötchen aufschnitt, es mit Butter und Marmelade bestrich oder hineinbiss: Jede ihrer Bewegungen war so behutsam und konzentriert, als hielte sie zerbrechliche archäologische Fundstücke in den Händen und vollführte damit ein vertracktes Ritual, bei dem nichts schiefgehen durfte. Er hätte sich kaum getraut, sie anzusprechen, doch in unbegreiflichem Kontrast zur Feierlichkeit ihres Tuns redete sie, wie ein Mensch beim Frühstück redet – stockend zwar, doch es war ja auch der erste Morgen, und mit leiser, verschleierter Stimme, doch das war nun einmal ihre Stimme, leise und verschleiert. Von Professor Almendinger sprach sie, davon, dass er seine Anzeige gegen die Mitglieder des *Kommandos Ernesto* vielleicht doch wieder zurückziehen werde.

»Er will aber, dass wir uns entschuldigen.«

Dieses »Wir«, für Udo Soltau jedes Mal ein kleiner Stich. Ein bezauberndes Wesen wie Sigrid unter einem Hut mit den Krawallmachern, wie konnte das angehen? Er verbot es sich, »unter einer Decke« zu denken.

»Entschuldigen?«

»Ja. Ich habe gesagt, ich übernehme das.«

Kein unwichtiges Thema, doch welch gutes Zeichen, dass sie es erst jetzt aufbrachte. Der Abend war die reine Seligkeit gewesen, aller schäbigen Normalität entrückt; der Kinofilm, den sie ausgesucht hatte, mit dem lustig zappelnden Louis de Funès in der Hauptrolle, ihre Hand und seine auf der Sitzlehne, der Rotwein danach im Boulanger – und die Nacht!

»Eine brillante Idee.«

Unmöglich konnte der Herr Professor hart bleiben, wenn die widerwillig einlenkende Botschaft des *Kommandos* (»… sind wir in der Wahl unserer Mittel bei der revolutionären Aktion im hier zu klärenden Einzelfall vielleicht einen kleinen Schritt zu weit gegangen«, oder wie solche Wirrköpfe sich eben auszudrücken beliebten) neutralisiert würde, indem eine strahlende Fee sie überbrachte.

»Der Almendinger wird diesen Tag sein Leben lang nicht vergessen.«

»Wieso?«

»Na weil er dich in seinem Büro sehen darf.«

»Das ist nicht das erste Mal.«

»Aber doch das erste Mal, dass du eine Entschuldigung überbringst.«

»Das stimmt.« Und wie sie strahlte! »Den Termin habe ich übrigens um elf. Kannst du mir sagen, wie spät es ist?«

»Momentchen … zehn nach neun.«

»Erst? Ein Glück.«

»War leider gelogen. Zehn nach zehn.«

»Oh, dann muss ich los.«

»Wie schade.«

»Ja, wie schade.«

Ihr Blick, so groß und warm und heilsam, wie er noch keinen anderen Blick erlebt hatte. Dabei von einer Tiefe und Klarheit, die, wie er fand, weit über ihr Alter hinauswiesen.

Ihr Kuss. Ihr schmaler, morgenweicher Körper, der sich an ihn schmiegte.

Udo erfuhr noch, dass der Entschluss zur Entschuldigung im kleinen Kreis gefallen war und geheim bleiben musste.

»Anwaltliche Schweigepflicht«, scherzte er.

Im kleinen Kreis. Die Brötchenkrümel auf dem Boden, um ihren Stuhl herum. Empörend unordentlich hätte man das nennen können, kindisch, schlecht erzogen. Aber nein. Ihn hatte selten, vielleicht nie etwas so gerührt wie diese Entdeckung. Überwältigt von der Zärtlichkeit seiner Gefühle, sank er auf den Stuhl im Krümelring.

»Unendlich kostbar«, flüsterte er mehrmals.

Hätte er ihr doch angeboten, sie zu begleiten! Natürlich hätte er sich im Büro des Professors nicht als Anwalt zu erkennen gegeben. Er wäre auch als Mitglied des *Kommandos Ernesto* aufgetreten.

Absurde Vorstellung, liebestrunkener Unfug. Er schmunzelte über sich selbst. Das *Kommando*, so viel musste noch dem weltfremdesten Gelehrten klar sein, würde keinen akkurat Frisierten und erst recht keinen Vierzigjährigen in seinen Reihen dulden. Allenfalls hätte Udo als väterlicher Freund der Reumütigen durchgehen können. Beim Stichwort väterlich angelangt, war es höchste Zeit, den Gedankengang abzubrechen.

»Ich danke euch«, murmelte er nun und meinte die Krawallmacher. Denn auch wenn er nichts von ihnen hielt, auch wenn er ihre Ansichten haarsträubend und ihr Tun gemeingefährlich fand: Ohne sie, das stand fest, hätte er Sigrid Gerlach nicht kennengelernt. Da könnte man, fand er, nun so weit gehen zu sagen, sie hätten ihm das Leben gerettet.

Und ebenso dankbar wie den Revoluzzern war er Herbert Kowalczyk, seinem Partner in der Kanzlei, der das Mandat angenommen und es dann an ihn weitergeschoben hatte – worüber er anfangs, das musste er zugeben, durchaus wütend gewesen war. Er würde Kowalczyk bald einmal eine gute Flasche Sekt spendieren und nicht sagen, aus welchem Anlass.

Die Vormittagssonne begann den Esstisch zu vergolden. Udo Soltau senkte den Blick auf seine halbvolle Tasse Kaffee. Doch er ließ sie stehen. Er steckte sich auch, anders als er es sonst nach einem späten Frühstück getan hätte, keine Zigarette an. Er hatte den Geschmack von Sigrids Kuss im Mund und in der Nase den Duft ihres Haars.

Ein Poltern auf dem Flur. Doris rauschte herein. Der Laut, den sie bei seinem Anblick von sich gab, klang nicht nach einem Gruß. Udo schraubte die Deckel auf die beiden Marmeladentöpfe.

»Ist die Schule schon aus?«

»Mit wem hast du gefrühstückt? Mama ist noch weg, oder?«

»Ich habe dir zuerst eine Frage gestellt.«

»Ich lasse mich nicht mehr von dir rumkommandieren!«

»Dein Ton, Doris!«

Ihr Türknallen. Doch er lehnte sich im Stuhl zurück und blinzelte lächelnd in die Sonne. Auch als grauenhafte, von Drogensüchtigen hervorgebrachte Musik in unzumutbarer Lautstärke aus dem Wohnzimmer drang, schritt er nicht ein. Es war eh Zeit aufzubrechen, in die Kanzlei. Vorher den Tisch abräumen. Den Sekt für Kowalczyk würde er schon heute kaufen, gleich, auf dem Weg.

»Sozialismus statt Königsdramen!«, hatten sie gebrüllt, als sie in Almendingers Shakespeare-Vorlesung hineinplatzten. Zu siebt hatten sie eine Kette vor seinem Pult gebildet, ihr Spruchband in die Höhe gereckt und jeden Versuch des Professors, noch etwas zu sagen, mit Trillerpfeifen erstickt.

Nicht dass Shakespeare ein besonders plausibles Beispiel für Kunst im Dienst des Klassenfeindes abgegeben hätte. Aber man wusste, dass Almendinger jahrelang Stadtrat gewesen war, mit CDU-Parteibuch, und seine Position im Machtgefüge der Fakultät, die soeben einmal mehr jeden Ansatz studentischer Mitbestimmung in ihren Gremien verweigert hatte, bot reichlich Grund, ihm zu zeigen, dass ein neuer Wind wehte. Zwei weitere Mitglieder des *Kommandos* – der Conny und der Spitz, wie Sigrid sie nannte, Udo hatte sich vergeblich bemüht, nur ihre bürgerlichen Namen im Gedächtnis zu behalten – sprinteten die Stufen neben den Sitzreihen hoch, um aus den beiden oberen Ecken des Hörsaals erst den Vers vom tausendjährigen Muff unter den Talaren zu brüllen und dann, nachdem die Resonanz unter den Studenten verhalten geblieben war, zusammen mit den Genossinnen und Genossen am Spruchband die *Internationale* anzustimmen. In dieser Phase zog sich Professor Almendinger vom Schauplatz zurück, obwohl er noch gut zwanzig Minuten über Richard III. zu lesen gehabt hätte. Mit gesenktem Kopf hastete er hinaus, seines Nimbus entkleidet, mit seinem speckigen Manuskript rudernd, ein Zausel in ohnmächtiger Wut, eine beleidigte Leberwurst. »Ja wenn das der Führer wüsste!«, rief ihm jemand hinterher.

Ob seine Studenten die sich anschließende halbstündige Unterweisung in politischem Bewusstsein und Parolenskandieren interessanter fanden als Almendingers Meditationen über die Ränke des Herzogs von Gloucester, liegt ebenso im Dunkeln wie die Identität des Denunzianten, der ihm von vieren der Eindringlinge die vollständigen Namen hinterbrachte. Sigrids Name befand sich nicht darunter. Sie war aber eine derjenigen gewesen, die das Transparent entrollt hatten, und sie war zwei Wochen nach dem Vorfall zusammen mit einem Conny oder wie auch immer in der kleinen Kanzlei Soltau & Kowalczyk erschienen, um zu klären, wie man einer Strafanzeige wegen Hausfriedensbruchs und Nötigung begegnen konnte.

Nicht zu fassen, wie sie an die Krawalltruppe geraten war. Als würde – Udo suchte nach einem geeigneten Vergleich – auf einem Rummelplatz beim Autoskooter zwischen all den Chaisen mit Gummipuffer ein Porzellanmodell herumfahren. Es gab diese Zufälle des Lebens, da rutschte man in etwas hinein als junger Mensch, und wenn es passiert war, dann war es eben passiert, dann half es nicht, sich den Kopf über das Wie und Warum zu zerbrechen. Das Entscheidende war, dass man wieder herauskam. Und dabei würde er ihr helfen. Nicht der Irrweg zwischendurch zählte, sondern die lange Strecke. So musste man das sehen. Und er, der Glückliche, würde auch nicht vergessen, dass er ausgerechnet dem Irrweg – diesen überschnappenden Zeitläufen – sein großes Los verdankte! Zehn, fünf, vielleicht sogar drei Jahre zuvor hätte ein Wesen wie Sigrid Gerlach wohlbehütet vor sich hin studiert, die wachsame Autorität von Eltern und Zimmerwirtin hätte nicht in Frage gestanden, und Udo Soltau wäre ihr nie begegnet. Oder falls doch, so hätte er unter keinen Umständen mit ihr … ihm fiel kein Begriff ein, der das, was er meinte, deutlich genug ausdrücken würde, ohne schlüpfrig zu wirken; und seine Gefühle für Sigrid mit Schlüpfrigkeit in Verbindung zu bringen, wäre völlig falsch gewesen.

»Warum betrachtest du es nicht einfach als Fall, der ganz interessant sein könnte? Und bei dem du was Neues ausprobierst. Klar, wir haben so was noch nie gemacht, aber zugleich ist es ja nicht das erste Mal, dass es geschieht, ich meine, der Tatbestand, ich meine, zumindest anderswo, was weiß ich, in Frankfurt oder Hamburg, da hat es derartige Aktionen, oder wie sie es nennen, ja schon öfter gegeben.«

So hatte Herbert Kowalczyk argumentiert, in einem seiner üblichen Wortschwälle im Takt seiner hastigen Zigarettenzüge, als ihm aufgefallen war, dass er sich an Mandaten übernommen und für die Hörsaalstürmer beim besten Willen keine Zeit übrig hatte. Zudem musste er just an dem Nachmittag, für den sie einbestellt waren, in einer anderen, dringenden Sache nach Mannheim, ein dummes Versehen, er hatte seinen Terminkalender gewechselt und beim Abschreiben eine Seite überblättert. Und so fort, mit viel Gefuchtel und seinem aufdringlichen Lachen. Deutlicher denn je spürte Udo, dass der Moment des Einschnitts nahte, dass es ihn in diesem engen und etwas zugigen Kanzleibüro, in dem Aktenschränke oder Beistelltische an unwahrscheinlichen Stellen standen, damit kein Klient über eine lose Bodendiele stolperte, nicht mehr lange halten würde. »Man muss wissen, wann man weiter muss«, wie sein Vater immer gesagt hatte.

Und Udo, knapp und klar: »Ich will keine Staatsfeinde verteidigen.«

»Was redest du denn da? Das sind ein paar dumme Jungs mit schlechten Manieren, weiter nichts.«

Wenn sie dumme Jungs und weiter nichts gewesen wären, hätte Udo Soltau sie an dem Nachmittag, als Kowalczyk nach Mannheim fuhr, gleich wieder heimgeschickt. Aber neben dem Langhaarigen mit verschränkten Armen und lauernd feindseligem Blick saß ihm, am Fenster mit Sicht auf die berühmte Neckarfront, die Fee gegenüber. Und da fand er ohne weiteres ein Stündchen Zeit für die Angelegenheit, da ließ er die Sekretärin noch Kaffee brühen, als er im Vorraum einen langjährigen Mandanten schon scharren und schnauben hörte, und da brachte er, nachdem man alles gewissenhaft geklärt hatte, die Chuzpe auf, zu der reizenden Verirrten im kniekurzen Knitterrock zu sagen: »Nächstes Mal können Sie ruhig alleine kommen.«

Bei ihrem Begleiter hatte er sich allerdings bereits unmöglich gemacht, als er in aller Unschuld fragte, wer aus ihrer Gruppe denn Ernesto sei.

Seine gutmütige und bescheidene Sicht auf die Umstände ihrer Bekanntschaft vermochte er nicht immer aufrechtzuerhalten. Zu peinigend konnten die Gedanken an all das werden, was, wie man ja wusste, mit dem politischen Rabaukentum einherging. Freie Liebe, was für ein Stichwort! Ein Conny. Ein Spitz! Unerträgliche Vorstellungen. Ängste, die, nachdem Udo mit Sigrid geschlafen hatte, nicht wichen, sondern sich nach einer kurzen Phase des sorglosen Hochgefühls sogar verstärkten, bis hin zu Schweißausbrüchen und durchwachten Nächten. Sicher, ihre Schüchternheit im Bett hatte etwas sehr Beruhigendes. Sie vertrug sich nicht mit den Zuständen, von denen man hier und da las. Aber auch wenn man die Extreme ausschließen konnte, kamen doch viele kaum minder schreckliche Zwischenstufen in Betracht. Und wenn eine junge Frau sich in diese Kreise tief genug verstrickte, um an kriminellen Handlungen teilzunehmen, dann wäre es naiv zu denken, sie würde in anderen Bereichen nicht ebenso mitmachen. Gerade Sigrid in ihrer herzerfrischend positiven Art, Sigrid, die sich – nun kannte er sie ja schon ein wenig – so gern für etwas begeisterte, sich so leicht damit tat, Menschen für ihre Freunde zu halten. Wie sollte sie es fertigbringen, Nein zu sagen, wenn ein hinter der zotteligen Fassade garantiert hemmungslos den Macker gebender Conny oder Spitz das Dogma verkündete: Jeder mit jeder? Alarmierend schon die Tatsache, dass sie die Anti-Baby-Pille nahm; was Udo andererseits natürlich zupass kam.

Erreichten seine Sorgen dieses Stadium, blieb ihm nur der Griff zur Flasche. Dreimal schon hatte er sich in den dunkelsten Stunden der Nacht dabei ertappt, wie er auf seinen Schleichzügen durch die Wohnung am Buffet hinter dem Sofa Halt machte und sich Obstwasser eingoss. Das darf nicht zur Gewohnheit werden, ermahnte er sich und nahm am nächsten Abend Schlafmittel.

»Wir hatten ja nicht damit gerechnet, dass der Almendinger kneift. Wir dachten, er stellt sich der Diskussion.«

Als hätte es noch eines Beweises für ihre Arglosigkeit bedurft! Und die Arglosigkeit der Reinen und Schönen wurde aufs Übelste ausgenutzt, so war es immer, so war die Welt beschaffen, und wenn nicht die Welt, dann zumindest diese Zeit.

Doch er durfte sich seine Qualen nicht anmerken lassen.

»Ich glaube, er hat nicht verstanden, dass es eine Diskussion sein sollte«, gelang es ihm zu erwidern. Die Sonne half ihm, der laue Wind. Es war ein Sonntag, und Sigrid und er waren mit den Fahrrädern unterwegs, gemächlich durchs Ammertal. Er liebte den Duft der Sommerwiesen, in den sich immer mal wieder ein Hauch von frischer Gülle mischte. »Landluft«, sagte er dann, und Sigrid lachte ihr helles Lachen. Später würden sie am Waldrand Picknick machen, würden sich liebkosen und einander Erdbeeren verfüttern, der Anwalt und das Blumenmädchen, und er würde, ins Gezweig eines Apfelbaums blinzelnd, für eine Weile ganz ruhig werden und sich eingestehen, dass es auch Vorteile hatte, in einer derart freizügigen oder hemmungslosen Epoche zu leben.

Außerdem hatte er es schon weitgehend geschafft, sie aus dem Sumpf herauszuführen. Sie pflegte kaum noch Umgang mit den Wirrköpfen, nicht zuletzt, weil die es ihr verübelten, dass sie sich mit ihm einließ. Mit einem Spießer, einem alten Sack, mit dem Establishment. In den Momenten, da ihm dieser Blickwinkel glückte, konnte er Triumphgefühle entwickeln.

In anderen Momenten aber musste er alles daransetzen, zu erfahren, wie ihr bisheriges Liebesleben ausgesehen hatte. Nur geradeheraus fragen durfte er sie nicht. Sie sollte nicht denken, dass er übermäßig eifersüchtig war oder dergleichen. Es galt, die Informationen, die er benötigte, aus dem zutraulichen Geplauder der Frischverliebten zu filtern.

Die Radtouren boten dazu die beste Gelegenheit. So oft wie möglich fuhren sie zusammen hinaus, in den Schönbuch oder über Hirschau und Rottenburg, gerne auch auf einen Krug Most in den Gasthof Schwärzloch oder auf einen idyllischen Rundblick hoch zur Wurmlinger Kappelle. Eine Susanne war es gewesen, die sie unter die Aufwiegler gebracht hatte; mittlerweile mit dem Studium fertig und nicht mehr in der Stadt, während Sigrid noch bei der Wahl des Themas für ihre Zulassungsarbeit zögerte. »Es war einfach das Gefühl, dass man was tun muss«, sagte sie mit weit geöffneten Augen und fuhr mit dem Vietnamkrieg, den Bonzen in Bonn und mit Unterdrückung und Ausbeutung als Grundpfeilern des kapitalistischen Systems fort, weshalb man, wo immer man könne, auf die Revolution hinarbeiten müsse.

Im Hinblick auf das Körperliche blieben seine Nachforschungen, das *Kommando* betreffend, ergebnislos. Ihre einzigen Angaben, die im weiteren Sinn in diese Richtung gingen, bezogen sich auf den Plan einer gemeinsamen Reise der Gruppe, in zwei VW-Bussen nach Frankreich ans Mittelmeer, von dort vielleicht hinüber nach Italien, an die Riviera. Doch daraus war bislang nichts geworden, und wenn es noch würde, wäre Sigrid nicht mehr mit von der Partie. In Ungnade gefallen. Zum Glück.

Als Verflossenen erwähnte sie, sporadisch und widerwillig, nur einen gewissen Wolfram. »Das ist schon so lange her«, winkte sie ab, als könnte es in ihrem Alter etwas geben, das schon lange her wäre. Ein harmloser Jüngling aus der Zeit vor Susanne, beschwichtigte Udo sich selbst. Aber wer war danach gekommen? Es konnte ja nicht sein, dass da niemand … und dass mit all den lüsternen Ernestos bloß politisiert worden war!

Ein Schockmoment trat ein, als sie, reizend angetrunken, eines Abends in den Sommerferien, sie hatten sich gerade die Kleider vom Leib gerissen und sich aufs Bett fallen lassen, seinen Armen entglitt und Anstalten machte, sein Glied in den Mund zu nehmen.

Das war doch. Oralverkehr. Das war doch nicht. Das ging doch zu. Udo Soltau war Jahrgang 1929, aus bürgerlicher Familie und ohne Bordellerfahrung. Er hatte noch nie wirklich eine Scheide gesehen. Mehr als das Haardreieck zwischen den weiblichen Schenkeln war ihm kaum geläufig. Schamlippen hatte er allenfalls flüchtig und versehentlich erblickt (es sei denn, man zählte die seiner Tochter mit, als sie ein Kleinkind war und er sie zu wickeln versuchte), und jedenfalls nicht die inneren Lippen, geschweige denn das, was dahinter lag. Sich mit dem Gesicht dorthin zu begeben, kam ihm abwegig vor. Auch seinen Penis betrachtete er nie genauer. Als reinlicher Mensch zog er sich beim Einseifen unter der Dusche die Vorhaut zurück, doch nur ganz kurz und ohne einen Blick auf die Eichel zu werfen. Und wenn er sich selbst befriedigte, was zumindest ein-, zweimal pro Woche unumgänglich war, schaute er ebenfalls nicht hin. Er tat es hastig auf der Toilette, zusammen mit anderen Verrichtungen.

Und nun Sigrids Initiative. Und sein Zurückzucken. Sein Schreckenslaut. Ein Rudel panischer Gedanken, von der Leine gelassen: Was hatte das zu bedeuten, wie kam sie auf diese Idee, wer hatte ihr das beigebracht? Sie war aus dem Bett gesprungen, nicht bloß im Gesicht, sondern bis zu den Schultern errötend, und die Tränen schossen ihr in die Augen.

»Oh, nein«, hörte er sie stammeln.

»Bitte nicht«, stammelte er zurück.

Was war zu tun? Nur nicht erstarren! Nicht zulassen, dass sie weiter so dastand, nackt und rot, zitternd, mit dem Rücken zur Wand!

»Sigrid. Sigrid. Bitte: Willst du meine Frau werden?«

Mein lieber Scholli, Udo!, dachte er, als er wieder denken konnte, von sich selbst überrumpelt. Was für eine Flucht nach vorne! Da hatte er, blitzartig in der Bedrängnis, die Zauberformel gefunden, mit der sich nicht nur die peinliche Situation entschärfen, sondern auch all seine Angst bannen ließ.

Ihr »Was?« war kaum hörbar. Doch er blieb am Ball, getragen von der Adrenalinwelle. Er stand nun bei ihr neben dem Bett, ergriff ihre Hände.

»Meine Frau. Sigrid. Willst du meine Frau werden? Das wollte ich dich fragen. Bitte entschuldige, dass ich damit so herausplatze.«

»Du machst mir einen Heiratsantrag.«

»Ja. Ja!«

»Udo –«

»Sigrid. Meine Sigrid.«

»Aber du bist doch … ich meine … du hast –«

»Oh, das … glaub mir, ich meine es ernst. Es ist alles reiflich überlegt. Mein sehnlichster Wunsch. Mein Leben mit dir zu verbringen. Mit dir. Und alle … alle Hindernisse werden nicht mehr bestehen. Dafür ist gesorgt.«

»Oh, Udo! Ich kann aber … bitte, du musst verzeihen –«

»Schon klar. Natürlich Das war jetzt ein Überfall. Du brauchst Zeit, um dich damit, also mit der –«

»Ja, ein bisschen Zeit.«

»So viel du willst, Liebste.«

Sie flüsterte seinen Namen und umschlang ihn. Sie küssten sich lange, sanken zurück auf die Matratze und schliefen miteinander, ohne weitere Irritationen.

Allen Verunsicherungen zum Trotz hatte Udo seit dem Anblick ihrer Frühstückskrümel in der Morgensonne keine Sekunde mehr gezweifelt: Sigrid war seine Rettung, mit Sigrid wollte er ein neues, sein richtiges Leben anfangen. Unendlich kostbar. Das war sie, das waren sie beide zusammen, das war die Chance, die das Schicksal ihm bot.

Was für ein Feingefühl und was für eine Herzenswärme diese junge Frau an den Tag legte! Nie würde er vergessen, wie sie, als er zum ersten Mal in Andeutungen von seinem Unglück sprach, seinen Kopf an ihre Brust zog, ihm die hohe Stirn streichelte und wisperte: »Mein Udo, mein Ärmster. Ich will dir helfen.« Wenn er daran dachte, wurde ihm fast schwindelig. Dass es möglich war, einen Menschen zu finden, mit dem man sich so gut verstand, auch ohne viele Worte! Einerseits die Reinheit ihrer Seele, ihr fast kindliches Weltvertrauen, andererseits die Reife und Tiefe ihrer Empfindungen. »Sigrid, Geschenk des Himmels.« Das hatte er in einer Konditorei in Reutlingen, wo man ihn nicht kannte, mit roter Zuckerschrift auf eine kleine Zitronentorte schnörkeln lassen, die er ihr zum zweimonatigen Jubiläum der ersten gemeinsamen Nacht schenkte. Udo Soltau fühlte sich von seiner Fee nachgerade zum Poeten erweckt.

Und nicht minder als ihre Fürsorglichkeit schätzte er ihre Moral. Noch während sie seinen Kopf an ihrer Brust streichelte, wurden ihre Augen feucht, und sie sagte: »Es ist schrecklich. Ich liebe dich, ich liebe dich wie mein Leben – aber ich kann nicht verantworten, dass du deine Ehe brichst!«

»Bitte, mein Liebstes«, beeilte er sich da klarzustellen, »da gibt es nichts mehr zu brechen! Da ist längst alles zerbrochen. Zerstört. Zerrüttet.« Er unterbrach sich für einen Seufzer. »Meine erste Ehe war der größte Fehler, den ich jemals gemacht habe.«

»Das ist so traurig.«

»Ach, Sigrid.«

Er sah sie an, tupfte ihr mit der Ringfingerkuppe eine Träne von der Wange und verstrich sie dankbar lächelnd auf seiner Lippe. Der Mensch war auf dem Mond gelandet, und die Welt war in Ordnung.

Einmal, als sie im Eiscafé saßen, dröhnte im Radio ein Hit aus den USA. *Young Girl.* Udo war nicht allzu beschlagen im Englischen, aber worum es hier ging, verstand er. *You're much too young* und dergleichen. Und irgendwo, an ungünstiger Stelle, saß eine hämische Instanz, die ihm eine solche Zumutung dann noch als wochenlangen Ohrwurm aufbrummte. Dabei hatte er nichts mit ihm, mit ihnen beiden zu tun, der dumme Schlager. Wenn zwei Seelen zueinander gehörten, spielten doch die Zahlen keine Rolle. Und Sigrid war 24 Jahre, also unbestreitbar im heiratsfähigen Alter.

Ebenso alt war er selbst bei seiner ersten Hochzeit gewesen. Und Charlotte 22. Ganz andere Zeiten natürlich. Da hatte sich viel getan, gewandelt. Und vor allem wäre es ihm, selbst wenn er es gewollt hätte, schwer gefallen, sich an die frühe Phase mit Charlotte in Einzelheiten zu erinnern. Klar, die großen Landmarken: sein erstes Staatsexamen, unmittelbar vor der Vermählung. Doris' Geburt, gerade mal ein Jahr danach. Seine Dummheit, sich fürs Referendariat unter die Obhut des Schwiegervaters zu begeben, der Richter in Stuttgart war. Das rieb Charlotte ihm bis heute unter die Nase, als wäre sein juristisches Fortkommen ein Verdienst ihres alten Herrn gewesen.

Ganz andere Zeiten. Leider war der Ausdruck »die ehelichen Pflichten« etwas, das ihm plötzlich wieder dazu einfiel. So hatte man ja damals noch gesagt. Er zumindest. Er fand es sogar eine hübsche Formulierung, weil sie nicht ganz ernst gemeint klang. Und trotzdem verbindlich. Es war bei schwierigen Themen immer gut, einen Begriff zu haben, zu dem man Zuflucht nehmen konnte. Die ehelichen Pflichten waren etwas, das man meist im Dunkeln erledigte und wonach es den jungen Udo einerseits sehr verlangte. Andererseits wurde er ein gewisses Unbehagen nicht los. Er wusste natürlich, was er zu tun, wohin er sich zu bewegen hatte. Aber dass dann, in dem Moment, da er in sie eindringen wollte, Charlotte unter der Bettdecke sein Glied ergreifen und an die richtige Stelle führen musste und dass er, wenn diese Hilfe ausblieb, tatsächlich nicht hineinfand, das empörte ihn.

Gewiss hätte er noch gelernt, wie es ging. Doch ihm blieb zu wenig Zeit. Sobald ihre Schwangerschaft bekannt wurde, galten die ehelichen Pflichten als erfüllt. Acht traurige Monate lang hatten sie keinen Verkehr. Sie glaubten, dass es, während eine Frau ein Kind austrug, nicht möglich sei. Rückblickend verdächtigte Udo Charlotte, ihm das eingeredet zu haben. Ein dunkles Kapitel. Die Wochen nach der Geburt. Aus der Klinik war sie entlassen, nun war doch der Weg wieder frei. Sie klagte über Schmerzen, er fühlte sich hingehalten, sie schimpfte, er habe ja keine Ahnung, er sagte, eine ungute Ahnung habe er. Auf sein immer heftigeres Drängen hin gab sie irgendwann nach, aber das Resultat war peinigend; nach Sekunden stieß sie ihn von sich, schluchzte und überschüttete ihn mit Vorwürfen. Da fing er, in seiner Not und Wut, wieder von den ehelichen Pflichten an. Und zugleich begann die Kleine in ihrer Wiege wie am Spieß zu brüllen.

So sollte es über all die Jahre bleiben: Frau und Tochter vereint gegen ihn. Zu sagen, dass es nach der unglücklichen Szene mit dem Sex zwischen ihm und Charlotte vorbei oder nur noch grauenhaft gewesen wäre, hätte allerdings nicht den Tatsachen entsprochen. Die Zustände stabilisierten sich – zwei-, dreimal im Monat, vor dem Schlafengehen, sie führte ihn ein. Schwanger wurde sie nicht wieder.

Er machte sich nichts vor. Der eine missratene Moment war, obwohl nie mehr zur Sprache gekommen, die ganze Zeit als drückender Schatten über seinem Ehebett hängen geblieben. Selbst in den eher unbeschwerten Phasen. Eine stumme Anklage, die darauf abzielte, ihn dauerhaft mit einem diffus schlechten Gewissen zu belasten. Und damit dieses Gefühl nicht nachließ, kamen mit der Zeit immer weitere, allerdings offen ausgesprochene Beschuldigungen hinzu. Dass er nie etwas lobe. Dass er im Gespräch, gerade wenn man Gäste habe, ein Langweiler und im Alltag ein Pedant sei. Dass er ihr keine echte Geborgenheit gebe. Dass er das Richteramt nicht anstrebe. Dass er das falsche Auto gekauft habe (einen Opel Kapitän, keinen Admiral). Dass manchmal ein unangenehmer Geruch von ihm ausgehe. Die letzte Unterstellung brachte ihn eine Zeit lang dazu, sich zweimal am Tag zu duschen, aber das vertrug seine Haut schlecht, sie wurde rot und schuppig.

Wenn er sich all das vergegenwärtigte, war ihm unerklärlich, wie er es so viele Jahre mit ihr hatte aushalten können. Schatten über Schatten, Erniedrigungen über Erniedrigungen! Und doch brauchte man eine Ewigkeit, um sich zuzugestehen, dass man es besser verdiente. Sicherlich, man war eingebunden, man hatte seine Routinen, man war eine Familie, wenn auch eine kleine: eine Konvention, eine Institution.

Am Ende hatte sie ihn sogar wegen Argentinien getriezt. Er lasse das Lebenswerk seiner Vorfahren verkommen, stelle da unten alles der Willkür eines selbstherrlichen

Verwalters anheim, schaue dem nicht auf die Finger. Und im nächsten Atemzug durfte die so kränkende wie unzutreffende Bemerkung nicht fehlen, dass er seinen Wohlstand doch im Wesentlichen seinen Einnahmen aus der Estancia verdanke.

Als ob die Kanzlei ein Nichts wäre! Den Hinweis, dass man froh sein konnte, wenn die Estancia in diesen Zeiten des politischen Tohuwabohu in Argentinien überhaupt noch etwas für ihn und seinen Bruder abwarf, verkniff er sich.

Wie sie ihm bei solchen Streitereien gegenüberstand, zum Beispiel im Wohnzimmer, vor der düsteren Schrankwand das Silber polierend (eine Aufgabe, die sie nicht der Zugehfrau überlassen wollte), eine Schürze umgebunden, die nicht ihr Ernst war (ihr Ernst war das sündhaft teure Kostüm darunter), das Haar wie immer streng hochgesteckt: eine Furie, die versuchte, sich wie ein Filmstar aus dem vorigen oder vorvorigen Jahrzehnt zu kleiden. Eine Schönheit war sie die längste Zeit gewesen, teigig und formlos drohte sie zu werden, vor allem ihr Hinterteil ging inzwischen sehr in die Breite. Weiß Gott oft genug hatte er sie deswegen ermahnt.

Doch all das war vorbei. Keine Szenen, keine Tränen mehr, zumindest wenn es sich irgend vermeiden ließ. Einen klaren Schlussstrich ziehen. Ein schlechtes Gewissen brauchte Udo nicht zu haben, auch nicht wegen Doris, am allerwenigsten ihretwegen. Doris, die jede Erinnerung daran verloren zu haben schien, wie sie, vor wenigen Jahren noch, fröhlich mit ihren zwei Rattenschwänzchen, adrett im beigefarbenen Sonntagskleidchen, mit ihm nach Stuttgart in den Zoo gefahren war; oder wie er ihr mit lustig verstellten Stimmen vor dem Einschlafen Grimms Märchen vorgelesen oder wie er ihr aus Pappkarton einen Herd für die Puppenstube gebastelt hatte. Gewiss, aufs Ganze gesehen handelte es sich nur um kurze, nicht ins Gewicht fallende Ausnahmen von dem permanenten Zu-zweit-gegen-ihn, doch immerhin waren sie vorgekommen. Mittlerweile undenkbar. Das letzte Küsschen hatte ihm Doris mit angewidertem Blick am Morgen ihrer Konfirmation gegeben. Ihren ganzen kopflosen Backfischhass warf sie auf ihn, kein vernünftiges Wort mehr war mit ihr zu wechseln. »Ich lasse mir nichts befehlen!«, keifte sie, selbst wenn er nur »Wie heißt das Zauberwort?« gefragt hatte. Und verantwortlich für diese furchtbare Entwicklung war Charlotte. Immerzu musste sie das Kind auf ihre Seite ziehen, ohne jede Hemmung trichterte sie ihm ihren eigenen Groll gegen den Gatten ein: »dein Vater« dies, »dein Vater« jenes, als wäre es ein unangenehmer Zufall, dass Udo Soltau in dieser Familie eine Rolle zukam. Schon lange hatte er den ungleichen Kampf aufgegeben und bemühte sich, den beiden aus dem Weg zu gehen.

Man muss wissen, wann man weiter muss.

In den seltenen Fällen, da Charlotte nach seinem Verbleib fragte, log er ohne das leiseste Zittern. »Ich hatte einen Termin mit einem neuen Mandanten.« »Ich musste noch mal die Akten im Fall Pfäffinger durchgehen.« Irgendsolchen Unsinn. Ihm war egal, ob er sich glaubhaft anhörte. Sigrid hatte, nach zwei Tagen Bedenkzeit, Ja gesagt.

Den Augenblick für den silbernen Verlobungsring hatte er mit aller Sorgfalt gewählt. Nicht den Abend, obwohl sie zusammen essen gegangen waren. Nicht die Stunde der Zärtlichkeiten, ehe sie die Nachttischlampe ausknipsten. Sondern das Frühstück am nächsten Morgen, dem letzten Sonntag im August. Sigrid auf dem Stuhl, der mit der hohen lederbespannten Lehne eigentlich viel zu streng für sie wirkte, aber man konnte es natürlich auch so sehen, dass ihre süße Gestalt im buntgeblümten Rüschenkleidchen dem Möbel alle unnötige Strenge nahm.

»Oh, Udo! Du –«

»Mein Liebstes! Meine Sigrid, mein Leben.«

Er kniete vor ihr, im Krümelkranz, sie hatte sich erhoben und weinte, und er war froh. Dieser Ring sei traumhaft schön, schluchzte sie, und ja, sie werde ihn tragen, und dann küssten sie sich, er hielt sie im Arm, sog den Duft ihres Haars ein.

Sie begannen über Termine nachzudenken. Die Zeremonie würden sie im ganz kleinen, privaten Rahmen halten, da waren sie sich gleich einig. Und welche Freude, dass sich vor dem Fenster zwischen verwaschenen Wolken nun doch noch die Sonne Bahn brach! Und wie sie die Tränen auf Sigrids Alabasterwangen funkeln ließ – Perlen, unendlich kostbar!

»Charlotte. Wir lassen uns scheiden.«

Derselbe Ort, der Morgen darauf. Mutter und Tochter zurück vom Wochenende bei den Großeltern. Und Udo, der die Nacht damit verbracht hatte, sich an jeder Vorstellung von diesem Gespräch zu hindern, sich allein die

Worte, die er sagen wollte (und den Tonfall dazu: ruhig, beherrscht, entschieden; ohne Zorn), genau zurechtzulegen, wurde von Charlottes erster Reaktion kalt erwischt.

»Dein Versprechen!«, schrie sie auf.

»Mein … wieso denn –?«

»So viel ist dein Versprechen wert!«

»Charlotte. Wir bringen das so schnell wie möglich hinter uns. Ich habe bereits –«

Sie wurde noch lauter: »Du betrügst mich, schon lange, ich weiß es! Ich weiß es! Dir ist nichts heilig!«

Er wusste nicht, wie ihm geschah. Reinen Tisch wollte er machen, aber was tat sie? 16 Jahre verheiratet, 16 Jahre bittere Erfahrung. Und nun doch eine Wucht, die er nicht kannte. Halb fühlte er sich in einen Hinterhalt gelockt, halb wie ein ertappter Schuljunge vor dem Direx. In seiner Verwirrung ratterte es weiter aus ihm heraus: »Wir wissen ja beide, dass es an der Zeit ist, diesen Schritt –«

Da sprang die Tür auf. Doris, in ihrem Zimmer vergraben geglaubt. Die eine Hand an der Klinke, sich mit der anderen im Rahmen festhaltend, reckte sie den Kopf vor, wandte ihn flüchtig zu Udo, dann stirnrunzelnd zu Charlotte. Niemand sagte etwas. Erst als sie eine Rückwärtsbewegung andeutete.

»Doris, warte! Dein Vater will uns verlassen!«

Ein Alptraum. Wie das Mädchen plötzlich wieder aus riesigen, ängstlichen Kinderaugen starrte.

»Also das ist doch … das ist doch«, schnaubte er, dann schlug er mit der Faust auf den Tisch: »Zum Donnerwetter noch mal!«

Ein Alptraum. Charlotte, von einem Weinkrampf geschüttelt, beide Hände vors Gesicht gepresst. Doris, die kreidebleich weiter im Türrahmen hing. Bis Udo ein zweites Mal auf die Tischplatte schlug und sein Donnerwetter wiederholte. Da stob sie mit einem Knall hinaus. Und Charlotte heulte: »Das wird dich teuer zu stehen kommen!«

Der Bann war gebrochen, man fand zurück in vertraute Muster. Die Tochter, die die Tür zuschlug, die Frau, die ihn einschüchtern wollte. Darauf war er gefasst, damit wusste er umzugehen. Ihre Drohungen, natürlich. Die alte Leier. Dabei war der Herr Gerichtspräsident längst pensioniert, obendrein schwerkrank, mit einem Fuß schon im Grab – die Damen hatten soeben einmal mehr das Wochenende an seinem Siechbett verbracht. Und als könnte der sich, selbst wenn er quicklebendig wäre, über den Rechtsstaat hinwegsetzen! Charlotte schwätzte wie die Tochter eines Gangsterbosses, und das sagte Udo ihr nun ins Gesicht. Herrgott, er selbst war doch vom Fach, er wusste genau, was zu tun war und was auf ihn zukam. Keine Frage, er würde die Schuld auf sich nehmen, sein eigenes Leid in dieser Ehe war ja nicht justitiabel; peinliche Befragungen durch die Gegenseite würde er durch ein maßgeschneidertes Geständnis vereiteln. Was die Unterhaltszahlungen betraf, würde man sich an die gesetzlichen Regelungen halten und basta. Er und Charlotte hatten sich in einen privatrechtlichen Fall verwandelt, sauber lösbar nach BGB: Das tat gut.

Die Lösung sollte sich ein volles Jahr in die Länge ziehen und nicht sauber bleiben. Charlotte hatte sich einen widerwärtigen Streber aus der Landeshauptstadt als Anwalt genommen, einen Eingesessenen, der sein Honoratiorenschwäbisch vor sich hertrug wie einen preisgekrönten Schnurrbart und versuchte, Udos Anteil an der Estancia im fernen Drunter-und-drüber-Land zu einem Quell unermesslichen Reichtums hochzulügen. Der Geschundene musste Dutzende Telefonate mit Señor Moretti führen, dem Verwalter auf Águilas, musste sich monatelang selbst hinter die Beamten in Santa Fe klemmen und fast hundert Mark Porto vorschießen, bis er endlich all die peniblen, dem argentinischen Verständnis von Buchführung gar nicht entsprechenden Zahlen und Unterlagen beisammenhatte, mit denen sich die schlimmsten Auswüchse der Raffgier abschmettern ließen.

Charlottes Eifer, sämtliche Bekannten in der Stadt auf ihre Seite zu ziehen und gegen ihn aufzuwiegeln, tat das Übrige. Udo Soltau sah der empörenden Tatsache ins Auge, dass er an diesem Ort nicht würde bleiben können. Auch ein Umzug in eine Nachbarstadt oder aufs Land würde nicht ausreichen.

Er musste fort, um sein neues Leben zu beginnen. Weit fort.

Anfangs hatte er noch gedacht, dass Doris trotz allem ein Grund wäre, den Abstand gering zu halten. Aber dann erlebte er, wie sie sich Sigrid gegenüber danebenbenahm. Sigrid in ihrer hinreißenden Herzlichkeit – »Ich freue mich sehr, dich kennenzulernen«, mit diesen Worten begrüßte sie die Tochter, die der Mann, den sie liebte, mit einer anderen Frau hatte! – und so einfühlsam, wie ein schwieriges pubertäres Mädchen es sich nur wünschen konnte. Sigrid, die Doris obendrein ein T-Shirt mitgebracht hatte, von ihr selbst in einer fernöstlichen Wachsfärbetechnik mit einem neumodischen Kringelmuster verziert. Und was sagte das verzogene Kind, nachdem es eine geschlagene halbe Stunde lang den Mund gar nicht aufgemacht hatte? »Du kannst mir schenken, was du willst, für mich wirst du niemals eine Mutti sein.«

Da war ihm der Kragen geplatzt. »Raus mit dir, ehe ich mich vergesse!«, hatte er getobt, die erhobene Hand mit Mühe zurückhaltend. Und als er dann Sigrid in Tränen aufgelöst sah, untröstlich auf dem Sofa kauernd, das viel zu sperrig war für seine provisorische neue Bleibe am Österberg, da bereute er es, der unverschämten Göre keine gescheuert zu haben.

Furchtbare Zeiten, in denen alles verlotterte! Hob man den Blick einmal über die Missstände des eigenen Lebens hinaus, so schien die ganze Republik aus dem Ruder gelaufen. Wie sonst hätte ein Hallodri, der sich unter falschem Namen zur Wahl stellte, Bundeskanzler werden können? Wo das einzig Vernünftige eine Fortführung der Großen Koalition unter Kiesinger gewesen wäre.

Immerhin hatten sich die Studentenunruhen in der Stadt offenbar gelegt, und als Udo Sigrid wieder einmal auf das *Kommando Ernesto* ansprach, lachte sie, das gebe es doch längst nicht mehr.

Sigrid, Geschenk des Himmels. Wie sie durch all die Widrigkeiten hindurch zu ihm hielt, felsenfest an seiner Seite stand, ohne Wenn und Aber; sogar ihre Abschlussarbeit schob sie auf, um nicht durch ein solches Großprojekt von ihrem selbstlosen Einsatz für den entnervten und abgemagerten Liebsten abgelenkt zu werden! Niemals hätte er diese Monate ohne sie überstehen können, ohne sie, mit der alles weiterhin herrlich und harmonisch war. Sigrid, seine Oase, Sigrid, sein Lebenselixier. Dass der Wunsch nach Oralsex, der seit jener spektakulär geretteten Situation hartnäckig in ihm schwelte, unerfüllt blieb, war nicht ihre Schuld; ihm selbst gelang es ja nicht, sich in der Hinsicht verständlich zu machen.

Mittlerweile kam ihm jeder Gang vors Haus wie ein Spießrutenlauf vor. Selbst beim Metzger oder am Kiosk fühlte er sich vernichtenden Blicken ausgesetzt, und es hätte ihn kaum gewundert, wenn aus den Fenstern der Burschenschaftlervillen in seiner Nachbarschaft auf einmal Anti-Udo-Plakate gehangen hätten.

Weit fort musste er. Weit fort mussten sie beide.

Und so begann er ein Grundstück in Ostwestfalen, das seine dort gebürtige Mutter ihm und dem Bruder hinterlassen hatte, mit anderen Augen zu sehen.

Ein Gutes hatte die unerträgliche Lage: Er konnte sich aus der Kanzlei zurückziehen, ohne Kowalczyk vor den Kopf zu stoßen. Der Partner hatte volles Verständnis, war insgeheim wohl froh, einen Udo, der kaum noch zum Arbeiten kam, loszuwerden, und überraschte als Trauzeuge bei der Zeremonie im Rathaus mit einer kleinen Ansprache, die so schlicht wie rührend geriet. »Wenn zwei Herzen zueinander finden«, sagte er, »dann soll man nicht versuchen, sie aufzuhalten. Das Schicksal nimmt seine seltsamen Wege, aber sofern es sich, wie in diesem Fall, um den Weg der Liebe handelt, kann man nur sagen: wie schön! Welche Freude! Lang und glücklich sollen sie miteinander leben!«

Udo, sonst kein Freund von Körperkontakten unter Männern, drückte ihn im Anschluss fest an seine Brust. Und selbst Sigrids Eltern – ein hagerer Realschulrektor kurz vorm Ruhestand und seine in großmütterliches Grau gehüllte Gattin, sehr erleichtert, dass ihr einziges Kind dem Milieu der verlausten Weltverbesserer den Rücken gekehrt hatte, mit einem Geschiedenen als Schwiegersohn aber eigentlich auch nicht einverstanden, daher ohne Geschenk angereist – schienen beinahe zu lächeln.

Gerüchte, dass in der argentinischen Militärjunta Pläne kursierten, alle Gringos, die dort Land besaßen und es nicht mehr selbst bewohnten, zu enteignen, waren in den letzten Jahren immer wieder aufgekommen. Fragte man Señor Moretti danach, sagte er, mit einer kurzen Verzögerung, die sich wahrscheinlich einem Zungenschnalzen verdankte, jedes Mal denselben Satz: »*Eso no va a pasar.*«

Doch allmählich – und gerade nach seinen Erfahrungen mit den verschlafenen oder verschlagenen, jedenfalls wenig kooperativen, oft wochenlang telefonisch nicht erreichbaren Beamten in Santa Fe – traute Udo diesen Beschwichtigungen nicht mehr. Im Gespräch mit seinem Bruder Günther übertrieb er seine Sorgen vielleicht ein wenig, behauptete, es sei angesichts der jüngsten Unruhen drüben womöglich nur eine Frage von Wochen, bis die Regierung diese Karte ausspiele, und man müsse nun rasch handeln. Günther, ein teigiger Mittdreißiger, der sich kinderlos und antriebsarm durchs Leben wurstelte (soweit Udo wusste, bezog er sein Einkommen aus der Verpachtung von Kaugummiautomaten oder ähnlich undurchsichtigen Aktivitäten), leistete nicht lange Widerstand gegen den Verkaufswunsch. Außer Günther betraf die Entscheidung drei Kusinen, allerdings, das hatte Udo überprüft, ohne Mitspracherecht und mit geringen Anteilen am Erlös.

Nicht einmal eine Verschnaufpause gönnte er sich nach dem zermürbenden Scheidungsgetümmel, nein, er nahm sich gleich die nächste Herkulesaufgabe vor. Wie es ihm in seinem Zustand, nach allem, was er durchgemacht hatte, gelingen konnte, zäh, wachsam und schlau genug zu sein, um die Verflüssigung der Estancia zu fast drei Vierteln des Preises, den er angestrebt hatte, und ohne bürokratische Fußangeln einzufädeln, war ihm im Nachhinein selbst kaum begreiflich. Aber es war ja die Hoffnung seines Lebens, die ihn antrieb! Und er brauchte das Geld für sein Bauvorhaben.

Absicht? Natürlich nicht nachweisbar. Aber dass eine in ihren Bewegungen so kontrollierte Person wie Charlotte auf einer windgeschützten Terrasse an einem fast sommerlichen Oktobernachmittag plötzlich die Beherrschung über die Teetasse in ihrer Hand verloren haben sollte, konnte Udo nicht glauben. Zumal das Geschirr ihr nicht nur entglitten, sondern mit verdächtiger Wucht auf der Tischplatte zerschellt war beziehungsweise auf ihrem Kuchenteller, der dabei ebenfalls zu Bruch ging. Zu allem Überfluss war die Wirtin sofort zur Stelle, die Hände in die Hüften gestemmt, und sie blickte nicht Charlotte entrüstet an, sondern Udo. Wie konnte das sein? Er hatte extra ein Dorf weit draußen im Ammertal für das Treffen ausgesucht.

»Wellet Sie etzt no ebbes bestelle?«, schnaufte sie nach einer halben Ewigkeit, während ein pickliges Mädchen die

Bescherung wegkehrte. Anstatt zu antworten, presste sich Charlotte mit beiden Händen ihr Taschentuch vors Gesicht.

»In knapp zwei Wochen werden wir uns drüben selbst überzeugen.« Das war der Satz gewesen, auf den die Scherben folgten. Er bezog sich auf die Hochzeitsreise, und davor hatte man über den Estanciaverkauf geredet. Und natürlich saß hier nicht mehr derselbe Udo, der, solange Charlotte ihn kannte, beim Thema Argentinien stets abgewiegelt hatte. Es waren ganz andere Zeiten gewesen, erstens, zweitens die schnelle Schwangerschaft, drittens kam mit Baby oder Kleinkind so eine aufwendige Unternehmung nicht in Betracht, und viertens konnte es im Nachhinein niemanden mehr wundern, dass er in ihr nicht die Frau gesehen hatte, mit der er an die Schauplätze seines jugendlichen Exils zurückkehren würde.

Nun sprang ihr Begleiter in die Bresche. Sie hatte sich nicht entblödet, neben Doris ihren Anwalt, diesen Lackaffen, mitzubringen, und der schnarrte, nachdem er bei der Wirtin ein weiteres Kännchen Earl Grey geordert hatte: »Es trifft sich gut, dass Sie hinreisen. Sie wissen ja, welche Unterlagen wir noch im Original von Ihnen benötigen.«

»Oh«, gelang es Udo zu parieren, »da muss ich Sie bitten, mir eine exakte Auflistung zukommen zu lassen. Jeweils mit den entsprechenden Paragraphen, dann prüfen wir das. Vorausgesetzt, wir haben Ihr Papier bis Mittwoch früh in der Kanzlei.«

Bei diesem Gefechtsverlauf konnte Charlotte nicht länger untätig bleiben. Die rechte Hand auf die Schulter ihrer Tochter gestützt, ging sie Sigrid an: »Werden Sie in den nächsten zwei Wochen bloß nicht krank oder so. Die Gelegenheit kommt nicht wieder, glauben Sie mir.«

»Danke, wir passen gut auf uns auf. Haben Sie auch Urlaubspläne?«

Die Frage hatte sie ebenso wie an Charlotte an den feindlichen Anwalt gerichtet, als wäre klar, dass der, mindestens fünf Jahre jünger als seine Mandantin, ihr nicht nur im Ammertal zur Seite stehen würde.

»Ich habe ein schulpflichtiges Kind.«

»Sind ja bald Herbstferien«, murmelte Doris, ohne den Kopf oder den Blick zu heben, und Udo glaubte, dass es ihre ersten Worte an diesem Nachmittag waren.

»Ach, was ich dir noch sagen wollte, Doris: Bei uns in Bielefeld wirst du natürlich auch ein eigenes Zimmer haben.«

»M-hm.«

»In den Ferien kommst du uns besuchen, ja?«

Sie schwieg, starrte Udo an oder jedenfalls nur knapp an ihm vorbei in die Landschaft.

»Also in den Herbstferien sind wir natürlich noch nicht dort, da sind wir ja … aber nächstes Jahr, meine ich.«

»Hören Sie jetzt bitte auf!« Wieder der Streber. »Sie versuchen das Kind zu beeinflussen, dabei wissen Sie genau, dass die Urlaubsregelung –«

»Ja, ja, ja.«

Udo winkte ab, den Kopf zum Tal gewandt, und niemand sah, ob seine Lippen ein ehrverletzendes Wort formten. Sigrid legte ihm im Schutz des wächsernen Tischtuchs ihre Hand auf den Oberschenkel.

Kurz durchatmen. Was für ein Tag. Der Himmel tiefblau, die Luft so klar, dass man darüber erschrecken konnte. Als würde etwas fehlen, wäre weggenommen worden; etwas, das normalerweise die Gegenstände umhüllte. Nun stand alles nackt da. Bäume, Äcker, Wege. Nackt und wie erstarrt. Obwohl. Er erblickte zwei Krähen, die sich knarzend über dem Flüsschen jagten.

»Schauen Sie mal«, sagte er zu dem Kontrahenten.

»Was denn?«

»Die hacken einander kein Auge aus.«

»Was soll das heißen?«

Und Doris: »Ich brauche kein Zimmer in Bielefeld.«

Und Charlotte: »Doch! Du musst ein Zimmer in Bielefeld haben. Du brauchst bloß nicht hinzugehen.«

»Ist es Ihnen gar nicht peinlich, so was zu sagen?« Das war Sigrid; Udo erschrak.

»Gegenfrage: Wissen Sie, was Ihnen alles peinlich sein sollte?«

»Charlotte, es reicht!«

Da schlug sie auf den Tisch (diesmal ging nichts zu Bruch): »Ich dulde es nicht, dass deine Konkubine versucht, mich zu maßregeln.«

»Himmeldonnerwetter! Diese Konkubine ist meine Frau. Was du zum Glück nicht mehr bist.«

Darüber, dass er das infame Wort nicht abgeschmettert, sondern aufgegriffen hatte, konnte er sich nun schwarz ärgern; es war geschehen und nicht mehr rückgängig zu machen. Tatsächlich ärgerte er sich nicht sofort, sondern erst am Abend, als er Zeit dafür hatte.

»Ich muss Sie warnen, Herr Soltau. Wenn es hier zu Beleidigungen kommt –«

»Legen Sie erst mal Ihre Krawatte ab. Es ist Sonntagnachmittag, und wir befinden uns in einem Ausflugslokal.«

Und Doris: »Ich will nach Hause. Mir ist schlecht.«

Drei der vier anderen im Chor: »Mir auch.«

Die Wirtin erschien trotz Hochbetriebs sehr schnell mit der Rechnung. Am Tisch zuckten Finger und flogen Blicke hin und her, aber zunächst griff niemand zum Portemonnaie. Udo hatte sich wieder talwärts gewandt, als käme er auf keinen Fall in Betracht.

Kam er ja auch nicht. Ihm gegenüber saßen die, die ihn von hier vertrieben. Sollte er ihnen dafür noch einen ausgeben? Sicher, er war es, der diese Begegnung vorgeschlagen hatte. Als eine Art Abschiedstreffen, nun, da alles rechtskräftig war; und natürlich wegen Doris, die er gar nicht mehr zu Gesicht bekam. Doch selbst zu so einem Anlass zeigte sich Charlotte zu keiner versöhnlichen Geste fähig. Dass sie für irgendetwas Reue äußern oder ihn um Verzeihung bitten würde, erwartete er nicht. Aber hier Tassen zu zerschmeißen und auf Sigrid herumzutrampeln, das war wirklich keine Art. Das war dermaßen schäbig, dermaßen erbärmlich, wie er es nicht einmal ihr zugetraut hätte, nicht einmal nach all den bitteren Erfahrungen des letzten Jahres. Schon der Affront, den Lackaffen mitzubringen! Obwohl doch alles Anwaltliche hinter ihnen lag. Nur recht und billig, dass nun der die Rechnung zahlte. Bevor man sich steif die Hände reichte und auseinanderging, die Frischvermählten zu ihren Fahrrädern, die Geschiedene mit Tochter und Beistand zu dessen blauem Ro 80, gab Udo ihm noch etwas mit auf den weiteren Lebensweg: »Da, wo ich herkomme, gilt es als Beleidigung, dem Wirt ein Trinkgeld anzubieten. Nur dass Sie es wissen. Falls Sie sich mal über das Ländle hinausbewegen.«

Und es sollte das letzte Mal für fast ein Jahr gewesen sein, dass er Doris sah. Das letzte Mal für ein halbes Jahrzehnt, dass er Charlotte sah. Und das letzte Mal überhaupt, dass man ihn außerhalb eines Gerichtssaals derart kämpferisch und schlagfertig erleben konnte.

Ein hagerer, fast kahler Riese mit wässrigen Augen und breit vom Schädel abstehenden Kieferknochen; so hatte Udo sich Señor Moretti nicht vorgestellt. Er kannte den Verwalter nicht persönlich, eingesetzt hatte ihn noch sein Vater, Anfang der 50er-Jahre. Eher hätte er einen Typen wie Alberto erwartet – das war der Mann, der sie in Rosario am Bahnhof abgeholt hatte, ein Pappschild mit der dick gestrichelten Aufschrift *Soltau Águilas* in den Händen. Ein Dunkler, Kompakter, dessen Schnurrbart sich an den Kinnseiten hinunterzog und der am Steuer des Jeeps Kette rauchte. Auch jetzt, davonknatternd auf staubiger Piste, steckte er sich wieder eine Selbstgedrehte an.

»Señor Soltau, ¡tanto tiempo! Señora, ¡encantado!«, begrüßte der Riese das Paar. *»¡Bienvenidos a la propriedad!«*

»Willkommen auf dem Eigentum. Auf dem Besitz«, murmelte Udo zu Sigrid, die seinen rechten Arm umfasst hielt und sich lächelnd an ihn schmiegte. Morettis *»¡tanto tiempo!«* verwirrte ihn. Hieß das nicht, dass er ihm doch schon einmal begegnet sein musste?

Keine Zeit zum Nachgrübeln. Er hatte weiter zu übersetzen und zu antworten, auf Fragen nach der Reise, nach der Anfahrt, während man unter einem frei stehenden, blendend weißen Mauerbogen, auf dem Zierkacheln *Las Águilas* in steilen Versalien buchstabierten, hindurch auf einen Kiesweg schritt. Zu beiden Seiten bauschten sich die Jacarandabäume in voller Blüte – ein Glücksfall: Soweit Udo sich erinnerte, waren gerade mal zwei Wochen im Jahr mit der violetten Pracht gesegnet.

»Das ist alles noch viel schöner, als ich es mir vorgestellt habe«, schwärmte Sigrid, sobald sich im Redefluss der beiden Männer eine Pause ergab. Und ihr Angetrauter ließ sich nicht lumpen: »Sie blühen für dich!«

Ein Kuss auf der Allee. Moretti bleckte geduldig die Zähne. Der Weg mündete in ein weites Rund, geradeaus vom Haupthaus begrenzt, zu den Seiten von weiteren Gebäuden.

»Das Lebenswerk meiner Vorfahren.«

»Ein Traum.«

Doch nach Udo hatte eine unbestimmte Beklommenheit gegriffen, das konnte er nicht länger vor sich selbst verleugnen.

»Man könnte es auch Kolonialismus nennen. Deine Freunde vom *Kommando Ernesto* wären sicher nicht begeistert, oder?«

»Ach Udo, warum sagst du denn jetzt so was?«

»¿Qué pasa con estos escalones?«

Das hatte er natürlich an Moretti gerichtet. Die Stufen, nach denen er fragte, führten vor dem Haupthaus zur gemauerten Veranda hoch. Stumpfgrau stachen sie vom Weiß der Fassade ab und sahen so verwittert und mürbe aus, als sollten sie unter dem nächsten unvorsichtigen Fuß auseinanderbröckeln. Moretti redete von einer anstehenden Renovierung, die auch andere Teile des Hauses betreffe, Udo fand darin keine zufriedenstellende Erklärung für den Kontrast zum Zustand der Veranda und der Mauern. Aber er hakte nicht nach, denn in diesem Moment wurde ihm klar, was ihn am Anblick des Verwalters verstörte: Moretti erinnerte ihn, von der Größe abgesehen, frappierend an Sigrids Vater.

Musste es ihr selbst nicht ebenso ergehen? Er schaute ihr ins Gesicht, was sie nicht zu bemerken schien, da sie ihren Blick weiterhin über den Platz schweifen ließ. Moretti hatte hinzugefügt, dass man das Haus meist durch den Seiteneingang betrete.

Für weitere Inspektionen blieb keine Zeit, es galt dem Duft von Rauch und Fleisch zu folgen, hinters Gebäude in den üppigen Garten. Ein Palisandertisch schimmerte festlich gedeckt in der Abendsonne. An der geziegelten *parrilla* gab eine stämmige Frau mit Schürze das Amt des Grillmeisters an den eben eingetroffenen Alberto ab und kam heran, um die Gäste zu begrüßen. Dulce, die Köchin.

»Warum hat sie dich so komisch angeguckt?«

»Ich weiß es nicht, Liebes. Keine Ahnung.«

Dass er es nicht wusste, war die Wahrheit, dass er keine Ahnung hatte, nicht. Sehr wohl ahnte er etwas, wenn auch nur vage. Es machte ihm Angst. Es durfte auf keinen Fall klarer werden. Er musste an etwas ganz anderes denken, sofort. Sigrid und er hatten sich in ihr Zimmer begeben, das hinterste derer, die von der Galerie abgingen, ein altes Gästezimmer unter der Dachschräge, mit Fenster zum Sonnenuntergang, um sich vor dem Essen frisch zu machen und umzukleiden. Ihre Koffer standen bereit, Alberto hatte sie hochgetragen, ehe er die Verantwortung für das *asado* übernahm.

»Sie sieht indianisch aus.«

Udo gab nur einen unbestimmten Laut zur Antwort.

Das Gebälk. War es dieses Zimmer gewesen? Nein. Es musste nebenan im Leutehaus gewesen sein, im Haupthaus hätte er ja nicht gewagt, in den Dachstuhl zu schießen. Dies nämlich war das Bild, mit dem er sich ablenkte: er als Halbwüchsiger, allein im Raum, im Bett, beide Hände um den Griff des geladenen Revolvers. In den Balken über ihm die Mäuse. Trippel, trippel, raschel, raschel. Sobald er sich sicher war, wo eine saß, feuerte er. Im fahlen Licht einer Vollmondnacht. Und er wusste noch – oder wieder – genau, wie es sich anfühlte. Der Rückstoß der Waffe, den er mit leicht gebeugten Armgelenken und fest ins Kissen gedrückten Schultern abfederte. Der Pulvergeruch. Der Staub, der aus dem Holz rieselte. Im fahlen Licht. Die Minuten gespenstischer Stille, bis es erneut raschelte. Aber hatte das Leutehaus Dachbalken gehabt?

Gänsehaut überzog Udos Körper, doch es schien ihm zu riskant, die Erinnerung mit der empfindsamen Sigrid zu teilen. Zum Glück fragte sie nicht weiter nach der Köchin. Sie stand am Waschbecken, von der Bettkante aus konnte er durch die offene Badezimmertür ihren schmalen nackten Rücken betrachten. Ihre Alabasterhaut mit den fast unmerklichen hellen Sommersprossen zwischen den Schulterblättern. Obwohl er die Zeitverschiebung deutlich spürte (auf seiner inneren Uhr war ja längst Mitternacht vorbei), stemmte sich sein Glied mit geradezu jugendlicher Energie gegen den Reißverschluss der Cordhose.

»Du bist wunderschön«, sagte er.

Sie wandte sich, bei laufendem Wasser, halb nach ihm um, mit der linken Hand ihr Haar nach hinten haltend, und lächelte ihn an.

»O ja, wunderschön ist das hier alles. Wirklich ein Traum.«

Ihr erhobener Arm gab den Blick frei auf ihre spitze linke Brustwarze. Die Hose. Die wollte er doch eh wechseln. Er stand auf, zog sie aus und sah, wie sein Glied den weißen Stoff der Unterhose dehnte, ja, durch den Eingriff ins Freie dringen wollte. Sigrid trat aus dem Bad, ein Handtuch um die Schultern, und hielt inne.

»Udo.«

»Mein Liebes. Oh, ich dachte … Du bist so schön!«

»Danke. Danke, ich freue mich.«

Noch immer stand sie an der Tür zum Bad, noch immer er vor dem Bett. Drei Schritte Zwischenraum, in den die Beule ragte.

»Sigrid, Sigrid, ich möchte dir … Oh, Sigrid, dein Mund –«

Da kam sie zu ihm und küsste ihn.

Das war nicht, was er gemeint hatte.

»Gehen wir zum Essen? Ich bin so gespannt.«

»Ja. Ja, Liebes.«

Gespannt, dachte er und zwang sich in eine braungraue Tweedhose. Sigrid schlüpfte in ein cremeweißes Etuikleid mit handtellergroßen dunkelgrünen Punkten. Er überzeugte sie, ihre Strickjacke mitzunehmen, denn die Frühlingsabende in der Pampa kühlten stärker ab, als man denken mochte.

Wie lange das her war. Weit über zwanzig Jahre, weit mehr als die Hälfte seines bisherigen Lebens. Die Jacarandas hatte er ebenso prächtig in Erinnerung, wie sie heute blühten. Dabei mussten sie deutlich kleiner gewesen sein. Anscheinend waren sie im selben Maß gewachsen, in dem sein Gedächtnis sie vergrößert hatte. Das Haupthaus fand er von außen unverändert, bis auf die Verandastufen. Von seinem Innern hatte er noch nicht genug gesehen. Die Abfolge der Gebäude um den runden Platz kam ihm vertraut vor. Zur Rechten des Haupthauses das einstöckige Leutehaus, mit Wellblech gedeckt. Links, jenseits des ehemaligen Gemüsegartens (was dort nun angepflanzt war, hatte er nicht geprüft), das große Kühl- und das gedrungene Backhaus. Ans Leutehaus schlossen sich die Werkstatt und zwei Garagen für die Landmaschinen an. Und am Südrand der Fläche stand noch immer der geräumige Stall, den man, wie Udo wusste, einst für eine Herde wertvoller Zuchtböcke gebaut hatte. Wozu er inzwischen diente, ließ sich aus der Entfernung nicht erkennen. Dass auf Águilas zuletzt Schafe gehalten worden waren, mochte an die hundert Jahre her sein.

Sein Ortsgedächtnis zeigte sich doch halbwegs nüchtern und verlässlich. Anders als die Erinnerungen an die Menschen und Ereignisse. Weit über zwei Jahrzehnte. Und das Ganze war damals wie eine lange Auszeit gewesen. Erwachsenwerden. Kriegsjahre. Die Pfosten des Treppengeländers nun blau gestrichen, der Handlauf hellrot, oben auf der Galerie ebenso, wer mochte das entschieden haben? Sigrids Körper, den er ersehnte (nicht nur, um seine entflammte Lust zu stillen, sondern auch, um wieder Halt in der Gegenwart zu finden), in dem Kleid mit den großen grünen Punkten. Durch die Seitentür ins Freie.

Es war dunkel geworden, zwei Fackelbündel im Gras erleuchteten die Festtafel. Die Parrilla war ein Neubau, viel größer als seinerzeit; der rechteckige Grillrost maß gewiss zwei Meter in der Diagonale, und darüber, etwa in Kopfhöhe, schloss sich die Konstruktion zu einem wuchtigen Kamin. Am Tisch saß noch ein weiterer Gast und sprach, als Udo und Sigrid eintrafen, schon den Käsewürfeln und Oliven zu, die sich als Vorspeise auf einer Platte türmten. Ein Señor Gutiérrez, korpulent, mit tiefer Kerbe im Kinn und sehr feuchter Hand; wohl aus diesem Grund hatte er zur Begrüßung der Ankömmlinge zunächst nur sein Wermutglas erhoben, es aber abgestellt, bevor Udos ausgestreckte Rechte zu lange vor ihm ihn der Schwebe blieb. Morettis Teilhaber in spe, wie sich herausstellte, der Partner, mit dem zusammen er die Estancia aufkaufen würde. Privatbankier in Buenos Aires.

Man blieb für den ersten Abend im kleinen Kreis. Morettis Frau und Kinder hätten dazustoßen sollen, doch drei plötzlich erkrankte Fohlen hielten sie auf einem der Vorwerke fest.

Alberto ließ am Grill einen Signalruf hören, und Dulce, mit einer frischen Schürze angetan, eilte zu ihm. Als ersten Gang trug sie auf einem Silbertablett Innereien und Würstchen auf.

»Alles aus eigener Schlachtung, ist ja Ehrensache«, sagte Udo und ließ sich *chinchulines* und *tripa gorda* auf den Teller laden, als wäre es für ihn selbstverständlich, derlei zu essen. »Das ist ein ganz eigener, ein sehr feiner Geschmack«, versicherte er seiner staunenden Frau. Dabei zählte auch die Zusammensetzung eines Asado zu den Dingen, die er fast vergessen hatte, und ihm waren die gegrillten Gedärme in Wahrheit so wenig geheuer, dass er seine Bissen unzerkaut mit großen Schlucken Bier hinunterspülte. Sigrid nahm fürs Erste nur zwei kleine Würstchen, ein rotes und ein schwarzes, und aß von dem schwarzen tapfer noch fast die Hälfte, nachdem sie bemerkt hatte, dass es aus Blut bestand.

»¡Un aplauso para el asador!«, rief der Bankier Gutiérrez über seinem dampfenden Kalbsbries aus. Alberto an der Parrilla wandte sich um und verneigte sich unter dem Beifall der Tischgesellschaft, die langstielige Grillzange wie einen Torerodegen emporreckend.

Als endlich Rippchen und Steaks serviert wurden, konnte Udo seine Augen kaum mehr aufhalten. Obendrein fühlte er sich betrunken. Moretti und Gutiérrez hatten das Tischgespräch auf das kulinarische Potential verschiedener Rinderrassen gelenkt. Bewundernswert, wie Sigrid sich schlug: nicht nur im Kampf mit der Fleischmenge, sondern ebenso in der Konversation, mit ihren paar Bröckchen aus ein, zwei Italienischkursen an der Uni. Wie viel sie intuitiv zu verstehen schien und wie geschickt sie sich verständlich machte! Ein Talent. Halb weggedämmert bekam Udo noch mit, dass der Verwalter von seinen sizilianischen Vorfahren anfing und behauptete, zwei Drittel aller Argentinier stammten von Italienern ab. Sigrids helles Lachen, der Glanz ihrer Augen. Und dass sie es schaffte, hellwach zu bleiben!

Aber was zum Teufel wollte Dulce von ihm? Wieso starrte ihn diese mäßig verfettete Mittvierzigerin mit pechschwarzem, am Schädel klebendem Haar, sobald sie sich unbeobachtet wähnte, verächtlich an? Wenn er selbst sich unbeobachtet wähnte, rieb er sich so fest die Augen, dass er danach bunte Kringel tanzen sah.

»Ach, jetzt komme ich nicht weiter«, rief Sigrid aus ihrer Unterhaltung mit Moretti heraus, der den Augenblick nutzte, um ihr Rotwein nachzuschenken. »Was heißt denn Pfirsich?«

Gesprächsthema waren nun anscheinend die Plantagen, die sie bei der Anfahrt gesehen hatten. In saftigstem Grün.

»*Durazno.* Sag mal, Liebes.«

»Ja, mein Schatz?«

»Findest du nicht, dass er deinem Vater verblüffend ähnlich sieht?«

»Wer?«

»Na, der Verwalter. Keine Sorge, er versteht uns nicht.«

Doch Sigrid sah Moretti auf Udos Bemerkung hin so verwundert an, dass er sich unweigerlich gemeint fühlen musste.

»*¿De qué se trata, mi señora?*«, grinste er und war sich der Fleischreste zwischen seinen Zähnen anscheinend nicht bewusst.

Die Antwort übernahm Udo. Nochmals herzlichen Dank für den sehr freundlichen Empfang. Ein großes Lob dem Grillmeister. Aber leider müsse man sich, sehr müde nach der langen Reise und vor allem wegen der Zeitverschiebung, bereits verabschieden.

»Und morgen wollen wir ja ausreiten«, schloss er auf Deutsch, wobei er den Arm um Sigrids Taille legte.

Auch das war fast ein Vierteljahrhundert her: Udo Soltau im Sattel. Als er das letzte Mal auf einem Pferd gesessen hatte, hatte seine Frau noch in die Windeln gemacht. Ein Gedanke, der sofort abgeschmettert werden musste. Bei ihr lag es weitaus kürzer zurück, sie hatte ihre Backfischjahre zu guten Teilen im Reitstall verbracht. Bevor jener Wolfram, über den sie nicht viel erzählte, in ihr Leben getreten war.

Die beiden sanftmütigsten Stuten hatte Alberto für die Hochzeitsreisenden aufzäumen lassen, und als sie am Stall eintrafen, überreichte er ihnen zwei nagelneue Hüte aus hellem, steifem Filz, mit Lederband, Delle und breit geschwungener Krempe.

»Von der Sonneneinstrahlung her entspricht das hier ja Nordafrika«, sagte Udo, und Sigrid jubelte: »Jetzt sind wir Cowboy und Cowgirl!«

»Oder Gaucho und Gaucha.«

Sie schüttelte lachend den Kopf – »Autsch, autsch, autscha!« – und küsste ihn aufs Kinn. Ihre Ausgelassenheit steckte ihn an, auch wenn er schlecht geschlafen hatte. Er gab Alberto seine Pentax, die mit einem Farbfilm bestückt war, und ließ ihn ein Foto von ihnen beiden machen, mit den Hüten auf, den Pferden am Zügel. Aber natürlich, versicherte er, kenne er auf Águilas die Wege.

Und aufgesessen. Großes, warmes, unwägbares Tier. Das mulmige Gefühl gar nicht erst zulassen. Ein Schenkeldruck. Wie damals. Die Stute parierte mustergültig. Für die erste Reitpartie hatte Udo eine leichte Strecke gewählt, zur Cañada Torres: hinter den Gebäuden in einem Bogen südwärts, dem Verlauf der Kuppe einer weiten, mit Hartgras bewachsenen Bodenwelle folgend. Zur Linken an den Pfirsichplantagen vorbei (*»Durazno«,* rief Sigrid), zur Rechten an dem großen Gatter, an dessen Rand der Pferch mit dem Desinfektionsgraben für die Rinder einen baufälligen Eindruck machte. Dann über offenes Weideland mit Ausblick, sodass sie eine Vorstellung von der Größe des Besitzes gewinnen konnte. Eine verstreute Herde und zwei weitere Reiter sah man in einiger Entfernung, sonst nur Gras und Gebüsch bis zur nächsten flachen Kuppe.

»Unfassbar«, rief Sigrid.

»Für hiesige Verhältnisse ist das bescheiden. Und um die Jahrhundertwende war es mal doppelt so viel.«

»Was sagst du?«

»Ich liebe dich! Mein Cowgirl.«

»Deine Gaucha, deine Gaucha!«

Und sie ließ ihr Pferd in noch schnelleren Trab fallen, sodass er sich bemühen musste, mitzuhalten. Es kostete ihn Überwindung, eine Hand vom Zügel zu nehmen, um sich den Hut zurückzuschieben, der leider eine Nummer zu groß war. Allzu nötig schien der Sonnenschutz nicht, das Gestirn schimmerte unaufdringlich von einem milchigen Himmel.

Cañada Torres, Ursprung der Estancia. Eine Senke, durchkreuzt von einem namenlosen, tief in Schilf gebetteten Bächlein, das zum Paraná abfloss. Unweit der Quelle hatte die erste befestigte Hütte auf diesem Stück Pampa gestanden. Benannt war die Stelle nach Facundo Torres, dem Udos Vorfahr Karl Soltau zusammen mit seinem Schwager von Strelitz das Land abgekauft hatte. Laut Udos Vater war dieser Torres ein Gauner gewesen und ein übler Indianerschlächter; den Kamp habe er als Lohn für seinen

Anteil an der Vertreibung der Urbevölkerung aus der Gegend vom argentinischen Staat fast geschenkt bekommen. Der Name *Estancia Torres* für das gesamte Gut war gleich nach der Übernahme zu *Estancia Las Águilas* geändert worden, wobei die Adler ihren Ursprung in einem alten Wappen der Familie von Strelitz hatten. Die Senke aber blieb dem Andenken des Gauners gewidmet.

Die Hütte bei der Quelle gab es längst nicht mehr, mit den Mücken dort wollte auf Dauer keiner leben. Das nächste Gebäude lag fünf Trabminuten entfernt und war von Gestrüpp fast umschlossen. Nur ein schmaler Ziegelstreifen und das Wellblechdach überragten die dornigen Sträucher. Eine Laune der Natur, Udo glaubte nicht, dass jemand diese Hecke absichtlich gepflanzt hatte. Das einzige Fenster war zugewuchert, allein die Tür und ein Teil der Front lagen noch frei.

»Das ist die *Cueva Federica.*«

Wie ihm die Namen wieder einfielen!

»Cueva?«

»Höhle heißt das eigentlich. Ein komischer Ort.«

»Wohnt da jemand?«

»Nein, nein. Ein Schuppen, kaum genutzt, wie man sieht.«

Und Udo fragte sich, ob er ihn je betreten hatte.

»Können wir reinschauen?«

»Wird zu sein.«

»Komm, mach ein Foto von mir.«

Sie war abgestiegen, führte ihr Pferd auf die Hecke zu. Die Stute schnaubte, schien den Ort zu scheuen.

»Lauf mir nicht weg«, sagte Sigrid und ließ die Zügel

los. Zum Glück machte das Tier wirklich keine Anstalten, sich zu entfernen, es senkte sein Maul ins Gras.

Udo war im Sattel geblieben. Er sah seine Frau pfeifend und ein wenig breitbeinig der Tür entgegengehen. Die Sonne begann zu stechen, auch wenn sie weiter hinter einem hohen Dunstschleier lag. Aber warum fühlte er sich schwindelig? Die Umstellung. Das Vierteljahrhundert. Ein Foto. Er nestelte die Riemen seiner Umhängetasche auf, zog die Kamera hervor.

»Ist ja doch offen!«

Sigrid war in den Bau getreten. Er wartete.

»Mein Liebes?«

Wahrscheinlich hatte sie ihn nicht gehört. Trotzdem, warum kam sie nicht wieder heraus? Die Ziegelhütte war so klein, sicher nur ein einziger düsterer Raum, da konnte es kaum etwas anzuschauen geben.

Immer noch nicht. Was hatte das zu bedeuten? Der verdammte Schwindel in seinem Kopf. Der verdammte zu große Hut. Udo stieg vom Pferd und nahm ihn ab.

»Bleib schön hier, ja?«

Aber die Stute tänzelte, sobald er die Zügel aus der Hand ließ, rückwärts, drehte ihm die Flanke zu und lief in Richtung der Cañada oder des Bächleins.

»Bleib hier, du Mistvieh! Sigrid?!«

Weder Tier noch Mensch reagierte. Der verdammte Schwindel. Das mulmige Gefühl. Er rannte, den Hut in der Rechten, mit der Linken die Umhängetasche festhaltend, zu dem Bau.

»Da bist du ja endlich. Ich dachte schon, du lässt mich ewig schmoren.«

»Sigrid?«

»Hi-hier!«

Sie lachte laut und winkte von dem Schlaflager, das sie unter mehreren Überdecken freigelegt hatte. Also doch kein Schuppen. Eine winzige Behausung. Udo hatte keine Zeit, um sich zu wundern oder zu erschrecken. Unterm Fenster das niedrige Bett, auf dem Sigrid, zwei große weiße Kissen im Rücken, halb saß, halb lag. An der Wand gegenüber ein uralter gusseiserner Kochofen, in der Mitte ein grober Tisch mit zwei Stühlen. Und ringsum Wandbretter, auf denen verstreut wenige Gegenstände überdauerten: eine Petroleumlampe, Kerzenreste, ein weißer Emailletopf, Holzbesteck, ein paar gehäkelte Figuren, unklar, ob Puppen oder Tierchen.

»Komm her, mein Liebster. Wir sind doch Hochzeitsreisende.«

»Was? Aber –«

Das konnte nicht ihr Ernst sein.

»Komm.«

»Sigrid. Das ist hier seit Jahren, vielleicht seit Jahrzehnten verlassen. Sieh dir den Staub an.«

»Aber das Bett ist nicht staubig.«

»Das wird voller Ungeziefer sein.«

»Udo ...«

Diesen Tonfall hatte er noch nie von ihr gehört. Das buhlende Schnurren eines kleinen Mädchens, das nicht weiß, was es tut. Er musste an Doris denken. Und an Sigrids Jugend im Reitstall. *Young Girl*. Der verdammte Schwindel.

»Gestern Abend wolltest du so gerne.«

»Gestern Abend.«

»Und wir sind doch Hochzeitsreisende.«

»Aber ja wohl nicht hier.«

»Hier sind wir keine Hochzeitsreisenden?«

»Doch. Natürlich. Aber –«

Was war in sie gefahren? Sie zog auch die Beine auf die dubiose, wenngleich zugegebenermaßen mit einem sauber wirkenden Leintuch bezogene Matratze hoch.

»Sigrid, bitte –«

»Udo, bitte.«

Wieder die erschütternde Mädchenstimme.

»Die Pferde. Also meins wollte gerade draußen ausbüchsen. Ich fürchte, jetzt ist es schon –«

»Udo. Udo. Mein Liebster.«

Sie streckte die Arme nach ihm aus und strahlte ihn an. Die himmelblaue Bluse war ihr ein Stück hochgerutscht, sodass er über dem Bund ihrer Jeans ihren Nabel ahnen konnte. Ihre kostbare Haut. Ihre Arme, ihr Hals, ihr Lächeln. Schimmernd im Halbdunkel.

Und konnte man nicht, sollte das Pferd wirklich entwischt sein, zu Fuß zum Haupthaus zurück? Es war ja noch früh am Tag.

Und war das nicht in der Tat ein hübscher Zufall? Da machte das Honigmondehepaar seinen ersten Ausritt, und was fand es an der einsamsten Stelle des alten Besitzes: ein Liebesnest, in Dornensträuchern geborgen! Als hätte es jemand für sie arrangiert, als frivole Überraschung.

Und Sigrid, die ihn hier verführen wollte! Sigrid, seine Sigrid! Was gab es da zu zögern?

Er zögerte nicht mehr. Er wollte nicht mehr denken. Schon gar nicht an den Schwindel. Er legte Hut und Tasche auf den staubigen Tisch, warf sich neben seine Frau und küsste sie. Sie schlang die weißen Arme fest um seinen Hals, seine freie Hand fuhr über ihren Nabel, unter die Bluse, zu den Brüsten. Da löste sie ihren Griff, zog ihm Hemd und Unterhemd über den Kopf. Und er kam auf die Idee, ihr die Bluse von innen aufzuknöpfen.

Dass bei dem folgenden Akt – Udo erst noch gehemmt, aber Sigrid von dem rätselhaften Ort so angeregt oder verzaubert, dass sie ihren Mann bald mitzureißen vermochte; in den Mund nahm sie sein Glied zwar auch diesmal nicht, doch recht ausgiebig und feinfühlig in die Hand, und das half, zumal im Zusammenspiel mit dem Anblick ihres gierig atmenden nackten Körpers und ihrem Duft, in den sich eine Ahnung ihres köstlichen Schweißes mischte – der gemeinsame Sohn Marco gezeugt wurde, lässt sich nicht mit letzter Gewissheit sagen. Es ist aber angesichts von Sigrids auch nach dem Absetzen der Antibabypille sehr konstanter Zyklusdauer von 28 Tagen sowie der Tatsache, dass es sich um Tag 15 handelte und dass die Eheleute fünf Tage zuvor keinen Geschlechtsverkehr gehabt hatten und erst sieben Tage später wieder welchen haben würden, sehr wahrscheinlich.

Marco Soltau, der kleine Sonnenschein.

Einmal in Fahrt gekommen, vergaß Udo tatsächlich den Schwindel und alles, was ihm an der Hütte und überhaupt an seiner Rückkehr nach Águilas unheimlich war. Vergaß es für die Dauer der Erregung und bekam es danach umso heftiger wieder zu spüren. Noch auf der Matratze suchte es ihn heim.

»Udo, was ist mit dir?«

»Ich sehe Gespenster.«

»Was für Gespenster?«

Die Köchin. Zum Beispiel. Wie sie ihn angestarrt hatte. Eine Unverschämtheit, eine Impertinenz. Und er wollte, dass es keine Erklärung dafür gab, aber dann sollte ihm die Erklärung doch wieder entgegenspringen – nicht mehr an diesem Tag, an diesem Tag konnte er sich noch retten, Hals über Kopf aus dem Bau hinaus, ohne Rücksicht darauf, dass Sigrid gerne zumindest so lange liegen geblieben wäre, bis sich in ihrem Körper die angefachte und ungestillte Lust wieder beruhigt hätte.

Anders beim zweiten Ausflug zu Pferd, der dem Südrand der Estancia galt. Da brauchte Udo seine Zeit, um sich einzugestehen, dass man sich vertrabt und die Grenze des Besitzes längst passiert hatte (ein Hund wurde vorgeschickt, um die Eindringlinge auf ihren Irrtum hinzuweisen). Die hastige Kehrtwende führte sie unversehens zum Friedhof. Zwei Dutzend Gräber hinter einer mannshohen Kaktushecke. Wieder lief Sigrid in ihrer Neugier voran, durch das schmiedeeiserne Tor zwischen den Kakteen und zielstrebig auf das jüngste der Gräber zu, während er die Pferde anband.

Elise Soltau 1927 – 1945, in einen hellen Marmorblock geritzt. Kein Spruch. Über dem Namen die Umrisse eines großen Vogels im Flug. Kein Adler. Ein Albatros. Rings um den Stein leuchteten verwilderte Fuchsien. Unwillkürlich beugte Udo sich nieder, begann welke Blüten abzuzupfen.

Und in Träumen oder heimtückischen Tagbildern würden ihn die beiden Ausflüge noch jahrelang verfolgen und die beiden plötzlichen Orte, Hütte und Grab, miteinander verschwimmen, zu etwas Bedrohlichem, Unmäßigem, und ihm das Leben schwer machen.

Auf den Gedanken, die erste Reitpartie mit Marcos Zeugung in Verbindung zu bringen, kam er allerdings nicht. Darauf kam nur Sigrid, und sie schwieg darüber.

»Du hast mir nie gesagt, dass du eine Schwester hattest.«

»Doch, natürlich habe ich dir das gesagt.«

»Nein, Udo. Nie.«

»Ich habe dir doch die alten Fotos gezeigt!«

»Da war sie nicht drauf.«

»Aber sicher ist sie da drauf.«

Mit einem Ruck richtete er sich wieder auf und schleuderte seine Handvoll Fuchsienblüten beiseite, sodass sie auf dem Grab einer Amalia Delgado landeten.

»Dann hast du mir nicht gesagt, wer sie ist.«

»Sigrid, wie kannst du das behaupten?«

»Udo. Es tut mir so leid.«

Sie schmiegte sich an ihn, streichelte seinen stocksteif gespannten Nacken.

»Ich will dir doch helfen«, flüsterte sie.

»Ja«, gab er tonlos zurück. Und weil er das Gefühl hatte, dieses Ja nicht so stehen lassen zu dürfen, fügte er hinzu: »Ein schrecklicher Unfall. Meine Schwester.«

Ein Sturz. Genickbruch. Mehr konnte er nicht sagen. Nicht beschreiben oder zusammenfassen, wie man zu fünft an den beiden Fahnenmasten gestanden hatte, Elise, er, die Tochter der Köchin und die beiden Söhne des Schmieds. Warum man dort gewesen war, ob es irgendeinen Anlass zum Aufziehen oder Einholen einer Flagge gegeben hatte, wusste er nicht mehr. Wie Elise in ihrer neckenden, burschikosen Art den Älteren der Schmiedsöhne, Diego, zu einer Wette anstachelte, zu einem Kletterwettkampf, wie unter zehnjährigen Dummköpfen. Wie sie und er sich vor den Masten aufstellten und in die Hände spuckten, wie zehnjährige Dummköpfe. Wie Udo, just bevor Diegos Bruder den Startpfiff gab, seiner Schwester auf Deutsch zurief: »Das schaffst du nicht, du bist doch nur ein Mädel!«

Und wie, als man Elise auf eine Wolldecke gebettet hatte, kein Lebenszeichen und keinen Puls bei ihr fand und Diegos Bruder in gestrecktem Galopp zum Haupthaus flog, um Alarm zu schlagen und den Vater, den *patrón*, zu holen, wie dann die Tochter der Köchin mit nassen, wahnsinnigen Augen vor Udo stand und ihn immer wieder anbrüllte: *»¿Qué le dijiste?* – Was hast du zu ihr gesagt?«

Dulce, die Tochter der Köchin. Elises argentinische Busenfreundin.

Er hatte ihr die Frage nicht beantwortet.

Und mit einem Mal war die Auszeit zu Ende gewesen. Man blieb zwar noch dreizehn Monate, erst im April 1946 zogen die Soltaus ins zerstörte Deutschland zurück. Doch das letzte Jahr auf Águilas hatte mit den vier vorigen so gut wie nichts mehr gemein. Es war zu gleichen Teilen bestimmt von Schreckenslähmung und panischer Geschäftigkeit. Keine Bewegung möglich, aber weg, nur weg von hier! Und nicht nur der Schmied und seine Söhne verließen nach dem Unglück die Estancia. Fast die Hälfte des Personals musste ersetzt werden.

Die Masten hatte man aus der Erde gerissen und zerhackt. Zwei über haushohe Hartholzstäbe, irgendwann in den frühen Jahren der Estancia mit großem Aufwand aus dem tropischen Norden herangeschafft. Weshalb auch immer.

»Wir haben eine Kriegstote in der Familie. Damit sind wir ja vergleichsweise glimpflich davongekommen.« So pflegte Udos Vater später zu sagen. Aber abgesehen davon, dass dieser Satz allenfalls zutraf, wenn man Familie in einem sehr engen Sinn auffasste (zwei Vettern von Udo waren in Russland gefallen, ein weiterer blieb in Rumänien verschollen), entsprach er auch gewiss nicht den wahren Gefühlen des alten Herrn, geschweige denn denen der Mutter. Weder sie noch er sollte sich von dem Schlag je ganz erholen. Vom verheimlichten Kummer zerfressen, wurden beide kaum über sechzig Jahre alt.

Die Kinder in Sicherheit zu bringen, darum war es ihnen gegangen. Denn auch wenn zunächst alles nach deutschem Triumph aussah, wusste man ja nie. Und ein Glück für den Bonner Apotheker Soltau, dass er seinen argentinischen Pass noch besaß, zudem mit ein paar Amtsleuten per Du war und somit die Ausreise und Einschiffung der Kernfamilie im Sommer '41 ohne nennenswerte Erschwernisse gewährleisten konnte. Die Ländereien in Übersee als Zuflucht. Was für ein Luxus in diesen Zeiten. *Auf, Changos, putzt den Grillrost blank, und schleift den Rindern die Hörner ab – die Patrones kommen zurück!*

Man muss wissen, wann man weiter muss.

Schon von der zweiten Nacht an hatte Udo auf der Hochzeitsreise schwere Träume gehabt, doch nach dem Friedhofserlebnis war es besonders schlimm. Er nannte, mit einem Schrei aufgeschreckt, seine Frau zunächst Elise, dann Charlotte, erst im dritten Anlauf Sigrid. Sie versuchte, ihre Tränen zu unterdrücken, tat alles, um ihn in die Gegenwart zurückzuholen, ihn zu beruhigen – und zum Dank behandelte er sie den ganzen folgenden Tag wie eine Schwerkranke, die äußerster Schonung bedurfte.

»Herrlich.« Viel mehr sagten beide später nicht, wenn sie nach der Reise gefragt wurden, herrlich schien das Wort, auf das sie sich geeinigt hatten, herrlich die Landschaft, herrlich das Wetter, herrlich, endlich mal wieder auf einem Pferd gesessen zu haben. Herrlich (wenn der Fragende sich sehr hartnäckig zeigte) auch die feierliche Umständlichkeit, mit der beim Notar in Santa Fe der Vertrag über den Verkauf der Estancia an den hageren Moretti und den feisten Gutiérrez besiegelt wurde – nachdem man schon den ganzen Vormittag in dem düster getäfelten, unerklärlich kalten Büro verbracht hatte, sollte die Sekretärin noch in Anwesenheit beider Parteien eine komplette Abschrift des vierzehnseitigen Dokuments anfertigen; da konnte der durchfrorene Udo die Geduld mit den Gepflogenheiten nicht länger wahren: Ihm reiche der von allen unterzeichnete Durchschlag des ersten Exemplars, die Abschrift könne man ihm gerne gelegentlich nachschicken.

Herrlich das Grillfest am letzten Abend, diesmal in großer Besetzung, mehr als zwanzig Esser um zwei lange Tafeln im Garten, in den Beeten ein Lampion-Lichtermeer, Bier und Rotwein zünftig vom Fass; und ehe die Innereien serviert wurden, ließ Moretti eine geistreiche Ansprache in der Frage gipfeln, was wohl die Reaktion der ehrenwerten Herren Gründer gewesen wäre, hätte man ihnen vor hundert Jahren prophezeit, dass einst ein Italiener Patrón auf Águilas sein würde. Udos zweisprachige Entgegnung »Das weiß ich nicht, lieber Herr Moretti, lieber Herr Gutiérrez, ich weiß nur, als glückliche und dankbare Gäste nehmen wir unsern Abschied von Ihrem Besitz« wurde mit ebenso großem Beifall bedacht. Zum Nachtisch ein riesiges Tiramisú, und der unverwüstliche Alberto gab zusammen mit einem Freund herrlich wehmütige Lieder zu Gitarre und Bandoneon zum Besten. Moretti konnte die süß angetrunkene Sigrid sogar für ein Tänzchen auf dem Gras gewinnen. Eine so gut wie durchfeierte laue Frühlingsnacht!

Ohne Misstöne. Dulce, die Köchin, war in einer privaten Angelegenheit nach Rosario gefahren und wurde durch ihre Schülerin Sofia vertreten, ein reizendes, bildhübsches Mädchen.

Zurück. Damals. In Bonn stand die Apotheke noch, auch wenn sonst kaum ein Stein auf dem andern geblieben schien. Und es dauerte zwar seine Zeit, bis sich die Wiedergekehrten mit dem Leben zwischen den Trümmern, unter der Besatzung, mit all den Rationierungen und all den Kontrollen zurechtfanden, aber wer fand sich damit schon zurecht? Es war ja kein Zustand, es war das Chaos nach der Katastrophe – das Chaos, durch das nun alle irgendwie durchmussten, alle irgendwie wiedergekehrt, alle mit schrecklichen Verlusten, alle vor der Aufgabe, trotzdem einen Neubeginn zu finden – und gab somit eine durchaus passendere Kulisse für die soltauschen Gefühle ab als die äußerlich unversehrte Estancia, wo das Leben schlicht weiterzugehen beanspruchte.

Die Geschwister Weinstein, Hauslehrer auf Águilas, hatten ganze Arbeit geleistet: Udo fand im deutschen Gymnasialunterricht mühelos den Anschluss und legte mit 19 Jahren ein mustergültiges Abitur ab. Und das war der Rest seiner Jugend. Über das Gewesene sprach man möglichst nicht, darin glich sein Elternhaus denen seiner Mitschüler. Eine Kopie seines Reifezeugnisses schickte er, zusammen mit einer kurzen Grußkarte, den Weinsteins nach Buenos Aires.

»Was denn für Gespenster, Udo?«, fragte Sigrid auf dem Bett in der Hütte, noch heftig atmend, ein zweites Mal, weil er ihr nicht geantwortet hatte. Sie umklammerte mit ihrer Linken seine Rechte, hielt seinen Arm gegen ihren pochenden Leib gepresst, versuchte mit der anderen Hand sein Gesicht zu streicheln. Aber sein Kopf zuckte zurück, er hatte den Oberkörper schon halb aufgerichtet, stemmte den freien Ellenbogen hinter sich in die Matratze.

»Staub. Staubgespenster. O Gott, ich muss raus hier. Mir schwillt der Hals zu.«

»Ach Udo, Udo …«, miaute sie.

»Es tut mir leid, Liebes!«

Damit entwand er sich ihrem Griff, zog Schlüpfer und Cordhosen, so schnell es ging, wieder an, schnappte sich seine Tasche und seinen Hut vom Tisch und floh ins Freie. Draußen hustete er heftig, drinnen wirbelte der Staub in dicken Flocken durch den Streifen Sonnenlicht, der zur offen gelassenen Tür hereinbrach. Unwillkürlich zog Sigrid sich die Decke zum Kinn. Udo musste ein wenig Abstand zwischen sich und die Hütte bringen, sonst würde es kein

Entrinnen geben. Doch sein Spurt in Richtung Bach endete schon am nächsten Gesträuch, wo er auf sein grasendes Pferd stieß. Da hustete er noch einmal, fasste die Zügel und kehrte mit dem Tier vor die Hütte zurück. Zum Glück trat seine Frau in der blauen Bluse eben heraus. Sie verkniff das Gesicht, weil die Sonne sie blendete. Vielleicht auch, weil sie ein kleines Ziehen im Unterleib spürte.

Was für ein hübsches Baby, der kleine Marco! Mit einem Wust schwarzer Haare auf dem Kopf kam er zur Welt, und das war ein Grund mehr, ihm diesen südländischen Namen zu geben – neben der Erinnerung an Argentinien, wo er wahrscheinlich entstanden war, wie Sigrid betonte, ohne konkreter zu werden. »Klingt aber vor allem nach den Italienern, von denen so viele Argentinier abstammen«, stichelte Udo. Andererseits schien der Name auch in Deutschland geläufig, das war ihm wichtig. Marco also, der kleine Sonnenschein. Das dichte schwarze Haar verlor er nach einem Monat und blieb dann fast zwei Jahre kahl. Aber wie er strahlte und gurrte und emsig strampelte! Und wie schnell er immer wacher wurde, immer empfänglicher für die Welt um ihn herum! Welche Freude, ihn im Kinderwagen über die Promenade zu schieben, möglichst jeden Tag in der Mittagspause, wenn das Wetter mitspielte: einmal bis zur Sparrenburg und zurück in die Schumannstraße, wo man eine nicht zu unkomfortable Altbauwohnung gemietet hatte. Und Sigrid erholte sich geradezu rasant von den Strapazen der Geburt. Schon im September fand er ihren Körper wieder so straff und ihren Bauch so flach wie eh und je; die Beschwerden der Schwangerschaft – anfangs wochenlang ständiges Erbrechen, später der Ischias und die nervösen Beine – waren ohnehin längst vergessen. Udo konnte nicht begreifen, warum sich ihre Laune dennoch zum Ende des Sommers hin immer mehr eintrübte. Zumal die Pläne für den Neubau am Waldrand Gestalt anzunehmen begannen.

»Es ist, weil die Tage wieder kürzer werden«, sagte sie und herzte den Knaben mit bekümmerter Miene.

»Aber dein Lächeln, Sigrid. Du kannst doch nicht dein Lächeln verloren haben!«

»Es kommt wieder.«

Zunächst kam nur eine Diagnose vom Kinderarzt: Hodenhochstand. Die Operation setzte der Doktor für den ersten Jahrestag ihrer Rückkehr von der Hochzeitsreise an. Und der Moment, als ihm Sigrid unter Tränen diese Nachricht überbrachte, war einer derjenigen, in denen die Bilder von den argentinischen Ausritten Udo attackierten. Er nahm seine Frau in den Arm, aber er war sich kaum bewusst, was er zu ihr sagte und ob er überhaupt zu ihr sprach. Denn er sah sich wieder an Elises Grab, sah sich wieder welke rote Blüten pflücken, hörte wieder ein *Du hast mir nie gesagt, dass du eine Schwester hattest*, spürte wieder die Enge im Hals, das, was er Staubgespenster genannt hatte, und wusste wieder, er durfte die Augen nicht heben, musste den Blick in die verwilderten Blumen gesenkt halten, sonst würde ihm an dem Grab etwas auffallen, etwas, das noch schrecklicher wäre als die Konfrontation mit Elise, mit ihrem Unfall, mit der Frage der Tochter der Köchin, heute selbst Köchin. Und ihm war klar (wortlos klar;

sobald jemand eine Aussprache gefordert hätte, wäre diese Klarheit wie weggewischt gewesen), wie sich sein Vater gefühlt haben musste; welcher Art die Bedrückung war, die den Apotheker Soltau geplagt hatte, im letzten Jahr auf der Estancia und für den Rest seines Lebens. Eine Bedrückung jenseits des Schmerzes, eine Bedrückung, über die es nichts zu reden gab, die über einen Menschen verhängt war und mit der es gefälligst zurechtzukommen galt. Vom Apotheker Soltau hatte niemand ein Wort der Klage gehört.

Und Sigrid? Sigrid hatte mit ihrer Neugier die quälenden Bilder hervorgescheucht. Udo grollte ihr nicht. Sie war doch seine geliebte Frau, seine Rettung! Und ihre Neugier war arglos, wie hätte sie denn etwas ahnen sollen von dem, was ihn selbst kalt erwischte? Und er wusste, das Haus, das er baute, würde ihnen Schutz bieten, ihnen beiden und dem Kleinen, Schutz vor allem, was ihr Glück bedrohen könnte, ihr Familienglück.

Nur Sigrids Lächeln musste schnellstens wiedergefunden werden. Sie versprach es ihm, und er versprach, ihr zu helfen.

Er versuchte, den Blick nicht zu heben, sondern über die Fuchsien hin zur Seite zu lenken und erst, wenn das gelungen war, die Augen ganz aufzuschlagen.

3

Natürlich gelang es ihm nicht, den Kopf so wegzudrehen, dass ihm der Anblick erspart blieb, natürlich musste er sehen, was er nicht sehen wollte, ein blöder Zwang. Oder eine blöde Schwäche. Zu schwach, um zu vermeiden, was schädlich für ihn war.

»Lass uns mal weitergehen.«

»Was? Aber hast du nicht gerade gesagt –?«

»Egal. Komm. Komm.«

»Du bist wirklich hart drauf.«

Hart drauf. Selig jene, die über ein unbeschädigtes Floskelinventar verfügten. Selig, wer sich von allem Sperrigen oder Auffälligen gleich befreien konnte, indem er sagte, es sei krass, der Wahnsinn, der Hammer. Ihn dagegen bekroch ein Ohrwurm, der häufigste seiner Simon-and-Garfunkel-Ohrwürmer, *Half of the time we're gone, and we don't know where, we don't know where* – und das machte nichts handhabbar und heimelig, es war nur eine Macke. So, wie wenn sein Vater »Jeder ist seines Glückes Schmied« sagte; oder wie der ledrige Zausel, der einem auf der Wilhelmstraße zuraunte: »Meine Damen und Herren, es kommt zum Kampf.«

Nun hielt auch der Schausteller hinter seinem Tisch nicht länger den Mund: »Warum so eilig, edler Junker, kennet Ihr nicht den Brauch? Bevor Ihr weiterziehet, saget an, was Euer Aug hier erblicket hat!«

Er trug ein buntes Filzwams und eine zweispitzige rote Narrenkappe, beides voller Schellen.

»Müssten Sie mich nicht korrekterweise auf Mittelhochdeutsch ansprechen?«

»Ich harre Eurer Antwort, edler Junker.«

»Was ich erblicket habe? Etwas Ekliges, und ich weiß nicht, was das soll.«

Auf dem Tisch stand ein schwarzer, oben geschlossener Holzkasten, in dem der Hanswurst mit den Händen Schattenspiele machte. Hatte er jemanden angelockt, ließ er mit einem Fußhebel die Vorderseite aufklappen und gab so die Sicht frei auf eine Figur, die sich im Gegenlicht hinter einem Bogen Butterbrotpapier abzeichnete. Dass es in diesem Fall ein Drache sein sollte, doppelköpfig, züngelnd und Feuer speiend, erkannte Marco erst jetzt.

»Lasset es Euch von mir erklären, edler Junker, zum bescheidenen Preise von drei Talern.«

»Nein. Ich will nicht.« Schnell Abstand gewinnen.

»Ha was bisch denn du fürn bleeder Hund?«, fauchte ihm der Gaukler nach.

»Immer mit der Ruhe«, sagte Clemens und legte Münzen auf den Tisch, ehe er Marco hinterhereilte.

»Was war denn das wieder?«

»Es tut mir leid. Ich hatte da keinen Drachen gesehen, sondern zwei Typen, die kotzen.«

»Zwei Typen, die kotzen? Krass!«

Und gutmütig brach Clemens in Gelächter aus. Marco richtete das ewige »Reiß dich zusammen« an sich selbst, und fürs Erste stumm schlenderten sie weiter über den Markt. Vorbei an Ständen mit Met-Ausschank und Ständen mit Spanferkel, an Ständen mit Töpferware und mit keltischen Schmuckornamenten, an Ständen, wo Kinder sich ihren Namen auf ein Holzschwert schnörkeln lassen konnten, an Zauberern, Wahrsagerinnen, Feuerschluckern, an Sackpfeifern und an einem Pranger, der Hals und Handgelenke eines grimassierenden Halunken umschloss. Hinter den Theken wölbten sich nackte Männerbäuche und quollen weibliche Brüste aus eng geschnürten Filzkleidern. Und auf der Gasse wimmelten die Besucher in grellen T-Shirts, klotzigen Sportschuhen oder unmöglichen Sandalen. Clemens musste sich an diesem Mittag besonders verantwortlich fühlen, denn er hatte Marco hergeschleppt, hatte ihn für den Ausflug nach Horb förmlich aus dem Haus gezerrt.

»Der Turnierplatz wäre unten am Fluss. In einer halben Stunde geht da das Getümmel los. Sollen wir hin?«

»Wie du willst.«

»Okay, dann holen wir uns erst mal ein Bier.«

Zwei Semester wohnten sie schon zusammen, eng und verwinkelt, am Lustnauer Tor unterm Dach, also für Tübinger Verhältnisse traumhaft. Gut gekannt hatten sie sich nicht, als Clemens am Ende einer Seminarsitzung fragte:

»Du suchst nicht zufällig gerade ein Zimmer?« Es war ein Seminar mit trägem Gruppenverhalten, alle nahmen jede Woche wieder dieselben Sitzplätze ein, auf denen sie beim ersten Mal gelandet waren, und auf dem Platz neben Marco saß eben Clemens. Ein Ein-Meter-neunzig-Mann, breites Kreuz, brauner Pferdeschwanz, Deutsch und Englisch auf Lehramt, in der Gegend von Ulm aufgewachsen, katholisches Elternhaus, etliche Geschwister. In sich hinein kichernd schaute er zu, wenn Marco während des Kurses Kugelschreiberbildchen kritzelte, und die zwei oder drei Male, die sie in der Cafeteria aufeinander getroffen waren, hatte er im Wesentlichen von Skitouren und von einem Totalabsturz seines PCs gesprochen. Zu seinem Zimmerangebot erklärte er, er wolle als neuen Mitbewohner weder jemand Wildfremdes noch jemanden, mit dem er eng befreundet sei. Gleich am Nachmittag kam Marco die Wohnung besichtigen. Er sah, dass das Zimmer nicht kleiner war als die Zelle, die er im siebten Stock von Gebäude drei der Studentensiedlung Waldhäuser Ost belegte, und sagte sofort zu. Vom Wohnheim hatte er die Nase voll, die zwanghafte Feierlaune der Erasmusleute ging ihm ebenso auf den Zeiger wie die Dauerinsassen, die sich ewig über den Zustand der Küche und den vermüllten Balkon empörten und jede Woche eine Flurversammlung einberufen wollten. So schilderte er es Clemens, und Clemens lachte, doch die ganze Wahrheit wäre gewesen, dass die Dinge sich seit ein paar Monaten zu verändern begonnen hatten, und nicht zum Guten. Dass er den schwarzen BWLer aus Bristol, der sich um den Habitus eines New Yorker Crackdealers bemühte, nicht mochte, rechtfertigte ja nicht, dass ihm nun jedes Mal beim Einseifen unter der Dusche war, als würde der den Vorhang beiseitereißen, »*Guess what*« hereintriumphieren und sich dann in Luft auflösen. Und wenn ihn die Germanistin aus Bologna mit ihren täglich am Gemeinschaftsapparat auf dem Korridor ausgetragenen Telefondramen nervte, sollte er sich doch trotzdem, wenn er sie beim Frühstück traf, nicht dreimal vergewissern müssen, dass ihr Gesicht keineswegs blutüberströmt war. Binnen kurzer Zeit hatte er für jeden Menschen auf der Etage einen derartigen Tick entwickelt. Er begann das Wohnheim zu meiden, ging möglichst nur noch zum Schlafen hin und verbrachte seine Tage unten im Tal, wo die Uni mit ihren Mensen, Cafeterien, Bibliotheken und dem Rechenzentrum zum Glück genug Orte zum Lungern oder Lesen bot. Schwierig waren die Wochenenden, da war alles geschlossen. Besuche bei seinen Großeltern am Bodensee wären keine Alternative gewesen, häufigere Fahrten nach Bielefeld erst recht nicht, ganz abgesehen davon, dass er sie nicht hätte bezahlen können. Also gewöhnte er sich an, Ohropax zu verwenden, und hielt in seiner Zelle stets genug Lebensmittel und Getränke vorrätig, um sie zur Not den ganzen Tag nur für die paar Gänge zur Toilette verlassen zu müssen.

Clemens kam mit seiner Offerte als rettender Engel, und dass er seinerseits eine Anhänglichkeit an die Heavy-Metal-Helden seiner Jugend schubweise auslebte und ab und zu eine Nacht in Gesellschaft eines Kumpels aus Zivizeiten bei aufgedrehten Boxen mit *Doom* oder *Descent* durchballern musste, hatte er erstens von vornherein offengelegt und war zweitens für Marco gut zu ertragen, zumal mit der Ohrpfropfenroutine. Der Umzug ans Lustnauer Tor bedeutete große Erleichterung, auch wenn hier die Dusche nur tröpfelte und nach fünf Minuten kein warmes Wasser mehr hergab und auch wenn hier immer mal wieder unangekündigt die Vermieterin vor der Wohnungstür stand. Dagegen konnte man sich schützen, indem man sich einfach nicht rührte.

»Marco, sag mal, warum machst du nie auf, wenn es klingelt?«

»Wenn ich zu Hause bin, will ich meine Ruhe haben.«

»Na ja, aber das heißt doch nicht –«

»Wenn ich unter Leuten sein will, gehe ich raus, einmal Wilhelmstraße bis Brechtbau, und auf dem Rückweg setze ich mich eine halbe Stunde ins Clubhaus. Dann habe ich alle gesehen, die ich kenne.«

»Okay, okay. Bloß –«

»Zu Hause will ich für mich sein. Ich brauche das.«

»Heilandsack. Und ich brauch Kippen. Soll ich dir irgendwas mitbringen?«

Was Marco über seine Gänge auf die Straße behauptet hatte, stimmte nicht. Er sah dort so gut wie niemanden mehr, hielt, sobald er aus dem Haus war, den Blick gesenkt, den Kopf zwischen die Schultern eingezogen, die Hände in den Jackentaschen, und wenn er trotzdem gegrüßt oder angesprochen wurde, tat er meist so, als würde er es nicht bemerken. *Half of the time we're gone, and we don't know where, we don't know where.*

Eine Phase, nur eine Phase, macht euch keinen Kopf. Ich versuche mir ja auch selbst keinen Kopf zu machen.

Ab und zu trat er den Beweis an. Dann ließ er sich auf einer Party blicken, war eine halbe Nacht lang wieder fast der Alte, nur blasser und fahriger, und die Art, wie ihm die Haare ins Gesicht hingen, brachte seine Gesprächspartner dazu, sich ihre eigenen ständig aus der Stirn zu streichen. »Bin ein bisschen versunken«, sagte er. An drei fetten Hausarbeiten, eine aus dem Winter, zwei noch vom letzten Jahr, sitze er gerade gleichzeitig, allesamt zu verstiegenen Themen, eine sogar über *Finnegans Wake*. »Da würde ich auch durchdrehen«, sagten die anderen, »Wieso *auch*?«, lachte er zurück.

Härtere Proben waren die Telefonate mit seinem Vater, zumindest alle zwei Wochen unumgänglich.

»Dieses Semester, danach noch eins, oder realistischerweise zwei, und dann bin ich scheinfrei.«

»Und scheinfrei heißt fertig?«

»Scheinfrei heißt, ich kann meine Magisterarbeit anmelden. Darüber haben wir doch neulich schon gesprochen.«

»Deine Magisterarbeit. Aber neulich hast du mir gesagt, du würdest in diesem Jahr –«

»Das waren nur die Nebenfächer. Also das, was du jetzt meinst.«

Bis dahin war alles sehr schnell gesprochen, als handelte es sich um Formeln, die der eigentlichen Unterredung vorangingen. Nun machte der Senior die erste kleine Pause. Der Junior lag mit dem Apparat auf seinem Bett, das lange Kabel, das hoffnungslos verdreht war und dennoch nicht kaputtgehen wollte, unter der Zimmertür durchgezogen, und blickte abwechselnd auf die verschalte Dachschräge über sich und auf den Spalt vom Fenster, den die Gardine frei ließ.

»Aha? Englisch und Empirische Literaturwissenschaft.«

»Empirische Kulturwissenschaft.«

»Kultur? Das machst du doch im Hauptfach.«

»Kultur mache ich den ganzen Tag, wenn nichts dazwischenkommt.«

»Ja, ja, deine Sprüche. Scheinfrei also.«

»Scheinfrei.«

Zweite kleine Pause. Eigentlich war es nicht der freie Fensterstreifen, auf den Marco blickte, sondern die Gardine. Ein dicker, kratziger Stoff in tristem Hellgrün, seit Wochen nicht angetastet. Er fand es eklig, den Stoff zu berühren, vor allem mit frisch geschnittenen Fingernägeln, aber hätte man nicht mal für fünf Minuten die Zähne zusammenbeißen und den Vorhang austauschen können?

Leider nein. Er musste bleiben. Und das Zimmer musste tagsüber im Dämmerlicht liegen. Hell genug zum Lesen, hell genug für alles, was in Frage kam.

»Zu meiner Zeit war das anders.«

»Du hast Jura studiert.«

»Ja. Und herumgetrödelt habe ich nicht.«

»Ich trödele ebenfalls nicht herum.«

»Mein Sohn, das habe ich auch nicht behauptet. Du tust, was du für richtig hältst, ich vertraue dir. Jeder ist seines Glückes Schmied. Aber was ich dir sagen will – und es tut mir leid, wenn du es für das Gelaber von einem alten Sack hältst: Man muss einen gesunden Mittelweg finden. Das ist das Geheimnis.«

»Das Geheimnis.«

»Also einerseits bei der Sache bleiben.«

»Bei der Sache.«

»Andererseits natürlich auch die schönen Seiten des Studentenlebens genießen. Ich will sagen –«

»Schon klar.«

Er wusste, dass sein Vater es schlecht vertrug, wenn man ihm das Wort abschnitt, doch was blieb ihm anderes übrig? Günstigstenfalls wurde nun die aufsteigende Empörung mit einem Gedankensprung sublimiert.

»Hast du mal nachgeschaut, ob der alte Kowalczyk noch in der Stadt ist?«

Der einzige Mensch aus seiner eigenen Tübinger Zeit, auf den Udo Soltau gelegentlich zu sprechen kam. Und jedes Mal begann er dann den Namen zu buchstabieren.

»C, z, y, k. Der müsste inzwischen auch die sechzig überschritten haben.«

Er selbst, fast 66, hatte seinen Rückzug aus dem Beruf auf das nächste Jahr verschoben.

»Also den lasse ich schön grüßen.«

»M-hm.«

Plötzlich klang etwas wie ein Schmunzeln in der Stimme des Vaters: »Sag mal, hast du gestern einen übern Durst getrunken?«

»Nein. Wieso denn?«

»Du machst den Eindruck, als würdest du ein bisschen neben dir stehen. Na. Ich weiß doch, wie das ist als Student. Der Körper verträgt ja auch noch einiges in deinem Alter.«

Das Wort Student hatte Marco zu hassen gelernt. Ein Student war er nicht und Studenten kannte er nicht. Studenten waren Wesen, die es nur in Udo Soltaus Kopf gab, und dort bevölkerten sie die unscharfe Erinnerung an Kneipen voll speckigem Holz, die sich mit Bildern aus Nachkriegskinoschwänken und ein paar ängstlichen Schnappschüssen aus der »68er-Zeit« mischte. Eine Szene von einem seiner Bielefeldbesuche, als er ins Wohnzimmer trat, dort seinen Vater mit einem Kollegen bei Kaffee und Gebäck antraf und der Vater zum Kollegen sagte: »Das ist kein Pudel, das ist ein Student«, ging Marco hartnäckig nach – weil sie so viel Übles zusammenbrachte: die aggressiv-biedere Peinlichkeit des Spruchs, die Kategorie Student, die Furcht, wegen der Haartracht des erwachsenen Sohns von dem Kollegen heimlich verachtet zu werden. »Wenn, dann doch wohl Bobtail«, hätte Marco berichtigen können, ein schlichtes »Wau, wau« hätte es auch getan. Aber nein, er hatte stumm den Raum wieder verlassen und sich somit noch für den Vorwurf qualifiziert, er habe nicht einmal Guten Tag gesagt.

»Ich studiere« – diese Äußerung kam ihm zur Not über die Lippen. Ansonsten war er froh, dass es Studenten im offiziellen Sprachgebrauch der Uni fast nicht mehr gab, und wenn, dann als StudentInnen, was dem Wort nur recht geschah; zumeist wurde es aber durch Studierende ersetzt, worin mitzuschwingen schien, dass Student eine irreführende Bezeichnung war.

Und der Körper in seinem Alter. Was der vertrug. Vor allem kam er mit sehr wenig Schlaf aus. Das war erstaunlich. Nacht für Nacht lag er wach, seit Wochen, Monaten schon, und trotzdem hatte er bislang jeden Tag überstanden, sogar noch an Seminarsitzungen teilgenommen. Natürlich, die eigene Wahrnehmung spielte einem Streiche;

in der Nacht, die man selbst als völlig durchwacht empfand, hatte man tatsächlich ein paar Stunden geschlafen. Aber nicht mehr als zwei oder drei. Den Rest der Zeit gezappelt, geschwitzt, gejuckt, in Endlosschleifen gegrübelt, ein Buch zur Hand genommen, wieder weggelegt, sich das Gesicht kalt abgewaschen, im Dunkeln die Dachschräge angestarrt oder die Gardine, die er nur noch *das Grün* nannte.

Dergleichen dem Vater zu erzählen, war undenkbar. Lieber doch noch auf seinen Vorschlag mit dem Trinken eingehen. Aber würde er nun sagen, du hast mich ertappt, ich habe mir gestern die Kante gegeben, dann hätte er den Vater zwar fürs Erste beruhigt, doch er hätte noch am selben Abend die Mutter am Telefon gehabt, mit einer aufgescheuchten Litanei.

»Nein, ich hab nichts getrunken. Nur nicht so gut geschlafen heute Nacht. Bin auch schon seit halb sieben wach.«

»Ich glaube, ein Wetterumschwung liegt in der Luft. Es wird wohl endlich Sommer.«

»Endlich.«

»Gut, mein Sohn.« Das sagte er, als sollte noch etwas folgen, aber es folgte zunächst nichts. *Das weibliche Geschlecht*, war Marco versucht zu soufflieren.

»Die Frage nach dem weiblichen Geschlecht verkneife ich mir dann mal. Und wünsche dir noch einen schönen Sonntag.«

»Wünsche ich dir auch. Grüß Mama.«

»Und grüß du mir mein altes Tübingen. Wenn jetzt der Sommer kommt, wird es herrlich.«

Warum er zum Studieren ausgerechnet in diese Stadt gegangen war, konnte Marco kaum beantworten. Weit weg von Bielefeld, das war ein wichtiges Kriterium gewesen, und ehrwürdige Universität mit großer geisteswissenschaftlicher Tradition, davon hatte er sich irgendetwas versprochen. Dass seine Eltern lange dort gelebt hatten, schien ihn, als er vor der Wahl zwischen Tübingen, Mainz und Bayreuth stand, nicht gekümmert zu haben. Inzwischen kam es ihm vor, als hätte er sich in dem Moment, da er sich von ihnen entfernte, verpflichtet, ihnen nah zu bleiben. Seit bald vier Jahren wandelte er auf ihren Spuren und hatte es immer noch nicht geschafft, diesen Irrtum zu korrigieren.

Andererseits Blödsinn. Er sah ja nicht, was Udo und Sigrid damals gesehen hatten, und sie konnten sich sein heutiges Leben nicht vorstellen, auch wenn sie das glaubten. Insofern war die Entscheidung für Tübingen sogar geschickt gewesen. Er wiegte die Eltern damit in Sicherheit, hatte den unabdingbaren geografischen Abstand zwischen sich und sie gebracht, ohne dass sie sich das Ausmaß der Distanzierung klar machten. Über fünfhundert Kilometer, das war ein solider Grund, sich nicht häufig zu sehen. Inzwischen kamen sie mit zwei, drei jährlichen Besuchen ihres Sohnes aus, und selbst hatten sie sich so gut wie nie bei ihm blicken lassen, denn mochte Udo Soltau auch nach dem alten Kowalczyk fragen, viel schwerer wog das Ungesagte, wogen Erinnerungen, die er meiden wollte, alte, ausgehärtete Bitterkeiten. Wenn Marcos Eltern im Süden Station machten, dann bei Sigrids Eltern am Bodensee, doch auch das allenfalls auf dem Weg in den Skiurlaub; das Verhältnis war nicht herzlich. Zu schweigsam und mürrisch die beiden Alten, verblüffend, wie freudlos man in lieblicher Landschaft leben konnte. Und Anwandlungen, den einzigen Enkel zu verhätscheln, waren bei ihnen, noch ehe der in den Stimmbruch kam, wieder verebbt, sodass Marco sich seinerseits, obwohl in Reichweite eines Tagesausflugs gerückt, nur zu ihren Geburtstagen bei ihnen meldete und ihren Seufzer »Komm uns doch mal besuchen« ohne jeden Gewissensbiss wegsteckte.

Ja, er hatte in Tübingen seine Ruhe, zumal seit das Wohnheimkapitel abgehakt war. Die Unfähigkeit, sich Telefonaten mit dem Vater zu entziehen, musste aus eigener Kraft therapierbar sein; immerhin hatte sich die Frequenz schon auf alle zwei Wochen verringern lassen. Und wenn er in Tübingen nicht seine Ruhe haben wollte, kannte er hier genug Menschen, die er mochte, mit denen er reden, lachen, trinken konnte; und die Themen, mit denen er sich im Studium befasste, gefielen ihm ebenfalls, selbst *Finnegans Wake*. Marco Soltau und das Leben, das ihm entsprach: Die Voraussetzungen waren günstig wie nie.

Bloß, warum ging es ihm dann nicht besser?

Im Gegenteil. Wach liegen und wach liegen, und das Grün machte sich immer breiter. Den Menschen, die er mochte, wich er aus, und zu keiner der Hausarbeiten, mit denen er seinen Rückzug rechtfertigte, hatte er mehr als zwei, drei Seiten Stichworte oder Zitate geschrieben.

Unistädtchen, Sammelbecken für Sonderlinge und Bekloppte. *Meine Damen und Herren, es kommt zum Kampf.* Oder der streng Gescheitelte, der in der Cafeteria endlose Streitgespräche mit Unsichtbaren führte, oder die Alte, die in der Fußgängerzone die Hosen runterließ und »Orgasmus!« krähte, oder die Blutjunge, die an der Eingangsschleuse zur Fachbibliothek vor sich hin jammerte, aber jeden verscheuchte, der Hilfe anbot. Ein bunter Haufen, Herr Soltau, fügen Sie ihm doch Ihr weiches, käsiges Gesicht hinzu!

Jawoll, mach das, sagte das Grün.

»Fresspaket für dich«, sagte Clemens.

Fresspakete. So reagierte die Mutter auf des Sohnes Krise. Nicht dass er mit ihr offen gesprochen hätte, aber sie bewahrte für die Seelenlage ihres Kindes ein leises Gespür. Postkartons voller Schokolade und Sommerwurst im Tuch, die sie für ein Leibgericht von ihm hielt, hatte sie ihm in der ersten Zeit nach seinem Auszug in unaufdringlichen Abständen geschickt. Dass sie nun an diese Episode anknüpfte, geschah ihm, fand er, nur recht. Bubi schwächelt, Mutti päppelt. Die Abmachung mit Clemens lautete, dass er, wenn er so ein Paket in Empfang nahm, die beigelegte Karte ungelesen entsorgte und sich vom essbaren Inhalt nahm, was er wollte.

»Eine Linzer Torte.«

»Das macht sie, weil ich sonst nichts gebacken kriege.«

»Zweites Frühstück, okay?«

»Iss nur. Oh, eine Katze. Sie hat mir tatsächlich eine – *Schmeiß deine Katzenpostkartensammlung / In den dafür bestimmten Behälter.*«

»Von wem ist das denn?«

»Nietzsche.«

»Verarschen kann ich mich selbst. He, warte!«

Eben noch gesprächig wie seit Wochen nicht mehr, war

Marco nun doch wieder auf dem Weg in sein dunkles Zimmer.

»Du kommst mit nach Horb heute.«

»Nicht dass ich wüsste.«

»Du, ich meins ernst.« Er war Marco über die Türschwelle gefolgt. Und Marco hatte schon wieder ein Buch in der Hand. »Was ist das denn?«

Hermann Burger, *Schilten*. Clemens überflog eine halbe Seite und schüttelte den Kopf.

»Draußen ist übrigens Tag. Und Sommer.«

»Herrlich.«

»Horb. Ritterspiele. Mittelaltermarkt. Da gehen wir jetzt zusammen hin. Eigentlich hatte ich an Kajak auf der Donau gedacht, aber dafür sind wir zu spät dran. Du brauchst Licht und Luft, und du brauchst was Rezentes. Was Deftiges. Die Linzer essen wir heute Abend. Los gehts.«

Widerstandslos ließ Marco sich bis zum Schuhregal führen und trat dem Unternehmenslustigen voraus ins Treppenhaus, auch wenn ihn dort die Wände drückten und ihm jedes Knarren der Stufen wie ein Bohrer in den Kopf fuhr, sich festbiss, vervielfachte und so lange weiterwütete, bis vor der Haustür die Sonne zuschlug.

»Zum Wohle, du Zombie!«

Lange her, dass er Bier getrunken hatte. Auf die Idee, sich Alkohol mit in die Isolation zu nehmen, war er bisher nicht gekommen. Doch es schmeckte ihm gut, auch wenn es hier als »Camelot-Bräu, der naturtrübe Ritter-Trunk« vermarktet und in Plastikbechern ausgeschenkt wurde, es schmeckte ihm sogar sehr gut. Dumm nur, was Clemens beim Prosten in ihm ausgelöst hatte. *Zo-hom-bie, Zo-hom-bie, Zo-hom-beh, heh, heh, heh* – so plärrte sie los, die unbeherrschbare innere Jukebox. Die Gefahr war gering, dass sich in ihr Repertoire ein aktueller Hit mischte, aber manchmal passierte es eben doch.

»He, du hast das ja weggeext!«

»Ich brauchte das gerade, um mir was aus dem Kopf zu spülen. Ich hol mir einfach noch eins.«

»Nein, lass mich das machen. Ich hab dich ja hierher geschleift.«

Es herrschte kein Gedränge mehr an der Camelot-Bude, denn das Publikum strömte zum Fluss, dem Festzug hinterher, der mit Pauken, Pfeifen, Fanfaren das Turnier einläutete.

Licht und Luft. Marco atmete. Auf und durch. Am zweiten Becher hatte er nur genippt.

»Kommst du?«

»Ich will noch kurz hier warten.«

Sommersonne, so selbstherrlich, als könnte sie, wenn sie wollte, jeden Tag mit dieser Kraft brennen. Fachwerk- oder Stufengiebel, adrett in den wolkenlosen Himmel gereckt; mit dem Kopf im Nacken sah man ja nicht, ob unten *Kreissparkasse* an der Fassade stand. Ach, könnte man sein wie Horb! Mittelalter, das nach Leder und Spanferkel roch. So weit, für die Dauer des Spektakels die Kanalisation außer Betrieb zu setzen, wollten die Veranstalter wohl nicht gehen.

Die Gassen hatten sich geleert, der Festzug lärmte in angemessener Entfernung. Die Mittelalterverkäufer nutzten die Pause für einen Imbiss, eine Zigarette, einen ersten Kassensturz. Zwei Wamswänste unterhielten sich von Filzbude zu Holzschwertbude über Fußballergebnisse, ohne jedes »Edler Junker«-Getue; eine Enggeschnürte, ein Eis in der Linken, machte sich mit der Rechten an ihrer Korsage zu schaffen.

»Marco, kommst du jetzt?«

»Nein, entschuldige. Ich will da gar nicht hin.«

Clemens seufzte und blickte ihn kurz aus zusammengekniffenen Augen an, ehe er den Kopf Richtung Fluss wandte.

»Tut mir leid, Clemens. Ich fahr schon mal nach Hause.«

»Was denn, wir sind doch gerade erst angekommen.«

»Na ja.«

»Der nächste Zug geht in einer knappen Stunde.«

»Dann warte ich so lange hier.«

»Lass uns wenigstens noch was essen.«

Marco zuckte mit den Schultern. Clemens war ein paar Schritte gegangen und sah wieder zu ihm hin.

»Heilandsack. Manchmal frage ich mich, ob es helfen würde, dich mal richtig –«

»Probiers doch.«

»Was sagst du?«

»Probiers doch.«

»Du Zombie!«

Um den Ohrwurm abermals abzuwehren, wäre das Bier nicht stark genug gewesen. Diesmal half nur die Flucht in die Tat. Schon zuvor war Marco eine Darbieterin aufgefallen, die an der nächsten Straßenecke mit Keulen jonglierte. Ganz für sich, ohne Zuschauer. Hinter ihr auf dem Gehsteig lagen drei offene Leinensäcke mit Kostümteilen und Ausstattung für weitere Kunststücke.

»Knappe Stunde bis zum nächsten Zug, sagst du? Na gut, ich quatsche jetzt die Frau da an.«

»Wegen mir brauchst du das nicht zu tun. Mir würde es reichen, wenn du zur Wurschtbude mitkämst. Übrigens, der Bahnhof ist ja auf der anderen Neckarseite, ich weiß nicht, ob du das vorhin gemerkt hast. Ich würde also vorschlagen – Ach Schoißdreck, du hörsch mir ja eh nimmer zu.«

Die Jongleurin war schmal und dunkel, wahrscheinlich nicht älter als Marco, trug verwaschene schwarze Jeans, ein schwarzes T-Shirt, ein buntes Stirntuch und, als einziges Zugeständnis ans phantasierte Mittelalter, Schnabelschuhe aus hellbraunem Wildleder.

»Was machst du denn hier?«, fragte er sie.

»Bewegung an der freien Luft.« Sie sah ihn nicht an, sondern konzentrierte sich auf ihre wirbelnden Keulen.

»Aber für euch ist doch jetzt Pause.«

»Wieso für uns?«

»Na ja, nicht für das Publikum. Das Publikum muss ja jetzt runter zum Turnier. Zu den Rittern und Recken, die im Programmheft angekündigt sind.«

»Zu den erprobten Kämpfern auf ihren wendigen Rössern.«

»Zu einem Spektakel, das nicht nur in der Region seinesgleichen sucht.«

»Und du bist nicht seinesgleichen?«

»Mich sucht kein Spektakel.«

»Stattdessen störst du mich hier beim Üben.«

»Ich will dich nicht stören. Ich warte bloß, bis dir eine Keule runterfällt.«

»Da kannst du lange warten.«

»Ich habe noch eine knappe Stunde. Und eigentlich mache ich es nur wegen meinem Mitbewohner. Der denkt, ich wäre so gestört, dass ich nicht mal mehr eine Frau anquatschen kann.«

»Aber so gestört bist du dann doch wieder nicht.«

»He, mich lässt du aus dem Spiel!«, rief Clemens hinter ihm.

Da verfehlte die Frau tatsächlich eine ihrer Keulen, zischte »Scheiße«, und die drei anderen prasselten auch zu Boden.

»Jetzt zufrieden, die Herren?«

»Dabei ist Anquatschen doch ganz einfach. Anquatschen geht immer. Anquatschen sagt gar nichts aus.«

»Nun kann ich mich ja obendrein noch geschmeichelt fühlen.«

»Ach, blöd von mir. Entschuldige bitte. Magst du ein Bier?«

»Wenn, dann ein frisches.«

Das sagte sie mit Blick auf den Becher in seiner Hand, und er fragte sich, ob er wirklich vorgehabt hatte, ihr den anzubieten.

»Ich heiße Marco.«

»Clemens«, murmelte Clemens, der sich weiter im Hintergrund hielt.

»Na toll.«

»Und du?«

»Tari.«

»Tari?«

»Hast du noch nie gehört.«

»Nein. Aber es würde mir nichts ausmachen, es öfter zu hören.«

»Tari, Tari, Tari, Tari. Reicht das?«

»Ich hol dir dein Bier.«

Als er zurückkehrte, saßen Tari und Clemens auf dem Bordstein, so weit voneinander entfernt, dass er sich zwischen sie setzen konnte, ohne aufdringlich zu wirken. Hinter ihm lag einer der Säcke mit Vorführmaterial, aus dem Spiritusfackeln herausragten. Er reichte Tari den Becher.

»Auf das Mittelalter.«

»Auf alle Fälle.«

Clemens, der noch von seinem ersten Bier hatte, prostete stumm.

»Und deine beiden Kollegen?«

»Kommen gleich zurück. Wollten einen Geldautomaten suchen.«

»Läuft es so schlecht heute?«

»Größere Anschaffung.«

»Spuckst du auch Feuer?«

»Wär dir jetzt ein Ja oder ein Nein lieber?«

»Ein Vielleicht.«

»Nein, ich spucke kein Feuer. Und ich kann auch nicht davon leben.«

»Wer kann schon leben?«

»Und du hast heute Freigang, und er ist dein Pfleger?«

Nun hatte sie ihn zum Lachen gebracht.

»Ich hab nicht mehr viel Zeit, Tari. Sehen wir uns mal in Tübingen?«

»Wieso sollten wir?«

»Bist du da nie?«

»Doch, viel zu oft. Fast jeden Tag.«

»Na gut.« Er trank aus. »Wenn du nicht willst.«

»Hab ich gesagt, dass ich nicht will?«

»Hab ich so verstanden.«

»Ich habe gesagt, wieso sollten wir. Das ist keine Ablehnung, sondern die Frage nach einem Grund.«

»Den Grund können wir doch erst finden, wenn wir uns wiedersehen.«

»Machst du es dir da nicht ein bisschen einfach?«

»Da musst du meinen Pfleger fragen.«

»Herr Pfleger?«

Sie blickte Clemens an, der sich, das Haargummi im Mund, den Pferdeschwanz neu ordnete.

»Keine Sorge, der Typ macht es sich schwer genug.«

Typ. »Tüpp«, sprach Clemens es aus. Und fügte, sich erhebend, hinzu: »Ich geh jetzt mal runter zu den Recken auf ihren windschiefen Rössern.«

»Holzmarkt, Mittwoch«, sagte Tari.

Und Marco: »Da finde ich dich.«

Als er aufstand, schwindelte ihn, und nur verschwommen sah er Taris Kollegen, die gerade wiederkamen. Eine Frau und ein Mann. Tari nannte Namen, die er nicht verstand, er murmelte Hallo, während die beiden sich nach den Leinensäcken bückten, sie hatte rote Haare und er keine, so viel erkannte er, aber auf einmal sah er nicht mehr zwei Straßenartisten vor sich, sondern seine Eltern, da wandte er sich ab und eilte los.

In den nächsten Tagen räumte er auf. Er arbeitete sich durch einen Papierhaufen nach dem anderen, starrte jedes Blatt lange an und warf abwechselnd viel zu viel und viel zu wenig in den Müll. Als er sich der Schachtel mit alten Briefen zuwandte, war er in einer Alles-muss-raus-Stimmung. Er zog die gefalteten Bögen mit spitzen Fingern aus den Umschlägen, überflog sie wie ein übellauniger Juror, und dann gab er drei Jahre Gundula (seine erste feste Freundin) und anderthalb Jahre Daniela (seine zweite) zwar wie in Zeitlupe, doch ohne in seinem Entschluss zu schwanken, in den Müllkarton. Ebenso alle warmen, noch immer von einer Ahnung ihres Parfums umflorten Worte von Maribel (Urlaubsliebelei, Alicante, mit einiger Ausdauer, ihr zu Ehren hatte er aus seinem Schulspanisch das Letzte herausgeholt); auch den kleinen herzförmigen Fetisch, den sie ihm aus einem ihrer schwarzen Spitzenslips genäht hatte, verschonte er nicht. Und selbst der einzige Brief von Ines (Theaterschauspielerin auf Gastspiel, die, damals fast doppelt so alt wie er, am Praktikanten Marco einen Narren gefressen hatte), mit lauter eingeklebten Magazinschnipseln zu einer zwanzigseitigen Collage aufgepumpt, von einem lyrischen Witz, der ihm Ehrfurcht einflößte, musste dran glauben.

Als die Schachtel fast leer war – behalten hatte er im Wesentlichen die spärliche Post von seiner Halbschwester Doris –, stieß er auf ein kleines Fotoalbum. Auf dem altmodischen grasgrünen Stoffeinband stand schwarz, in der unverwechselbaren, halb anthroposophischen, halb preußischen Kalligrafie seiner Mutter »Argentinien«.

Wie war das dahin geraten? Seine Eltern hatten verschiedene Anlässe genutzt, um alten Kram an ihn loszuwerden, sei es der Tag seiner Volljährigkeit, sei es die Woche der großen Keller- oder Schränke-Inventur, und dass da vorpubertäre Schreibversuche oder Ungelenkes aus dem Kunstunterricht auf ihn zurückgefallen waren, fand er verzeihlich und hatte eine zügige Entsorgung gewährleistet. Doch wann und mit welcher Rechtfertigung sollte dieses Album dabei gewesen sein? War er befugt, Bilder von der Hochzeitsreise seiner Eltern wegzuwerfen? Gab es mehrere Exemplare, und die Mutter hatte nur eines an ihn abgetreten? Und wenn ja: wozu?

Er schlug das Album auf. Sigrid und Udo Soltau mit Pferden am Zügel und Cowboyhüten auf den Köpfen. Die Farben waren, soweit sich das bei dem Licht in seinem Zimmer beurteilen ließ, leicht grünstichig, als würden sie sich mit der Zeit dem Einband angleichen. Wer hatte das Foto gemacht? Nach Selbstauslöser sah es nicht aus. Wahrscheinlich ein Angestellter der Estancia.

Estancia. Lange her, dass ihm dieses Wort durch den Kopf gegangen war. Ein Soltau-Wort, ein Begriff aus der Familienfolklore. Estancia nannten sie das Land, das ihre lungenkranken Vorfahren in Argentinien gekauft hatten. Es wurde selten erwähnt, aber wenn, dann immer nur unter diesem Namen, die Estancia, und mit einem gespreizten Unterton – als könnte von dem längst abgehakten Überseekapitel noch ein Ruhm auf die Nachgeborenen ausstrahlen, ein Rest Weltläufigkeit oder gar Verwegenheit. Doch wer waren »sie«? Eigentlich nur sein Vater. Die Mutter wahrte bei dem Thema die Zurückhaltung der Eingeheirateten. Und Onkel Günther. Ja, wenn Günther zu Gast gewesen war oder man ihn besucht hatte, war das Gespräch verlässlich mindestens einmal auf den einstigen Besitz gekommen. Und immer eingekleidet in die Formel *Die Estancia, das waren Zeiten*, ohne dass dann präzisiert wurde, was für welche.

Marco blätterte zurück an den Anfang des Albums. »Bs. Aires«, stand unter dem ersten Foto, ein Platz mit einem Brunnen, gesäumt von Akazien und von alten Männern auf Parkbänken. Es folgten zwei nicht ganz scharfe Stadtansichten, offenbar von einem Hügel oder einem hohen Gebäude aus aufgenommen.

Schlagartig stand ihm die Szene vor Augen, wie er diese Bilder zum ersten Mal gesehen hatte. In Bielefeld im Wohnzimmer. Seine Mutter neben ihm auf dem Sofa, sie schmiegte sich an ihn, schmerzlich spürte er ihre Sehnsucht, ihn zu knuddeln wie im Vorschulalter, doch er war, da konnte er ihr nicht helfen, ein dürrer 16-Jähriger mit verspätet, aber umso heftiger ausgebrochener Akne.

»Weißt du eigentlich, dass du auf unserer Hochzeitsreise entstanden bist?«

Der Vater, alarmiert aus seinem Sessel: »Sigrid, was redest du denn da?«

»Ich zeige ihm unsere Argentinienbilder.«

»Argentinien? Da war doch das Objektiv defekt, und wir mussten –«

»Ja, ja, aber der erste Film –«

»Das ist doch für den Jungen nicht interessant.«

»Ist schon okay«, hatte Marco eingeworfen.

»Was heißt denn okay? Die Bilder sind nicht gut.«

»Aber Udo, unsere Hochzeitsreise –«

»Die Bilder sind nicht gut.«

»Schon okay, schon okay, ich muss sie nicht angucken.«

Mit diesen Worten war er aufgestanden und in sein Zimmer gegangen, vermutlich um BFBS einzustellen und die britischen Top 40 mitzuschreiben, das müsste die Phase gewesen sein. Ein Hinweis auf die Umstände seiner Zeugung, zumal wenn er von der kuschelbedürftigen, aber in Bezug auf Körperliches sonst restlos verschwiegenen Mutter kam, konnte ihn noch peinlich berühren. Und in die Scham hatte sich Verwunderung gemischt – darüber, dass sein Vater auf die Bilder von der Hochzeitsreise genauso allergisch reagierte wie auf Fotos aus seiner ersten Ehe.

Die Estancia. Hatte er nicht die Flitterwochen genutzt, um sie zu verkaufen? Machte man so etwas in den Flitterwochen? Zuzutrauen war es ihm. Und wann sollte er es sonst getan haben? Nach der Hochzeitsreise war er, soweit Marco wusste, nie wieder in Argentinien gewesen. Er hatte den Schlussstrich unter ein Jahrhundert Soltau interkontinental gezogen und vom Erlös ein Haus in Bielefeld gebaut. Ein großes Haus, dennoch maßgeschneidert für seine kleine zweite Familie, zuzüglich nicht etwa eines Gäste-, sondern eines Geisterzimmers. Ein Haus, das verquollen aussah mit seinen meterdicken Klinkermauern und den mickrigen Fenstern darin, verquollen und halb vergraben, tief in den Gadderbaumer Hang hinein, als wäre es auf lange Sicht das Beste, unter der Erde zu leben. *The Estancia built this bunker.* Ein Tausch, mit dem auch ein Udo Soltau nicht in jeder Minute im Reinen sein konnte. Vielleicht rührte daher seine Empfindlichkeit bei den Fotos.

Marco blätterte zu den hinteren Seiten. Landschaftsbilder. Über dem ersten stand: »*La Pampa*«. Unter dem dritten, doppelt unterstrichen: »Das Grün!«

Er schleuderte das Album zurück in die Schachtel. Sofort den Deckel drauf, und dann die Schachtel nicht wieder ins Bücherregal, sondern unten in den Kleiderschrank. Die alte Winterjacke drüber, auch noch ein paar Pullis, und nun hurtig den ganzen Müll rausbringen, ohne einen Blick zum Fenster!

Das Sommerwetter hielt sich. Marco hatte davon wenig mitbekommen, hatte das Haus, außer zum Müllrausbringen, in den Tagen nach Horb nur ein einziges Mal verlassen, um mit eingezogenem Kopf zum Edeka zu huschen und das Nötigste einzukaufen.

Mittwoch. Wie immer hatte er nicht geschlafen – oder irgendwann offenbar doch, denn er war aufgewacht, viel zu früh, um halb sieben. Das lag nun vier Stunden zurück, an die er sich kaum erinnern konnte. *Good morning, starshine / The earth says hello*, trällerte die unverdrossene Jukebox in seinem Kopf.

Er sah sie schon vom Buckel der Pfleghofstraße aus. Sie stand an der Ecke, am Fuß der Kirchentreppe, als Podest diente ihr ein umgedrehter Bierkasten. Auch diesmal trug sie Schwarz, aber keine Schnabelschuhe, sondern sie war barfuß, und sie hatte kein Tuch im Haar – ihr Haar war kürzer als seins, das schien sich seit Samstag geändert zu haben.

»Darf ich noch mal stören?«

»Ach du bist es. Mirko.«

»Marco. Das fängt ja nicht gut an.«

»Haha, ich wollte dich nur ärgern.«

Sie sprang vom Kasten, legte ihre Keulen beiseite und drückte ihm zur Begrüßung kurz und fest beide Hände. Anscheinend war sie allein. Er blickte ihr ins Gesicht und merkte, dass der Ohrwurm abschwoll. Aha, jetzt versuchen wir uns in einen Kitsch zu retten, stellte er fest, und er begann das Gesicht, in das er blickte, stumm zu beschimpfen. Keulenmieze, Jongliermäuschen, Studentenfutter.

»Die Schicht hat gerade erst angefangen, oder?«

»Ganz richtig.«

»Hast du trotzdem ein bisschen Zeit?«

»Ich glaube, das lässt sich einrichten.«

»Und kannst du von hier weg?«

»Probieren wir es mal.«

»Hirsch vielleicht? Oder Affenfelsen?«

»Hanseatica.«

Über diese Wahl war er erleichtert. Kein zwanghaftes Draußensitzen bei warmen Temperaturen. Im Hanseatica spielte sich alles innen ab, an schmalen, blass marmorierten Stehtischen. Zwei legendär missmutige ältere Damen bedienten (was heißt bedienten: sie gewährten), und Marco hoffte, er würde nie vergessen, wie er sie einmal zur Weiberfastnacht mit ihren üblichen sauren Mienen, aber mit Karnevalshütchen auf den Köpfen und Konfetti im Haar angetroffen hatte.

»Was bedeutet denn Tari?«

»Bin ja froh, wenn man es nicht gleich errät.«

»Ich soll also selbst drauf kommen. Tari, Tari, Tari – natürlich. Rita.«

»Das findest du natürlich?«

Lovely Rita Meter Maid. Endlich mal wieder die Beatles.

»Und Rita willst du nicht heißen.«

»Rita will doch niemand heißen. Tari ist zumindest etwas besser.«

»Ach so.« Er begann sich das Gesicht zu reiben, als müsste er eine Hautschicht entfernen. »Ich freue mich sehr, dich wiederzusehen.«

»Das ist schön. Hörst du bitte auf damit?«

Widerwillig ließ er die Hände sinken, sie ergriff beide.

»Was hast du denn?«, fragte sie.

Er antwortete mit einem spöttischen Lachen, das misslang und wie ein Räuspern klang.

»Ich will dich abschrecken. Bin ein total verstörter Mensch.«

»Ach so. Kann ich dich denn jetzt wieder loslassen, ohne dass du dich malträtierst?«

»Selbstverständlich. Wie geht es dir?«

»Warum fragst du? Wir kennen uns doch kaum.«

»Es interessiert mich. Du interessierst mich.«

»Aha?«

»Ja, stell dir vor. Hattest du noch einen schönen Samstagnachmittag im Mittelalter?«

Sie zuckte mit den Schultern. *Jongliermäuschen, Anquatschtrophäe.* Unfug.

»Ich –« Er stockte. »Scheiße. Ich meine, wenn ich nicht … ich bin wirklich nicht so gut beieinander zurzeit. Ich muss mich wieder fangen.«

Ihm begannen also Geständnisse herauszurauschen. Fehlte nicht viel, und es hätten sich noch ein paar Tränen hinterhergestürzt. Tübingen, Hauptstadt der Labilität.

Selbst hier, unter den unerbittlichen Blicken der Hanseatica-Damen, wurde garantiert jeden Tag ein bisschen geflennt. Nicht laut geheult, aber leise gewimmert.

»Scheiße«, wiederholte er. »Vergiss es.«

»Komm mal her.«

Sie schob ihre Tasse beiseite, als könnte die sich sonst dazwischendrängen, und nahm seinen Kopf in beide Hände. Ihre Lippen streiften flüchtig seine Mundwinkel, links, rechts, dann wich sie zurück, um Atem zu holen oder kurz die Stirn zu runzeln und ein kleines Lachen zu unterdrücken, ehe sie seine Lippen küsste. Nicht lange, nicht fest, aber mit zwei kleinen knabbernden Bewegungen, die ihn noch mehr überraschten als der Kuss an sich.

»Sieh mal, was du angerichtet hast.« Er wollte ihr seine Unterarme zeigen, auf denen sich die Haare aufstellten, doch sie schaute nicht hin.

»Ein Glück, dass du ein bisschen rot geworden bist, Marco.«

»Du aber auch.«

Sie schwieg und löffelte Milchschaum aus ihrer Tasse.

»Ein Glück, dass du mich gerade geküsst hast. Darf ich jetzt wissen, wie es dir geht?«

»Ich bin seit gestern obdachlos.«

Ein großes Wort, obdachlos. Wie verfuhr man damit? Wie die Papageien.

»Obdachlos.«

»Aus der Wohnung geflogen. Auf der Straße gelandet.«

»Das ist ja furchtbar.«

»Schon gut, Marco.«

»Aber kannst du irgendwo unterkommen fürs Erste?«

»Fürs Erste konnte ich gestern zu Almut und Dietmar.«

»Almut und Dietmar? Das klingt ja entsetzlich.«

»Na hör mal! Du hast sie doch nur einmal kurz gesehen.«

»Ach, das sind deine Kollegen. Tut mir leid. Ich hatte ihre komischen süddeutschen Namen gleich wieder verdrängt.«

»Sie deinen wahrscheinlich auch.«

»Okay. Und wo kommst du heute unter?«

Wieder zuckte sie mit den Schultern.

»Kannst natürlich bei mir knacken, wenn du magst. Mein Pfleger hat nichts dagegen.«

»Blödmann.«

»Wie du meinst. Das Angebot steht aber.«

»Bilde dir bloß nichts ein.«

»Es lässt sich nicht so leicht umwerfen.«

»Was?«

»Das Angebot.«

»Reden wir erstmal von was anderem. Ist ja noch kaum Mittag.«

»Was ist mit deinen Sachen? Also den Sachen aus der Wohnung.«

»Das ist nichts anderes.«

»Es ist schön, sich so zu unterhalten.«

»Bitte?«

»Ich meine, in so kurzen Sätzen. Immer hin und her. Normalerweise fängt man doch in Kennenlerngesprächen gleich an zu monologisieren. Ich bin froh, dass es diesmal nicht so ist.«

»Vielleicht ja nächstes Mal wieder.«

»Bist du eingeschnappt?«

»Bist du bescheuert?«

»Ja. Erwähnte ich das noch nicht?«

»Und jetzt?«, fragte sie mit einem Kopfnicken in Richtung ihrer leeren Tasse.

»Raus hier, oder?«

Es drängte ihn nun doch ins Freie. Als könnte man die Zuflucht, die man im Stehcafé gefunden, jetzt, da man sie erfolgreich ein bisschen ausgestaltet hatte, mit vor die Tür nehmen.

Der Weg über den Buckel, dann hinunter zur Brücke wurde tatsächlich nicht zum Problem: Fürs Erste gab es nur sie und ihn, geschützt wie unter einer Tarnkappe. Lange Gasse, Holzmarkt, Neckargasse, und die klaffenden Mäuler der Läden wirkten ebenso fern und künstlich wie all die blinkenden oder blutigen Menschen ringsum. Die brauchten ihn nicht zu kümmern. Es reichte als Aufgabe, das Gespräch in Gang zu halten und zugleich unter der diskreten Kleidung Taris Körper zu erraten. Leicht machte sie es ihm nicht. Ihre Arme, schmal und gebräunt, lagen zwar weitgehend frei, gaben, wenn sie sich durchs Haar fuhr, kompakte Muskeln zu erkennen und ließen die Ahnung einer schwarz bestoppelten Achsel zu. Doch das T-Shirt war so weit, dass es über ihre Gestalt kaum etwas offenbarte und über ihre Brüste bloß, dass sie nicht groß sein konnten. Wenig auskunftsfreudig auch die Jeans, immerhin zeichnete sich manchmal eine leichte Schenkelwölbung unter dem Stoff ab. *Von knabenhaftem Wuchs*, brabbelte in Marco eine Stimme, die er nicht mochte, *knabenhaft, nicht damenhaft*. Taris Füße kannte er noch, sehnige

Füße mit dünnen Zehen, die aber nun in zerschlissenen Espadrilles steckten.

»Und Jonglieren –«

»Jonglieren geht über Studieren.«

»Verstehe. Schade, bei mir ist es hoffnungslos. Zu Schulzeiten hab ich das mal versucht. Ein trauriger Anblick.«

»Ich glaube nicht, dass du es sehr vermisst hast.«

Was du vermisst, ist, dass sie dich endlich wieder küsst, Blödi.

Daraus könnte man doch ein Lied machen, nervige innere Stimme: Was du vermisst, was du vermisst / Ist dass sie dich endlich wieder küsst. Sicherlich, zu seicht für diese Zeit. Was Kompliziertes drum herum bauen, in den Strophen. Aufgeblasene Beziehungsprobleme, dazu ein paar Zeilen, die halb nach Leckt-mich-doch, halb nach Philosophie klingen; und noch ein Satz, der sich entfernt nach politischer Parole anhört und das dann gleich wieder zurücknimmt. Ich möchte die sexuelle Revolution / Aber bitte nicht in diesem Ton.

Aufgemerkt! Das war eben Frank Reinhardt. Dein Freund Frank, der dir Schilten *ausgeliehen hat. Er hat gesagt: »He, Marco. Marco? Hallo? Shit, was hast denn du genommen?« Und du, shit, bist einfach vorbei, hast einfach so getan, als gäbe es ihn nicht.*

Sein Haar stand in Flammen. Hätte ich ihn mit solchen Details belästigen sollen?

»Nee, bitte keine Elternfragen«, sagte Tari. Er hatte keine Ahnung, was für eine Frage er gerade gestellt hatte, und auch nicht, ob sie mit Elternfragen Fragen nach ihren Eltern meinte oder elterntypische Fragen.

»Was hast du eigentlich vorhin mit deinem Bierkasten gemacht?«

»Am Abfalleimer festgeschlossen. Denn wir leben ja in einer finsteren Welt.«

»In einem Jammertal. In der Hauptstadt der Labilität.«

»Oh, ist das von dir?«

»Weiß ich nicht.«

Neckarinsel, Platanenallee. Auf dem ersten Abschnitt hinter der Brücke herrschte an einem Junimittag bei dreißig Grad Betrieb wie auf einem Pausenhof. Zügig durch, dann wurde es ruhiger. *Und was treibt der gute alte Kowalczyk so?* Irgendwo drüben an der Uhlandstraße hatte Udo Soltau seinerzeit die Kanzlei gehabt.

»Warum hast du denn den Typen gar nicht beachtet? Den, der immer wieder Marco gerufen hat.«

Den Tüppen. *Du darfst Tari nicht anlügen, auf keinen Fall darfst du das Knäblein anlügen, hörst du?*

»Frank. Ein Freund von mir. Ich wollte gerade nicht mit ihm reden, ich wollte nur mit dir reden, klingt das sehr doof? Ich hab ja schon gesagt, ich bin zurzeit –«

Sie unterbrach ihn: »Hast du keinen Hunger?«

»Doch. Ich glaube schon.«

»Dann gib mal her.« Sie nahm ihm ihren Beutel, den er für sie trug, von der Schulter und eine Bäckertüte heraus, zwei Brezeln darin, als hätte sie schon am Morgen alles gewusst und vorgesorgt. Der Gedanke rührte ihn. Auch eine Flasche Sprudel zog sie aus dem Beutel.

Sag es ihr! Sag es ihr jetzt! Los, mach schon!

Was denn?

Stell dich nicht noch blöder an, als du bist.

Nun musste er laut lachen über das Gezeter in seinem Kopf. Du machst mir Spaß, fiese Stimme. Bleib doch. Hock dich mit uns auf dies olle Bänkchen im Schatten, unter Aufsicht des Ottilie-Wildermuth-Denkmals, das schon Generationen von Studenten, haha, Studenten!, beim Knutschen zugeschaut hat. Mach dich ruhig breit. Es ist doch nur ein Spiel. Nur ein Spiel.

»Schön, dass du dich so freust.«

»Ja, man soll auch den kleinen Dingen im Leben ein Vergnügen abgewinnen.«

»Deine Spezialität, nicht wahr?«

»Und worüber kannst du dich freuen?«

»Oh, kommen jetzt die Poesiealbumfragen?«

»Wann, wenn nicht jetzt?«

»Sollen wir versuchen, uns immer weiter in Fragen zu unterhalten?«

»Wie lang soll denn der Versuch dauern?«

»Wie wärs mit: bis einer nicht mehr kann?«

Wie lange willst du noch warten?

»Kannst du mit Brezeln jonglieren?«

»Bezweifelst du es?«

»Gelten bei diesem Fragespiel inhaltliche Beschränkungen?«

»Bin ich es, die das bestimmt?«

»Hast du nicht das Spiel vorgeschlagen?«

»Wirke ich inhaltlich beschränkt?«

»Klang dergleichen nicht sowohl hinsichtlich deiner Wohn- und Schlafsituation als auch der sogenannten Elternfragen an?«

»Findest du?«

»Wie kommt es, dass du aus deiner Wohnung geflogen bist?«

»Wer sagt, dass es meine Wohnung war?«

Ein hartes Nüsschen, dein Aufriss, was?

Hältst du einen Satz mit »was?« hinten dran für eine Frage, dumme Stimme?

»Marco? Wie findest du die Regel, dass man auch verloren hat, wenn man sich mit der nächsten Frage zu viel Zeit lässt?«

»Kannst du dir nicht denken, Tari, dass diese Regel gut und wichtig finde und mich sogleich in aller Form dafür entschuldigen möchte, dass ich dich habe warten lassen? Und würdest du mir deinen Nachnamen verraten?«

Das ist eine Elternfrage!

»Was hast du mit meinem Nachnamen vor?«

Ja, was eigentlich? Dingfest willst du das Nüsschen machen, dingfest!

»Dürfte ich das fürs Erste offen lassen?«

»Wie lautet denn deiner?«

»Hülfe es dir weiter, wenn ich diese Frage mit Tausol beantwortete?«

»Hast du den Eindruck, man müsse mir weiterhelfen?«

»Du nicht?«

»Und wenn wir dich und mich vergleichen, wer braucht dann eher Hilfe?«

»Würde jemand sich Tausol nennen, wenn er nicht dringend Hilfe nötig hätte?«

»Willst du noch einen Schluck trinken?«

Das tat er. Und er dachte: So soll es bleiben. Tari und Tausol im Gespräch, in einem Gespräch, aus dem nichts werden muss, weil es selbst schon alles ist, Tarnkappe und Trost, Welt für sich, Welt für dich, für uns; ein Gespräch, das nirgendwohin zu führen braucht, weil es selbst der Ausweg ist. Tari und du: die Lösung. Noch Fragen?

Steck ihn ihr rein!

»Bist du ganz draußen, Herr Tausol, oder muss ich dich noch formell disqualifizieren?«

Far away, where we might laugh again.

Die Ohrwürmer hatte er schon lange, wahrscheinlich seit seiner Kindheit, das war nichts Außergewöhnliches. Auch nicht, dass sie meistens thematisch passten, so arbeitete eben das Gehirn: Das assoziative Bild, die unterschwellige Verknüpfung, die schamlose Metapher waren seine liebsten Ausdrucksmittel. Da konnte man kaum mehr tun, als dafür zu sorgen, dass das innerliche Songarchiv halbwegs gediegen bestückt war. Allerdings stellte Marco in diesen Tagen eine Verengung des Sortiments fest. Die Jukebox bediente sich fast nur noch aus den späten 60er-Jahren. Eine große Zeit, zweifellos; die heroische Epoche der Popmusik. Aber Verengungen waren nie gut.

Und früher waren die Ohrwürmer gekommen und gegangen, wann sie wollten, und hatten zwischendurch auch mal Ruhe gegeben. Nun jedoch lösten sie sich in festem Takt ab, zwei vormittags, einer über Mittag, zwei nachmittags, noch ein bis zwei am Abend. In den durchwachten Nächten jagten sie sich. Traurige Nebenwirkung: Marco hörte kaum mehr Musik. Zu ausdauernd tönte es in ihm, als dass er etwas hätte auflegen können. Wenn er an seine Lieblingsplatten dachte, wurde er wehmütig wie ein Verbannter.

Er hatte erwogen, Protokoll zu führen, und es sich dann doch verkniffen. Die Idee erinnerte ihn an seinen Vater.

Der hatte ihm einmal ein altes Heft gezeigt, in dem er während seines Studiums penibel all seine Ausgaben aufgelistet hatte. Tag für Tag auf Heller und Pfennig, tabellarisch mit Bleistift, die Spalten mit dem Lineal gezogen, Brot, Wurst, Äpfel, Bücher, Bier, Zigaretten, Kino. Und er hatte Marco angehalten, es, »wenn du dann mal studierst«, ebenso zu tun. Man müsse ein Gefühl fürs Budget entwickeln. »Und wie lange willst du das noch aufbewahren?«, hatte Marco gefragt. Aber nun etwas Vergleichbares mit den Ohrwürmern anzufangen, durfte er sich nicht gestatten, auch wenn man es als Parodie oder Travestie des väterlichen Buchführungsdrangs hätte werten können. Die Liedfetzen im Kopf kamen und gingen undokumentiert.

Far away, where we might laugh again.

»Ja. Disqualifizier mich. Bitte. Jetzt und hier und in aller Form.«

Sie lachte. »Was sind denn das für Anwandlungen, Jüngling?«

»Anwandlungen, Aufwallungen. Ich will, dass wir uns wieder küssen. Will ich doch so sehr. Fräulein.«

»Mit Ankündigung?«

Geh nach vorne und mach dein Tor!

Gut, dass er aufgeräumt hatte. Peinliche Vorstellung, ihr das Zimmer in dem Zustand zu zeigen, in dem es noch am Wochenende gewesen war. Der überhäufte Schreibtisch hätte ihn als verkopften, verlotterten Schwächling entlarvt, der nicht mal dem bisschen Studium gewachsen war. Und in der Briefschachtel hätten die alten Geschichten gelauert und behauptet, Tari und er, das sei nichts Neues.

Ein Mensch ohne Vergangenheit wollte er werden. Und war mit nicht einmal 24 Jahren altklug genug, um zu denken: Das will man doch immer.

Clemens, der bis zum Sonnenuntergang am Baggersee gewesen war, trat ihnen mit nassem Haar und versengtem Gesicht entgegen, begrüßte Tari nicht zu kühl und nicht zu vertraulich, zog sich dann an seinen Bildschirm zurück. Und Marco erriet traumwandlerisch den Trick (und vergaß ihn gleich wieder), wie er sich der inneren Stimme zugleich mit der Unterhose entledigen konnte. Nackt stand er vor der Obdachlosen, die bekleidet auf seinem Bett saß und ihn milde musterte.

»Da bin ich.«

»Ein Exhibitionist.«

»Eigentlich gar nicht. Nur jetzt musste es mal sein. Ich hoffe, du kannst mir verzeihen.«

»Ach, Marco. Komm mal her.«

»Das ist so schön. Wie du *Komm mal her* sagst. Wie heute Morgen im Hanseatica.«

»Scht.«

Sie küsste ihn und begann dabei seinen Nacken und Rücken zu streicheln, mit flinken, tastenden Händen, als wollte sie prüfen, ob ihre Augen sie nicht trogen. Seine Fingerkuppen glitten zu beiden Seiten ihrer Wirbelsäule empor, sie war noch schmaler, als er gedacht hatte, zugleich kräftiger. Mit einer raschen Bewegung zog sie ihr T-Shirt aus, mit der nächsten den BH. Er gestattete sich vorerst keinen Blick auf ihre Brüste, sah, ihr den Hals und das Schlüsselbein küssend, über ihre Schulter hinab auf das kleine Kleidungsstück am Boden. Bordeauxrot, die Körbchen wattiert, die Träger aus dichter Spitze. Intimer ist der Anblick der Unterwäsche, dachte er, als der Anblick der Nacktheit, die sie verhüllt. Für junge Frauen gibt es nichts Neutrales für drunter, jeder BH und jedes Höschen ist ein kleiner Fetisch, und selbst wenn sie etwas tragen, das nicht nach Fetisch aussieht, so ist auch das ein Statement zu ihrer Fetischisierung, sie kommen aus dieser Nummer nicht mehr heraus. Welcher schmierige Franzose es auch war, der vor hundert oder zweihundert Jahren die Reizwäsche erfand, der kann sich im Jenseits einen Ast lachen. Bordeauxrot, die Körbchen wattiert, ein Detail, das Tari verletzlich macht, weil es sie in einen gesellschaftlichen Zusammenhang rückt, sie, die eben noch außerhalb aller Zusammenhänge stand. Ja, wegen solcher Details verschwinden Frauen vor dem ersten Sex angezogen im Bad und kommen nackt wieder heraus, aber bitte, Marco Tausol, verzettel dich nicht länger.

Klein und fest und dunkel und ein bisschen salzig, köstlich, und sie mochte, was seine Zunge mit ihnen tat, seine Zunge und ganz vorsichtig seine Zähne, sie ließ wohlige Laute hören und knetete seine Kopfhaut, seine Ohren, er knöpfte ihr die Hose auf. Wieder ein Detail. Aber er wollte ihren Slip auf keinen Fall mit Gutachterblick betrachten, blieb mit seinem Gesicht so nah daran, dass er nur die Textur und Farbe erkennen konnte, nicht den Schnitt, und sog ein, was sich von ihrem Duft schon spüren ließ, während seine Finger ihre Brustwarzen umkreisten.

»Ich bin ganz ungewaschen.«

»Wär ja schrecklich, wenn es anders wäre. Ich möchte doch diesen Tag an dir schmecken.«

Sie entfernte das Detail selbst, so rasch wie eben das andere, und er senkte seinen Kopf zwischen ihre Schenkel. Salzig, wunderbar salzig schmeckte dieser Tag an ihr, und er wollte mehr, er wollte Urinspuren auf der Zunge, wie Leopold Bloom, wenn er Nierchen aß, und wie schön, dass sie nun abermals seufzte, wie schön, auch ein leises, glucksendes Lachen von ihr zu hören, wunderschön, dass sie die Beine anwinkelte und dass sie ihn, die Hände weiter in seinem Haar, ein wenig hineindrückte und lenkte.

»Tari.« Welche Freude, ihren Namen zu sagen.

Blitzschnell drehte sie sich auf dem Bett, so, dass sie nun auch ihn in den Mund nehmen konnte. Er blickte im Schreibtischlampenlicht auf das dunkle Haardreieck zwischen ihren Beinen, auf ihre Schamlippen und den schmalen rosigen Streifen, den sie eröffneten. Tari, Tari, Tari. Er nahm ihren Hintern in beide Hände, und er leckte ihre Lippen, erst außen, dann innen, erst ganz sachte, dann etwas fester, dann versuchte er mit gespitztem Mund ihre Klitoris zu ertasten, was nicht zu gelingen schien, mit einem kurzen Griff ins Genick gab sie ihm zu verstehen, dass er lieber weiter lecken sollte. Und ein Glück, dass sie ihn auch nicht ganz erriet, er wäre ja sonst augenblicklich gekommen, ein Glück, dass sie die Unterseite seiner Eichel kaum bedachte, es hätte kein Halten gegeben, ein Glück auch, dass sie noch nicht entdeckt hatte, wie seine Brust, seine winzigen Warzen auf Liebkosungen reagierten. Tari, köstlich, Tari, Tarnkappe und Ausweg und Erlösung, Tari, dein Mund, deine Lippen, dein Geschmack. Verstehen lernen. Verschmelzen lernen. Er erschrak, denn er merkte, wie er sich ergoss, in ihren Hals. Bei all den Schauern, die ihn überliefen, hatte er nicht darauf geachtet, wie sich sein Orgasmus ankündigte.

Er streichelte und küsste ihre Beine, ihre Knie, ihre Füße, bis sie ihm diese mit einem kleinen Kichern entzog und sich wieder drehte, um ihn in den Arm zu nehmen. Seine Brust an ihrer Brust, sein Gesicht an ihrem Gesicht, sein Mund an ihrem Mund. Der Gedanke, dort sein eigenes Sperma zu schmecken, ließ ihn etwas zurückscheuen. Er wollte doch in Tari aufgehen, ganz und gar, wollte nicht sich selbst wiedertreffen, wenn er sie küsste. Unfug. Ihr Mund, ihr köstlicher Mund!

»Endlich bin ich den Dönergeschmack los. Das Mittel sollte ich mir merken.«

»O ja, bitte merk es dir«, stammelte er verdutzt. Tari, was klopfst du für Sprüche? »Ich bin gerade … na ja, du siehst selbst –«

Anstatt weiterzureden, wollte er sie wieder küssen, doch sie hielt ihn zurück.

»Was sehe ich, Marco?«

»Einen glücklichen Marco siehst du. Ich möchte dir Liebeserklärungen machen. Du machst mich glücklich. Ich war noch nie –«

»Scht.«

Sie legte ihm eine Hand auf den Mund, hinderte ihn am Weiterreden. Mit der anderen begann sie sein halbweiches Glied zu streicheln.

Squeeze me, babe, till the juice runs down my leg.

Scht, hat sie gesagt!

Und wie schön, sich daran halten zu können. Songzeilen, die sich mit einem Wink wieder verscheuchen ließen, wann hatte es das zuletzt gegeben? Keine Geräusche mehr außer Taris und seinem Atmen oder Seufzen, dem Rascheln des Bettzeugs, dem leisen Reiben und Schmatzen ihrer Hände und Leiber und sehr gedämpft der Klangkulisse von *Doom* aus Clemens' Zimmer. Und auf einmal ihre Zunge in seinem Ohr. An seinem Ohrläppchen ihre Zähne, auf seiner schweißfeuchten Schläfe ihr Atem. Und plötzlich saß sie über ihm, hatte ihn schon ihn sich und zog ihn mit, als sie sich zur Seite fallen ließ.

Er war übervorsichtig, machte seinen Rückzieher viel zu früh, musste dann über seine Ängstlichkeit lachen, erzielte bis zum Morgengrauen gewisse Fortschritte im Verstehenlernen, Verschmelzenlernen, und nach einer letzten, wässrigen Ejakulation auf ihre Brüste schlief er an sie geschmiegt so tief wie seit Jahren nicht mehr.

So tief, dass sie ihn wachrütteln musste um halb zehn.

»Marco. Ich muss los.«

»Wieso das denn?«

»Weißt du doch. Hab ich dir lang und breit erzählt.«

Lang und breit. Das stimmte. Er konnte sich bloß im Moment an nichts erinnern, er schlummerte noch halb, konnte nur seine Arme um sie werfen, sich an ihr festhalten und sie so lange mit Küssen bedecken, bis sie sich ihm entwand, um ihre Kleider zusammenzuklauben und sich in unfassbarem Tempo anzuziehen. Es gelang ihm, sich auf den Flur zu schleppen, als er sie aus dem Bad kommen hörte, sie zur Wohnungstür zu begleiten, etwas Folgenloses von Frühstück zu murmeln, ein Wann und Wo für später am Tag zu repetieren und einen Abschiedskuss in die

Länge zu ziehen. Flink wie ein Eichhörnchen sprang sie die Treppen hinab. Er fand zurück ins Bett und schlief wieder ein.

In die Adenauerstraße musste sie, das war der Grund. Noch einmal ihre Unschuld beteuern, um dann hoffentlich, unter Aufsicht, ein paar Sachen aus der verlorenen Wohnung holen zu können. Lang und breit. Von dem Tüpp hatte sie ihm erzählt – ein paar Stunden nach dem Fragespiel, als sie einander beim Kebabessen dann doch ihre Nähkästchen öffneten –, der ihr ein Zimmer in Derendingen untervermietet hatte und nie daheim gewesen war. Und plötzlich standen die Bullen vor der Tür. Razzia, Wohnung abgesperrt, Drogen suchten sie und Diebesgut und nahmen Tari gleich für ein paar Stunden mit in die Adenauer. Ausgestanden war das nicht, bis auf weiteres hatte sie jeden Montagmorgen auf der Polizeidirektion zu erscheinen. Heute aber, Donnerstag, ging es eben darum, ob sie von dem bisschen Kram, der ihr gehörte, wenigstens das Wichtigste schon mal aus der Räuberhöhle entfernen durfte. Vor allem Klamotten, ein paar Papiere.

All das wusste er wieder, als er am späten Vormittag hochschreckte. Und er sah noch etwas, das ihm am Morgen entgangen war: Sie hatte die Gardine aufgezogen.

Im Fenster ein Stück leerer Sommerhimmel.

Das Grün ging sofort zum Angriff über. So hatte er es bisher nicht gekannt, nie hatte es einen Laut von sich gegeben. Nun kreischte und gellte und knatterte es wie ein Höllenbiest. Er trotzte dem Lärm, stand mit beiden Füßen fest auf der Schreibtischplatte. Und er ließ nicht wieder los, auch wenn der Ekel ihn schüttelte. Er zerrte an dem Vorhang, so fest er konnte, und noch einmal, dann nahm er ihn über seine Schulter und sprang. Vom Schreibtisch auf den Teppich. Das Grün mit ihm, die Gardinenstange auch. Beide Schrauben waren samt Dübeln aus der Wand gebrochen. Eine Tüte, eine feste Plastiktüte, um es hineinzustopfen und es zu ersticken! Oder noch besser ein Feuerzeug. Aber ein Feuerzeug würde nicht ausreichen, die Dinge brannten nur dann schnell an, wenn sie nicht sollten. Wenn sie brennen sollten, dann zierten sie sich, dann musste man mit Spiritus nachhelfen. War Spiritus im Haus? Das Grün am Boden gab keine Ruhe. Die alte Winterjacke drüber, besser als nichts, die war dick gefüttert, die müsste es zumindest deutlich dämpfen, und die konnte man in so einer Notlage opfern. Wo war sie? Im Schrank – und natürlich, unter der Jacke, unter den Pullis: das grüne Album. Die Fotos raus, schnell. Zum Glück leistete der Kleber wenig Widerstand. Ratsch, ratsch, ratsch, eins nach dem anderen, es waren 24. Das einzige, das zerriss, war das von Udo und Sigrid mit den Pferden. Die Fotos unters Bett oder untern Tisch, das leere Album zur Gardine, Jacke drüber. Und raus aus dem Zimmer damit, raus aus dem Haus.

Clemens war längst unterwegs.

Aber wer stand dann im Flur?

Frau Zapf. Die Vermieterin. Razzia.

Und wer war nackt? Nackt mit einem großen, wütenden Bündel vor dem Bauch?

»Tari!«, hörte er sich rufen. Was Frau Zapf sagte, verstand er nicht.

Fliehen. Er war ja eh auf dem Weg hinaus. Aber nackt

konnte man nicht auf die Straße. Das hatte er versäumt zu beachten. Danke für den Hinweis, Frau Zapf. Von ihrem Gezeter drang weiter kein Wort zu ihm durch. Warum verschwand sie nicht? Was hatte sie hier drin zu suchen?

Er hörte sich einen Schrei ausstoßen, dann gelang es ihm, das Bündel ins Bad zu werfen und zurück in sein Zimmer zu springen, die Tür schlug er hinter sich zu.

Als er Minuten später aus der Wohnung hetzte, traf er die Vermieterin nicht mehr an. Das hatte nichts zu sagen, sie konnte in der Küche sein oder sonst wo.

Und als ihn am späten Nachmittag Tari wiedertraf, war er durchnässt und so außer Atem, dass er lange keuchend auf der Kirchentreppe hing, ehe er ein Wort hervorzubringen oder ihr einen Kuss zu geben vermochte. Sie setzte sich hinter ihm auf die Stufen und bettete seinen Kopf an ihrer Brust. Am Brunnen schwang ein Quintett von Panflöten-Indios beim Musizieren die Oberkörper vor und zurück. Es musste sehr heiß sein unter den Ponchos.

»Da will ich mal hin. In die Anden. Nach Peru.«

»Weil sie da den ganzen Tag so tolle Musik machen.«

»Blödmann. Warum bist du so nass?«

»Peru. Und wie wärs mit Argentinien?«

»Sind da nicht auch ein paar Anden?«

»Ich glaube schon. Allerdings nicht in der Gegend, wo ich hin muss.«

»Ein paar Anden und viele alte Nazis. Du musst nach Argentinien?«

»Irgendwo muss man doch hin. Und ich meine, jetzt, wo wir beide keine Wohnung mehr haben, steht es uns ja ziemlich frei.«

»Du hast doch eine Wohnung. Sogar eine schöne.«

»Nein, hab ich nicht mehr. Es gab einen Unfall heute Morgen. Das war – ach, Kurzversion: Meine Vermieterin hat mich nackt gesehen.« *Blödmann. Vollidiot. Zombie. Aber nur zu, mach dich lächerlich.* »Das klingt bescheuert, ich weiß. Aber ich kann da nicht mehr rein.«

Sie biss ihn ins Ohrläppchen. »Hast du mit ihr das Gleiche gemacht wie mit mir, nachdem ich dich nackig gesehen hatte?«

»Nicht ganz. Hast du denn deine Sachen wieder?«

»Das Nötigste. Heute war der Wachtmeister sogar nett zu mir. Trotzdem würde ich dich bitten, vorerst nicht allzu viele Witze über verlorene Wohnungen zu machen.«

»Das war kein Witz. Ich kann da nicht mehr rein.«

»Du wirst dir zumindest was anderes anziehen müssen.«

»Ich hab Sachen im Rucksack.«

»Komm, wir gehen zusammen. Ich leiste dir Beistand. Ich kann auch mit deiner Vermieterin reden. Glaub mir, ich hab schon Leuten aus peinlicheren Lagen herausgeholfen.«

»Nein, wirklich.«

»Marco. Komm.«

»Weißt du, mir gehts ja nicht so gut zurzeit. Und jetzt habe ich gemerkt, es liegt an der Wohnung. Also an etwas in der Wohnung. Ich kann da wirklich nicht mehr hin.«

Beide hatten sich erhoben, sie stand eine Treppenstufe höher als er.

»Ach ja, Argentinien. Da hatte ich Vorfahren. Ich stamme von Auswanderern ab. Und so nass bin ich, weil ich ins Wasser musste.«

Er hatte sich auf der Toilette in der Alten Burse umgezogen, und weil er sich danach und auch nach einem schwülen, aber ruhigen Abend im Park mit Baguette und Käse und Kirschen und Küssen weiter weigerte, in die Wohnung zurückzukehren, und ein aufziehendes Gewitter die Hoffnung zunichte machte, über Nacht draußen bleiben zu können, musste Tari mit ihm zum Depotgelände. Das fand sie selbst eine so schlechte Idee, dass sie auf dem Weg pausenlos schimpfte. Dabei hielt sie Marcos Hand, hielt sie auch noch, als sie durch den Regen die Feuertreppe hochstiegen, und auch noch, als ihnen ein vierschrötiger Nacktbäuchiger mit Stachelarmbändern und ausgewuchertem Irokesenschnitt den leeren Türrahmen versperrte, durch den sie ins Obergeschoss der Halle wollten.

»Sozialer Abstieg, wa?«, sagte der.

Nicht hinriechen.

»Machste mal Platz?«

»Nee, nee, Lady. Kann ich doch nicht verantworten.«

»Wir sind nur Touristen«, schaltete Marco sich ein.

»Halt die Fresse, ja?«

»Lass ihn in Ruhe, ihm gehts nicht gut. Und lass uns durch.«

»Wie heißt denn das Zauberwort?«

»Arschloch.«

»Oh, die kleine Lady weiß Bescheid.«

Er griff sich zwei Bierflaschen aus der Tüte, die Tari auf dem Weg an der Tankstelle vollgepackt hatte, und verschwand.

Der riesige Raum war leer, sofern man es im Halbdunkel erkennen konnte. Blanker Betonboden, bleiche Ziegelwände. Von unten donnerte Musik, Portishead, glaubte Marco im ersten Moment, aber auf so eine Idee konnte hier nur ein Bekloppter kommen. Das Depotgelände hatte den Franzosen gehört, soweit er wusste. Nun war es ein Stück Niemandsland, dort, wo das Städtchen sich zwischen Stinnes-Baumarkt, Recyclinghof und der Ausfallstraße Richtung Reutlingen als kleines Gegengewicht zu seiner Vergeistigung den Anschein eines verrottenden Gewerbegebiets gestattete.

»Wir haben nicht mal einen Schlafsack. Gehen wir bitte jetzt zurück in deine Wohnung?«

»Ich kann nicht. Ich glaube auch, ich habe den Schlüssel vorhin ins Wasser geschmissen.«

»Dann müssen wir jetzt Kuttel wiederfinden und fragen, ob er eine Matratze für uns übrig hat.«

»Ich dachte, er heißt Arschloch. Er ist hier der Geschäftsführer?«

»Kuttel ist hier der, den ich ein bisschen kenne.«

»Tari, bitte. Es geht mir schon besser, seit ich weiß, ich bin aus der Wohnung raus. Das wird alles wieder.«

Er sah trotz der Dunkelheit die Sorge in ihrem Blick und hasste sich dafür.

Eine Matratze bekamen sie im Austausch gegen die Biertüte. Sie trugen sie so lange in der Halle hin und her, bis sie glaubten, das am wenigsten laute Plätzchen gefunden zu haben.

Die nächsten Tage, trocken und heiß, verbrachten sie im Freien, und Marco beteuerte immer wieder, dass es die schönsten Tage seines Lebens seien. Entkommen war er. Einen Schlafsack hatten sie gekauft und Blasenpflaster, er war ja das Laufen kaum mehr gewohnt. Sie lagen am Baggersee, sie grillten sich Würstchen und Zucchini an einer Feuerstelle im Wald und schliefen vor und nach dem Essen miteinander, *She took me to the woods / saying here comes somethin' and it feels so good*, kaum versteckt, von vorbeikommenden Radfahrern angestrengt übersehen. Sie duschten im Schwimmbad, sie gingen zum Waschsalon und ließen die Wäsche auf der Österbergwiese trocknen. Die Stimme war noch da, meistens, aber das war ja nur ein Spiel. Er zeigte Tari die Argentinienfotos, die er auf der Flucht mitgenommen hatte, und sie sagte: »Sieht nicht aus, als müsste man da unbedingt hin.« Er lachte, er war entkommen. Sogar an den Brechtbau kehrte er einmal zurück, um dort ein paar Rollen Klopapier zu klauen.

»Ist ja ganz süß, dass du das hier noch Freiheit nennen kannst. In deinem Alter.«

Sie kauerte neben ihm im Gras und zog nur selten und flach an der Tüte, die er unbedingt hatte bauen wollen. Sie ihm zurückzugeben machte sie aber auch keine Anstalten. Er lag auf dem Rücken.

»In welchem Alter denn sonst?«

»Dein Glück, dass das Wetter mitspielt.«

»Wieso? Es gibt doch auch das schöne Depotgelände mit seinem unkomplizierten Geschäftsführer.«

»Da kommst du dir toll vor, Tausol, was? Hast einen Heidenspaß, dir auszumalen, wie deine Eltern reagieren würden. Der Sohnemann versucht sich als Landstreicher und gibt sich mit echten Tübinger Punks ab.«

»Heidenspaß. Und das sollen echte Punks sein?«

Wieder nahm sie einen ihrer Alibizüge. Er hatte die

Hoffnung auf die Droge aufgegeben. Wahrscheinlich wollte Tari ihn beschützen.

I'm standing on a ledge, and your fine spider-web / is fastening my ankle to a stone.

»Das Wetter muss doch mitspielen«, sagte er, in die Sonne blinzelnd. »Es muss doch diese Tage jetzt geben.«

Sie beugte sich zu ihm herunter und küsste ihn. Nicht zu mitleidig, wie er fand.

»Dein Glück, dass du endlich anrufst. Ich wollte gerade die Polizei einschalten. Ohne Witz, ich war auf dem Weg ans Telefon.«

»Warum denn?«

»Weil keine Sau weiß, wo du steckst.«

»Hier bin ich. Alles okay.«

»Alles okay? Du bist ja wirklich nicht mehr dicht! Kannst du dir vorstellen, was die Zapf hier veranstaltet?«

»Scheiße.«

»Ja, Scheiße. Ich meine, lächerlich natürlich, *Sie brechen mir die Wände auf, Sie wollen mich ruinieren!*, also die zwei Löcher hab ich ihr in einer Viertelstunde zugegipst, aber –«

»Hast du die Gardine weggeschmissen?«

»Du sagst mir jetzt erst mal, was los ist und wo du bist und wann du –«

»Die Gardine muss weg.«

»Hör auf mit dem Mist. Wo steckst du?«

»Ich bin draußen, ich koste den Sommer aus.«

»Soll ich das deinen Eltern ausrichten?«

»Wieso meinen Eltern?«

»Ja, wieso wohl? Bevor ich die Polizei anrufe, rufe ich doch zumindest deine Eltern an.«

»Du hast – ?«

»Aber was schwätz ich, du kannst sie ja selber zurückrufen.«

»Wann hast du sie angerufen? Und woher weißt du die Nummer?«

»Vorhin.«

Die suchen dich. Die suchen dich jetzt.

Klar suchen die mich.

»Clemens?«

»Ja?«

»Kannst du sie noch mal anrufen?«

Pause.

»Was soll das? Was soll das alles?«

»Ich erklärs dir bald mal in Ruhe. Ich lad dich zum Essen ein. Fett zum Essen. Rufst du bitte, bitte meine Eltern an?«

»Und was sag ich denen?«

»Dass es mir gut geht. Dass ich ein bisschen unterwegs bin. Dass sie mich nicht suchen sollen. Dass ich mich melde.«

»Dir gehts doch gar nicht gut.«

»Doch. Du musst nur die Gardine –«

»Noch einmal Gardine, und ich leg auf.«

Marco schwieg.

»Bist du denn mit der Ding unterwegs?«

»Mit der Ding.«

»Du weißt, wen ich meine.«

»Tari. Ja, ich bin mit ihr unterwegs.«

Du ziehst sie da rein. Du willst sie ruinieren. Du brichst ihr die Wände auf.

»Na wenigstens das. Also ich kanns ja nicht beurteilen, aber ich hoffe, sie –«

»Noch eine Bitte, Clemens. Kannst du mir Sachen bringen?«

»Was für Sachen? Und wieso bringen?«

»Klamotten vor allem. Und außerdem –«

»Woisch, jetz isch wirklich mal Schluss. Du holsch dir dein Glumbatsch hier selber ab, kapiert?«

»Gardine. Gardine!«

Das Grün brannte. Und wie es brannte. Unfassbar, so hohe Flammen aus dem Klumpen Stoff. Bengalisches Feuer, neonrot. Aber warum verzehrte sich das Übel nicht? Wollte es ewig weiterbrennen? Er überwand sich und trat einen Schritt näher heran, es begann sofort zu kreischen. Zurück! Dumm war das von ihm gewesen, zu dumm. Nun rannte er, was er rennen konnte, doch das Kreischen blieb bei ihm, als hätte es sich in seinem Nacken festgekrallt. Ja, es hatte sich in seinem Nacken festgekrallt, er spürte den Druck, den brennenden Schmerz, und wie es ihm die Kehle einschnürte. Als bengalische Fackel rannte er über das Feld, *über das Feld kommt er lachend, hahaha, lachend über das Feld*. Und kriegte keine Luft mehr, ihm wurde schwarz vor den Augen, die Beine knickten ihm weg. Aber weiter, weiter, dann eben ohne die Augen, ohne die Beine! Bloß weiter, bis zum Wasser! Bis zum Wasser und hinein! *Hahaha, hahaha*, das war kein Lachen, das war das Kreischen, das unerträgliche, zerfetzende, das Kreischen der Krallen, die sich immer tiefer in seinen Nacken bohren wollten. Hinein ins Wasser. Hinein, ja!

Da war es weg. Und er schwamm. Er tauchte. Entkommen.

Den Kopf wieder an die Oberfläche, zum Luftholen. Ganz vorsichtig. Doch nur ein Schnauben hörte er, vom Ufer her. Er wandte sich um. Seine Eltern zu Pferd. Beide winkten und riefen etwas, das er nicht verstand, er winkte mechanisch zurück. Sie riefen lauter. Er wollte wieder untertauchen, aber nein, er musste sich anstrengen zu verstehen, was sie ihm sagten. *»¡Un saludo desde Argentina!«*, riefen sie, *»Arhentiiina«* sprachen sie es aus, wollten sich einheimisch geben. Und schon hatten sie sich die Kleider von den Leibern gerissen und fickten, am Ufer vor allen Leuten. »Das Grün!«, kiekste seine Mutter, die unten lag, im Gras, aber was war das für ein Gras, übersät mit Kippen und Scherben. *»Verde que te quiero verde«*, schrie sie nun, die ersten Worte eines Gedichts von Lorca, aber kannte sie das? Des Vaters Gesicht lief nicht grün, sondern blau an, er pumpte und pumpte, die Anstrengung schien ihn in Gefahr zu bringen, in die Nähe eines Todes, den viele Männer sich aussuchen würden, wenn sie die Wahl hätten, ohne Rücksicht auf die Frau unter ihnen im Gras. Aber ist es nicht zum Kotzen, deine Eltern ficken zu sehen? Von wem kam jetzt diese Frage, von dir, Stimme? Egal, Tausol, du wirst dich danach zurücksehnen, sie ficken zu sehen, denn jetzt zieht dein Vater sein halbweiches Ding aus der Muttimuschi heraus und sagt: »Sigrid, so geht das nicht, du musst ihn mir blasen.« – »69«, gackert Sigrid angewidert zur Antwort, »Sommer der Liebe«. Und du siehst, wie er sie leckt und saugt, mit dem blau anlaufenden Gesicht, du musst es sehen, denn was ist die Alternative? Du drehst dich weg, tauchst ab, und unter Wasser schon wieder deine Eltern, schon wieder mit irgendeinem Mist auf Argentinisch, und dabei recken sie die rechten Arme zum Hitlergruß. Nein, das wird ihnen nicht gerecht. Willst du sie lieber ficken sehen? Ja, ich will sie lieber ficken sehen. Dann sieh dir an, wie sie ihn lutscht, sieh dir an, wie er sie leckt. Die haben sich ihr Lebtag nicht gelutscht und geleckt. Heut ist nicht ihr Lebtag. Was ist denn heute? Heute ist nicht alle Tage, ich komm wieder, keine Frage. Lachend, hahaha, lachend über das Feld.

Da kam er zu sich, und welch ein Glück, dass Tari bei ihm war, welch ein Glück, dass sein Zucken und Lallen auch sie geweckt hatten. Er konnte sich in ihre Arme flüchten, sie küssen, von ihr geküsst werden, sich an ihr festhalten.

»Danke. Danke, danke, danke, danke.«

»Wofür?«

»Dafür, dass du da bist.«

Kuttel hatte Geburtstag, oder wie auch immer, jedenfalls gab es etwas zu feiern, als die nächste Gewitterfront aufzog und Marco und Tari wieder in die Halle trieb. Eine rehäugige Frau namens Bombi war für die Getränke zuständig, sie lehnte hinter einer Pyramide aus Bierkästen an der Wand und musste mit einem Gast nach dem anderen darüber streiten, ob zwei Mark pro Flasche zumutbar waren. Alle hatten für das Fest zusammengeworfen. Der Jubilar und die, die beim Vorbereiten geholfen hatten, tranken natürlich für lau, aber sonst niemand, und es stand jedem frei, sich sein Bier selbst mitzubringen.

»Die kleine Lady und der Tourist. Auf den Geschmack gekommen, wa?«

»Wir Touristen wissen doch, wo hier in der Stadt die besten Partys steigen.«

»Halt die Fresse!«

Marco gähnte, er war sehr müde, Kuttel zögerte einen Moment und warf dann den Kopf in den Nacken, um lachend davonzurudern. Zwei hochbeinige Hunde strichen um den Ghettoblaster herum, anscheinend mochten sie Punk, oder sie warteten auf den geeigneten Moment, um der brüllenden Bestie mit einem konzertierten Angriff den Garaus zu machen. Doch dieser Moment trat nicht ein, dafür waren irgendwann die Batterien hinüber, und nun kam Bombis großer Auftritt. Die Bierpyramide längst abgetragen und sie selbst so frei, wie sie nur wollte, stellte sie sich auf einen leeren Kasten und sang mit Donnerstimme: *Der lange Weg, der vor uns liegt / führt Schritt für Schritt ins Paradies!*

Wieder und wieder schrie sie es. Wurde bald johlend angefeuert, dann stimmten immer mehr der Feiernden mit ein und schließlich die ganze Halle. Die beiden Hunde umschlichen weiter den verstummten Radiorekorder. Tari nippte an einem Bier, Marco an Tari.

»Habt ihr irgendwo noch ne Flasche?«, fragte ein Mädchen, das keine 15 Jahre alt schien.

»1972«, erwiderte ihr Marco, »kannst du dir das vorstellen? Von 1972 ist dieses Lied. Da habe ich in die Windeln geschissen. Und jetzt singen die es alle hier. Ist doch unglaublich, oder? Ich meine krass.«

»Ihr habt nichts mehr.«

»Ich bin so müde.«

»Was sagt der?« Ein Ausgemergelter, ein Jahrzehnt älter als das Mädchen, hatte sich dazugeschoben.

»Müde ist er.«

»Oh, fuck. Willst du das hier mal probieren?«

»Was ist das denn?«

»Im Wesentlichen Cola.«

»Ich würds bleiben lassen«, empfahl Tari.

»Aber ist doch im Wesentlichen Cola.«

Marco trank. Tari auch, und sagte halb erleichtert: »Da ist ja gar nichts drin.«

»Nee, natürlich nicht.«

Sie hatten ihr die halbvolle Bierflasche entwendet.

Und alle zusammen, einmal mehr: *Der lange Weg, der vor uns liegt / führt Schritt für Schritt ins Paradies!*

»Das war nicht gut, Marco. Das hätte schief gehen können.«

»Ich war so müde. Ich wollte Cola.«

»Ich hoffe, es hat geholfen.«

»Ja, schon. Aber der Typ da.«

»Welcher Typ?«

»Der da. Der von eben. Der Ausgemergelte. Siehst du, wie der guckt? Ich kenn den Blick.«

»Sollen wir ein bisschen rausgehen? Ich glaube, es regnet nicht mehr so.«

»Das ist der Blick von der Razzia, also von der Zapf.«

»Du gehst jetzt aber nicht zu dem rüber.«

»Den Teufel würde ich tun. Diese Scheiße mit dem Wasser. Der lange Weg, der vor uns liegt.«

»Marco?«

Die Scheiße, die ganze Scheiße. Los, raus damit!

»Die ganze Scheiße. Die Hunde da.«

»Lass uns rausgehen. Komm.«

»Arhentiiina.«

»Komm jetzt mit, bitte.«

»Was ist mit dem Typ?«

»Nichts ist mit dem.«

»Die zwei Hunde.«

»Auf dem Weg ins Paradies, wie alle hier.«

»Und warum verbrennt das nicht? Wie lange soll die Scheiße noch weitergehen?«

»So lange, bis du endlich mit rauskommst.«

»Das brennt. Ich muss ins Wasser. Clemens hat auch gelogen. Warum lügen denn alle?«

»Ich lüge nicht. Du musst raus hier, sofort. Draußen ist Wasser.«

»Du lügst nicht, du wirst ja belogen. Das zählt nicht. Dich habe ich da mit reingezogen.«

Schmal, aber kräftig, noch kräftiger als gedacht, packte sie ihn in ihrer Verzweiflung um die Hüften und lud ihn sich auf die Schulter, strebte auf den Türrahmen, auf die Feuertreppe zu.

Das ist der Tiefpunkt. Jetzt bist du fertig.

Draußen knickte sie ein unter der Last. Er stammelte Entschuldigungen und robbte zum Geländer, setzte sich hin, den Rücken angelehnt, die Beine ausgestreckt. Der Regen troff durch die Gitter der Treppenabsätze, und Marco schrie: *»Verde que te quiero verde«*, immer wieder.

Kuttel war herausgekommen, auch Bombi, in der Halle

als Anheizerin nicht mehr nötig, und Kuttel, der nicht wissen konnte, dass er in diesem Moment für Udo Soltau gehalten wurde, kippte Marco sein Bier über den Kopf.

»Das geht aufs Haus, Psycho.«

Bombi war Sigrid, und beide, Mutter und Vater, hatten sich als Punks verkleidet. »Da haben wir uns missverstanden«, murmelte Marco, anstatt weiterzuschreien. Nun war es Tari, die schrie, nach einem Telefon, einem Krankenwagen, und dass sie hier bei Marco bleiben müsse; und während der, stumm in sich zusammengesunken, sah, wie die beiden Hunde ihre Schnauzen ins Freie streckten, um in bengalischen Flammen aufzulodern, rannte Bombi zur Ausfallstraße, wo eine Notrufsäule stand.

Zwei bengalische Hunde, oder doch keine Hunde, sondern ein minderjähriges Mädchen und ein ausgemergelter Tüpp, wie schön, lauter Paare, seine Eltern, Bombi und Kuttel, das Mädchen und der Ausgemergelte, Tari und Marco, da fehlten jetzt nur noch Clemens und Frau Zapf, und der Reigen konnte losgehen, grüner wirds nicht, Schritt für Schritt über das Feld, lachend ins Paradies, lutschen, lecken, hahaha!

Tatütata.

Tatütatatri.

Als das Denken zurückkam, wunderte er sich wie jemand, der seit Jahren entwöhnt war. Nein, bloß eine Woche, erklärte ihm die ironische Ärztin, und auch nur ein ganz bisschen sediert. Er hatte nicht gewusst, dass es ironische Ärztinnen gab. Seine Blutwerte waren ohne großartigen Befund, sie hoffe, da sei er nicht enttäuscht, er habe ja viel von einer Party und einem Getränk erzählt. Und natürlich sei es angeraten, dass sie oder ihr Kollege sich noch eine Weile lang regelmäßig mit ihm unterhielten, das Neuroleptikum aber schleiche man bereits aus. Eine Diagnose, durch die er sich möglicherweise stigmatisiert fühlen würde, wolle man ihm nach diesem isolierten Vorfall nicht aufbürden, und wenn alles sich weiter so entwickle wie bis jetzt, könne er in drei Tagen heim.

»Unter Auflagen?«, fragte er.

»Unter Auflagen«, nickte sie.

Weil jedoch schon am nächsten Tag wieder ein Jubiläum anstand, und zwar sein eigenes, hatte er damit zu rechnen, dass ihn seine Mutter in der Klinik besuchte. Ihr abzusagen brachte er nicht übers Herz. Oder über die Lippen. Alles, worum er sie beim zweiten Ferngespräch bat, war, ihm mitzubringen, was sie an Material zur alten Estancia auf die Schnelle im Bielefelder Haus finden konnte. Bilder, Aufzeichnungen, was es auch sei.

Als es am nächsten Morgen an der Tür klopfte, war Tari schon da. Tari war immer noch da, nach allem, trotz allem, und hatte ihm zum Geburtstag eine Kladde geschenkt, von ihr persönlich in rotes Japanpapier eingebunden, und einen Tintenstift.

»Vielleicht bekommt es dir ganz gut, da ab und zu was reinzuschreiben.«

»Auf jeden Fall. Aber nur, wenn zuerst du was reinschreibst.«

»Was solls denn sein? Meine neue Adresse vielleicht?«

»Unbedingt deine neue Adresse. Nicht dass wir uns aus den Augen verlieren.«

Und sie notierte »Gebäude 3, Waldhäuser Ost«, fast wäre er wieder wahnsinnig geworden. Andererseits war Waldhäuser Ost kein Wunder, wenn man auf die Schnelle eine Bleibe suchte, und Gebäude drei, nun, so viel Albernheit des Schicksals musste verkraftbar sein. Immerhin nicht der siebte Stock, sondern der fünfte. Und das gute Neuroleptikum schlich ja auch noch in ihm herum.

Es klopfte also, und herein trat nicht seine Mutter, sondern seine Schwester.

Ewig nicht gesehen. Hatte sie sich angekündigt? Er konnte sich nicht erinnern. Woher wusste sie, dass er hier war? Wie auch immer, da stand sie vor ihm, Doris, üppig und weich. Das kam von der anderen Seite, von ihrer Mutter her, und unterschied sie so sehr von Marco, dass es ihn immer fasziniert hatte, betört sogar, erst recht, weil er sie nur alle Jubeljahre sah. Udo Soltau war knochig, Sigrid Soltau dünn und zart, der Sohn hatte die Stadien schmächtig und schlaksig durchlaufen und konnte hoffen, auf Dauer nicht hager zu werden, sondern drahtig. Und nun, im ockerfarbenen Klinikzimmer, war der spontane Drang, sich an sie zu schmiegen, sich in die schwesterliche Weichheit zu versenken, groß wie nie. So groß, dass Marco sicherheitshalber Taris Hand ergriff.

Zu dritt saßen sie am zu niedrigen Tisch. Doris hatte eine Flasche Sekt eingeschmuggelt, Pappbecher dazu, und stellte Fragen, auf die sie keine Antwort erwartete: »Machen sie dich hier gerade krank, oder glaubst du wirklich, dass du vorher schon was hattest?« »Hast du dir die Plastikblumen selber mitgebracht?« Marco fragte nicht zurück, woher sie eigentlich wusste, und er hatte keine Ahnung, was bei ihr selbst das aktuelle Thema war, ob Yoga oder Aikido, Akupunktur oder Bachblüten, da hatte man schon immer schnell den Überblick verlieren können. In Zürich lebte sie mittlerweile, das ging aus ihren Bemerkungen hervor, mit einem Sportlehrer namens Jürg Heinrichs. Es störte Marco, wie sie Tari ansah, oder eben nicht ansah, sondern sie mit dem Blick nur streifte, wie eine flüchtige Erscheinung, die nichts weiter zu bedeuten hatte. Den Sekt trank sie fast allein. Marco wollte keine Wechselwirkungen riskieren, Tari nippte nur.

Plötzlich lag Doris' Hand auf seiner Schulter. »Ach, Brüderlein. Was ist bloß los? Mein Herz heult, wenn ich dich hier sehe.«

Mit diesen Worten zog sie ihn an sich und umarmte ihn fest, von Stuhl zu Stuhl. Er war ihr sehr dankbar, wollte, dass die Umarmung lange dauerte; so wie diese Umarmung hatte es sich früher mit ihr angefühlt. Eine weiche Frau, die er nicht gut kannte, mit der ihn aber eine besondere Wärme verband, eine Wärme, für die es egal war, wie gut man sich kannte. Seine Wange lag an ihrem Hals, sein Mund an ihrem Nacken, sie war ein bisschen verschwitzt und roch nach Earl Grey. Er wollte so bleiben, bis auf weiteres, konnte nur hoffen, dass sie ihn nicht losließ, obwohl er ihre Umarmung nicht erwiderte.

»Ich bin da, weißt du?«, flüsterte sie. »Ich bin da, egal wie selten wir voneinander hören. Ich bin da, und du bist bei mir jederzeit –«

Da klopfte es wieder. Sigrid.

»Marco, mein Junge! Oh –«

»Hallo.«

Einfach nur Hallo. Nach häuslicher Sitte wäre die Anrede Mama gewesen, aber nicht zum ersten Mal kam Marco das unpassend vor. Nun wurde man schon 24, und mit 24 war es doch mal vorbei mit Mama und Papa. »Mit 24 Jahren beginnt der biologische Alterungsprozess«, hatte Doris eben beim Öffnen der Flasche gesagt. Bloß, wie nannte man seine Eltern dann? Die Umarmung der Schwester fehlte ihm sehr – sie hatte sich, als Sigrid eintrat, sofort aufgesetzt – oder ihm fehlte Taris Hand, aber Tari saß in diesem Moment auf ihren beiden Händen und sah seine Mutter so unauffällig wie durchdringend an.

»Doris, ich wusste gar nicht. Du hättest doch.«

»Hat sich spontan ergeben. Ich dachte, ich hätte heute Dienst.«

»Mein Junge, wie geht es dir?«

»Großartig.« Er war aufgestanden.

»Was ist denn bloß passiert?«

»Reine Routine. Die machen das mit allen Studenten.«

»Ja, du reißt deine Witze. Alles Gute zum Geburtstag!«

Nun Sigrids Umarmung, nicht annähernd so weich, aber umso eifriger, als müsste diese eine nun jede ausgefallene Umarmung aus den Jahren, seit er sein Elternhaus verlassen hatte, wettmachen. Ihr Vanilleduft war ihm neu. Verstörende Momente im Leben. Wenn die Mutter das Parfum wechselt.

»Auch von Papa soll ich dir herzlich gratulieren. Er ruft dich heute Abend an.«

»Das trifft sich gut. Und du hast ein neues Parfum.«

»Mein Junge!« Sie schien zu Tränen gerührt, obwohl, den Tränen nah war sie vorher schon gewesen. »Wie gut du deine Mutter kennst.«

»Das wollte ich damit nicht sagen.«

Sie trat einen Schritt zurück und wandte sich seitwärts. »Sigrid Soltau.«

»Tari.« War auch aufgestanden, reichte ihr eine plattgesessene Hand.

»Tari?«

»Ja.«

»Tari. Sehr erfreut. Oh, ihr trinkt ja –«

Wieder Marco: »Magst du einen Schluck?«

»Nein danke. Hier, mein Junge, das habe ich dir mitgebracht.«

Ein grün eingeschlagenes Päckchen, das sich nach Kleidung anfühlte. Und eine dicke Mappe aus braungrauem Karton.

»Argentinien.«

»Vielen Dank, das ist toll. Vielen Dank.«

»Willst du es nicht aufmachen?«

»Doch, doch. Später. Ich meine: gleich.«

Und Doris: »Sigrid, komm, setz dich erst mal, kannst meinen Stuhl haben, ich hätte auch noch so ein Becherchen für dich.«

»Nein danke, wirklich. Doris. Ich finde, du hättest … ach, egal, jetzt sind wir ja alle hier.«

»Du meinst, ich hätte euch Bescheid sagen sollen?«

»Nein. Nein. Schon gut. Hören wir auf damit.« Und dazu wedelte sie mit der Hand vor ihrer Brust, als wollte sie eine Mücke verscheuchen.

Sigrid und Doris am selben Ort. Ein rarer Anblick. Wie sie sich gegenüberstanden und gereizt aufeinander reagierten. Gegen Sigrid wirkte Doris dick, gegen Doris wirkte Sigrid dürr. Und nicht mal zehn Jahre Altersunterschied lagen zwischen ihnen. Viel weniger als zwischen Doris und Marco. Oder zwischen Sigrid und Udo. Doris wirkte älter als beim letzten Mal, Sigrid nicht, dazu war es nicht lange genug her. Andererseits bekamen der Schwester die Jahre nicht schlecht. Mit Anfang vierzig kann der Mensch prächtig aussehen, dachte Marco. Und: Mein erster Geburtstag, zu dem sich die Gäste selbst einladen. Dann fiel ihm etwas ein, worüber er erschrak.

Doris sagte inzwischen: »Von mir aus können wir uns auch abwechseln, jede geht ein bisschen raus, damit die andere mit Marco allein sein kann.«

»Also Tari würde ich gerne hier behalten.«

»Aber mein Junge, das ist dummes Zeug, hör nicht darauf.«

»Dummes Zeug?«

»Doris. Bitte. Marco ist krank, wir sollten hier nicht –«

Der Kranke unterbrach sie: »Sigrid, ich habe mich an deinem Geburtstag gar nicht gemeldet.«

Sigrid, nicht Mama. So ging es doch auch.

»Das macht gar nichts, ich weiß doch, dass du in letzter Zeit –«

»Scheiße, war es nicht sogar ein runder? War es nicht sogar der –«

»Es hat wirklich nichts zu bedeuten.«

»Brüderlein, was sagst du da? Du bist fünfzig geworden, Sigrid? Na, alles Gute noch!«

»Marco, mein Junge –«

»Hast du gar nicht gefeiert?«

»Jetzt hört bitte mal auf damit.«

»Sollen wir spazierengehen?«, fragte Marco Tari.

Doris hatte ihm ihr Geschenk erst beim Abschied gegeben. Eine CD. Dazu den Beweis, dass sie ihr Kommen doch angekündigt haben musste: »Als du mir gesagt hast, du willst jetzt von Udo das ganze Argentinienzeug, da fiel mir der wieder ein. Wir hatten ja alle mal unsere Südamerikaphase. Aber diesen Herrn fand ich wirklich ergreifend.«

Auf dem Cover posierte ein Barde zu Pferd, mit gewaltigem Rauschebart. Jorge Cafrune hieß er.

Die Mutter hatte natürlich erwartet, dass er nun auch ihr Geschenk auspacken würde.

»Bei dem hier will ich lieber noch ein bisschen raten, was es ist. Vielleicht eine besonders schicke Zwangsjacke?«

Auf ihren Versuch, seine Unverschämtheit in einer neuerlichen großen Umarmung zu ersticken, hatte er sich halbherzig eingelassen und sich dann am Fenster davon überzeugt, was der Kummer auf dem Weg vom Gelände, hinunter in die Altstadt mit ihr anstellte. Wie er ihr den Kopf niederdrückte, ihr Schultern und Rumpf rüttelte.

Was half es? Nichts.

»Der Vorname von dem Ergreifenden da, ist der eigentlich unaussprechlich?«

»Ja. Chorche. Wie findest du meine große Schwester?«

Den Platz des Grüns hatte eine nicht gerade geschmackvolle, aber unverfängliche Gardine mit pastellenem Meeresfrüchtemuster eingenommen. Cremefarbene Muscheln, Seesterne, Seepferdchen auf blassbraunem Grund. An der verschalten Wand hinter und über dem Bett hingen alte Sepiafotografien: das Haupthaus der Estancia, Pferde auf einer Koppel, ein Kaffeetisch in einem Garten, von dem ein Rauschebart mit Uhrkette und eine Hochgeschlossene mit Strickzeug im Schoß aufblickten. Gegenüber, an der Türwand, eine etwas ungelenke Tuschezeichnung: mehrere Hofgebäude im Halbrund nebeneinander auf vergilbtem Papier in mürbem Holzrahmen.

Nicht so bald wie von der Ärztin in Aussicht gestellt, aber doch keine Woche nach der Rückkehr des Denkens, war Marco entlassen worden. Unter leichter Medikation und regelmäßiger Beobachtung; nun hatte nicht mehr Tari, sondern er sich montäglich zu einem Kontrolltermin einzufinden. Von der Stimme hatte er der Frau Doktor nichts gesagt, auch einer ironischen Ärztin musste man ja nicht alles erzählen.

»Ein Duschvorhang.« Er befühlte die neue Gardine mit ruhiger Hand.

»Nenn sie, wie du willst«, erwiderter Clemens, »aber sag mir rechtzeitig Bescheid, wenn es dich juckt, sie runterzureißen.«

Es war nicht mehr dasselbe mit Clemens. Wie sollte es auch? Der hatte sich ja keinen Geisteskranken als Hausgenossen gewünscht. Er war zwar nicht der Typ, um nun in Abscheu oder Panik zu verfallen, aber auch nicht mehr unbefangen in Marcos Gegenwart. Gewissenhaft vermied er alle schwierigen Themen, vor allem das Thema Frau Zapf, und er sprach ihn mit gedämpfter Stimme an. Zugleich fühlte er sich offenbar nicht mehr zuständig wie früher. Keine neuen Vorschläge für Kajakfahrten oder Mittelaltermärkte, man teilte die Wohnung, man aß zusammen, wenn es sich ergab, das war alles. Den August über würde er wie jedes Jahr als Rettungsschwimmer in einem Freibad auf der Alb jobben, und Marco versicherte ihm unaufgefordert: »Hier wird alles ruhig bleiben in deiner Abwesenheit. Sogar ich.«

»Gehst du denn überhaupt nicht weg?«

»Ich hab noch drei Hausarbeiten liegen.«

Taris Wohnheimzelle zu besichtigen, traute er sich zu, nachdem eine Woche zu Hause ohne bedenkliche Vorfälle verstrichen und auch von der Stimme nichts Ärgeres zu hören gewesen war als ein in unachtsame Momente hineingezischtes *Der Duschvorhang muss innen hängen.* Auf dem Weg durch die Waldhäusersiedlung trafen sie prompt einen Menschen von seinem Flur damals, Jamie, den BWLer aus Bristol, doch der schien ihn nicht zu erkennen.

Die Wände waren kahl, auch auf dem kleinen Schreibtisch standen keine Bilder, kein Nippes. An der Türinnenseite blickte Albrecht Dürers Mutter von dem Plakat mit dem Spruch: »Würden Sie dieser Frau ein Zimmer vermieten?« Das war alles. Selbst Taris Jonglierbedarf, im Patchworkbeutel in der Ecke hinterm Kleiderschrank verstaut, gab dem winzigen Raum keine Farbe.

»Es sieht aus, als würdest du nicht lange bleiben wollen.«

»Wo will man schon lange bleiben?«

»Bei dir.«

»So was soll man nicht sagen.«

»Warum nicht?«

Sie zuckte mit den Schultern und küsste ihn.

»Die Pillen.«

»Pillen?«

»Also meine. Die ich nehmen soll. Im Beipackzettel steht, die können was mit der Libido anrichten.«

»Das klingt ja grauenhaft.«

»Ich würde es gern austesten.«

»Jüngling, wie kommen Sie mir vor?«

»Falls es nämlich stimmt, dann könnten wir gleich diese Szene spielen, die es in jedem Film über psychisch Kranke gibt.«

»Solche Szenen gibt es da doch gar nicht.«

»Nein, ich meine die Szene, in der sie ihre Tabletten in den Ausguss schütten.«

»Damit es dann zur Katastrophe kommen kann.«

»Oder zur geschlechtlichen Vereinigung.«

»Da haben wir nicht dieselben Filme gesehen.«

»Man sieht doch nie denselben Film.«

»Ach so. Wir sind zurück bei der Wissenschaft. Aber das hier, was soll das werden? Ein Exorzismus?«

»Nicht einer, sondern viele.«

Außer Fotos und Tuschezeichnung hatten sich in der Argentinienmappe vier Briefe und zwei vollgeschriebene Hefte befunden, ein dünnes und ein dickeres, alles in Sütterlin. Entziffern und am Computer transkribieren: genau die richtige Aufgabe für den Rekonvaleszenten. Ruhige, einfache Beschäftigung hatte ihm Frau Doktor für den Rest des Sommers empfohlen. Er begann mit den Briefen. Alle vier von einem Karl Soltau an seine liebe Mutter gerichtet, datiert zwischen April 1872 und Februar 1875. Der Sohn schickte aus Übersee endlose Auflistungen von nachgezählten Rindern und Negretti-Schafen oder von Ernteerträgen, Weizen und Mais, mit unerfindlichen Mengensymbolen. Einmal war von einem neuen Lagerhaus die Rede, das man errichtet habe, einmal von Stacheldraht, einmal von einer Korrektur in der Landvermessung, der zufolge das Gebiet der Estanzia (Karl Soltau schrieb sie mit z) »190 *varas*« breiter war als laut Grundbuch. Einige Absätze widmete er in jedem Schreiben seinen Angehörigen, seine Frau hieß »meine tapfere Bertha«, bei einem kleinen Christian handelte es sich offenbar um den gemeinsamen Sohn und beim »tüchtigen Alfred« um Karls Bruder. Ein kurzer Absatz war auch jeweils der eigenen Gesundheit vorbehalten, um die es nicht zum Besten bestellt schien: »Bisweilen plagt mich der Husten noch, jedoch von der Arbeit hält er mich nicht mehr ab«; »Neuerlich hatte ich, gerade in den heißesten Tagen des Sommers, eine periodische Krise zu überstehen«; »Wenn die andern Dir berichtet haben, ich sei geschwächt, so entspricht dies nicht meinem heutigen Zustande, ich bin wieder wohlauf«; »Ein Blutsturz, das kann ich Dir mit meiner Autorität als Mediziner versichern, wäre eine ungleich ernstere Angelegenheit als das, was mir in jüngster Zeit widerfahren ist«.

Neben seiner Frau, dem Kind und dem Bruder erwähnte Karl vereinzelt weitere Estanciabewohner oder Nachbarn. An zweien dieser Stellen blieb Marco hängen: »Unserer

Friederike geht es immer noch gut«, im ersten Brief. Und: »Bitte sorge Dich nicht, Friederike macht uns in der Tat keine Scherereien; im Gegenteil ist das Kampleben ihrem Gemüt in hohem Maße förderlich«, im dritten Brief.

Er erkundigte sich bei Udo. Er genoss es überhaupt, seinem Vater mit Argentinienfragen auf die Pelle zu rücken, während der ihn am Telefon behandelte, als wäre nichts geschehen und als hätten sie vor allem die Interessen Gartenbau und Wetterkunde gemeinsam.

»Friederike? Keine Ahnung, wer das war. Ich weiß ja auch nicht, was Sigrid dir da zusammengesucht hat. Und ich muss gestehen, die ganze Estanciageschichte ist für mich sehr weit weg. Ich kann mich an vieles nicht erinnern. Zumal die Familie damals recht verzweigt war.«

»Dein Urgroßvater – Karl Soltau ist dein Urgroßvater, oder? Der beruhigt seine Mutter, dass diese Friederike ihm keine Scherereien mache und dass das Leben auf dem Kamp gut für ihr Gemüt sei. Das klingt doch nach einer Geschichte, der sich nachzugehen lohnt.«

»Findest du? Na, du hast ja jetzt die Unterlagen. Mit mehr kann ich nicht dienen. Du könntest natürlich noch Onkel Günther fragen, aber ich bezweifle, dass der besser Bescheid weiß. Ist es eigentlich bei euch auch so trocken? Sigrid steht gerade schon wieder mit dem Schlauch im Beet.«

»Nicht zu fassen. Wo wird das hinführen?«

»Ihr habt ja da unten allgemein viel besseres Wetter als wir hier oben. Aber diesen Sommer –«

»Ihr da oben. Macht euch einen schönen Abend. Ich glaube, Friederike war eine Verrückte in der Familie.«

Die beiden Schreibhefte hatte nicht Karl Soltau gefüllt, sondern sein jüngerer Bruder Alfred. Das dünnere legte Marco wieder beiseite, es enthielt einen *Bericht über die Verhältnisse in den evangelischen Gemeinden der argentinischen Provinz Sta. Fe.* Das dickere aber gab Beschäftigung für einen ganzen Monat her. Er hatte es zuvor nicht geöffnet, war streng der Reihe nach vorgegangen, zuerst die Briefe, ohne die Hefte auch nur aufzuschlagen. Und nun dieser Fund.

Alfred Johannes Soltau (1842 – 1923)
Jugenderinnerungen / Geschichte der Estanzia Águilas

Das hatte jemand in eckigen Blockbuchstaben auf die dritte Seite geschrieben. Auf der fünften ging es in der alten Schreibschrift weiter, mit einem Wunsch, den offenbar der Autor selbst den Memoiren vorausschickte: »Möchten neben den materiellen Früchten ihrer Arbeit ihre Erben auch etwas vom Geist und der Tatkraft der Gründer der Estancia gewinnen und festhalten: von der Größe in der Entsagung, von der Pflichttreue und vom Ernst in der Erfassung ihrer Lebensaufgaben.«

»Geht klar«, murmelte Marco und blätterte um.

»Euerm Drängen nach Erinnerungen aus meiner Jugendzeit will ich mich bemühen zu entsprechen; ich tue es ungern, weil mein Gedächtnis nicht stark ist und ich aus eigener wie anderer Leute Erfahrung weiß, wie leicht die Phantasie, zumal im Abstand vieler Jahre, das Erlebte eintrüben oder verändern kann. Es mag dennoch versucht werden.«

Seine Schrift war leserlicher als die seines Bruders, oder es kam Marco so vor, weil er nun Übung hatte. Er arbeitete sich durch einen zugleich kargen und verklärenden Abriss über Alfred Soltaus Aufwachsen als drittältestes von neun Geschwistern in Bonn. Die »vortrefflichen Eltern« waren ein außerordentlicher Professor der Theologie und die Tochter eines preußischen Beamten gewesen. Eine ältere Schwester und ein jüngerer Bruder starben im Vorschulalter. Stolz legte Alfred dar, wie die Kinder »an freien Nachmittagen ohne Begleitung Erwachsener mit Kameraden ausschwärmten in die Umgegend«, wie sie »quer über den Rhein schwammen zum Stumpfen Turm«, sich vor dem Rückweg in den dortigen Möhrenfeldern stärkten und sich dann mitunter »in einen der anhängenden Nachen eines Schleppzugs schwangen und eine gute Strecke flussaufwärts tragen ließen«. Jedes Jahr im Sommer trat die ganze Familie eine kleine Reise an, um Freunde in Siegburg zu besuchen: das kinderlose Ehepaar Conrady, er war der Direktor der Rheinischen Provinzialheilanstalt für Geisteskranke. Bei der Schilderung dieser Kurzurlaube geriet der Vorfahr ins Schwärmen. So herzensgut wie geistvoll die Gastgeber, und unermesslich ihr Garten am Hang des Michaelsbergs. Aber gerade dort in Siegburg hatte sich auch der Unfall ereignet, der den großen Bruder Karl für den Rest seines Lebens krank machte – ein Sturz ins Wasser aus einem Paddelboot an einem empfindlich kühlen Julinachmittag; nie im Leben hätte man bei solcher Witterung überhaupt auf den Fluss gehen dürfen.

Wenige Absätze weiter überraschte ein selbstanalytischer Passus: »Charakterlich hatte ich mit vielen Fehlern zu kämpfen, von denen mir besonders erinnerlich sind: Naschhaftigkeit, Sinnlichkeitstrieb, Jähzorn.«

Marco nahm Alfred mit ins Freie. Es war ihm zwar wichtig, das Zimmer und die Wohnung erträglich zu finden, noch wichtiger aber, sich das Hinausgehen nicht wieder abzugewöhnen. Also setzte er sich mit dem Ahnen auf den Österberg oder nahm ihn mit hinunter an die Steinlach, hatte Collegeblock und Kuli dabei und transkribierte fürs Erste per Hand. Tari brauchte Geld und war deshalb oft unterwegs, meist mit ihren Kollegen.

Naschhaftigkeit, Sinnlichkeitstrieb, Jähzorn. Alfred, Alfred, da würde man nun gern Genaueres erfahren. Wie lebte man einen Sinnlichkeitstrieb in den 1850er-Jahren aus? Und was gab es zu naschen? Doch Alfred nannte bloß für den Jähzorn zwei Beispiele: ein auf Karls Rücken zerschlagenes Spielzeuggewehr und ein der Schwester Margarethe auf den Fuß gerammtes Stuhlbein. Der Tod des Vaters habe dann einen gründlichen Sinneswandel des 17-Jährigen gezeitigt, »aus dem Knaben wurde ein ernster, nachdenklicher Jüngling«, der im Jahr darauf zum Theologiestudium nach Berlin ging.

Über sein Leben als Student – damals waren Studenten ja noch Studenten, sie lebten in Dachkämmerchen und durften keinen Damenbesuch empfangen, wurden von der Zimmerwirtin bekocht und überwacht, so wie die Zapf es wohl auch heute gern hätte – schwieg sich Alfred leider aus. Der erste Teil seiner Aufzeichnungen endete mit einer Liste prominenter Bekanntschaften, die der ernste Jüngling im Studium machte.

Danach war ein Blatt im Heft frei gelassen, und Marco verkniff sich das Weiterlesen bis zum nächsten Vormittag, an dem er zu Hause blieb, weil es regnete. Tari hatte bei ihm übernachtet, sich aber nicht davon abbringen lassen, mit ihren Keulen zu einem Sommerfest in ein Kaff bei Rottenburg zu fahren.

»Also du ab ins Kaff, und ich mit 'm Kaffee ins Kabuff«, so leierte er zu ihrem Abschied ein paar Mal in einem Singsang, der seiner Vorstellung von bekifftem Hip-Hop entsprach.

»Schon gut. Mach du mal keinen Scheiß, während Mutti auf Montage ist.«

»Meine neuen Freunde passen auf mich auf. Aber Tari –«

»Ja?«

»Manchmal bist du mir unheimlich.«

»Wann denn?«

»Wenn du dich Mutti nennst.«

»Kommt nicht wieder vor.«

Kuss und ab ins Treppenhaus.

Und drinnen in der Wohnung den Kaffee eingießen. Bisschen Milch obendrauf. Und sich zu den neuen Freunden hocken. Dem großen Karl, dem naschhaften Alfred, der gespenstischen Friederike. Und dem Neuroleptikum, das immer zuerst da war.

»Im Jahre 1860 reiste unser Bruder Dr. Karl Reinhard Soltau in Begleitung des jungen Kaufmanns Christian von Strelitz auf der Lahusenschen Bark Germania nach Buenos Aires um seiner Gesundheit willen. Karls Lungenleiden hatte sich während der Zeit seiner ärztlichen Praxis in Bad Godesberg abermals verschlimmert, und von Strelitz, der, ebenfalls tuberkulös, kurzzeitig sein Patient gewesen war, verfügte durch seine Bekanntschaft mit der bremischen Reederfamilie Lahusen über gute Verbindungen nach Argentinien, wo das Klima, wie man wusste, lindernden Einfluss auf die Erkrankung hatte. Beide, Karl Soltau und Christian von Strelitz, fanden zunächst Anstellung auf der Estancia eines Engländers, indem sie dort, eine halbe Tagesreise nördlich der Hauptstadt, zwei Puestos, das sind Vorwerke, zur Hütung von Schafen übernahmen.«

Was für ein Einstieg. In einem knappen Absatz eine Lebensentscheidung – auszuwandern –, ihre Gründe und ihre Umsetzung. So eine Ökonomie, dachte er, wünsche ich mir auch für meine Memoiren.

Christian von Strelitz hatte einen reichen Onkel, der ihm Geld für den Kauf einer eigenen kleinen Estancia überließ. Ob die Familie Soltau ebenfalls Kapital zum Landerwerb beisteuerte, verschwieg Alfred. »Äußerlich einfach, innerlich reich«, so hatte er im ersten Teil des Hefts die Verhältnisse bezeichnet, unter denen er aufgewachsen war, und diese Formulierung mochte zwar Ausdruck bürgerlicher Tiefstapelei sein, zumal die Familie in Bonn ein stattliches Haus bewohnte und alle Geschwister eine gute Schulbildung genossen, die Söhne sogar studieren gingen; doch mit dem frühen Tod des Vaters waren offenbar schwere Zeiten angebrochen. Die Mutter begann Mädchen zu unterrichten, und zumindest zwei der halbwüchsigen Kinder fingen ebenfalls an, zum Haushaltseinkommen beizutragen: die fußkranke Schwester Margarethe mit

Nähereien, Alfred selbst mit Schreibarbeiten für die Kirchengemeinde.

Gut möglich, dass Karl Soltau ohne Geldeinsatz der eigenen Familie zum Teilhaber der Estancia Las Águilas wurde. Im Jahr vor dem Kauf hatte er von Strelitz' Schwester Bertha geheiratet.

Von dem Wunsch, Land in der Nähe von Buenos Aires zu finden, hatte man sich bald verabschieden müssen, dieses Gebiet war schon damals dicht besiedelt. Es lief auf einen Besitz in der »noch fast unbekannten Provinz Santa Fe« hinaus, zunächst »drei Quadratleguas«, unweit des Flusses Paraná, die man samt Bauten und Viehbestand »zu mäßigem Preis« von einem Einheimischen namens Facundo Torres übernahm. 1864 war das. Die letzten Indianerkämpfe in der Gegend lagen einige Jahre zurück, jener Teil der Provinz galt als »im großen und ganzen sicher«.

Marco ging mit dem Gedanken mittagessen, dass die von Strelitz den Standesdünkel wohl frühzeitig abgelegt hatten, wenn Bertha nicht nur ins Bürgertum herunterheiratete, sondern dabei obendrein ihren Namen aufgab – an einigen Stellen der Aufzeichnungen wurde sie Bertha Soltau genannt. Aber vielleicht musste frau damals ihren Namen lassen, egal wie adelig.

Ihren Bruder konnte die argentinische Luft nicht lange retten, er starb kaum zwei Jahre nach dem Landkauf. Nun war die Estancia ganz in soltauscher Hand – und Alfred kam wieder selbst ins Spiel. Eben als Pfarrer ordiniert, begab er sich nach Argentinien, um für den Verstorbenen einzuspringen, Karl zu unterstützen. Zu seiner Überfahrt machte er nur karge Angaben, umso ausführlicher ließ er sich über Geschäftsentscheidungen – man verkaufte den Großteil der von Señor Torres übernommenen Rinderherden und setzte stattdessen auf Schafzucht – und Baumaßnahmen aus. Aber auch kurze bukolische Passagen gestattete er sich: »Wenn ich so im Grase lag, um mich her die Negretti-Böcke und ihre Herde friedlich ihr Kauwerk verrichteten und keiner der für die Lämmer bedrohlichen Geierfalken am Himmel in Sicht war, schlug ich bisweilen ein mitgebrachtes theologisches oder anderes Buch auf oder erging mich in Gedanken, die Eingang in eine meiner gelegentlichen Predigten vor kleinen deutschsprachigen Gemeinden in der weiteren Umgebung unseres Kamps finden sollten.«

Alfred war der Rauschebärtige auf dem Foto an der Wand über Marcos Bett. Und die Hochgeschlossene, die mit ihm am Kaffeetisch saß, war Bertha. Jedenfalls standen die Namen auf der Rückseite des Bildes vermerkt und als einzige weitere Angabe *Águilas*. Schwer zu sagen, von wann die Aufnahme stammte. Zu jenen Zeiten bemühten sich die Leute ja schon mit Mitte zwanzig um einen großelterlichen Habitus, in Kleidung wie Gesichtsausdruck. Aber die vierzig hatten sie gewiss überschritten, als die Fotografie gemacht wurde.

Heimat und Mutter sah Alfred erst Ende 1868 wieder, und als er von diesem mehrmonatigen Besuch in Bonn erneut nach Argentinien aufbrach, reiste er nicht allein: »Mit mir fuhr nun, wie vom Familienrat nach reiflicher Erwägung beschlossen, unsere Schwester Friederike.«

Einen Familienrat hatte es also gegeben. Doch was da zu erwägen gewesen war, verriet Alfred nicht, er beließ es bei dem knappen Hinweis. Über Friederike schrieb er weiterhin sehr wenig – jedes Mal, wenn er auf ihren Namen stieß, schlug Marcos Herz höher, aber an keiner Stelle kam mehr dabei heraus als »Friederike fand sich, entgegen unseren Befürchtungen, in der fremden Umgebung und mit dem ungewohnten Klima schon bald zurecht« oder »Durchaus aufopferungsvoll kümmerte sich auch Friederike um den erkrankten Bruder«. Die seltsame Schwester blieb – ebenso wie die Indianer und »die sogenannten *gauchos malos*, desperate Existenzen der Pampa, die von der Jagd, vor allem aber vom Viehdiebstahl ihr Dasein fristeten und auch vor Mord nicht zurückschreckten« – eine Andeutung.

»Denk dir Friederike doch aus«, riet ihm Tari. »Was du dir über sie zurechtphantasierst, wird auch nicht weniger wahr sein als ihr wirkliches Leben.«

»Na, du kennst ja Sprüche.«

»Nenn mich Friederike, wenn es dir hilft.«

»Vergiss es. Oder willst du etwa mit mir verwandt sein?«

Der Anruf bei Onkel Günther, sein erster Kontakt mit ihm in diesem Jahrzehnt (»Mensch Marco, ich bin ja ganz aus dem Häuschen!«), brachte noch eine ganze Schachtel voller weiterer Fotos und Briefe zum Vorschein. Die Briefe wieder zumeist von Karl, einige von Alfred, auch einige von der Mutter in Bonn und je ein oder zwei von den zu Hause gebliebenen Soltau-Geschwistern.

Es war die Zeit, in der Marco nach anfänglichem Zögern den anderen Rauschebart für sich entdeckte, den Barden zu Pferd, dessen Musik ihm Doris geschenkt hatte: Herrn Cafrune. Mal einschmeichelnd sanft, mal mit Donnerstimme sang der aus dem Sattel herab zur Gitarre die Lieder seines Landes, viel Schmerz, Schmalz und Sehnsucht, wie es sich gehörte, aber auch mal Idyllisches über die Weinernte oder Überbordendes zur durchsoffenen Nacht. Genau das Richtige für einen Marco S., der noch eine Zeit lang Distanz zum Alkohol zu wahren hatte. Bestimmt irrte er sich gewaltig mit den Texten, verstand ja längst nicht alles, was Cafrune schmetterte oder seufzte, sein Spanisch war nicht besonders und das argentinische oft anders. Doch man sollte, meinte er neuerdings, bei Gesungenem immer genau in diesem Stadium verharren, denn es bedeutete den größten Genuss. Ein bisschen erfasste man und begeisterte sich, für den dunklen Rest setzte man schmeichelhafte Hypothesen ein. So erhaben und rätselhaft schön konnte kein Lied bleiben, wenn die Unklarheiten aufgelöst waren. *Und von der Schwiegermutter baumeln kleine Ziegenkäse herab.* Welche Wahrheit käme gegen solche Sätze an?

Einen Recherchenachmittag in der Fachbibliothek gestattete er sich trotzdem, aber er hatte Glück, erfuhr zwar, dass der Sänger, wahrscheinlich im Auftrag des Militärregimes, mit einem Lastwagen totgefahren worden war, was ihn noch interessanter machte, fand jedoch nur ein paar wenige Zeilen aus einem anscheinend besonders berühmten Stück. Also zurück ins Zimmer, einmal mehr lauschen, dann wieder zu Alfred und emsig weiter auf dem Kamp.

»Entspricht das der Art von Beschäftigung, die Sie für mich vorgesehen hatten, Frau Doktor?«

»Es geht nicht darum, dass ich etwas für Sie vorsehe, sondern darum, wie Sie sich fühlen.«

Als würden kleine Ziegenkäse von dir herabbaumeln, so fühlst du dich. Na komm schon, trau dich, es ihr zu sagen!

»Everything is coming up roses.«

»Was heißt das?«

»Keine Ahnung. Bin ja kein Anglist.«

»Aber Sie sind doch Anglist.«

Endlich sah sie ihn einmal so nachsichtig-besorgt an, wie er es von einer Psychiaterin erwartete.

»Das war ich vielleicht in meinem früheren Leben. Hat aber nicht gut geklappt. Jetzt bin ich Ahnenforscher.«

»Und wie fühlen Sie sich jetzt?«

»Prächtig.«

»Prächtig?«

»Nein, natürlich nicht. Wenn ich so etwas sagen würde, würden Sie ja gleich Verdacht schöpfen. Ich fühle mich einigermaßen geerdet. Immer stabiler in kleinen Schritten. Sehe keine Gespenster mehr, oder kaum noch.«

»Kaum noch?«

»Na ja, nur die, die Sie auch sehen. Oder sehen Sie gar keine?«

»Ich frage mich, ob mir nicht in diesem Moment eins gegenübersitzt.«

»Die Medikamente nerven.«

»Sie nehmen doch nur eins.«

»Das eine nervt.«

»Inwiefern?«

»Trockener Mund. Allzu langweiliger Schlaf.«

»Wollen Sie es absetzen?«

»Geben Sie mir noch ein, zwei Wochen.«

»Okay.«

Und wie war es mit den Gespenstern, die man nicht sah?

Marco breitete die alten Briefe um sich herum im Zimmer aus. Urmutter Soltau und ihre vielen Kinder, die Ausgewanderten und die Daheimgebliebenen. Alle hatten sie etwas übern großen Teich geschickt, hatten einander gegrüßt und grüßen lassen, Gutes gewünscht und auf dem Laufenden gehalten, über Umzüge, Erkrankungen, Verlobungen, Taufen, Todesfälle, hatten Bericht und Rechenschaft abgelegt, penible Listen und rührende Anekdoten ausgetauscht, alle Geschwister gleichermaßen gewandt im Umgang mit der Sprache, das gute alte Bürgertum, die gute alte Familie, die gute alte Estancia. Soltau interkontinental. Willkommen in der Hauptstadt der Beklopptheit. Die Briefe rings um den Patienten, ein Chor, auferstanden von den Toten, der ihm über Argentinien sang.

No soy de aquí ni soy de allá / no tengo edad ni porvenir / y ser feliz es mi color de identidad.

Wie freundlich, Herr Cafrune, dass auch Sie etwas beisteuern.

Aber eine Stimme fehlte in dem Gemisch. Friederike hatte nichts Schriftliches hinterlassen.

4

Friederike Soltau an ihre Jugendfreundin Johanna Zitterbarth, geborene Schley:

»Estancia Águilas, Sta. Fe, Argentinien, im September 1870

Mein liebes Hännchen!

Eine Ewigkeit ist seit meinem letzten Brief vergangen, bitte verzeihe mir, und bitte denke nicht, ich hätte Dich vergessen! Im Gegenteil, Deinen Brief vom Mai trage ich bis heute bei mir, fast überall, wo ich gehe und stehe, weil er mir so teuer ist – Deine lieben, warmen Worte, und wie lebhaft Du alles schilderst! Ich höre, wenn ich ihn lese (und ich lese ihn wieder und wieder), Deine Stimme so deutlich, als stündest Du leibhaftig vor mir; dann tröstet mich Dein Lachen, und tausend Erinnerungen an unsere glücklichen Jahre in Bonn treten mir leuchtend klar vor die Augen. Ich habe ihn vorn in dem Kittel stecken, der tagein, tagaus in diesem Leben am Ende der Welt mein Kleid ist.

Diese Zeilen schreibe ich heimlich. Zwar verfüge ich auf der Estancia nun endlich über ein eigenes Zimmer, doch es ist nicht mehr als eine Kammer von bescheidenster Größe, gleich auf dem Treppenabsatz unseres Wohnhauses, das ich Dir letztes Mal beschrieb; dieses Zimmer vergaß ich dabei wohl, denn bis zu den jüngsten Umbauten war es nur ein unnützer zweiter Vorratsraum. Einen großen Vorzug hat es allerdings: Zu dieser Stunde, spät in der Nacht, steht der volle Mond in meinem Fensterchen. Deshalb kann ich Dir diesen Brief verfassen; ein Licht anzuzünden, würde ich mich nicht getrauen. Denke Dir: Schreibpapier ist in diesem Lande kaum erschwinglich! Dass es zu den Dingen zählt, die man hier draußen in der Abgeschiedenheit nicht erhält, wird Dich kaum überraschen; man muss es, wie so vieles, in der Stadt Rosario kaufen, einen langen Tagesritt von hier. Doch handelt es sich obendrein um ein kostbares Gut. Eifersüchtig wacht Alfred über die knappen Bestände, er benötigt ja Papier für seine Predigten und Extemporationen. Mein eigener Vorrat, also was ich an Briefbögen aus der Heimat mitgebracht hatte, war – erwähnte ich es? – mit meinem letzten Schreiben an Dich aufgebraucht. Und über Geld verfüge ich hier nicht. Es bedurfte einiger Kunst, um unsern Señor Salvat, den die Brüder mit den Einkäufen betrauen, für die zusätzliche Besorgung zu gewinnen. Salvat ist sehr kleinwüchsig, nicht einmal so groß wie ich, dabei durchaus breitschultrig, beinahe quadratisch, aber ein liebenswürdiger Mann. Warum bei uns streng gespart werden muss?, wirst Du Dich fragen. Grad in diesem Augenblick dringt von draußen ein verschlafenes Blöken an mein Ohr; wir haben für die wenigen Lämmer, die uns in diesen Wochen geboren wurden, und für ihre Mütter gleich hier beim Haus einen Stall eingerichtet, sie sollen besonders behütet werden. Im Herbst – also bei Euch im Frühjahr – hat eine furchtbare Tierseuche uns heimgesucht! Fast die Hälfte der Herden raffte sie dahin, die Brüder sahen uns schon ruiniert. Du kennst ja unsern Alfred: Sein Brüten konnte in jenen schweren Wochen fast erdrückender werden als die Lage selbst. Doch ließen uns die Unzahl verendeter Schafe und der Zwang, uns ihrer zu entledigen, kaum einen Augenblick der Muße. Uns blieb keine andere Wahl, als die Kadaver zu verbrennen, wie sollten wir sonst der Seuche Herr werden? Nicht einmal die Wolle oder Hörner durften wir nutzen, so befahl der Veterinär, dem freilich nicht zu trauen ist. Ein Einheimischer namens Rodríguez mit unsteten Augen, die Brüder verdächtigen ihn, gegen Bezahlung durch missgünstige Nachbarn uns schädlichen Rat zu geben. Mich hielten sie fern von den grausigen Schauplätzen, aber eines Abends begann Alfred zu schildern, wie es draußen auf dem Kamp zuging; wie die Gauchos unter seiner Anleitung die eingesammelten toten Tiere aufschichteten, um dann unter Verwendung von Spiritusöl und Pfirsichholz Feuer zu legen. Er unterbrach sich sogleich; ich bekam dennoch Alpträume. Aber ich muss ein seltsamer Mensch sein, Hännchen, gewiss haben die Brüder, hat die Mutter darin Recht. Diese Träume, durch die allenthalben brennende Schafe jagten, machten mir nicht bloß Angst und ließen mich trotz der Übermüdung halbe Nächte lang wach liegen – nein, sie bereiteten mir, wenn ich ganz ehrlich bin, zugleich ein entsetzliches Vergnügen. Darf ich Dir das erzählen? Wirst Du mir nicht böse sein deshalb? Früher haben wir einander doch alles anvertraut, und hier habe ich niemand, mit dem ich über dergleichen sprechen kann! Da lag ich also in meinem Bett und zitterte vor Angst und Abscheu, und im selben Moment war ich nahezu dankbar dafür, dass mich solch heftige Gefühle erfassten. Ich bin es nicht mehr gewohnt. Meine früheren Launen und Zustände sind ja ganz und gar verschwunden. »Wenigstens einen von uns hat das Leben hier kuriert«, so sagte Karl einmal im bitteren Scherz, das war noch vor dem Ausbruch der Epidemie, ihn aber plagten einmal mehr schwere Hustenkrämpfe.

Und ich? Ein Dasein wie in ständiger Benommenheit führe ich, mein Hännchen; eine Benommenheit jedoch, die meine Arbeit nicht in Mitleidenschaft zieht. Ich tue, was man mich tun heißt, und ich denke, die mir obliegenden Aufgaben im Hause, in den Gärten oder wenn ich, zu den Zeiten, da Karl das Bett hüten muss, der guten Bertha bei seiner Pflege beistehe, verrichte ich tadellos. Bloß komme ich mir dabei bisweilen wie ein Schlafwandler vor. Besonders stark wurde dieser Eindruck just in den Nächten, als mich die Bilder der brennenden Schafe bedrängten. Da schien ich auf einmal wieder das schreckhafte überspannte Ding von früher geworden. Aber was verschwende ich das wertvolle Papier für solche Dummheiten! Es muss an der späten Stunde liegen. Wieder klingt ein Blöken herein, ganz zart und kläglich; Blöken mag ich es kaum nennen, es kam diesmal nicht von einem Muttertier, sondern von einem der Lämmchen. An morgen soll ich denken, sagt es mir, denn morgen erwartet mich, gleich, ob ich nun die Nacht durchwache oder nicht, ein Gebirge von Wolle, das gewaschen, und ein weiteres, das gekämmt werden will – und ich spinne hier alten Alpträumen hinterher! Wobei: Ich sage Gebirge, und in der Tat sind die Mengen gewaltig, stell Dir ein ganzes großes Zimmer voller Wolle vor; doch vor einem Jahr war es noch mehr als die doppelte Menge. Die Seuche ging vorüber, trotzdem schwinden die Herden weiter. Abgemagert sind die Schafe, kaum eines wird mehr trächtig, obwohl jetzt überall frisches Gras sprießt. Sie fressen es nicht. Unser Kamp sei ein Hartgraskamp, belehrt mich Alfred, der, seit er wieder Zeit für die Bibel findet, fast nur mehr über den Hiob arbeitet und neulich seine Predigt vor unserer einsamen Kolonistengemeinde gar über die Apokalypse hielt: Wohl nur ein paar Jahre lang habe er die Tiere, angewiesen auf feine Kräuter, zu ernähren vermocht. Nun haben wir von ihrer Zucht fast keine Einkünfte mehr zu erwarten und müssen hoffen, dass uns der Anbau von Mais und Weizen auf den Puestos, also den Vorwerken, und der Obstverkauf einigermaßen über Wasser halten. Aber damit kommen wir nicht weit, sagen die Brüder. Mit Sorge sehe ich, wie Karls Gesicht wieder von Tag zu Tag bleicher wird; so kündigen sich seine Krisen an. Er will es nicht wahrhaben; er sei doch der Arzt, sagt er. Was bedeutet das alles, mein Hännchen? Werden wir uns vielleicht schon bald wiedersehen? Ich wage es nicht zu hoffen.

***

Nun ist eine Woche vergangen, in der ich keine Gelegenheit fand, weiterzuschreiben. Die Puestos erwähnte ich; und prompt wurde ich, noch am selben Morgen, auf einen davon gerufen. *El Horizonte* heißt dieser und liegt im südöstlichen Teil der Estancia auf einer Anhöhe, hinter der man schon das Sumpfland ahnen kann. Wenn ich es so schreibe, mag man denken, es gäbe hier nennenswerte Höhenunterschiede. In Wahrheit ist das ganze Land so flach, wie es sich kein Mensch aus Bonn vorstellen kann. Es war das zweite Mal, dass ich überhaupt in diese Gegend gelangte. Meine liebe Schwägerin Bertha war in großer Not: Karl hustete Blut! Er hatte es sich nicht nehmen lassen, zum Horizonte hinauszureiten, trotz seines Zustandes, um dort die Aussaat zu überwachen. Nun mussten wir ihm in dem zugigen Puesto das Krankenlager richten, die Krisis war zu schwer, als dass wir ihn hierher hätten zurückbringen können, zumal an ebendem Tage ein mächtiges Gewitter über Águilas hereinbrach. Habe ich Dir von den argentinischen Unwettern geschrieben? Binnen weniger Augenblicke können sie sich zusammenbrauen, aus heiterem Himmel, und dann prasselt der Regen los, dass es kein Halten mehr gibt. Karl lag darnieder in übelster Laune, er sah ja nun selbst, dass er seine Kräfte bedenklich überschätzt hatte. Und Bertha, die Ärmste, wurde von den schlimmsten Erinnerungen an ihren geliebten Bruder und sein trauriges frühes Ende überwältigt! Derart ernst stehe es um ihn noch nicht, versuchte Karl sie zu ermahnen, doch vergebens: Vor Angst und Sorge war sie selbst ganz krank. So hatte ich auf dem Puesto nicht einen, sondern zwei Patienten zu versorgen und konnte nur hoffen, dass beim Haupthause die beiden Mägde inzwischen unter Alfreds Aufsicht mit all der Wolle fertig wurden! Am dritten Tage trat bei Karl eine leichte Besserung ein, und neben dem Milchbrei, den ich ihm kochte, aß er auch ein wenig Dörrfleisch. Das Wetter hatte sich beruhigt, und ich wurde beauftragt, an Karls statt zusammen mit Herrn Ximénez, dem Verwalter auf Horizonte, auf den Feldern nach dem Rechten zu sehen. Ximénez ist ein Gaucho im gesetzten Alter mit zerfurchtem Gesicht, großem weißem Schnurrbart, und die ledernen Gamaschen und ebensolche Weste scheinen als eine zweite Haut an ihm festgewachsen. Ich bin mittlerweile eine passable Reiterin, obschon ich mit dem lästigen Damensattel niemals Frieden schließen werde. Auf halbem Wege aber begab sich etwas Merkwürdiges. Ich erblickte in der Senke, verloren inmitten des sumpfigen Grüns, einen kleinen Ziegelbau. Erstaunt fragte ich Herrn Ximénez, warum dort eine Hütte stehe; ob es sich um eine Behausung handle? Anstatt mir zu antworten, sagte er: »Wenn Sie es wünschen, Señorita, reiten wir kurz hinunter.« Die spanische Sprache beherrsche ich inzwischen gut, oft sogar besser als die Brüder; anscheinend fällt es mir leichter. Doch ich wandte nichts gegen den überraschenden Vorschlag meines Begleiters ein, wiederholte auch meine Fragen nicht, sondern folgte ihm und meiner Neugier stumm bis vor die Tür der Hütte. Er half mir aus dem Sattel und machte beide Pferde an einem in den Grund gerammten Pflock fest. Dann rief er etwas, das ich nicht verstand, mehrmals hintereinander. Nichts regte sich. Die Hütte ist aus den hier gebrannten graugelben Ziegeln errichtet und mit Stroh gedeckt. Ein sehr einfacher Bau mit nur einem einzigen Fenster. Ringsum wächst niedriges Dorngestrüpp, und ein Stück entfernt fließt unser Bach, der an dieser Stelle schmal, aber recht tief ist. »Was denn nun, Señor Ximénez?«, fragte ich. »Ein wenig Geduld, Señorita«, gab er zurück und wiederholte sein Rufen. Jetzt mit Erfolg: Eine heisere Stimme erklang vom Bach her, ein Rascheln folgte, und schließlich kam eine alte Frau, auf einen Stock gestützt, herangehumpelt. Ich hatte sie noch nie gesehen. Das verwunderte mich, denn ich dachte, alle Bewohner unseres Kamps zu kennen – wie ich auch gedacht hatte, all seine Gebäude zu kennen. In den ersten Jahren streifte wohl, so berichten die Brüder, einiges Gesindel auf dem Land herum. Seit sie jedoch die edle Zuchtherde in die unmittelbare Nähe des Haupthauses holten und überall die Bewachung verstärkten, insbesondere aber seit uns die Seuche heimsuchte, haben die zwielichtigen Gestalten, anscheinend alte Partisanen von Facundo Torres, dem Vorbesitzer der Estancia, sich ferngehalten. Aber was rede ich: Mit solchen Dieben hatte die Alte, die uns nun erschienen war, nichts gemein! Sie ist von gedrungener, gebeugter Gestalt. Über dem einfachen dunklen Kleid trug sie Schürze und Schultertuch, in leuchtenden Farben gewebt. Ihr Haar ist noch tiefschwarz und dicht, ihr Gesicht, stark gebräunt und mit hohen Wangen, sieht indianisch aus. Ihr Name sei Amalia Delgado, erklärte Ximénez, und ich stellte mich als Federica Soltau vor, denn Friederike bringt kein Einheimischer anständig über die Lippen. Wir folgten Frau Delgado in ihr kleines Heim – tatsächlich bewohnt sie die Hütte. Ein einziger Raum ist es, zur Rechten unter groben Wolldecken das

Schlaflager, linker Hand ein Ofen, weniges Koch- und Essgeschirr, Krüge und Körbe; weiterhin ein Tisch und an der Rückwand etliche Bretter, sehr beladen, ohne dass ich Dir sagen könnte, womit. Ich wollte auch nicht zu neugierig sein, und wir nahmen sogleich auf zwei Schemeln Platz – die Gastgeberin selbst kauerte sich aufs zugedeckte Bett –, um Mate zu schlürfen. Das ist ein Tee mit absonderlich bitterem Holzgeschmack, den die Argentinier allenthalben durch Strohhalme aus Kalebassen saugen. Mir wurde seltsam zumute, als die runzlige Hand der Alten mir wiederholt über die Wange strich. »Kindchen«, so nannte sie mich, »Kindchen, es ist gut, dass du dich endlich auch einmal bei mir blicken lässt.« Diese Vertraulichkeit, mit der sie mich ansprach, tat ein Übriges. Ich saß ihr wirklich wie ein Kindchen gegenüber, lauschte staunend ihren Worten. Zuerst war es nur ein Gemurmel, und ich begriff nicht gleich, dass sie mich segnete. Dann rief sie bekümmert, ich sei zu trocken, ausgedörrt sei ich, ich müsse viel mehr klares Wasser trinken; das beste Wasser auf dem Kamp aber fließe gleich hier in der Cañada, aus der Quelle des Bächleins. Von Ximénez hörte ich an dieser Stelle ein leises Lachen, sonst hatte er seit unserm Eintreten nichts geäußert. »Deine Brüder, Kindchen«, sagte die Alte plötzlich, »Carlos und Alfredo.« Und dann fragte sie, ob Alfredo die Jungfrau aufgesucht habe. Ich wusste nicht, was ich antworten sollte, bin gewiss errötet. Doch dann ging mir auf, dass sie die Muttergottes meinen musste; und schlagartig trat mir eine Begebenheit von unsrer Überfahrt aus Bremerhaven, vor nun gut anderthalb Jahren, vor die Augen. Als wir auf der Insel Tenerife, mitten im Atlantik, vor Anker und an Land gingen, strebte dort Alfred zu meiner großen Verwunderung in ein katholisches Gotteshaus, und dies, obwohl er, du erinnerst Dich, das Treiben der Papstkirche sonst Zinnober oder Humbug nennt. Mein Hännchen, ich weiß nicht, was er dort tat; er ließ sich in einer der Bänke nieder, und es hatte den Anschein, als ob er betete. Und so erwiderte ich Amalia Delgado unwillkürlich: »O ja, er hat alles erfüllt.« – »Alfredo ist ein guter Junge«, freute sie sich, »er wird glücklich und zufrieden leben.« Da wagte ich nicht zu erwähnen, mit was für Sorgen er sich verzehrt. Sie aber brachte die Sprache auf Karl. Und offenbar las sie mein Gesicht, denn ohne dass ich ein Wort gesagt hätte, erhob sie sich und nahm ein irdenes Gefäß von einem der Wandbretter. Darin befanden sich Kräuter, von denen sie mir ein Bündel aushändigte. »Die soll er in klarem Quellwasser gekocht trinken«, trug sie mir auf. Zum Abschied drückte sie mir Küsse auf beide Wangen und auf die Stirn und beschwor mich, ich solle bald wieder zu ihr kommen. Ich versprach es ihr. Als ich davonreitend noch einen Blick zurück nach der Hütte warf, stand sie in der Türe und hob die rechte Hand; ich denke, sie winkte mir zu. Auf dem Weg zu den Feldern wechselten Herr Ximénez und ich kein Wort.

Was nun die Brüder betrifft: Karl trinkt folgsam den Kräutersud, blieb aber einsilbig, als ich ihm von der Begegnung mit der Alten erzählte; er wehrt auch alle Fragen ab. Und Alfred, dem ich genau ausrichtete, was ich mit Amalia Delgado über ihn besprochen hatte, erwiderte nur: »Das sind so Angelegenheiten.« – »Was für Angelegenheiten?«, erlaubte ich mir zurückzufragen. »Nicht die deinigen«, versetzte er, doch ich bin schroffere Töne von ihm gewohnt.

Wir sind also alle zurück im Haupthause. Die Wolle ist gerettet, hoffentlich bringt sie uns etwas ein! Mir erscheint nun Amalia Delgado Nacht für Nacht im Traum. Ich finde mich in ihrer engen, unerklärlich behaglichen Behausung wieder, sitze mit ihr an dem groben Tisch und schlürfe Mate. »Friederike«, sagt sie – im Traum spricht sie mit mir Deutsch, und dabei spüre ich ihre Hand an meiner Wange oder auch auf meiner Hand so deutlich, als würde ich wachen –, »Friederike, Kindchen, lass ab. Lass ab!« Wovon ich denn ablassen solle?, frage ich sie. Da lächelt sie nur in sich hinein und macht mit der freien Hand eine Geste, die ich nicht zu deuten verstehe: als würfe sie einen mit spitzen Fingern gehaltenen Gegenstand, vielleicht ein Taschentuch, über ihre Schulter.

Doch genug meines Geschwätzes, Hännchen, ich bin begierig zu erfahren, wie es Dir in der Heimat ergangen ist! Hat Dein Gatte über den Sommer seine Fehde mit dem Herrn Justizrat beilegen können? Bereiten Dir die Kinder unterdessen mehr Freude als Kummer? Habt Ihr in der Riesstraße die Apfelernte abgeschlossen (hier stehen die Obstbäume gerade in voller Blüte)?

Noch zwei winzig und beidseitig beschriebene Briefbögen folgten, jedoch ganz und gar Friederikes Erkundigungen nach dem Leben der Freundin, den Entwicklungen in Bonn sowie einzelnen, dem Außenstehenden unverständlichen Anspielungen auf geteilte Jugenderinnerungen gewidmet. Dass die deutschen Länder zu dieser Zeit im Krieg gegen Frankreich standen und dass von den Bürgerfamilien in der preußischen Rheinprovinz, trotz rascher Erfolge der drei Armeen, nur langsam die Furcht vor einem feindlichen Einmarsch abfiel, wusste Friederike, anders als ihre Brüder, nicht.

Ein Sommeridyll. Die drückende Hitze der letzten Tage war einer klaren, luftigen Witterung gewichen, wie man sie sich hier im Januar sonst nicht erhoffen durfte. Unter solchen Umständen pfiff selbst Alfred beim Verlassen des Hauses ein Liedchen und trug unterm Arm nicht die Bibel, sondern einen weltlichen Philosophen. Er würde sich im Schatten seines Pferdes zu den weidenden Negrettis legen, Friederike hatte ihn einmal selbst so gesehen, ein ernst, aber zufrieden vor sich hin sinnender junger Herr, der dabei auf einem Grashalm kaute und ab und zu den Blick schweifen ließ, um sich zu vergewissern, dass mit den Schafen alles in Ordnung war, vor allem dass keins der Lämmer von der Herde abkam. Aufs Lassowerfen verstand er sich nicht; entfernte sich ein Tier zu weit, mussten die Gauchos helfen, die sich in ihren auf seine Weisung hin karminrot eingefärbten Arbeitshemden noch immer nicht wohl zu fühlen schienen.

Es kam aber auch vor, dass Alfreds Blick sich von den bedruckten Seiten nicht zur Herde hob, sondern sich auf irgendein Detail der Pampa richtete, eine von den Schafen übersehene oder verschmähte Blüte, einen Schmetterling, einen unbekannten bunten Vogel. Das waren ihm, glaubte die Schwester, die schönsten Momente.

Sie selbst saß im Schatten unter dem Vordach des Hauptgebäudes, ein Lämmchen im Schoß, dessen Mutter bei der Geburt zugrunde gegangen war und das es nun behutsam mit dem Finger aus einem Napf voll Milch zu päppeln galt. Dreimal schon war es ihr gelungen, solche Waisen – *guachos* nannten sie die Einheimischen – zu kräftigen Schafen oder Böcken aufzuziehen, und es war ihr eine Freude, wenn so ein heranwachsendes Tier dann abends, da die Herde zum Stall zurückgetrieben wurde, ausscherte und zum Haus strebte, um mit ungestümen Kopfstößen bei seiner früheren Pflegemutter Nahrung einzufordern.

Der Sommer war die am ehesten sorglose Zeit. Mit der Ernte wurde erst begonnen, sodass man noch nicht abschätzen konnte, wie schlecht sie ausfallen würde oder ob, im Gegenteil, der Mais im ganzen Land wieder solchen Überfluss bildete, dass er allenfalls als Brennstoff verkäuflich wäre. Das Wetter machte die Menschen nicht nur träge, sondern zugleich bescheiden. Man wusste, man hatte keine Wahl, als alles der Natur oder dem Schicksal zu überlassen. Getan hatte man, was man konnte. Nun kam es darauf an, ob die Schutzzäune den Gewittern standhielten, ob die Heuschrecken nicht überhandnahmen, ob der Bach nicht zu dünn wurde oder ob ein abenteuerlustiger Kaufmann aus Antwerpen sich für die Wolle von Águilas erwärmte. Für den Großteil der Schafe hatten die Brüder, wohl oder übel, eine halbe Quadratlegua weiches Weideland am Ufer des Paraná gepachtet, eine Tagesreise von der Estancia entfernt. Nur Alfreds Edelherde graste noch auf dem soltauschen Kamp, an ausgewählten Stellen.

Friederike musste im Lehnstuhl eingenickt sein, und das Erwachen war grauenhaft. Ein hoher, gellender Schrei, wie von einem Menschenkind ausgestoßen, fuhr ihr bis ins Mark, zugleich bäumte sich etwas wie im Krampf in ihrem

Schoß, und sie empfing einen stumpfen Schlag gegen die Stirn. Panisch sprang sie auf, und dabei glitt ihr das schwer verwundete Lämmchen aus den Händen, prallte hart auf die Ziegel der Veranda und stürzte, sich überschlagend, die vier Stufen bis zum Erdboden hinab. Noch einmal drang aus seiner Kehle der Angstlaut, doch viel schwächer als zuvor. Dann zuckte es nurmehr und blutete heftig aus dem klaffenden Loch in seinem Kopf. Den Schatten sah Friederike bloß aus dem Augenwinkel, sie hatte ja nichts anderes im Sinn als hin, dem gepeinigten Tier beizustehen. Sie ging in die Knie, nahm es hoch, selbst laut weinend und um Hilfe rufend, und die gefiederte Bestie, die gerade zur zweiten Attacke angesetzt hatte, ließ über dem Vorplatz ein zorniges Krächzen ertönen. Karl kam aus dem Haus gehastet, die Flinte in den Händen, jagte der Schwester den nächsten Schrecken ein. Und kaum dass er den Carancho in der Luft erblickte, riss er das Gewehr hoch und feuerte. Da wirbelte es den Raubvogel erst wie einen riesigen Federball herum, dann fiel er wie ein Stein. Karl entfuhr ein Jubelruf, gefolgt von einem kurzen Hustenanfall. Er war gewöhnlich kein guter Schütze. Zitternd, das zuckende, blutige Lamm umklammernd, hockte Friederike auf den Stufen, wollte es nicht loslassen, auch nicht nachgeben, als vier Hände von hinten an ihr rissen, sie ins Haus zogen; sie brüllte und biss um sich, aber das Tierchen wurde ihr entwunden, und das Letzte, was sie sah, während man sie nach drinnen schleifte, war, wie der Bruder ihrem *guacho*, dem der Vogel das rechte Auge ausgehackt hatte, den Lauf der nachgeladenen Büchse gegen den Kopf drückte und es totschoss.

Der Carancho und der Fuchs, Plagen der Pampa! Woche für Woche ließen die Brüder vergiftetes Fleisch auslegen, ab und zu fand sich auch ein krepierter Lämmer- oder Hühnerfeind irgendwo auf dem Kamp, doch wenn solche Maßnahmen einen Trost bringen konnten, dann bestenfalls einen mathematischen – sofern nämlich die Zahl der getöteten Raubtiere die Zahl ihrer Opfer überstieg. Den Fuchs, der hierzulande einen schäbigen graugelben Pelz trug, schreckte die Nähe des Menschen kaum. Dass aber ein Carancho sich bis zum Haupthaus vorwagen könnte, hätte bis zu diesem Morgen niemand geglaubt. Sie schlugen auf offenem Feld zu, dort suchten sie sich ein schlafendes oder verirrtes Jungtier als Beute aus.

Nur, was machte Friederike aus dem Zwischenfall für ein Drama? Alfred kam am fünften Tag in ihr Zimmer, das er sonst nie betrat, stemmte die Hände in die Hüften und begann die Schwester in scharfem Ton zurechtzuweisen: Ihr Mitgefühl mit einem in ihre Obhut gegebenen Geschöpf in allen Ehren, aber dass sie deswegen verrückt spiele, gehe nicht an. Hier sei kein Raum für Tollheiten, hier werde man dergleichen nicht dulden.

Sie ließ ihn schimpfen und rührte sich nicht. Als er forderte, sie solle ihn anschauen, wenn er mit ihr spreche, hob sie den verweinten Blick, der immer an derselben aufgerauten Stelle der gekalkten Wand hing, zu ihm hoch, und erwartungsgemäß hielt er dem nicht lange stand.

Von Tollheiten konnte keine Rede sein. Man hätte ihr höchstens vorwerfen können, dass sie ihre Arbeit nicht tat. Anders als zu halbvergessenen Zeiten in der alten Heimat saß sie die ganze Zeit stumm und reglos auf ihrem Stuhl oder lag auf dem Bett, nicht einmal fürs Essen ging sie aus dem Zimmer. Das besorgte Hausmädchen brachte ihr erkaltete Mahlzeiten herauf, feinfühlig genug, das Lammfleisch wegzulassen. Und viel zu arbeiten hätte es für Friederike in diesen Hochsommertagen ohnehin nicht gegeben, zumal Karl sich recht stabiler Gesundheit erfreute.

Anders als Alfred machte er der Schwester keine Vorhaltungen; er ließ sich nicht bei ihr blicken.

Der Carancho war ein Exemplar von außergewöhnlicher Größe. Als zwei Gauchos ihn fortschafften, zeigte sich, dass seine Flügelspannweite die ausgebreiteten Arme eines stattlichen Mannes übertraf und dass sein nacktes Gesicht im selben Rot leuchtete wie ihre Hemden.

Am Morgen nach Alfreds Auftritt in ihrem Zimmer ritt Friederike bei Anbruch der Dämmerung zum Puesto Horizonte. Der verschlafene Stallbursche, der ihr die ungestriegelte Stute eilig satteln musste, wunderte sich kaum; es kam öfters vor, dass sie ohne Begleitung das Haupthaus verließ, um für einige Tage auf dem Vorwerk Quartier zu nehmen. Und bei der Gluthitze, die sich ankündigte, schien es nur vernünftig, früh aufzubrechen. Friederike stand bei den Bediensteten der Estancia in hohem Ansehen, weil sie als einzige Soltau ihre Sprache wirklich gut beherrschte und jeden von ihnen beim Namen rief. *»Gracias, Juanito, ¡que tenga muy buen día!«* Und sie enteilte, ohne dass er dem Pferd wenigstens noch die verknickten Strohhalme aus Mähne und Schweif hätte kämmen können.

Amalia Delgado empfing sie vor ihrer Hütte herzlich wie immer, schloss sie fest in die Arme und drückte ihr ihre Küsse ins Gesicht.

»Ich habe wieder eine Bitte, Amalia. Dringlicher als die anderen Male.«

»Was geschieht dir, Kindchen?«

»Kannst du mich von einem Schatten befreien?«

Die Alte lachte, wie es ihre Art war, mit zurückgeworfenem Kopf. Ihr Lachen sah verändert aus, fand Friederike, und dann bemerkte sie, dass der linke obere Eckzahn fehlte; nun standen in dem ganzen Gebiss keine zwei Zähne mehr lückenlos nebeneinander.

»Wer wird denn an einem Tag wie diesem auf einen Schatten verzichten wollen?«

Friederike hatte sich in den bald vier Jahren, die sie einander kannten, daran gewöhnt, dass bei Amalia Delgado die Neigung zum Scherz umso größer war, je ernster oder erschrockener man ihr gegenübertrat.

»Ich meine einen Schatten, der auf mir lastet.«

»Du bist ganz ausgetrocknet, *¡ay, Santísima Virgen!* Warum trinkst du nicht genug? Vor so einem Schatten kannst du fliehen.«

»Ich bin vor ihm hierher geflohen. Zu dir.«

»Zu mir kann man vor nichts fliehen. Zu mir bringt man alles mit.«

»Nein, der Schatten wartet beim Haupthaus auf mich.«

Amalia sah sie aus zusammengekniffenen Augen an.

»Gut. Gehen wir hinein.«

Als Friederike durch die Tür trat, blieb ihr das Herz stehen. Sie blickte dem Unheil geradewegs ins Gesicht. Und es war keine Täuschung im Dämmerlicht der Hütte: Mit ausgebreiteten Schwingen hing es auf einem Gestell aus groben Ästen, steil gegen die Wandbretter an der Rückwand der Hütte gelehnt. Sein Brustkorb mit dem schwarz und weiß gebänderten Muster pulsierte im Widerschein des Feuers (die Herdklappe stand offen), die schwarzen Krallen an den maisgelben Beinen reckten sich ihr wie Waffen entgegen, der scharf gebogene Schnabel war gierig aufgerissen.

»Das ist er«, keuchte sie, und Amalia, die hinter ihr stand und ihr, indem sie ihre beiden Ellenbogen umfasst hielt, die Flucht vereitelte, sagte, sie sei nun fast fertig mit ihm.

»Ich wünschte auch, ich wäre fast fertig mit ihm.«

»Was hat er dir getan, Kindchen?«

Auf den beiden Schemeln am Tisch waren Krüge abgestellt, Amalia hob den einen herunter, damit Friederike sich setzen konnte, doch Friederike wich zur Tür.

»Was hat er dir getan?«, wiederholte die Alte. Zugleich warf sie ein schwarzes Tuch über den Carancho und zupfte es noch so zurecht, dass es auch die Krallen bedeckte. Nur die Flügelspitzen ragten zu beiden Seiten heraus, unvermeidlich.

Friederike hatte ihren Schemel so weit wie möglich von dem Gespenst abgerückt und fasste den Mordangriff auf der Veranda in stockenden Worten zusammen.

Zu den Künsten, auf die sich Amalia Delgado verstand, zählte das Ausstopfen von Tieren. Karl hatte, nach seinem meisterlichen Treffer und angesichts der Größe der Trophäe, diesen Wunsch entwickelt und einigen Aufwand daran gesetzt, ihn in der Landessprache zu formulieren. *»La Hechicera lo sabe hacer«*, hatten ihm die Gauchos erwidert, nachdem endlich klar geworden war, was er meinte. *La Hechicera*, so nannten sie Amalia; ehrfürchtig sprachen sie den Titel aus. »Hexe heißt das«, hatte Alfred nach einem Blick ins Wörterbuch säuerlich gesagt, und Friederike hatte sich erlaubt einzuwenden, dass es zwei Wörter für Hexe gebe, und wenn es sich um eine böse Hexe handle, würde man *bruja* verwenden. »Du scheinst dich bereits in den Aberglauben vertieft zu haben«, war des Bruders Antwort gewesen, sodass sie sich hatte verkneifen müssen, ihn an die Jungfrau zu erinnern. Das Gespräch fiel allerdings noch in die Zeit, als Alfred den Gauchos den Unwillen übelnahm, mit dem sie auf die neue Kleiderordnung reagierten – dabei dienten die karmingefärbten Hemden nicht zuletzt ihrer eigenen Sicherheit; jeder berittene Eindringling, und deren hatte es in den ersten Jahren nach dem Landkauf weitaus zu viele gegeben, fiel nun sofort auf. Aber die Gauchos taten, als würden sie den Vorteil nicht erkennen, und zogen in der neuen Montur lange Gesichter.

Friederike wusste, dass sie Amalia Delgado nur den Patrones gegenüber *la Hechicera* nannten. Unter sich nannten sie sie *la Negra*.

Karl hatte ihr den erlegten Geierfalken bringen lassen. Er trug sich mit dem Gedanken, ihn zum 18. Januar, dem dritten Jahrestag der deutschen Reichsgründung, an einem der beiden Fahnenmasten aufzuziehen. Am anderen wehte die schwarz-weiß-rote Flagge. In der alten Heimat hatte Karl sich nie als großer Patriot hervorgetan, doch seit die Kunde vom Sieg über Frankreich und von der Vereinigung der süddeutschen Staaten mit dem Norddeutschen Bund über den Atlantik gedrungen war, glühte in ihm die Vaterlandsliebe. Für die Fahnenmasten, unweit des Haupthauses auf dem höchsten Punkt des Kamps errichtet, hatte er zwei mächtige Stämme Tropenholz eigens aus dem fernen Norden heranschaffen lassen. »Es ist für unser Deutschland«, war seine einzige, eindringlich geflüsterte Erwiderung auf Alfreds und Berthas Bedenken hinsichtlich der Kostspieligkeit gewesen. Die Flagge hatte ihm der Bruder von seiner Reise nach Bonn im argentinischen Winter 1872 mitgebracht; und vielleicht rührte Karls nationale Begeisterung zu einem Teil daher, dass er selbst seit so vielen Jahren keinen Fuß mehr auf deutschen Boden gesetzt hatte. Sollte nun der ausgestopfte Carancho am zweiten Mast den Reichsadler verkörpern? Oder plante Karl ein weiteres Exemplar zu erlegen, um dann ein lebensechtes Wappen in Annäherung an den Namen der Estancia zu schaffen? Echte Adler gab es in Südamerika nicht, aber hier hatte man es zumindest mit einem imposanten Ersatz zu tun. *Estancia Los Caranchos*, das hätte allerdings wie ein Unglücksname geklungen.

»Willst du mit ihm kämpfen?«, fragte Amalia Delgado, und Friederike schüttelte erschrocken den Kopf.

»Meine Brüder entschieden sich anders.« Die Alte ließ dem Satz ein kleines raues Lachen folgen und sog geräuschvoll aus ihrer Kalebasse, ehe sie fortfuhr. »Sie wollten kämpfen. Unbedingt kämpfen, immer weiter kämpfen, ganz gleich wie aussichtslos. Ja, ja. Nun kennt keiner mehr ihre Namen. Nicht ein einziger von ihnen ist übrig. Übrig geblieben bin nur ich, Kindchen. Ich allein, Gott weiß, warum. Doch genug davon. Lass mich dir ein Märchen erzählen.«

Von Brüdern hatte sie noch nie gesprochen, aber Friederike versäumte es, sich näher zu erkundigen. Amalia

Delgado erhob sich vom Schemel, um sich aufs Bett zu setzen, und dabei tauschte sie ihr Mategefäß gegen eine bauchige Flasche aus, ohne dass die Besucherin gesehen hätte, woher sie die nahm. Sie bot ihr auch nicht davon an, trank nur selbst einen Schluck und stellte die Flasche dann am Kopfende des Bettes auf den Boden.

»Es war einmal«, hob sie an, während draußen die Sonne zu sengen begann und Friederikes angepflockte Stute mürrisch mit den Hufen scharrte, »ein Baqueano, also ein junger Bursche, der die Fremden und Gringos durch die Pampa führt. Eines Abends – er war allein auf dem Heimweg, und es dämmerte schon – hörte er eine heisere Stimme um Hilfe rufen. Er folgte dem Ruf in ein Gebüsch, und was fand er dort? Einen Carancho?« Es schien sie zu belustigen, wie Friederike bei dem Wort zusammenzuckte, und sie beugte sich nach ihrer Flasche. »Nein, Kindchen, er fand einen Puma, der in eine Falle geraten war. Hol mich hier heraus, rief der Puma, und du wirst die Tochter des Vizekönigs zur Frau bekommen. Wenn ich dich hier heraushole, erwiderte der Bursche, dann bekomme ich gar nichts, aber du wirst mich anfallen. Nichts da, empörte sich der Puma, ich bin nämlich ein Zauberpuma. – Wenn du ein Zauberpuma bist, warum schaffst du es dann nicht aus eigener Kraft heraus? – Weil ich unter einen Bann geraten bin. Aber das ist eine andere Geschichte. – Na, ist sie denn hübsch, die Tochter des Vizekönigs? Die schönste Frau im ganzen Land ist sie, beteuerte der Puma. Da lachte der Bursche und zog ihn aus der Falle. Zurück im offenen Gras, stellte der Puma sich plötzlich auf die Hinterpfoten und stemmte die Vorderpfoten dem Baqueano auf die Schultern. Der riss sein Messer aus dem Gürtel, doch der Puma biss ihn nur ganz leicht ins rechte Ohr und leckte die Blutstropfen auf. Da ließ der Junge den Dolch sinken und tat es ihm gleich, biss ihn ebenfalls ins Ohr und leckte das Blut ab. Nun hast du Zauberkraft, sagte der Puma. Nicht viel, aber es wird dir reichen. – Und wie komme ich zur Tocher des Vizekönigs? – In die Stadt gehst du, zum Palast. Sie hat verkünden lassen, dass sie den Mann heiraten wird, den sie in ihrem Spiegel nicht finden kann. Die Schöne besitzt nämlich einen Spiegel, der alles sieht. Wenn ein Freier sich von ihr aufspüren lässt, wird er ausgepeitscht und mit Schimpf und Schande fortgejagt. – Und du meinst, danach steht mir der Sinn, mich verprügeln und verjagen zu lassen? Aber nein, sprach der Puma, du sollst die Zauberkraft nutzen, die ich dir gegeben habe. – Und wie soll ich das tun? – Leih mir noch einmal dein Ohr. Und der Puma flüsterte etwas. So soll es gehen?, lachte da der Bursche. So und nicht anders, nickte der Puma. – Und wirst du zu meiner Hochzeit kommen? – Gewiss werde ich das. Du wirst mich an meinem blutigen Ohr erkennen. – Einen Augenblick, Kindchen.«

Amalia Delgado stand behände vom Bett auf und huschte ins Freie. Gleich darauf hörte Friederike sie in den Sträuchern hinter der Hütte mit lautem Plätschern ihre Notdurft verrichten.

Sie saß sehr gerade auf ihrem Schemel und zwang sich, den Kopf nicht zu bewegen. Denn hätte sie ihn bewegt, so hätte er sich nach rechts wenden können. Ihr wäre der grässliche Schatten wieder in den Blick geraten, und wer hätte sagen können, was er anzurichten imstande gewesen wäre, nun, da sie ihm allein gegenübersaß? Hatte er einen Geruch, einen harzigen Todesgeruch? Sie musste versuchen, nichts zu riechen; sie spürte, wie sie zitterte und wie ihr mit jedem flachen Atemzug enger ums Herz wurde. Angestrengt fixierte sie die inzwischen geschlossene Herdklappe, sie wusste, sobald ihre Spannung nur einen Augenblick nachließe, würden die Bilder vom Lämmchen sie überfallen, wie es ihr entglitt, wie ihm das Blut aus dem Loch quoll, das sein Auge gewesen war. Endlos schien sich draußen das Plätschern hinzuziehen. Friederike fiel ein, dass es auch aus ihr herauslief, dass an diesem Morgen auch sie zu bluten begonnen, sich ein Tuch voll Moos und Gras hatte umbinden müssen, über andere Vorrichtungen verfügte sie nicht. Ihr Bauch schmerzte. Sie presste Lider und Lippen zusammen und erschrak über ein Wimmern, doch das war aus ihrer eigenen Kehle gedrungen.

Noch während sie sich wieder auf dem Bett niederließ, nahm Amalia ihre Erzählung auf, als hätte es keine Unterbrechung gegeben.

»Die zwei gingen also verschiedener Wege, und tags darauf zog der Baqueano seine saubersten Sachen an und eilte in die Stadt. Er ging zum Palast des Vizekönigs und ließ sich vor die Prinzessin bringen. Auch du willst mich heiraten?, gähnte die Prinzessin, ohne ihn anzusehen. Ja, Prinzessin, so wahr mir Gott helfe, erwiderte er flüsternd, von ihrer Schönheit überwältigt. Ach, Jüngling, da haben sich schon viele Süßes erhofft und dann nur Bitteres geerntet. Noch kannst du zurück. Aber nein, der Bursche blieb hartnäckig. So hast du eine Stunde Zeit, sagte sie ihm, dir ein Versteck irgendwo im Palast zu suchen, auch im

Garten, wenn du willst. Eine Stunde. Und was dir geschieht, wenn ich dich dann erwische, weißt du ja. Damit ließ sie ihn stehen. Er aber lief in ihr Schlafzimmer, verwandelte sich in eine –« hier folgte ein Wort, das Friederike nicht kannte. Amalia wiederholte es geduldig ein ums andere Mal, *»Ladilla, una ladilla, se convirtió en ladilla«*, doch das half nicht. Schließlich fing sie an zu lachen, hob einen Arm, deutete mit der anderen Hand auf die Achselhöhle, machte danach eine Geste, als höbe sie ihren Rock, und wies zwischen ihre Beine. Einen Floh konnte sie nicht meinen, das Wort dafür kannte Friederike, *pulga.* »Filzlaus«, murmelte sie errötend, *»Ladilla, ¿sí?«*, fragte Amalia, *»Sí, sí, sí«*, stammelte Friederike.

»Verwandelte sich der Baqueano in eine Filzlaus und kroch in das Bett der Prinzessin. Als die Stunde verstrichen war, kam die Prinzessin in ihr Schlafzimmer, entkleidete sich bis aufs Hemd und nahm auf dem Bett Platz. Denn so pflegte sie es zu tun. Sie schickte ihre Zofe den Zauberspiegel holen. Unterdessen kroch der Bursche in Gestalt der Filzlaus in ihre Scheide. Ja, dort kroch er hinein, Kindchen. Trinke mehr Wasser, Kindchen, Wasser von hier, aus der Quelle! Und höre mir weiter zu. Als nämlich die Prinzessin in ihren Spiegel blickte: nichts! Trüb und blind blieb das Glas. Warum? In ihre Scheide konnte der Spiegel nicht blicken, weil die Prinzessin noch Jungfrau war. Deshalb. Was ist mir geschehen?, rief sie entsetzt. So wahr ich lebe, lieber will ich eine Filzlaus heiraten als diesen Burschen! Da kroch die Filzlaus hervor und verwandelte sich vor den Augen der Prinzessin in den Baqueano. Hier bin ich, meine Liebste!, rief er. Nun sprich, willst du mich lieber als

Filzlaus oder als Menschen heiraten? Dann doch eher als Menschen, brummte die Schöne, noch fassungslos. Und als die beiden Hochzeit hielten, sah sich der Bräutigam jeden Mann auf dem Fest genau an. Er kannte keinen. Schließlich erblickte er einen Herrn mit rötlichem Haar, dem eine Blutkruste am rechten Ohrläppchen klebte. Der Bursche trat zu ihm hin, nahm ihn in den Arm und stellte ihn den anderen Gästen als seinen Vetter vor. Alle glaubten es. Nur die Prinzessin wurde erst blass und dann tiefrot. Aber sie schwieg. Und mehr weiß ich davon nicht.«

Amalia verstummte, saß vorgebeugt auf dem Bett, die Füße auf dem Boden, rieb sich mit beiden Händen die Knie und blickte Friederike an.

»Wer bist du?«, fragte Friederike fast unhörbar.

»Habe ich dir geholfen? Nein, oder? Ach, wie denn auch? Ein Märchen, was soll das schon, ein schönes Märchen mit einem guten Ende. Nicht wahr? Hier, Kindchen, trink das klare Wasser, das wird dir helfen. Und vielleicht wird auch das da dir helfen, wer weiß. Warte einen Moment.«

Sie war so dicht an den Carancho herangetreten, dass ihr Kleid ihn berührte, und streckte sich über ihn hinweg zu den Wandbrettern. Friederike schlug die Augen nieder. Ein weiterer Krampf in ihrem Bauch, sie musste ein Wimmern unterdrücken. Nun war Amalia neben ihr, bog ihr behutsam die rechte Faust auf und legte etwas hinein. Hart und schwarz, einen halben Finger lang, gekrümmt und spitz. Eine Kralle. Die Kralle eines Pumas.

»Dies hier hingegen« – wieder setzte die Alte sich aufs Bett und stürzte einen großen Schluck aus ihrer Flasche hinunter – »dies hier hilft überhaupt nicht. Niemals.« Sie lachte, hustete und legte sich auf den Rücken.

»Wer bist du?«, fragte Friederike wieder.

Doch Amalia schnarchte und war nicht mehr wachzurütteln. Friederike ließ von ihr ab und trat zur Tür, um den Kopf ins Freie zu strecken. Geblendet kniff sie die Augen zu. Sie sog die gleißende Luft ein, dann hielt sie den Atem an, wandte sich wieder zurück und stürzte sich auf den Schatten. Sie riss ihn mitsamt dem schwarzen Tuch vom Gestell, er war leichter, als sie erwartet hatte, sie zerrte ihn hinaus. Amalia ließ sich in ihrem Schnarchen nicht stören. Das schwarze Tuch blieb am Türknauf hängen, aber Friederike widerstand der Versuchung, auf den entblößten Carancho zu blicken. Erst als er hinter der Hütte im Gras lag, sah sie ihn an. Sah erst jetzt seine Wunde, das fast faustgroße Loch in seinem Bauch, zugeschmiert mit einer dunklen Paste, die noch nicht ganz getrocknet schien. Friederikes Fuß schlug aus, mit Wucht gegen den Kopf des Raubvogels. Der Hals knickte ab wie ein welker Strunk, und dann hing der Kopf nach hinten, unmöglich verrenkt. So konnte man ihn nicht lassen. Friederike trug seit Jahren kaum noch ihre Schnürschuhe aus der alten Heimat, stattdessen schwere Lederstiefel, die sich von denen der Männer auf dem Kamp, außer in der Größe, kaum unterschieden. Sie schloss die Augen nicht ganz, aber so weit, dass sie nur schemenhaft erkannte, wie Brustkorb und Flügel unter den Sohlen brachen, wie sich Federn aus der mürben Haut lösten, wie der Schnabel splitterte, wie drei letzte Stöße den ganzen zerfledderten Überrest unter die Büsche trieben.

Genug! Sie lief zum Bach, um die Stiefel zu säubern, ihr Pferd zu tränken, auch um sich selbst zu erfrischen und zu waschen und neue Füllung für das Tuch um ihren Leib zu sammeln. Ringsum lärmten Zikaden, die Hitze fügte dem bitteren Sommerduft der Pampa eine brackige Note hinzu.

Zurück auf dem Puesto Horizonte traf sie Ximénez und seine Leute beim Mittagessen an, begnügte sich selbst mit ein wenig Maisbrot, Pfirsichen und Milch. Dass sie aus dem Schlummer, in den sie dann fiel, am Abend schweißgebadet erwachte, lag allein am Wetter; er war tief und traumlos gewesen.

Die Nacht verbrachte sie am offenen Fenster, lauschte weniger dem Rascheln der Obstbäume hinter dem Haus als dem Knistern des endlosen Grases und blickte in den sternklaren südlichen Himmel. »Mein Himmel«, das war einer der Gedanken, die sie vor sich hin flüsterte. Ein seltsamer Gedanke, wie sie fand. Dieser Himmel war ihr doch fremd, nach bald fünf Jahren hier kannte sie noch immer keines seiner Sternbilder, außer dem Kreuz des Südens, das Alfred dann und wann zum Anlass für theologische Mutmaßungen nahm. Dennoch ihr Himmel: So fühlte er sich an. Wie ein schweigsamer, aber liebenswerter Verwandter oder wie das hohe Dach, unter dem man am liebsten saß. Und wenn das Gefühl dergleichen behauptete, war es doch sinnlos zu widersprechen. Außerdem, wer sollte sich darum scheren, dass ein dummes Frauenzimmer nachts am Fenster hockte und sich einbildete, ihm würde der Himmel gehören?

Ein weiterer Gedanke: Wie viel Tod bringt diese Nacht?

Welche mörderischen Bestien stehlen sich jetzt da draußen zwischen den Halmen herum und schlagen gnadenlos zu? Wie viel Blut trinkt die Pampa Nacht für Nacht? Der Carancho, so trocken. Wer hat ihn ausbluten lassen? Amalia? Wohl eher die Leute am Haupthaus. Auch sein Blut hat die Pampa getrunken. Auch meines, vorhin am Bach. Die Pampa ernährt sich vom Blut. Wie kann in meinem Herzen trotzdem Frieden sein?

Denn ruhig war Friederike, während sie wachte, ruhig wie lange nicht mehr. Als hätte ausgerechnet die Zerstörung des noch nicht fertig präparierten Vogels heute den Bund besiegelt zwischen ihr und dem Land unter diesem Himmel. *Mi cielo. Mi firmamento, mis estrellas. Mi Cruz del Sur. Mi noche. Mi país.* Der Klang ihrer Worte, die ein warmer Windhauch über die Bäume hinweg in die Dunkelheit trug, erfüllte sie mit Stolz. Sie wusste, dass die Sprache sich gut anhörte aus ihrem Mund.

Unter die Nachtgedanken mischten sich Bilder aus ihrer Kindheit. Aus Siegburg, von den Sommertagen im Garten der Conradys. Die Apfelbäume am sanften Hang des Michaelsbergs – wie viel Auslauf zum Spielen sie und die Geschwister dort gefunden hatten! Aber wie lieblich und mickrig würde all das nun wirken gegen die Unermesslichkeit der Nacht in Santa Fe. Auch dort bei den Conradys hatte sie, wenn sie dem Schlaf widerstand und so leise ans Fenster schlich, dass keiner von den Brüdern erwachte, die Obstbäume unter den Sternen betrachten können. Und hatte sie dabei von der Kuppe, vom alten Schloss her, manchmal die Schreie der Verrückten oder Unglücklichen gehört? Oder war das Einbildung gewesen?

Jener, von dem die Brüder berichtet hatten, er tappe wie ein blöd gewordenes Raubtier auf allen vieren hin und her – immer acht Schritte vor, sie hatten mitgezählt, keinen Schritt weiter, dann kehrte er um, auch wenn ihm nichts im Weg stand, wieder acht Schritte zurück, und so fort, denn lieben langen Tag, außer wenn ihm jemand einen Teller mit Essen hinstellte. Einer wie der wäre doch in der Pampa nicht verrückt geworden!

Ihre Hand schloss sich fester um die Pumakralle, die sie aus dem Säckchen ihres Kittels geholt hatte. Wie fern und blass die Eindrücke aus Siegburg blieben. Als wären es gar nicht ihre eigenen Bilder, sondern welche, die man sich von einem Begebnis machte, das man nicht besonders mitreißend erzählt bekam.

Mi país. Mi pampa. Mi lucha y mi victoria. Mis botas. Ihr Sieg über den Schatten. Das Werk ihrer Stiefel. Ein Märchen, nur ein Märchen mit gutem Ende. Amalia Delgados Werk.

Die Luft kühlte kaum ab, ein feuchter Film bedeckte Friederikes Unterarme noch, als über dem Horizont der Morgenstern aufging.

Welchem Volk Amalia Delgado angehörte, kann niemand sagen. Im südlichen Santa Fe lebten, als die Estancieros kamen, vor allem Tehuelche, die aber dazu neigten, sich als Teil des großen Mapuche-Volks zu betrachten, und dessen Sprache und Gebräuche weitgehend übernommen hatten. Die Brüder Soltau machten bei Indianern keine Unterschiede, außer der Einteilung in solche, deren Überfälle man zu fürchten hatte (wobei es in der Gegend seit langem ruhig geblieben war), und solche, mit denen man auskam. Den meisten Gauchos etwa sah man eine indianische Abstammung auf den ersten Blick an. Vielleicht war Amalia Delgado auch eine Mestizin, dafür spräche, dass von ihr nur der spanische Name überliefert ist. Fest steht, dass sie die Hütte am Bach schon bewohnte, als der Kamp noch Facundo Torres gehörte. Wie sie aber dorthin gelangt war, ob sie bereits vor Torres' Zeiten dort gelebt und in welchem Verhältnis sie zu ihm gestanden hatte, liegt ganz im Dunkeln. Er hatte das Land für seine Verdienste in den Feldzügen gegen die Indianer erhalten, warum ließ er diese Frau unbehelligt? Musste er nicht sogar den Bau der kleinen Hütte veranlasst haben? Die Indianer und Gauchos bauten ihre Ranchos sonst nicht aus Ziegeln, sondern aus Lehm und Stroh. Und sie, warum mied sie nicht die Nähe des Schlächters?

Der Erste und Einzige, der zu ihrer Person Nachforschungen anstellte, war Christian Soltau, Udo Soltaus Großvater, als er um die Wende zum 20. Jahrhundert für einige Monate nach Argentinien zurückkehrte. Und ihm hätten in derlei Fragen allenfalls Facundo Torres' alte Spießgesellen Auskunft geben können, doch niemand auf Águilas wusste über deren Verbleib. Torres selbst war längst gestorben, wobei über die Art seines Ablebens Widersprüchliches berichtet wurde. Eine Messerstecherei mit erzürnten Geschäftspartnern, sagten manche, andere beteuerten, ein selbstgebrannter Schnaps habe ihm den Rest gegeben.

Ihre Andeutungen zu kämpferischen Brüdern legen nahe, dass Amalia Delgado eine Mapuche war, denn die Mapuche leisteten dem Vordringen der Weißen in der

Pampa den erbittertsten Widerstand. Die verheerenden Angriffe, bei denen ganze Estancias in Schutt und Asche gelegt, ihre sämtlichen Bewohner massakriert und auf einen Streich abertausende Stück Vieh geraubt wurden, gingen zumeist auf ihr Konto.

Über den ausgestopften Carancho, so hieß es, habe sich, als er in der Sonne trocknen sollte, ein verrückter Fuchs hergemacht. Karl hatte die Nachricht gutmütig aufgenommen, hatte sogar gescherzt: »Da frisst ein Aas das andere.« Es traf sich, dass er am selben Tag mit Rodríguez, dem Veterinär, in einer wichtigen Angelegenheit einig geworden war. Rodríguez besaß eine kleine Rinderherde, sah aber, da ihn seine ärztlichen Einsätze für die Kolonisten mehr und mehr in Anspruch nahmen, keinen Sinn mehr darin, die Tiere selbst zu halten. Zu einem beschämend geringen Preis trat er sie den Brüdern Soltau ab. Es war der erste Zukauf an Rindvieh, seit Friederike auf Águilas lebte. Feingliedrige, handzahme Kühe, von ganz anderem Temperament als die seinerzeit von Torres übernommenen, denen man bis zur Zähigkeit ihres Fleischs anmerkte, dass sie aus herrenlos durch die Pampa streifenden Herden zusammengefangen und auch in den Jahren seither stets sich selbst überlassen worden waren. Die Rinderzucht hatte sich in Argentinien nie gelohnt. Verkaufen ließen sich die Häute, mitunter die Hörner, sonst nichts. Fleisch und Knochen blieben oft ungenutzt liegen, zur Empörung der Gauchos, die deswegen in Scharen aus dem Estanciadienst ausgetreten und mit ihrem Pferd und Lasso woandershin gezogen waren.

Einige weitere hatten sich davongemacht, weil sie es für unter ihrer Würde hielten, Schafe zu hüten, und wieder einige in Meuterei gegen die Karminhemden. Überhaupt waren die Gauchos ein unsteter Menschenschlag. Gerade bei den jüngeren musste man stets darauf gefasst sein, dass sie über Nacht verschwanden, und nicht selten ließen sie dabei etwas Wertvolles vom lebenden oder stationären Inventar mitgehen. Zwar gab es daneben die älteren, auf dem Kamp sesshaft Gewordenen, wie Ximénez auf Horizonte, die auch darüber wachten, dass solche Diebstähle nicht überhandnahmen. Doch die Vorstellung, bald würden die einzigen Gauchos auf Águilas Männer mit schlohweißem Haar sein, behagte niemandem. Selbst Alfred sah deshalb in Karls Entscheidung, dem Tierarzt die kleine Herde abzukaufen, einen klugen Zug, da es galt, die Söhne der Pampa bei der Stange zu halten. Hinzu kamen des Gründers neuerdings ausgeprägte kulinarische Vorlieben. Sonntags gehöre ein anständiger Braten auf den Tisch, verfügte er, nachdem er jahrelang gegessen hatte, was immer er vorgesetzt und je nach Gesundheitszustand hinunterbekam. Bertha tat ihr Bestes, um ihm den Wunsch zu erfüllen. Sie hatte auch begonnen, eine große Flagge mit den beiden Adlern aus dem Familienwappen derer von Strelitz zu nähen, dunkelrot auf gelbem Grund, für den zweiten Fahnenmast.

Die frühen 70er-Jahre waren in der Gegend eine verhängnisvolle Zeit gewesen. Nicht nur die Soltaus, sondern ebenso ihre weit verstreuten Nachbarn hatten auf die Schafzucht gesetzt, teils mit ungleich ärgeren Folgen als auf Águilas. Einige hatten das Geschäft ganz aufgeben müssen.

Man sah die Linackers, eine mit hochtrabenden Hoffnungen aus Buenos Aires heraufgezogene Familie fanatisch frommer Engländer, von Begegnung zu Begegnung mehr zerlumpen, bis sie selbst Feuer an ihren Besitz legten und auf Nimmerwiedersehen verschwanden. Herrn Bohrer, einen Schweizer mit hochtrabenden Theorien zur Veredelung der Rambouillet- und Merino-Rassen, fand man nach längerem Rätseln, was aus ihm geworden sein mochte, als mürrischen Hauslehrer in Rosario wieder. Und ausgerechnet von Fritz Allgeier, dem Maurer aus dem Schwarzwald, dem die Soltaus ihr neues Haupthaus verdankten und der auf einem der angrenzenden Güter ein Vorwerk verwaltet hatte, hieß es, er habe sich unter die *gauchos malos* begeben, die vagabundierenden Viehdiebe und Halsabschneider. Als dann noch der als besonders hartgesotten geltende Otto Bartges – *Don Otto* genannt, einst erster Gringo unter den Landeigentümern in der Gegend – in seinem Hauptstall, von der hungernden Herde umstolpert, am Strick baumelnd aufgefunden worden war, begann Alfred in seinen Predigten zu donnern und zu blitzen, wie ihn bis dahin keiner gekannt hatte. Prüfungen, mahnte er, auch die sehr schweren, erlege der Herr dem Menschen auf, damit er sich festige, nicht damit er klein beigebe. Vor der eigenen Lebensaufgabe zu fliehen, sei nicht nur feige, sondern verwerflich. Gott habe es den deutschen und europäischen Siedlern bestimmt, dieses wüste Land urbar zu machen und zu zivilisieren, und es gelte, alle Hingabe, Beharrlichkeit und Erfindungskraft an die Erfüllung der Mission zu setzen. Wer angesichts der Mühsal zu verzagen drohe, der möge sich neben Gottes Wort die Dankbarkeit der Einheimischen vor Augen führen, also der Verständigen unter ihnen, die zu erfassen vermochten, welch ein Segen das Wirken der Estancieros für Argentinien war.

Vor einer größeren Gemeinde sprach Alfred nur einmal im Monat, häufiger ließ es sich der Entfernungen wegen nicht bewerkstelligen. An den übrigen Sonntagen fand er seine Zuhörer daheim. Karl hielt sich meist fern. Blieben Friederike, die beiden Mägde und das Hausmädchen, manchmal der Stallbursche. *Wo zwei oder drei in meinem Namen versammelt sind …* Alfred hatte sich angewöhnt, ihnen ein Gemisch aus Deutsch und Spanisch vorzutragen, doch Friederike stellte fest, dass er sich die Mühe hätte sparen können: Wenn sie bei Mägden und Hausmädchen prüfte, was er gepredigt habe, zuckten die nur mit den Schultern und lächelten ergeben.

Sie selbst versuchte zu lernen oder zu spüren, wann genau er sich jeweils der Stelle mit den dankbaren Einheimischen näherte. Dann richtete sie scheinbar etwas an ihrem Haar, aber in Wahrheit hielt sie sich für eine Minute die Ohren zu. Sonst hätte sie jedes Mal lebhaft Don Alfonso Ibarra vor sich gesehen, einen weiteren Nachbarn, der zur Weinseligkeit neigte und, wenn er zu Gast auf Águilas war und an schmeichelnden Worten über die Europäer sich selbst überbot, keine Gelegenheit ausließ, Friederike heimlich am Gesäß zu berühren. Den Brüdern gegenüber hatte er sein Interesse schon erklärt, zu deren Freude. Eine Verbindung der Kämpe versprach beiderseits große Vorteile. Auf der soltauschen Estancia waren die Brunnen und Geräte besser, auf Ibarras *La Azotea* die Weiden. Überdies bestand Aussicht, einen Streifen Land, der zwischen beiden lag, wenigstens als Pachtsache hinzuzugewinnen. Friederikes Reaktion – »Lieber will ich eine Filzlaus heiraten als diesen Widerling!« – hatte Bertha vor Schreck aufschreien lassen, bei Karl einen Hustenanfall und bei Alfred einen Wutausbruch hervorgerufen. »So reden wir hier nicht!«, herrschte er sie an. »Nicht im Hause Soltau! Auf dein Zimmer, Friederike, Gott helfe mir, mich nicht zu vergessen!«

Was geschehen wäre, wenn er sich vergessen hätte, blieb ungewiss. Friederike war dem Befehl sofort gefolgt.

Den Höhepunkt seiner Predigten bildete jeweils der Fall Don Otto, also der Selbstmord: »Von allen Beispielen das schlechteste hat uns ausgerechnet er gegeben, ihr wisst, von wem ich spreche, vom Eigentümer der Estancia *Bremen*. Hat nicht ein jeder von uns ihn als Veteranen des Kamplebens bewundert, als einen so erfahrenen wie besonnenen, einen so ernsten wie zupackenden Pionier? Haben wir nicht sein Urteil stets geachtet, ja hätten wir alle ihn nicht ein Vorbild für unser eigenes Tun und Streben genannt? Und nun dies! Welche Untat, welch finsterer Abgrund, was für ein Frevel am Werk des Herrn! Der Mensch ist in der Sünde befangen, das wissen wir, und wir wissen um unsere Schwäche. Alle Welt stehet schuldig da vor Gott. Demut! Demut, Duldsamkeit und Vertrauen in den Ratschluss unseres Schöpfers! Ehrfürchtig gegen Gott, aber erhobenen Hauptes gegen die Welt – so haben wir zu erfüllen, was uns bestimmt ist. Und gerade jener, der vorangeht, gerade jener, zu dem die andern aufblicken, muss selbst ein Muster an Tugend sein! Wohin soll die Herde geraten, wenn der Hirte sich auf den Weg der Sünde verirrt?«

Im Fall Bartges waren die Herden oder das, was von ihnen übrig blieb, zunächst an den tief erschütterten Bruder des Toten gefallen, der einmal mehr als Kapitän eines der lahusenschen Dampfer in Buenos Aires eingetroffen war, und dann an die Nachbarn fast verschenkt worden. Viele der Tiere musste man notschlachten, derart schlecht war ihr Zustand. Lediglich einige Dutzend hatten Karl und Alfred auf die Pachtweide am Paraná bringen lassen, wo sie wieder zu Kräften kamen.

Für die Soltaus schien die Talsohle durchschritten. Zwei glückliche Ernten und gute Lieferverträge mit Obsthändlern, Bäckern und mit einer Wollweberei, die der findige Herr Salvat, auf Águilas für die kleineren kaufmännischen Angelegenheiten zuständig, geschlossen hatte, ließen aufatmen. Ein an Bertha gefallenes Erbteil tat ein Übriges. Wer standhielt und den Mut in schwerer Zeit nicht verlor, dem war neues Gedeihen beschieden! Der Mensch wächst an seinen Aufgaben; für diese Worte konnte niemand besser bürgen als der Estanciero.

Mit dem Kauf der Rinder des Veterinärs in solch ungefestigter Zeit verband sich natürlich noch ein höherer Zweck als der, die Gauchos zu besänftigen oder Karl seinen Sonntagsbraten zu sichern. Ein alter Bekannter, mit dem man über die Jahre in seltenem, aber verbindlichem Austausch geblieben war, hatte gerade in Montevideo eine Fabrik für Fleischkonserven gebaut und setzte auf den Export in die Alte Welt, vor allem auf die Britischen Inseln. Dieser Bekannte hieß Harvey Johnston.

Als somit alles auf einem guten Weg war, fuhr Friederike mit ihrer Schreckensnachricht dazwischen.

Gewissheit hatte sie sich bei Amalia Delgado verschafft, die sie seit der Sache mit dem Carancho häufiger aufsuchte denn je. Keine Woche verging, ohne dass sie zumindest für einen halben Tag hinausritt, oft ohne Wissen ihrer Brüder. Sie begleitete die Alte beim Kräutersammeln oder half ihr, den Gemüsegarten zu bestellen, den sie im Schatten eines gewaltigen Ombúbaums unweit ihrer Hütte unterhielt. Und wenn die Gauchos in die Cañada kamen – einzeln bei Tag, um sich Rat und Arznei bei *la Negra* zu holen, oder abends in kleiner Gruppe, um unterm Sternenhimmel Fleisch zu grillen und todtraurige Lieder zur Gitarre zu singen –, so störten sie sich an einer mit am Feuer hockenden Friederike nicht, sondern nahmen sie wie eine Gehilfin Amalias hin.

An diesem Mittag im Juli 1875 aber war sie nicht erschienen, um der Alten Gesellschaft zu leisten, sondern wieder mit einer drängenden Frage, und sie hatte Sorge dafür getragen, dass sie ganz allein mit Amalia war, hinter verriegelter Tür und verhangenem Fenster, und dass man auch auf dem Puesto Horizonte nichts von ihrer Anwesenheit wusste.

»Es wird blühen, Kindchen.«

Im Widerschein der Herdflamme blinkten ihr die fünf oder sechs verbliebenen Zähne im Mund der Alten entgegen wie kleine Irrlichter.

Zurück im Haupthaus hatte sie nach Bertha gesucht, doch Bertha war nicht zu finden gewesen. Dafür kamen Karl und Alfred gemeinsam über die Veranda herein, gerade als Friederike drinnen zum dritten Mal die Galerie entlangstürmte. Sie konnte sich nicht beherrschen und schrie den Brüdern auf halber Treppe entgegen: »Ich bin in anderen Umständen!«

»Sie ist nicht bei Trost!«, erwiderte Alfred ebenso laut; eine Schrecksekunde gestattete er sich nicht. Und auch wenn er den Satz so formulierte, als wäre er an Karl gerichtet: Er sah dabei die Schwester an, mit einem Blick, dessen Zweck es schien, sie auf den Stufen festzunageln. Tatsächlich blieb sie stehen.

Karl hatte Hut und Mantel abgelegt und rieb sich mit beiden Händen die Stirn. »Macht bitte nicht solchen Lärm. Bertha ist nicht wohl.«

»Ich habe Bertha eben überall gesucht.«

In diesem Moment trat sie selbst aus dem Schlafzimmer, das sie mit ihrem Mann teilte.

»Berthalein, bitte lege dich wieder hin. Ich komme gleich zu dir.« Und Karl eilte schon zur Treppe, wobei er etwas schwach auf den Beinen wirkte.

»Friederike, was redest du da! Es kann nicht sein. Es darf nicht sein!«

»Sie ist nicht bei Trost! Auf dein Zimmer, Friederike!«

»Berthalein, Berthalein, bitte.« Karl war bei seiner Frau, die immer noch »Es darf nicht sein« stammelte, nahm ihre Hand und führte sie in ihr Zimmer zurück.

»Ich spinne nicht. Was ich eben gesagt habe, ist die Wahrheit.«

Durch die geschlossene Tür auf der Galerie drang nur mehr Karls Husten. Friederike und Alfred harrten aus, auf der Treppe und im Vestibül, weder sie noch er wollte weichen, beide sprachen kein Wort. So standen sie noch lange Zeit.

Alfred hatte Amalia aus ihrer Hütte geholt, nun saß sie am Tisch der Patrones bei Mate und Gebäck, um Friederikes Wahrheit zu bestätigen, was mit einem Satz geschehen war. Und während die Brüder sich hektisch auf Deutsch unterhielten und Mühe hatten, ihre Stimmen nicht zu sehr zu erheben, blickte die Alte mit mildem Lächeln in der Stube umher. Friederike staunte. Hatte sie gewusst, dass Karl und Alfred Amalia kannten und ihr mit hohem Respekt begegneten, so war es doch neu und seltsam, sie im Umgang mit ihr zu erleben. Sie sah sehr klein aus in dem Haus, an dem Tisch, und noch augenfälliger war es gewesen, als sie eintrat, bei Alfred untergehakt, dem sie kaum bis zur Schulter reichte. Trotzdem wirkten die Brüder ihr gegenüber wie aufgeregte Schuljungen.

Dass es im Augenblick nicht Amalia, sondern sie selbst war, deretwegen sie sich aufregten, bedachte Friederike nicht. Sie saß kerzengerade, aber gedankenverloren auf ihrem Stuhl, schlürfte ihren Tee, und was die beiden diskutierten, ging an ihr vorbei, als verstünde sie die Sprache nicht. Erst als sie wieder Amalias Stimme hörte, kehrte ihre Aufmerksamkeit zurück.

»Es wird blühen, Federica, Kindchen. Und die Estancia wird ebenfalls blühen. Und du« – sie wandte sich an Alfred – »du wirst dein Glück machen, so, wie du es dir wünschst, wenn du nur die Jungfrau in Ehren hältst. Und du« – nun war die Reihe an Karl – »gib acht und trinke immer deinen Kräutersud!«

War Alfred zusammengezuckt, als sie Jungfrau sagte? *Das sind so Angelegenheiten.* Amalia hatte sich mit ihren letzten Worten erhoben, alle Soltaus standen ebenfalls auf, die Schuljungen und die schlimme Schwester holten sich nacheinander ihren Segen und ihre Wangenküsse ab.

Die Alte sei in der höchsten Not doch gewiss auch eine Engelmacherin, wagte Karl am Abend, als sie wieder unter sich waren, laut zu überlegen. Alfred brachte zur Erwiderung nur ein Keuchen hervor, und Friederike wusste nicht, was eine Engelmacherin war. Aber sie fand, es klang schön.

»Wer ist – ?« »Mit wem hast du – ?« Diese unvollständigen Fragen hatten die Brüder in immer schärferem Ton auf sie einprasseln lassen, sobald Amalia aus dem Haus gewesen war. Und nun legten sie wieder damit los. Friederike schwieg hartnäckig. Erst als Alfred sie in seiner Empörung bei den Schultern packte, tat sie den Mund auf: »Das Scheusal Don Ibarra ist es jedenfalls nicht.«

Er versetzte ihr zwei Ohrfeigen, links und rechts, und hastete dann aschfahl hinauf auf sein Zimmer. Gegen die Schwester die Hand zu erheben hatte er sich verboten und war erschüttert, dass es ihm dennoch hatte unterlaufen können. Sie saß mit glühenden Wangen an ihrem Platz und lachte. Das musste er hören. Und neben die Qual mit seinem unbeherrschten Selbst musste die Qual mit der Frage treten, was entsetzlicher war: der Gedanke, mit dem Karl sich trug, oder die Schande, die Friederike über die Familie brachte.

Zu dumm, dass er sie geohrfeigt hatte! Diese Verfehlung, egal wie lässlich, nahm ihm jede Möglichkeit, weiteren Druck auf die Torin auszuüben. Die Scham stand ihm im Weg. Während Friederike sich kein bisschen zu schämen schien. Kam er auf das ungeheuerliche Thema zu sprechen, so blickte sie ihn an wie entrückt oder idiotisch und entgegnete, wenn überhaupt, irgendetwas, das nichts mit der Sache zu tun hatte. »Ich habe heute am Rand des Pfirsichgartens einen rot blühenden Busch gefunden. Er sah mir aus wie eine Azalee.« Derlei Gewäsch. Und es gelang ihm nicht mehr, sie streng zur Rede zu stellen.

Von Karl war in dieser Hinsicht auch wenig zu erhoffen. Ihn beutelte seine Lunge, und er blieb in großer Sorge um Bertha, deren Zustand sich nicht besserte. Alfred hatte sich noch nie im Leben so hilflos gefühlt. Dabei galt es, klaren Kopfes die Geschäfte weiterzuführen und sich nach außen hin nichts anmerken zu lassen. Er magerte ab, suchte Trost im Gebet und fing selbst an, bedenklich zu husten.

Nur Friederike war unbekümmert, trotz der Anfälle heftiger Übelkeit, die sie immer wieder erlitt. Sie wusste, mit ihr geschah ein Wunder. Sie fühlte sich eins mit ihrem Land, leicht und frei, und brauchte keine Gesellschaft; ein Geschöpf der Pampa, flog sie, wenn sie wollte, unter der bleichen Sonne auf dem Pferd dahin, als wäre sie mit ihm verwachsen, sie bediente sich kaum noch der deutschen Sprache, entdeckte Blüten mitten im Winter. Was grämten sich die Brüder, wohin gingen deren Gedanken? Es interessierte sie nicht mehr. Sie war hier. Die Brüder nicht. Die Brüder waren in der alten Heimat geblieben oder auf dem Meer oder wo auch immer. Die alte Heimat, nur noch ein Schemen, ein schlechter Traum von früher, dessen Spuren mit jedem Tag undeutlicher wurden; und das Meer sehr fern. Fern wie die Brüder.

Die rettende Idee kam dann doch von Karl und Bertha. Es war ein empfindlich kalter Augustabend, an dem der ältere Soltau den jüngeren beiseitenahm, ihn trotz der

Witterung um einen gemeinsamen Gang ins Freie bat und ihm draußen zunächst etwas sehr Trauriges mitteilte. Die Eheleute hatten, nun bald zehn Jahre ohne Nachwuchs, die Hoffnung aufgeben müssen. Nicht nur die alte Delgado war zu diesem Ergebnis gelangt, er selbst als Arzt sah die Dinge genau wie sie. Und Bertha kam über die niederschmetternde Diagnose nicht hinweg, schon gar nicht seit Friederikes Hiobsbotschaft.

»Was aber, Alfred, wenn wir nun –« So setzte Karl an, als sie bis zu den Pfirsichbäumen spaziert waren. In knappen Worten legte er einen Plan dar, den er mit seiner Frau in der schlaflosen letzten Nacht gefasst hatte und der den Bruder für den ganzen Rückweg und den Rest des Abends verstummen ließ.

Einen Monat später, der Frühling hatte Einzug gehalten, begaben sich Bertha und Friederike Soltau in einer von Señor Salvat gelenkten zweispännigen Kutsche zusammen auf eine so beschwerliche Reise, wie sie beide seit ihrer Ankunft aus Deutschland keine mehr unternommen hatten. Karl und Alfred hatten auf dem Landweg bestanden: Die Schifferei auf dem Paraná sei in den letzten Jahren verkommen, die Dampfer Brutstätten für gefährliche Krankheiten – und ebenso, aber das sagten sie Friederike nicht, für allerhand schädliches Geschwätz, das sich von den Häfen aus weiter verbreitete.

Sieben lange Tage brauchten sie für die Strecke, denn mancher Umweg war nötig. Es galt nicht nur, alle unsicheren Gegenden zu meiden, sondern auch, jeden Abend an eine zum Übernachten geeignete Estancia oder europäische Siedlung zu gelangen. Wohin sie kamen, erfuhren sie große Fürsorglichkeit und Hilfsbereitschaft, sobald sie die Gastgeber über den Grund ihrer Reise aufklärten: dass eine von ihnen guter Hoffnung war, aber in ernster Gefahr schwebte und dass sie deshalb dringend einen mit der Familie verbundenen, in Frauendingen besonders bewanderten Arzt aufsuchen mussten. Einmal wurden sie nach dem Namen des Doktors gefragt. »Andresen«, sagte Friederike unwillkürlich und erschrak selbst darüber. Andresen hatte der Schiffsarzt damals auf ihrer Überfahrt geheißen. Ein bemerkenswert unangenehmer Mensch.

Zäh und zermürbend waren die Tage. Nicht nur, dass die Kutsche auf den schlechten Wegen stieß und zerrte, als gälte es, eine Schwangerschaft zu beenden; auch fanden die beiden Frauen kaum ins Gespräch miteinander. Bertha, die es sich auf Águilas abgewöhnt hatte, von anderen Dingen zu reden als ihr Gatte, kehrte nun in Gedanken immer wieder an die Schauplätze ihrer Jugend zurück. Friederike saß diese Erinnerungen an den alten Familiensitz in Kurhessen oder einen allzeit zu Scherzen aufgelegten Großvater mit Holzbein aus dem Krieg gegen Napoleon ebenso teilnahmslos aus wie die Versuche, auf gegenwärtige Estanciasorgen zurückzukommen. Ihrerseits rief sie mit ihren Hinweisen auf komisch gemusterte Rinder am Wegesrand oder ihren Anwandlungen, Gaucholieder nachzusingen, bei der Schwägerin nur ein bekümmertes Gesicht hervor. Herr Salvat auf dem Bock stimmte manchmal in Friederikes Gesang ein, um sich gleich darauf wieder für einen heiseren Befehl an die Pferde zu unterbrechen.

»Bitte verzeihen Sie mir einmal mehr meine ungehobelte Art, Fräulein Soltau, und bitte antworten Sie mir wirklich nur dann, wenn es Ihnen nichts ausmacht. Meine Frage ist: Was meinen Sie, wenn Sie sagen, mit Ihnen geschehe ein Wunder?«

»Oh. Ich fühle, dass es so ist. Mein Herz sagt es mir. Mehr weiß ich davon nicht. Seien Sie allerdings unbesorgt, es macht mir gar nichts aus, Ihnen zu antworten.«

»Nun, so will ich frech weiterfragen. Ist, was Sie ein Wunder nennen, der Umstand, dass Sie ein Kind unterm Herzen tragen? Oder noch etwas anderes?«

»Noch vieles andere, lieber Freund. Seit ich denken kann, habe ich nicht solch tiefe, innige Heiterkeit verspürt wie in diesen Wochen.«

»Was erheitert Sie in dem Maße?«

Sie lachte. »Das Leben. Das ganze Leben. Alle Schatten sind gewichen. Davongeflogen.«

»Ich freue mich, das zu hören. Aber – bitte verzeihen Sie – schmerzt es Sie kein bisschen, sich auf diesen Handel, der Sie hierher geführt hat, eingelassen zu haben?«

»Sie hätten doch sonst keine Ruhe gegeben. Die Brüder meine ich. Im Übrigen mache ich mir darüber keine Gedanken.«

»Fünf Monate noch.«

»Was sagen Sie? Ich habe Sie nicht gut gehört. Wie schön, dieser Blick. Das Meer so nah. Täusche ich mich, oder riecht die Luft überall in Ihrer Stadt ein wenig salzig?«

»Sie können hierbleiben, solange Sie wollen. Das ist mein Ernst. Auch wenn Sie dann –«

»Ein Mann, der das Leben kennt. So bezeichnen die Brüder Sie.«

»Eine zweifelhafte Würdigung. Soll wohl heißen: einer, der sich über nichts wundert. Dabei wundere ich mich im Gegenteil über alles. Außer über Rindfleisch in Blechbüchsen.«

»Wissen Sie, was ich damals mit Ihrem Ring getan habe?«

»Sollte ich es wissen?«

»Ach, Sie sind immerzu schwermütig.«

»Immerzu? Viel Zeit haben wir doch noch nicht miteinander verbracht. Außerdem –«

Sie unterbrach ihn: »Die drei Wochen auf dem Dampfer waren Sie melancholisch. Und nun, Jahre später, sind Sie es weiterhin. Von Ihren beiden Briefen ganz zu schweigen. Außerdem reicht manchmal schon eine flüchtige Begegnung aus, um das Naturell eines Menschen zu erfassen.«

»Ihres habe ich bis heute nicht erfasst.«

»Wie schade. Ich hatte gehofft, Sie könnten mir auf die Sprünge helfen.«

»Auf die Sprünge helfe ich Ihnen gerne.«

Wieder lachte sie und reckte die Nase in den lauen Wind, der vom Cerro her wehte. Es musste bald Mitternacht sein, noch hatte sie keine Glockenschläge gehört. Die beiden Schaukelstühle ächzten auf den Verandadielen. Bertha war früh zu Bett gegangen.

»Und wenn ich Ihren Ring an jemand anders weitergegeben habe?«

»Dann würden Sie es mir nicht sagen. Meine Briefe haben Sie also erhalten.«

»Gewiss. Habe sie auch beantwortet.«

»Das wusste ich nicht.«

»Ich konnte meine Antworten leider nicht zu Papier bringen. Papier ist in Santa Fe Mangelware.«

»Ein Grund mehr, hierzubleiben.«

»Aber lieber Freund, hier bin ich doch nicht zu Hause.«

»Nun machen Sie mich wirklich schwermütig. Andererseits, mir bleiben noch Monate, um Sie umzustimmen. Monate, in denen Ihre Gelassenheit … Aber nein, ich sollte nicht weiterreden.«

»Das Meer. Damals, an Bord, glaubte ich nicht, dass es ein Ende nehmen würde. Ja, ich weiß wieder, wie es sich anfühlte. Die Welt hatte aufgehört zu bestehen.«

»Sie wurden aus Ihrem Leben gerissen, fort von allem, was Sie kannten. Und heute –«

Wieder fiel sie ihm ins Wort: »Heute erinnert mich das Meer daran, dass ich einmal etwas hinter mir gelassen habe. Etwas, das mir inzwischen ganz entschwunden ist und dem ich keine Träne nachweine.«

»Aber bringt Sie nicht gerade dieser Gedanke oder diese Reminiszenz –«

»Sie sprechen manchmal so hochgestochen, man sollte nicht meinen, dass Sie ein Kaufmann sind.«

»Bitte bedenken Sie auch, Deutsch ist nicht meine Muttersprache. Und ich habe wenig Gelegenheit, es zu pflegen.«

»Wir können Spanisch sprechen, wenn es Ihnen lieber ist.«

»Was ich eben sagen wollte: Ich wünsche Ihnen von ganzem Herzen, dass Sie in allem, was geschehen wird, nichts von Ihrer gegenwärtigen Heiterkeit einbüßen mögen.«

»Hören Sie? Es schlägt zur Geisterstunde. Nun bin ich müde und mir schwirrt der Kopf. Eine gute Nacht, Mister Johnston.«

»Muy buenas noches, Federica.«

»Und was machen wir, wenn es wie ein kleiner Indianer aussieht?«, hatte Alfred eingewandt, als er seine Sprache wiedergefunden hatte. Über die Antwort des Bruders, »Du verstehst dich doch aufs Beten«, war er so verstimmt gewesen, dass ein gehässiger Gedanke sich bei ihm einnisten und über die bangen Monate immer wieder hervorspringen konnte: *In solchem Fall wäre es ja nicht ich, dem man hinterhertuscheln würde, der hat sich ein Kuckuckskind ins Nest setzen lassen.*

Eine ganze Nacht lang, bis der östliche Himmel sich in ein unwirkliches Orange und den Ozean in ebenso wenig glaubhaftes Violett hüllte, schrie Friederike, wie sie noch nie geschrien hatte. Die erste Zeit war es ein einziges fortwährendes Kreischen, sie schien keine Atemluft zu brauchen oder sich beim Luftholen nicht unterbrechen zu müssen, auch ließ die Kraft ihrer Stimme über Stunden nicht nach. Später zerriss der Dauerton in Abfolgen kurzer, aber umso schrillerer Schreie, die jeweils in einem langen mündeten, stoßweise gefolgt von einem Keuchen, das eher nach einer anfahrenden Lokomotive als nach einem Menschen klang. Im ganzen Haus Harvey Johnstons, und es war ein großes Haus, gab es keinen Raum, in dem man diese Laute nicht überdeutlich hörte. Bertha ertrug es nicht mehr, sie rannte ins Freie. Auf der Veranda und im Garten war der Lärm kaum geringer als drinnen; sie hastete zur Toreinfahrt hinaus bis an die Straße. Zum Glück war kein Mensch unterwegs um diese Zeit, zumal am fast unbebauten Stadtrand, kein Mensch bekam mit, wie sie schluchzte und barmte. Außer Marita, einem Dienstmädchen mit fast männlich breiten Schultern, das ihr gefolgt war und sie dann mitnahm, sie beim Gehen stützte und ihr in der dürftigen Hütte seiner Eltern ein Bett bereitete.

Als Bertha am Vormittag zurückkehrte, herrschte Stille vor dem Haus. Zwei ihr unbekannte Frauen trugen gerade ein schweres, dunkelrot durchtränktes Laken über den Hof. »*¿El niño?*«, rief sie ihnen ängstlich zu und erfuhr: Das Kind war auf der Welt und offenbar gesund.

Anders die Schwägerin. Sie hatte bei der Geburt viel Blut verloren und lag in Ohnmacht. Die Hebamme und ein Arzt waren bei ihr.

Und eine Amme für das Kind? Hatte sich bereits gefunden. Die viel zierlichere Schwester desselben Dienstmädchens, das Bertha für die Nacht Unterschlupf gegeben hatte.

Trotz der beruhigenden Nachrichten weinte sie bis zum Mittag. Erst dann vermochte sie einen Blick auf das Neugeborene zu werfen. Ein winziges und runzliges Geschöpf, in Wolltücher gehüllt; ein Knabe, wurde ihr versichert. Mit einem Indianer schien er immerhin wenig Ähnlichkeit zu haben, eine rötliche Gesichtsfarbe, so sagte die Amme, sei in den ersten Lebenstagen üblich und verblasse dann. Ein dunkler Haarschopf war hingegen in der Familie Soltau keine Seltenheit. Der Kleine hatte eine gellende

Stimme. Die Augen zu öffnen, schien er noch nicht imstande.

Ein Jammer, dass Karl nicht zugegen sein konnte! Es war sein fester Plan gewesen, doch erneut hatte ihn seine geschundene Lunge niedergeworfen. Bertha musste sich den Gedanken an den geliebten Mann verbieten, sonst hätte sie gar nicht mehr aus dem Weinen herausgefunden.

Wie zuvor besprochen, wurde das Knäblein auf den Namen Karl Christian Wilhelm Soltau getauft, nach dem Vater, dem viel zu früh aus dem Leben gerissenen Onkel und dem deutschen Kaiser. Der Rufname sollte Christian sein.

Friederike war noch immer nicht zu sich gekommen, nur mühsam gelang es ihren Pflegerinnen, ihr täglich zwei Terrinen Rinderbrühe einzuflößen. Erst nach vier Nächten trat wieder Leben in ihre Augen. Ihr Geist schien aber verwirrt, an die Geburt erinnerte sie sich offenbar nicht, zumindest verlor sie darüber kein Wort. »Bin ich sehr krank?«, fragte sie wieder und wieder. »Was ist das für ein Leiden?«

»Sie sind auf dem besten Weg, sich zu erholen«, antworteten ihr die Mädchen.

Bertha zog es nun dringend fort, und so begab sie sich mit dem einwöchigen Christian und der Amme unter der Obhut eines hageren, aschgrauen Baqueanos, der auch in Gegenwart von Damen zum Fluchen neigte, jedoch bis weit hinauf nach Argentinien mit allen Wegen vertraut war und sehr gut kutschierte, fürs Erste in ein Kolonistendorf, das eine Tagesreise landeinwärts lag. Wieder drei Tage später trat man die nächste Etappe an. Und an dem Morgen, als Friederike über dem Frühstück aufschrie: »Wo ist es hin?«, da befand es sich schon auf halbem Weg zum soltauschen Kamp.

Salvat, der nach Montevideo aufgebrochen war, sobald man auf Águilas von der Geburt erfahren hatte, traf nur noch die Wöchnerin an. Man polsterte den Wagen aus, bis sie darin mehr lag als saß. Johnston war fast so bleich wie sie, als er von ihr Abschied nahm, und er schien trotz der Sonne zu frösteln. Ringsum standen Salvat und andere Leute, doch die beiden sprachen offen, außer ihnen verstand niemand Deutsch.

»Mehr denn je hatte ich in diesen Tagen gehofft, Sie würden bleiben.«

»Das kann ich ja nicht. Ich muss ja zurück in die blutdurstige Pampa.«

»Nun sehe ich mich gescheitert. Ich habe so viel Zeit gehabt, um Sie zu überzeugen. Aber ich habe Sie verloren.«

»Wir würden Ihre großherzige Gastfreundschaft sehr gerne erwidern. Kommen Sie bei Gelegenheit nach Santa Fe und quartieren Sie sich für einige Monate bei uns ein.«

Er sah ihr, auch dies ungeachtet der Umstehenden, tief und lange in die Augen. Sie wandte sich nicht ab, doch ihr Blick blieb ihm rätselhaft – war er leer oder nur überaus beherrscht? Lag in seinem Hintergrund ein ängstliches oder fiebriges Flackern, oder phantasierte sich Johnston das bloß zurecht?

»Federica, Sie quälen mich. Ich weiß, das ist nicht Ihre Absicht, Sie sind reinen Herzens, aber Sie quälen mich.«

»Für ein Leben am Meer bin ich schlechterdings nicht geschaffen.«

»Das sagen Sie immer wieder. Als ob es etwas zur Sache täte.«

»Den Ring hat das Meer bekommen.«

»Sie wissen, dass Sie weiterhin auf mich zählen können. Ganz gleich, was geschehen mag.«

»Das weiß ich, Harvey. Ich kann Ihnen nicht genug danken. Kommen Sie uns besuchen, bitte. Ich werde Ihnen schreiben!«

»Auf Papier?«

»Worauf denn sonst?«

Sie schwankte, konnte sich nicht mehr gut auf den Beinen halten. Er wollte sie stützen, doch Salvat kam ihm zuvor, tauchte an Friederikes Seite auf und half ihr in den Wagen. Von ihrem Lager goss sie einen spanischen Schwall von Dankesworten über Johnston aus, um dann plötzlich wieder auf Deutsch zu rufen: »Bringt mich zu dem Kleinen! Bitte schnell! Bitte schnell!«

Die ganze Fahrt über, jeden Tag zumindest für zwei Stunden, sang sie Gaucholieder, immer dieselben unvollständigen vier oder fünf, die sie zu beherrschen glaubte. Salvat sang nicht mit.

»Nicht in deinem Zustand!«, verfügte Alfred, ob als Gesandter des Ehepaars oder aus eigenem Antrieb oder sowohl als auch. Den Umgang mit dem Kind könne man Friederike, an Körper und Gemüt derart geschwächt, weder zumuten noch gestatten.

»Ich will ihn sehen!«, schrie sie nur ein ums andere Mal, außer sich, und bestätigte damit den Bruder in seiner Einschätzung. Sie wurde auf den Puesto Horizonte geschickt,

»verbannt«, wie sie selbst behauptete, als wäre ihr entfallen, dass sie sich dort über die letzten Jahre ein zweites Zuhause eingerichtet und längst ein großes eigenes Zimmer hatte.

Sie pendelte zwischen Apathie und hysterischen Ausbrüchen. Wenn sie sich erregte, fing sie immer wieder von einem Kind an, einem Kind, das in einen Käfig gesperrt war, einen Käfig, der ins Meer gestürzt wurde. Doch außer einem blechernen Wasserkessel und der Scheibe des geschlossenen Fensters, durch das sie ihn warf, beschädigte sie nichts vom Bestand der Estancia. Dass sie mit den Fäusten oder dem Kopf gegen die Wände ihres Zimmers schlug, hielten die Wände aus. Alfred konnte die peinigende Überlegung, ob sie ans Bett zu fesseln sei, bald wieder fallen lassen. Stattdessen unterrichtete er Amalia Delgado, und Amalia begab sich sofort zum Vorwerk, obwohl sie sich dort sonst nie blicken ließ.

»Du sagtest, es werde blühen – blüht es nun?«

»Kindchen, du bist ausgetrocknet.«

Amalia nestelte an ihrem Kräutersäckchen und rieb ihr dann etwas unter die Nase.

»Soll das helfen?«

»Es soll nichts. Es tut, was es tut, und tut nicht, was es nicht tut.«

»Es tut nichts.«

»Dann tut es dir gut.«

»Das Kind im Käfig. Amalia, bei der Gnade Gottes! Was geschah mit dem Kind in dem Käfig? Auf dem Dampfschiff, damals.«

»Auf dem Dampfschiff damals wurde das Kind im Käfig gerettet.«

»Das sagst du mir im Ernst und nicht bloß, damit ich Ruhe gebe?«

»Im Ernst und damit du Ruhe gibst.«

»Hast du je ein Kind geboren, Amalia?«

Sie gab nur ihr zahnloses Lachen zur Antwort. Dabei ergriff sie Friederikes Hand, führte sie zum Bett, und Friederike sank dort nieder wie leblos. Als es dunkelte, lag sie noch in derselben Haltung, auf dem Rücken, die Augen weit offen, aber ruhig atmend und stumm, während Amalia ihre Hand hielt.

Alfred hielt seinen Gottesdienst unter freiem Himmel, wie die Missionare, und vor ihm auf dem Tisch, den ein blütenweißes Tuch bedeckte, lag zwischen Körben mit Obst und Feldfrüchten – denn es schien ihm wohlgetan, diesen ersten Aprilsonntag als Erntedankfest zu begehen – sein bestens konservierter grauer Chapeau claque, den er zum Empfang der Gemeinde getragen hatte. Aus weitem Umkreis waren die Nachbarn angereist, sie saßen auf zusammengetragenen Stühlen und Bänken auf dem Platz vor dem Haupthaus, einige der Männer begnügten sich mit Stehplätzen. *»Wir pflügen und wir streuen«*, schmetterten sie, *»den Samen auf das Land / Doch Wachstum und Gedeihen / steht in des Himmels Hand.«*

Vorausgegangen war die Predigt, in der Alfred den Anlass der großen Versammlung in exquisite Worte gekleidet hatte. Dafür, »dass die liebevolle und in jeder Hinsicht vorbildliche Ehe von Karl und Bertha Soltau nun endlich mit einem Kind gesegnet ist«, war dem Herrn ergreifend gedankt worden, auch dafür, dass die Mutter nach der schwierigen Schwangerschaft, die bekanntlich einen monatelangen Aufenthalt bei einem Spezialisten in Uruguay erforderlich gemacht hatte, wieder wohlauf sei. An dieser Stelle hatte Alfred für seine Verhältnisse undeutlich gesprochen, weil ihm peinigend bewusst war, wie nah sie einer glatten Lüge kam. Der rhetorische Aufwand, all das, was zu sagen war, so zu sagen, dass es weder offen gegen das achte Gebot verstieß noch ans Licht zu bringen drohte, was niemand wissen durfte, hatte ihn drei schlaflose Nächte gekostet. Von »Nachwuchs« zu sprechen verbot er sich, stattdessen sagte er »Kind«. Besonders lange hatte er über dem Halbsatz gebrütet, »dass es mit Gottes Hilfe dem Mitbegründer und Vordenker der Estancia Águilas nun vergönnt sein wird, jenes Paar Hände großzuziehen, in das er dereinst sein Lebenswerk legen soll«. In letzter Minute hatte er »durch Gottes gnädigen Ratschluss« zu »mit Gottes Hilfe« geändert. Und während er predigte, musste er gegen allerlei alarmierende Gedanken ankämpfen. Zum Beispiel, was passieren würde, wenn eine andere Frau aus der Gemeinde eine schwierige Schwangerschaft hätte und nach dem erwähnten Spezialisten fragte. Dann müsste man sagen: Der ist zurück nach Europa gegangen. Und so würde man ausweglos der Lüge anheimfallen.

»Da sind sie!«, jubelte eine schwäbische Kolonistin, die trotz harter pietistischer Schulung zum Überschwang neigte, mitten in die Schlussstrophe von *Wir pflügen und wir streuen* hinein. Karl und Bertha waren mit dem kleinen Christian ausdrücklich nicht über die Veranda, sondern durch die Hintertür aus dem Haus getreten, hatten aber nicht bedacht, dass man sie von den Sitzen am östlichen Rand des Vorplatzes aus gerade dort gleich erblicken würde.

»Alle gute Gabe / kommt her von Gott dem Herrn / Drum dankt ihm, dankt / und hofft auf ihn.« Unter der Führung von Alfreds schneidendem Bariton exekutierte die Gemeinde den letzten Refrain halbwegs anständig, doch dann war kein Halten mehr. »Halleluja!«, riefen die, die sich noch rechtfertigen wollten, andere ließen gleich alles Zeremoniell fahren, als sie losstürmten, um die Patrones zu beglückwünschen und den Stammhalter zu begrüßen, der in Berthas Armen sein Rückgrat durchbog, mit den winzigen Fäusten fuchtelte und sich das Seelchen aus dem Leib brüllte.

Schon als knapp Zweijähriger konnte er den Wunsch, sie zu sehen, unmissverständlich äußern und tat es oft. Er nannte sie *Tía Federica*, Tante, sie sprach nur Spanisch mit ihm. Wenn man ihn ließ und das Wetter mitspielte, hockte er stundenlang mit ihr im Gras vor dem gedrungenen strohgedeckten Wohnhaus von Horizonte und befasste sich mit kleinen Hölzern, die sie für ihn sammelte und denen sie Tiernamen gab: *la Oveja, el Caballo, la Vaca, el Puma.* Noch lieber saß er auf ihrem Schoß in Amalias Hütte, starrte mit großen Augen ins Herdfeuer und lauschte dem Gemurmel der Alten. »Er wird es nicht zugeben«, lachte die, »aber ich schwöre dir, er versteht jedes Wort!« Dabei verstand selbst Friederike längst nicht jedes Wort.

»Er liebt dich wie das Leben, er weiß genau, wer du bist«, versicherte Amalia ihr.

Zu Bertha hatte Friederike in diesen Jahren alle Zuneigung eingebüßt. Zeigte sie sich nicht unfassbar beherrscht? War sie nicht verlässlich wie ein Fels, nahm sich nicht zusammen wie wohl kaum je ein Mensch auf Erden? Die Schwägerin aber hielt an ihrem Misstrauen fest. Alles setzte sie daran, Friederikes Umgang mit dem Sohn, den sie ihr geboren hatte, zu beschränken. Die häufigen Kutschfahrten vom Haupthaus zum Vorwerk griffen die Gesundheit des Winzlings an (was für ein Unfug, der Winzling ist rosig und vergnügt, wann immer er zum Tantchen kommt), Teresa, das Kindermädchen, beklage fragwürdige Zustände auf Horizonte (wenn du wüsstest, Bertha, dass Teresita sich die Zeit dort mit einem Bräutigam vertreibt!), der Winzling schlafe unruhig (schläft er etwa ruhiger, wenn er mich wochenlang nicht sehen darf?), er habe Angst vor ihr (Lüge! Lüge! Lüge!).

Nur gut, dass Karl, wenn nicht seiner Schwester, so doch Amalia Delgado mit Ehrfurcht begegnete und deshalb Bertha mit ihren Ränken nicht weit kommen ließ. »Der Junge wird nur gedeihen, wenn er wieder und wieder diese Erde berührt«, hatte die Alte ihm gesagt, als er persönlich ihr – und damit endlich auch Friederike – Christian zur ersten Besichtigung gebracht hatte.

Woran mochte es liegen, dass Karl, selbst Mediziner und in den meisten Belangen ein nüchterner Geist, der *Hechicera* solche Autorität zugestand? Er musste Amalia irgendwann in seinen ersten Wochen oder Monaten auf der Estancia kennengelernt haben, so wie alle festen Bewohner des Kamps. Ob er zufällig auf sie stieß oder ob sie ihm, etwa von Ximénez, eigens vorgestellt wurde, lag im Dunkeln. Doch wohl schon mit der ersten Begegnung hatte sie ihn – wie einige Jahre später auch seinen Bruder Alfred – tief und unerklärlich beeindruckt. Speziell wenn es um seine eigene Gesundheit oder eben die seiner Schutzbefohlenen ging, achtete Karl Soltau das Urteil dieser alten Frau höher als alle Vernunft.

Wahrscheinlich wurde von ihr zeit ihres Lebens keine einzige Fotografie gemacht. Zu diesem Schluss kam Christian, als er, zum Mann gereift, an die Stätten seiner frühen Kindheit zurückkehrte und versuchte, nach Amalia Delgado zu forschen. In den Tagen, da man auf Águilas mit einer eigenen Kamera zu hantieren begann, war sie schon tot, und zuvor war nur zweimal ein Fotograf bestellt worden und hatte vor dem Haupthaus die Familie der Patrones abgelichtet. Ob eine oder einer derjenigen, die bei der Alten ein und aus gingen oder sonst Umgang mit ihr pflegten, je ihr Portrait auf Papier festhielt? Kein einziges Bildnis von ihr ist bekannt.

Das letzte Jahr ihres Lebens verbrachte sie in Starre. Steif wie ein Brett fand Friederike sie eines Mittags vor, und so lag sie dann Monat um Monat in der Hütte auf den Kissen, ihr Atem so flach, dass selbst ihr Brustkorb sich kaum bewegte. Nur ihre Augen regten sich noch, und Friederike blieb die ganze Zeit bei ihr. Flößte ihr Wasser und Mate, Suppe und Brei ein, erzählte ihr, sang für sie Lieder und liebkoste sie, flocht ihr Zöpfe und löste sie wieder, schlief Nacht für Nacht neben ihr, wusch sie und beseitigte ihre seltene Notdurft. Wenn Leute kamen, antwortete sie ihnen an Amalias statt, und alle gewannen den Eindruck, dass aus Federica die Alte selbst spräche. Wenn der kleine Christian da war und fragte, wann sie denn endlich wieder aufwachen werde, antwortete ihm Friederike, man wisse nicht, wann, aber sie werde nicht hier aufwachen, sondern im Himmel bei ihren Brüdern. Und Amalias Augen lächelten zu allem.

Es geschah an einem nebligen Junimorgen, fast auf den Tag genau ein Jahr nachdem sie in die Starre gefallen war. Friederike hatte sich von dem schmalen gemeinsamen Lager gerade erst erhoben und das Fenster geöffnet, schneidend kalte Luft trat in die Hütte. Da schnellte Amalias entkräfteter Oberkörper mit einem Mal in die Höhe, Friederike taumelte vor Schreck gegen den Herd, die Töpfe schepperten.

»Amalia, ¿te despertás?«

Doch zur Antwort drang aus der Kehle der Alten nur ein knarrender Laut, dann sackten ihr Kopf und Rumpf nach vorne, auf die Bettdecke, über die eigenen gestreckten Beine, als wäre ihr das Kreuz gebrochen. Friederike war wieder herbeigestürzt. Ob Amalia tatsächlich nach ihrer Hand griff, vermochte sie nachher nicht mehr zu sagen, sie wollte es aber glauben, und sie hielt die Hand fest, bis am Nachmittag, als hätte er etwas geahnt, Ximénez eintraf.

Am Tag der Beerdigung heulte der Wind so laut um die Kakteen herum, die den kleinen Gottesacker auf Águilas eingrenzten, dass die Trauergäste von Alfreds zweisprachiger Grabrede nur Fetzen mitbekamen. »Eine stille Seele … Seele der Estancia … ihre Seele in Gnaden aufgenommen.« Derart viel von Seele hatte Friederike den Bruder noch nie auf einmal reden hören und unwillkürlich begonnen, die Nennungen des Worts zu zählen. Bis zum

Ende des Sermons kam sie auf elf. Ihr Herz war ruhig an diesem stürmischen Vormittag, ihren Abschied von Amalia hatte sie über Monate genommen und zuletzt die Totenwache bei ihr gehalten.

Als Alfred fertig war, trat eine dunkle Gruppe von Gauchos an das offene Grab. Sie standen dicht aneinandergedrängt, acht Männer, und murmelten gemeinsam ein langes Gebet. Das einzig deutlich vernehmbare Wort war das Amen zum Schluss. Doch dann stieß einer aus der Gruppe einen gellenden Schrei aus, der Friederike heftig zusammenzucken ließ: *»Negra!«* Damit traten sie ab, und es folgten die Gauchas, sieben dunkle Frauen, ebenfalls mit einem leisen Gebet und dann einem lauten Schrei einer einzelnen Stimme: »Amalia!«

Karl Soltau hatte sich, nachdem eine Schaufel Erde aus seinen Händen auf den Sarg geprasselt war, verabschieden müssen, denn einem Wetter wie diesem durfte er seine Atemwege nur kurze Zeit aussetzen.

Er überlebte Amalia Delgado um wenige Wochen. Ein Fieber hatte ihn niedergeworfen und wollte nicht von ihm lassen, er glühte und glühte, alle Mittelchen und Wadenwickel brachten wenig Linderung. Einen anderen Arzt hinzuzuziehen, verbat er sich wie stets, zu groß der Aufwand, und was sollte der Nutzen sein?

»Ein Fieber, wie man es sich eben einfangen kann«, flüsterte er beschwichtigend, »zum Glück ist es diesmal nicht die Lunge – die Lunge verhält sich ruhig.« Und vornehmlich wenn seine Temperatur besonders hoch stieg, wiederholte er: »Das geht vorbei, das geht bald vorbei.«

Bertha in ihrer Ängstlichkeit glaubte zu hören, dass ihr

Mann sein nahes Ende ankündigte. Von dem Augenblick an war es um ihre Selbstbeherrschung geschehen, zumindest sobald sie sein Krankenlager verließ; der Ansteckungsgefahr wegen hatte er darauf bestanden, aus dem ehelichen Zimmer ausquartiert zu werden. Während sie bei ihm war, vermochte Bertha sich zusammenzureißen, an jedem anderen Ort schluchzte und zeterte sie untröstlich. Der kleine Christian, der seinen Papa nicht sehen durfte und seine Mama kaum bei Trost fand, flehte das Kindermädchen um die Flucht zu Federica an, aber Teresita zögerte, weil der Bräutigam auf Horizonte sich in letzter Zeit ungehörig benommen hatte, einmal sogar handgreiflich geworden war.

Als Friederike dann den Fünfjährigen unter Tränen und auf Deutsch »Es geht zu Ende, es geht zu Ende!« jammern hörte, nahm sie sich zwar die Zeit, ihn zu herzen, ihn zu beruhigen, ihn mit reichlich Milch und *choclos* zu päppeln. Doch während er aß, packte sie rasch die Kräuter ein, von denen sie wusste, dass Amalia sie für Karl bestimmt hatte. Mit Christian, aber notgedrungen ohne das Kindermädchen fuhr sie zurück zum Haupthaus.

Sie hörten den Kranken schon von draußen husten. »*¡A correr!*«, rief Friederike, und Hand in Hand begannen sie und Christian zu rennen, über die Veranda durchs Vestibül, die Treppe hoch und über die Galerie – zu verdutzt waren die beiden Mägde, die unten tuschelten, als dass sie hätten einschreiten können, und zu schwach dafür Bertha, die eben aus dem Krankenzimmer trat, demselben engen Zimmer, das Friederike hier bewohnt hatte – zu Karl hinein. Am Bett saß ein blasser Señor Salvat und schien nicht mehr damit zu rechnen, dass die Anweisungen, die er sich abholen sollte, noch kommen würden. Hilfesuchend blickte er Friederike entgegen, während er aufstand. Karl wandte langsam den Kopf zur Tür. Sein Gesicht war eingefallen, seine Augen rot, sein Blick glasig. Friederike unterdrückte einen Aufschrei, Christian verbarg das Gesicht in ihrem Rock, wimmerte: »Mama, Mama«, und es fiel Friederike nicht auf, dass er kaum sie damit meinen konnte.

Nur gut, dass er sein Gesicht verbarg, und nur gut, dass Bertha im selben Moment, beim Versuch, den Eindringlingen hinterherzueilen, auf der Galerie ohnmächtig zusammenbrach. So sahen weder die Frau noch das Kind, was die Schwester sah.

Wie Karl, nach der Vierteldrehung seines Kopfes, erst ein leises Ächzen von sich gab und dann, wohl im Begriff, sie zu begrüßen oder zu maßregeln, einen schier endlosen Schwall Blut.

Salvat war zurückgewichen, er starrte auf sein bespritztes Hemd, während Karl röchelnd auf sein Kissen zurücksank. Friederike verdrängte das eigene Entsetzen, sie nahm Christian hoch, presste seinen Kopf an ihr Schlüsselbein und eilte mit ihm zur Tür hinaus, überzeugt, sie könnte ihn Bertha anvertrauen, um dann selbst an die Seite des Bruders zurückzukehren. Doch Bertha lag am Boden, von den beiden Mägden vorerst vergeblich umsorgt. Christian brüllte und zitterte, er wollte Friederike nicht loslassen. Aus dem Krankenzimmer drang ein Hilfeschrei Salvats.

Teresita. Wenn sie bloß da wäre! Aber wie sollte sie wissen, was sich abspielte? Draußen auf dem Vorwerk mit ihrem fragwürdigen Buhlen. Und selbst wenn sie dort schon das Fehlen von Kind und Tantchen bemerkt hätte, würde sie noch lange brauchen, um mit rasendem Herzen zum Haupthaus zurückzugelangen.

Um ihn abzulenken, fragte Friederike Christian, welcher der Räume seine Kinderstube sei; tatsächlich wusste sie es nicht. Er wies ihr den Weg, ohne mit dem Weinen aufzuhören, und sie schenkte ihm erst eine Pumakralle, die sie bei sich trug und von der sie beteuerte, sie sei ein wenig zauberkräftig. Dann ließ sie sich all sein Spielzeug vorführen, das Schaukelpferd, das ihm der Stallbursche gebaut hatte, die kostbaren Buntstifte, auch die Zinnsoldaten, die ihm von der Verwandtschaft aus der Alten Welt geschickt worden waren.

Indessen segnete Karl oben das Zeitliche, erstickt an all dem erbrochenen Blut oder zu Tode geschwächt durch dessen Verlust. Bei ihm war in seinen letzten Minuten nur Herr Ignasi Salvat, seines Zeichens Verwalter und Einkäufer auf Águilas, wenngleich nicht mehr für lange, denn nach diesem Grauen quittierte er den Dienst auf der Estancia und kehrte bald darauf in seine Geburtsstadt Barcelona zurück, sofern er nicht der Cholera erlag, die auf jener Überfahrt auch vor den Passagieren der Ersten Klasse nicht haltmachte.

Alfred stand, während sein älterer Bruder starb, draußen auf dem Kamp. Er hatte dort letzte Kontrollmessungen anzuleiten und abzusegnen, in Vertretung des Erkrankten als Oberaufseher über das, was später in der Gegend *el legado de Don Carlos*, Karls Vermächtnis, genannt werden sollte. Das Material hatte Karl noch selbst besorgt. Am Tag nach Amalia Delgados Begräbnis war er, obwohl ihm schon

Kopfschmerz und Mattigkeit zusetzten, zu einer Reise in die armselige und verrufene Provinzhauptstadt aufgebrochen, um die dort eingetroffene Lieferung zu prüfen, die verbleibende Restzahlung zu leisten und den Weitertransport zu veranlassen. Dank solchen Einsatzes ihres Mitbegründers und Vordenkers wurde Las Águilas im südlichen Frühjahr 1881 zur ersten Estancia in Santa Fe, deren Weiden Stacheldraht einzäunte.

Zum Glück hatte Karl die Reise nicht allein angetreten. Ihn begleitete ein neuer Bewohner des Kamps, ein Schweizer namens Heinrich Jürgs, dessen Familie mit denen von Strelitz freundschaftlich verbunden war. *Jorge el Pulpero* nannten ihn die Einheimischen, da für sie erstens der Name Jürgs unaussprechlich war und der junge Herr zweitens, gemeinsam mit seiner kaum großjährigen Ehefrau Edilia, einer Argentinierin, im Süden der soltauschen Besitzungen eine Schänke mit kleinem Verkaufsladen eröffnet hatte und solche Einrichtungen hier *pulpería* hießen. Er hatte Züge eines Abenteurers, dieser Jürgs, und dennoch, oder vielleicht gerade deshalb, fand Karl Gefallen an ihm. Die Leitung eines Puestos war ihm angetragen worden, als er auf Águilas eintraf, doch er hatte es vorgezogen, die Pulpería zu gründen, sogar darauf bestanden, den üblichen Pachtzins für das Stückchen Land zu entrichten, und hatte das Haus mit überdachter Terrasse nach eigenem Entwurf errichten lassen. Von hohem, sehr kräftigem Wuchs, mit strohblondem Haar und empfindlich heller Haut, sprach er das weiche La-Plata-Spanisch fast akzentfrei und erregte als Pulpero selbst in einer Provinz voll bunter Vögel wie dieser einiges Aufsehen. Das Element des Kuriosen kalkulierte er in seinem Geschäftsplan ein, denn bei aller Kühnheit war er ein Stratege. Er wusste, fürs Erste würden die Gauchos im Wesentlichen deshalb zu ihm in die Schänke kommen, weil sie das exotische Wirtspaar besichtigen wollten, den baumlangen Nordmenschen an der Seite einer zierlichen dunklen Müllerstocher. Und so brachte er ein Schild mit der Aufschrift *Pulpería El Nórdico* über dem Eingang an, schenkte in der ersten Zeit sehr freigiebig Bier und Schnaps aus, stieß wacker mit den Gästen an und blieb mit aufgestützten Händen an den Tischen stehen, um zu plaudern. Inzwischen versah Edilia den Dienst hinter der brusthohen Theke, wog schweigsam Mehl, Salz und Kräuter ab, verkaufte Wasser, Obst, Gemüse oder Kerzen, Stoffe, Tinkturen und bot, auch dies meist stumm, die von ihr selbst gefärbten und bestickten *pañuelos* feil, die sich, um Köpfe, Hälse oder Handgelenke gebunden, bald großer Beliebtheit erfreuen sollten.

Als Heinrich Jürgs Karl Soltau in die Stadt Santa Fe begleitete, lag das erste Vierteljahr als Pulpero hinter ihm und es war ihm um neue Geschäftsverbindungen zu tun. Auf dem Rückweg fieberte Karl schon so stark, dass Jürgs die Reiseführerschaft übernahm, zur Nacht sogar für eine andere Unterkunft entschied als die von Karl vorgesehene, und der Mittvierziger knurrte dem Mittzwanziger zu: »Sie reißen ja alles an sich, Herr Jürgs! Teufel auch, noch einmal so jung zu sein, noch einmal so jung zu sein …«

Sollte man mit Gott rechten? Ein evangelischer Pastor musste es besser wissen. Aber welch ein Schlag, den geliebten Bruder zu verlieren und nicht einmal Abschied von ihm nehmen zu können! Welcher Schmerz, zu entdecken, man war nichtsahnend in weltlichen Kleinigkeiten unterwegs gewesen, während sich heimtückisch der Tod ins Haus schlich.

Nein. Mäßige dich, Alfred, armer Sünder! Der Tod schleicht nicht heimtückisch. Selbst in Momenten des größten inneren Aufruhrs darfst du nicht dem Aberglauben der Einheimischen verfallen, die unter dem dünnen katholischen Deckmäntelchen allerhand Gespenster sich tummeln lassen. Der Tod ist kein Pampageist, vielmehr der von Gott bestimmte Zeitpunkt, an dem einem Leben das Ende gesetzt ist. Demut, Alfred! Füge dich in den ewigen Ratschluss. Du hast dem Bruder am Morgen deine Aufwartung gemacht, hast ihm ernst und verlässlich in die Augen geblickt, ihm gesagt: »Nun stehen die abschließenden Messungen bevor«, hast ein Nicken von ihm wahrgenommen und bist sodann, ganz in seinem Sinne, deinen Pflichten in der Welt nachgegangen.

»Aus der tiefen Trauer aber soll neue Kraft uns erwachsen: die Kraft, mit Gottes Hilfe das Werk dieses edlen und in jeder Hinsicht vorbildlichen Menschen weiterzuführen und sein Andenken allzeit in Tat und Gebet zu ehren und zu pflegen.« So sprach Alfred in seiner Grabrede. Er tat Friederike in diesem Augenblick aufrichtig und abgrundtief leid. Wie er schwer erkältet neben dem Sarg strammstand, an der zweiten frischen Grube binnen weniger Wochen, auf dem kleinen, noch zu Torres' Zeiten einer Epidemie wegen hastig angelegten Friedhof, und wie er sich mit der steiflippigen Tapferkeit seines Standes und seiner Konfession jede äußere Regung versagte, sich keine

Träne, kein Wehklagen zugestand und, anstatt sein Unglück zu zeigen, seinen fernen Gott pries. Kein einziges Mal während des gesamten Ritus nannte er den Verstorbenen seinen Bruder, immer nur »Dr. Karl Reinhard Soltau«, den »Begründer der Estancia« oder »den unersetzlichen Spiritus Rector«. Friederike selbst flossen zwei stete Rinnsale über die Wangen, allerdings weinte sie lautlos und ohne Zuckungen. Und die überfließenden Augen hinderten sie nicht daran, zu sehen, wie sich andere Trauergäste hielten. Der kleine Christian stand blass und starr, verloren in einem viel zu großen Frack, als hätte man ihn zwar vorsorglich für den schlimmen Trauerfall ausgestattet, aber fest geglaubt, der werde drei Jahre später eintreten. Ein herzzerreißender Anblick, doch ihre Versuche, ihm Zeichen zu geben, ihn ihrer tröstlichen Aufmerksamkeit zu versichern, schlugen fehl. Das Kind schien gar nichts wahrzunehmen.

Neben ihm Bertha, einmal mehr als Gegenbild zu Friederike, unentwegt schluchzend, dabei mit ganz trockenem Gesicht und von den beiden Mägden mehr getragen als gestützt.

Salvat, gesenkten Kopfes vor sich hin murmelnd, selbst während Alfred sprach oder vorbetete. Man mochte glauben, er wäre nicht ganz bei Sinnen, doch in den Tagen seit Karls Tod hatte er, wie Friederike wusste, mit großer Klarheit und Entschiedenheit alle zu seinem Austritt aus der Estancia nötigen Vorkehrungen getroffen, nur die persönliche Kündigung bei Alfred aufgeschoben; und so musste man sein absonderliches Benehmen nun wohl der Situation am Grab und der damit verbundenen unmittelbaren Erinnerung an die Katastrophe im Krankenzimmer zuschreiben. Es war das letzte Mal, dass Friederike ihn im Leben sah – wie auch die Nacht nach der Beerdigung die letzte Nacht war, die sie je im Haupthaus verbrachte. Salvat erschien ihr wenig später noch einmal im Traum, da befand er sich bei schwerer See an Bord eines Passagierdampfers und wurde von einer unsichtbaren Kraft mitten aus dem festlichen Abendessen heraus durchs Kajütenfenster und über die Reling geschleudert.

Ihm mehr oder weniger gegenüber, auf der anderen Längsseite der Grube, stand in zweiter Reihe der junge Heinrich Jürgs, der alle anderen Trauergäste überragte, und wo sie Salvat kein einziges Mal aufblicken sah, schienen ihr Jürgs' Augen jedes Mal ein kleines Stück über die Geschehnisse hinweg gerichtet. Jedoch schaute sie selten auf ihn, denn schräg vor ihm trat ausgerechnet Alfonso Ibarra von einem Fuß auf den anderen, verdeckte des Schweizers zartwüchsige Gattin, heischte, sobald er merkte, dass Friederike den Kopf in seine Richtung wandte, nach ihrem Blick und machte sonst ein Gesicht, als zöge er inbrünstig seinen Nasenschleim hoch. Nicht dass er oder sein Glotzen ihr etwas hätten anhaben können und nicht dass sie ihn fortgeschickt hätte, wenn er, auf Heilung oder Linderung hoffend, zu ihr gekommen wäre. Widerlich war er ihr dennoch, nach wie vor. Zweimal glaubte sie Jürgs zusammenzucken zu sehen, weil Ibarras Ellenbogen ihn berührt hatte, und beide Male blitzte in ihr der Wunsch auf, der Schweizer möge den Nachbarn reflexartig in das Erdloch stoßen; ein Wunsch, für den sie sich sogleich schämte, war das Loch doch für den Körper ihres eigenen Bruders bestimmt, und ihre Augen suchten Zuflucht oder eine Möglichkeit zur Abbitte bei Christian, der aber weiter trostlos ins Leere starrte.

Was sollte ein Heinrich Jürgs sich an einem Alfonso Ibarra stören? Der Lauf der Dinge brachte die Lösung, da musste nicht nachgeholfen werden. Don Ibarra war dem täglichen Trinken über den Durst von seiner Konstitution her nicht gewachsen und sollte sich, immer häufiger von Anfällen einer unbeherrschbaren Zittrigkeit heimgesucht, schon bald gezwungen sehen, seine Stellung als Estanciero gegen ein Dasein als Privatier in Rosario einzutauschen und sein Land wohl oder übel zum Freundschaftspreis der Eigentümergemeinschaft *Las Águilas* abzutreten. Zu der Zeit war Jürgs bereits Teilhaber.

Jürgs der Kühne, Jürgs der Tausendsassa. Ganz schwindlig konnte einem da werden, fand Friederike. *Jorge el Pulpero*, der in seiner Schänke an der Rückwand hinter der Theke links die Gitarre und rechts die Flinte hängen hatte. Die Flinte war unbrauchbar (die geladene hatte er unter der Theke griffbereit), die Gitarre aber meistens gestimmt. Wenn den Gauchos nach ein paar Gläsern musikalisch zumute wurde, durfte sie nicht fehlen. Als sich jedoch einige von ihnen beim *Nórdico* derart heimisch zu fühlen begannen, dass sie mit zwei Kampfhähnen ankamen und sie hinterm Haus aufeinander loslassen wollten, duldete er es nicht. Wer die Hähne zulasse, habe bald auch die Dolche im Haus, sagte er in Anspielung auf die blutigen Duelle, die in anderen Pulperías keine Seltenheit waren.

Wer die Bewegungen dieses Wirts aufmerksam verfolgte, der musste bemerken, dass er, selbstbewusst seine Eigenarten ausspielend, zugleich nichts unternahm, was den

Patrones hätte missfallen können. Jürgs blickte nach vorne, Jürgs hatte Pläne. Doch er selbst hätte sich wohl nicht träumen lassen, dass seine große Stunde so früh schlagen könnte.

Mit Karls Tod fiel sein Anteil an der Estancia, wie Jahre zuvor schon derjenige Christians von Strelitz, an Bertha. Bertha aber brauchte flüssiges Geld. Alle Fäden, was die Verwaltung und Entwicklung von Águilas betraf, liefen nun bei Alfred zusammen. Die Ausfuhr von Büchsenfleisch, hergestellt in Harvey Johnstons Fabrik, warf verlässliche Profite für die Lieferanten ab, auch hatte ein Vertrag mit dem Karl aus seiner Studienzeit bekannten deutschen Textilreformator Gustav Jäger, der sich anschickte, ganz Europa mit wollener Unterwäsche zu beglücken, die auf ein gesundes Maß verringerte Schafzucht endlich lukrativ gemacht. So weit, dass man im Hause Soltau größere Geldmengen hätte auslösen können, war all dies aber nicht gediehen, wie Alfred befand. Deshalb überschrieb Bertha im Dezember 1881 die Hälfte ihres Titels an denjenigen, der sich des Schwagers Meinung nach am ehesten eignete: Heinrich Jürgs. Der hatte, dank guter Verbindungen in die alte Heimat, die Möglichkeit, die angesetzte Summe und noch etwas mehr als Kredit aufzunehmen, und er belohnte die Soltaus für ihr Vertrauen, indem er von Beginn an tat, was Karl und Alfred immer wieder geplant, aber nie in Angriff genommen hatten: weiteren Grund hinzuzukaufen. Ehe man die komplette Azotea Don Ibarras gewann, hatte er bereits im Westen und im Norden zwei Streifen Grasland billig erworben.

Er selbst zog weder in die Nähe des Haupthauses um, noch gab er den Betrieb der Pulpería ganz aus den Händen, denn er wollte die eigentümliche Nähe zur einheimischen Bevölkerung nicht missen. Vor allem in den Abendstunden trat er weiter gelegentlich als Wirt in Erscheinung. Dass ihn ebendies einen Teil seiner Kundschaft kostete – die Empfindlicheren unter den Gauchos fanden Anrüchiges dabei, wenn ihnen nicht mehr ein kleiner Unternehmer auf dem Kamp, sondern dessen Miteigentümer Alkohol einschenkte –, nahm er in Kauf. Sein neues, geräumiges Wohnhaus ließ er sich keine 500 Varas von der Schänke entfernt bauen.

»Dies also ist die berühmte Cueva Federica.«

So lauteten, nach der Begrüßung, die ersten Worte, die er an Friedrike richtete, als er ihr eines milden Septemberabends seine Aufwartung machte. Sie war ihm bis dahin nur an anderen Orten begegnet, zuletzt dreimal, über Monate verteilt, bei ihren kleinen Einkäufen in der Pulpería. Nun standen sie einander vor der Hütte in der Cañada Torres gegenüber.

»Pardon, was sagten Sie gerade?«

Da lachte er: »Der Schweizer Zungenschlag. Fast hätte ich schon vergessen, dass er den Menschen mitunter Schwierigkeiten macht.«

»Herr Jürgs, Sie sprechen doch ein gestochenes Hochdeutsch. Ich meinte den spanischen Begriff, den Sie gebrauchten. Cueva –«

»Cueva Federica. Aber zweifellos wissen Sie –«

»Nein, das Wort ist mir ganz neu. Darf ich fragen, wie Sie darauf kommen und warum Sie obendrein berühmt dazu sagen?«

»Sie kennen mich doch ein wenig, Fräulein Soltau, ich schwätze nur nach, was die Gauchos schwätzen. Bitte entschuldigen Sie, das war gewiss taktlos von mir.«

»Unhöflich ist es von mir, dass ich Ihnen noch keinen Stuhl angeboten habe. Warten Sie bitte. Cueva … Cueva …«

Sie glitt hinein und kehrte mit zwei Schemeln zurück. Erschrocken sprang Jürgs hinzu, um ihr die Last abzunehmen. Dass sie ihn draußen empfangen würde, hatte er nicht erwartet, denn alle berichteten davon, wie sie bei *la Joven* vor dem Herd gesessen hätten. *La Joven*, so nannten sie Friederike, »die Junge«, das hatten sie sich zu Amalias Lebzeiten angewöhnt, und schon damals hatte es nur im Verhältnis zu Amalia Sinn ergeben; nun aber, mit 37 Jahren, konnte man sie doch keineswegs mehr als jung bezeichnen und würde es trotzdem immer weiter tun, denn so verhielt es sich mit den Spitznamen.

»Nein, bitte«, wehrte er ab, als Friederike ihn mit Mate verpflegen wollte, »ich habe Ihnen etwas mitgebracht.«

Er stellte eine schwere Flasche zwischen den Schemeln in den Staub und zog noch zwei feste Gläser aus der Tasche, die er vom Sattel seines Falben gelöst hatte.

»Wie kommt mir das denn vor, Herr Jürgs? Wollen Sie hier ein spätes Mädchen betrunken machen?«

Die Gelegenheiten, zu denen ihr plötzlich neckische oder unverfrorene Worte entschlüpften, hatten sich in den letzten Jahren gehäuft, und gerade vom jungen Jürgs fühlte sie sich seit der ersten Begegnung an zu solchen Keckheiten gereizt. Nun aber war der Anlass echte Verwunderung.

»Ein Kräuterweiblein wird doch einem Destillat nicht abgeneigt sein«, gab er zurück und schenkte bereits ein.

»Verstehen Sie das als Antwort auf meine Frage?«

»Wir sollten auf die Cueva Federica anstoßen. Soweit ich weiß, der erste Ort auf diesem Kamp, den die Einheimischen nach einem Mitglied der Familie Soltau benennen.«

»Sie vergessen *el legado de Don Carlos.*«

»Ein Stacheldraht ist kein Ort.«

»Ist Spitzfindigkeit bei Ihrem Unterfangen hilfreich, sich hier zum neuen starken Mann zu machen?«

»Stoßen wir nun an oder nicht? Sie brauchen meinetwegen nur zu nippen.«

»Ich trinke ein Glas mit Ihnen, Jüngling, wenn Sie danach ein Glas mit mir trinken.«

Überrascht zog er die Brauen hoch, ließ sich aber vom Prosten nicht abhalten: »Auf die Cueva Federica.«

»Auf die Spitzfindigkeit.«

Friederike schluckte die Hälfte aus ihrem Glas in einem Zug, die andere Hälfte der bräunlichen Flüssigkeit schüttete sie zu Boden.

»Für die durstige Pampa.«

»Hat es nicht gestern erst geregnet?«

»Darf ich fragen, was Sie zu mir führt? Sind Sie zum Plaudern gekommen oder mit einem Anliegen?«

Er ließ den Schnapsrest in seinem Glas kreisen und sagte: »Das wird sich zeigen.«

»Ihre Gemahlin weiß, wo Sie sich aufhalten?«

»Ich soll Sie herzlich von ihr grüßen.«

»Dann grüßen Sie sie bitte ebenso herzlich zurück. Wie

Sie sehen, ziert, obwohl ich noch Trauer trage, ein von ihr besticktes Tuch meine Schultern, und ich bin hochzufrieden damit.«

»Es kleidet Sie außerordentlich gut, und der Anblick hat sogleich mein Herz erwärmt.«

Bisher hatten sie beide gestanden, nun nahm Friederike auf einem der Schemel Platz. Jürgs folgte ihrem Beispiel.

»Es wird wieder kälter werden die nächsten Tage.«

»Fräulein Soltau. Ich habe viel über Sie nachgedacht. Keiner von uns Einwanderern auf Águilas ist diesem Land so nah gekommen wie Sie. Als Einzige von uns sind Sie wirklich ein Teil davon geworden. Die Leute suchen Sie auf, um sich bei Ihnen Rat und Hilfe zu holen. Das ist mehr als erstaunlich. Als ich mich bei ein paar Gästen in meiner Wirtschaft – ich stellte mich unwissend – erkundigte: *¿Y qué nacionalidad tiene, la Joven de la Cueva?*, da antworteten sie mir: *Argentina*. Und das in einem Ton, als wäre die Frage fehl am Platz.«

»Sie täuschen sich, Herr Jürgs. Oder nein, Sie täuschen sich nicht, Sie wollen sich bei mir einschmeicheln, aus welchen Gründen auch immer.«

»Gott bewahre!«

»Sie wissen wohl, dass Sie es mit einer alten Jungfer zu tun haben, die sich in diese Höhle zurückgezogen hat, weil sie, gelinde gesagt, wunderlich ist. Bitte lassen Sie von den Ausschweifungen ab und kommen Sie zur Sache.«

»Federica, Sie sind eine Person, die durch ihr Wirken unser nüchtern-mechanistisches Weltbild Lügen straft und uns daran erinnern kann, dass es etwas Weiteres, Unfassbares –«

»Hokuspokus. Wie kommen Sie mir denn nun vor?«

»Vielleicht missfällt Ihnen meine Ausdrucksweise, aber es ist mein Ernst.«

»Derlei schwätzen also die Gauchos, wenn Sie ihnen diesen Schnaps zu trinken geben? Wie auch immer – bedenken Sie, alles, was denen da drinnen in der Hütte zauberkräftig erscheint, ist das Erbe ihrer Eigentümerin.«

»Amalia Delgado. Und Sie sind Ihre würdige Nachfolgerin.«

»Nun muss ich Ihnen den Mund wirklich stopfen.«

Sie erhob sich und huschte wieder zur Tür hinein, diesmal um Amalias Flasche zu holen, die seit reichlich zwei Jahren nicht angerührt worden war. An Jürgs hatte sich indessen ein halbwüchsiges Lamm herangeschlichen.

»Was, du schläfst noch nicht?«, begrüßte er das leise blökende Tier, als Friederike wieder heraustrat. »Sie haben Schafe hier?«

»Ja. Meine Gäste sind die Gauchos und die *guachos*. Die Handvoll Schäfchen, die Sie hier tagsüber herumtapern sehen können, sind alles Waisenkinder. Ein alter Spleen von mir. Señor Ximénez war so freundlich, ihnen einen Corral zu bauen, in dem sie die Nacht verbringen sollen. Aber dessen Pforte kann, wie Sie sehen, selbst ein Lamm öffnen. Nun geben Sie mir bitte Ihr Glas.«

»Oh.«

Sie füllte es halb, ebenso ihr eigenes.

»Auf Amalia Delgado.«

»Auf Amalia Delgado.«

»Teufel, Fräulein Soltau! Wollen Sie uns beide vergiften?«

»Ich fand Ihren auch nicht besser. Aber ich habe mich zusammengerissen.«

»Dann will ich es nun so halten wie Sie eben.«

Und er gab den größeren Teil aus seinem Glas der durstigen Pampa. Friederike trank tapfer aus.

»Ehe hier nun jemand in Ohmacht sinkt«, sprach Jürgs, »will ich doch geschwind zum Anlass meines Besuchs kommen.«

»Amalias Schnaps wirkt Wunder.«

»Nicht nur ihr Schnaps. Eben darum geht es mir. Die Leute sitzen in meiner Schänke und fangen an, die Kräuter zu preisen, die sie bei Ihnen erhalten haben. Und zwei Kinder zeigten mir Häkelpüppchen und sagten, Sie hätten sie ihnen geschenkt.«

Mit einem Laut, der an ein Niesen erinnerte, setzte sich das Waisenlamm wieder in Bewegung und verschwand hinter der Hütte in fortgeschrittener Dämmerung. Ein kurzes Hundegebell erklang aus der Richtung, in der sich der Corral befinden musste.

»Nun meine Frage«, fuhr der Besucher fort. »Wäre es nicht recht und billig, diese Arzneien einfacher verfügbar zu machen? Kurzum, ich wollte Ihnen vorschlagen, Ihre Kräutermischungen zum Segen der hiesigen Menschen in gewissen Mengen auch in der Pulpería anzubieten. *Las Yerbas de Federica* – oder *las Yerbas de Amalia y Federica* …«

»Mit mir Geschäfte zu machen hat noch nie jemand versucht«, unterbrach sie ihn. Und setzte hinzu: »Oder fast noch nie.«

Minuten später hatte sie ihn freundlich, aber bestimmt nach Hause geschickt.

Die Kräutermischungen gab es bis zu ihrem Tod nur bei ihr in der Hütte. Nach ihrem Tod gab es sie gar nicht mehr. Die einzige Person, die ihr je als mögliche Nachfolgerin geeignet schien, Edilia, die blutjunge Gattin des Pulperos, hatte von den Besuchen in der Cueva Abstand genommen, als sie begann, Kinder zu gebären.

Nach Jürgs' Vorstoß sollte es jedoch nicht lange dauern, bis Friederike abermals ein Geschäft angeboten wurde. Der Frühling hatte sich voll entfaltet, im Gärtchen unterm Ombú schossen die Bohnen hoch, wucherten die Kartoffeln und breitete sich ein dichter Teppich sattvioletter Blüten aus, den sie nie zuvor dort gesehen hatte.

Vor der Hütte im flach getretenen Gras übte Christian mit der jüngsten Enkelin von Ximénez das Laufen ein, indem er sie, an beiden hochgereckten Händchen gefasst, umherführte. Zwei Lämmer und der Hund schauten misstrauisch zu und wichen, sobald die schwankenden Zweibeiner ihnen zu nah kamen, ein paar Schritte zurück. Teresita hatte ausgerichtet, man bitte Friederike, sie am Nachmittag zum Haupthaus zu begleiten.

Als ihr dort dann Alfred und Bertha mit schwerwiegenden Mienen gegenübersaßen und vor ihnen auf der Tischplatte ein Stoß amtlicher Papiere lag, fragte sie unwillkürlich: »Hat der Familienrat wieder über mich befunden?«

»Friederike.«

»Alfredo.«

Alfred, der schon zweimal zusammengezuckt war, einmal bei »Familienrat« und einmal bei »Alfredo«, wollte sich nicht weiter beirren lassen und zwang sich, sehr ruhig zu sprechen.

»Viele Jahre sind vergangen, seit du dich an einem trüben Bremer Märzmorgen mit mir einschifftest, um im fernen Argentinien unserm Bruder Karl –«

»Gott hab ihn selig!«

»Gott hab ihn selig – und mir beizustehen, die wir unsern Lebenszweck in der Bewirtschaftung und Zivilisierung dieses Kamps gefunden hatten. Viele Jahre sind vergangen, seit du auf Águilas deine neue Heimat und auch deine eigene Bestimmung –«

Viele Jahre. Viele, viele Jahre. Gut, dass er nicht sagte, wie viele. Was sollten die Zahlen noch bedeuten, wozu sollte man zurückblicken auf etwas, das es nicht mehr gab? Hirngespinste. Eingeschifft, ausgeschifft. Ausgezogen, eingezogen. Hingezogen, zurückgezogen.

»Alles hat seine zwei Seiten. Stand am Anfang, neben aller Hoffnung, der Schmerz darüber, dass eine Familie sich in diesen Zeiten weit in die Welt zerstreuen muss, so trat später zu aller Sorge um das Gedeihen der Estancia die Freude über den liebevollen Zusammenhalt der Soltaus auf Águilas, der uns in schweren Zeiten große Kraft gab.«

»Mit Gottes Hilfe.«

»Mit Gottes Hilfe.«

Von Entbehrungen und Prüfungen sprach er, von Zähigkeit und Erfolg. Vom Aufschwung der Rinderzucht und von bedeutsamen Fortschritten in der Frage der Verschiffung von Schlachtvieh nach Europa.

»– und als wie richtig, wie segensreich der Beschluss, dich mit nach Argentinien zu nehmen, sich auch für dich selbst erwiesen hat!«

So will ich es nicht hören, Alfredo. Gegenfrage an den Herrn Pastor: Wovon sprichst du nicht? Und hat Bertha, zu deiner Rechten, das Gesicht, das sie macht, eigens für diesen Anlass einstudiert, oder trägt sie es nun immer so? Eine Maske der stolzen Entsagung und der gepflegten Verbitterung; ein Gestalt gewordener Vorwurf, stumm und knopfäugig. Ein Vorwurf, darf das wahr sein?

Sie hörte Christian lachen, das Kindermädchen hatte ihm in der Küche sein Abendbrot gerichtet, er hatte gegessen, nun spielte er noch in seiner Stube. Das einzige Kind im Haupthaus. Auf jedem der Vorwerke tummelten sich inzwischen etliche. Aber das Haupthaus blieb steril. Dabei stand Teresita auch schon weit in den Zwanzigern, die Mägde waren noch älter. Hier wirkt ein Fluch, ihr Frauen, merkt ihr das denn nicht?

»Für unsere liebe, tapfere Schwägerin Bertha verbindet sich mit diesem Kamp tiefstes Leid. Die zwei liebsten Menschen hat sie hier verloren, beide viel zu früh.«

»Durch Gottes unergründlichen Ratschluss.«

»Durch Gottes –« Er unterbrach sich durch ein Räuspern dabei, abermals ihren Einwurf zu wiederholen. Sie konnte sich nicht erinnern, je derart gehäuft das Attribut *lieb* von ihm gehört zu haben, es zählte sonst kaum zu seinem Wortschatz.

Und die tapfere Schwägerin ist nicht imstande, selbst zu sprechen? Weil ihr dann die Maske zerginge? So wie sie auf dem Friedhof nicht imstande war, eine Träne zu weinen?

Auf dem Friedhof hatten keine Gauchas oder Gauchos gebetet und geschrien, auf dem Friedhof hatte sich an Alfreds Rede und die Einsenkung des Sargs ein endloses, stockendes Defilee der Kampbewohner und Nachbarn angeschlossen, von denen ein jeder eine Schaufel Erde in das Grab gab und mancher einen letzten Gruß an den Verstorbenen richtete. *»Que en paz descanse, Don Carlos«*, hörte man sie murmeln, oder nur »Amen«. Ibarra nannte Karl lauthals Freund und Wohltäter, Jürgs sagte in dem Fall tatsächlich etwas für Friederike Unverständliches auf Schweizerdeutsch, Salvat fuhr einfach in seinem irren Redefluss fort.

Die weitaus größte Trauergemeinde, die dieser Friedhof je gesehen hatte. Die größte Menschenansammlung, die man überhaupt auf diesem Kamp je hatte erblicken können – auf diesem Stück Welt, das ein paar Jahrzehnte zuvor noch menschenleer gewesen war, nur hin und wieder von Amalias Brüdern durchstreift, oder ihren Vätern, ihren Müttern. Und nun begann die erste Generation Soltau in Santa Fe zu sterben.

Bertha, was bedeutet dein Blick? Liegt da immer noch Wut in den Knopfaugen? Etwa weil der kleine Christian auch nach dem Tod des Papas weiter und energischer denn je darauf besteht, die wunderliche Tante zu sehen?

Da kommt er herein, der Bub, unter Teresitas Obhut, mit vom Spiel entflammten, zugleich schon ganz kleinen Augen, um dem Tantchen und der anderen Verwandtschaft gute Nacht zu wünschen. Und du, Bertha, kriegst von ihm den steifen Wangenkuss, den du für schicklich hältst, ich, *la Tía de la Cueva*, bekomme die warme dankbare Umarmung und den Kuss auf den Mund, der den Herrn Pastor wieder einmal zusammenzucken lässt.

»Sechs Jahre ist er nun alt.«

Als wüsste ich es nicht und als spielten die Zahlen eine Rolle.

»Zeit, ihn zur Schule zu schicken.«

»Welche Schule denn? Hier gibt es doch weit und breit keine.«

»Friederike.«

»Alfredo.«

Da verging ihm die Bereitschaft, ihr die Dinge schonend beizubringen, obwohl, ganz verging sie ihm nicht, er hielt sich immerhin an die zurechtgelegte Reihenfolge.

»Wir möchten dich« – und er warf einen bedeutungsvollen Seitenblick auf den Papierstoß auf dem Tisch – »als Teilhaberin in das Estanciageschäft aufnehmen.«

»Mich?«

Ja, dich, Friederike. Und sie selbst werden sich mit deinem Christian und mit dem für Bertha flüssig gemachten Kapital nach Deutschland absetzen. Damit der Kleine dort zur Schule gehen kann. Alfred behält natürlich seinen Anteil an Águilas, auch wenn er nicht mehr vor Ort ist, und du hältst hier die Stellung mit Jürgs. Dieses Land im Leben noch einmal zu verlassen, hast du ja eh nicht im Sinn.

»Alfred.«

Diesmal ohne o. Und die Tränen schossen ihr in die Augen und aus den Augen heraus, diesmal nicht ohne Zucken und Schluchzen.

Viele Jahre lang, Alfred, hast du dir die Frage verboten: *Und was, wenn es wieder so weit käme?* Wieder das Versteckspiel mit dem besonders bewanderten Doktor? Wieder Johnston, der das Leben kennt, wieder die Schwägerin als

Begleitung? Undenkbar. Undenkbar schon, dass so etwas ein einziges Mal gutgeht. Wie bange ist dir gewesen? Man konnte doch nie wissen. Man wusste doch überhaupt nicht, man musste sich selbst das Mutmaßen verbieten! Hat dir das Beten geholfen?

Hingegen eine Friederike, die als Teilhaberin zurückbleibt, als letzte lebende Vertreterin der Familie auf Águilas: Die mag auf ihre alten Tage noch einmal schwanger werden, es wäre ein Skandal, aber keiner mehr, der den Fortbestand der Estancia gefährden könnte.

»Ihr könnt Christian nicht von hier wegnehmen!«

Und wie willst du es verhindern, Friederike?

Bertha betreibt seit Karls Tod nichts anderes mehr als ihre Rückkehr in die Alte Welt. Alfred sieht die Zeit reif für den nächsten Schritt in seinem streng geheimen Lebensplan. Der Pakt, den er auf Amalia Delgados Zureden hin einst wider seine eigene Konfession mit einer hilfsbereiten Jungfrau Maria schloss, soll sich nun erfüllen. Er wird, als gemachter Mann zurück in Bonn, die unterdessen längst zu kräftiger Weiblichkeit erblühte Tochter eines preußischen Katasterbeamten zur Frau nehmen, der er einst Bibelstunden gab und mit der er über all die Jahre und auch in den Zeiten der Papierknappheit einen erbaulichen Briefwechsel unterhalten hat.

»Ihr könnt doch nicht –«

Die Tränen, die unwürdigen Laute, die Konvulsionen, die aussichtslosen gestammelten Appelle, all das ließ sich nicht verhindern, obschon es eine Schande war, dass die Knopfaugen darauf blicken durften. Diesmal stand kein Rückzug in eine Puppenstarre zu Gebot und keine

Gaucholieder, diesmal traf sie die neue Wahrheit wie ein Carancho-Angriff.

Jürgs wurde dazugeholt, dem Spektakel zum Trotz, wo hatte er die Stunde zuvor gewartet? Und wer war es, der unterschrieb, als man ihr den Vertrag samt Tintenfeder hinschob? Ihre Hand war es, aber musste nicht die Hand des steiflippigen Bruders sie geführt haben?

»Wir werden dieses Land zusammen blühen lassen«, sagte Jürgs, als säße man in feierlicher Sinnspruchlaune beieinander. »Es wird blühen«, hörte sie ihn eine Weile später bekräftigen.

Und draußen blühte es ja längst. Mit einem warmen Dufthauch, der zum Fenster hereinwehte, brachte er sich und blieb dann in Erinnerung: der Abend, der ihre Verwandlung in die Höhlenbewohnerin Federica besiegelte. Der Abend, an dem sich die Familie Soltau ihrer endgültig entledigte. Der Abend, von dem an Alfred und Bertha keine Auswanderer mehr waren, der Abend, mit dem die Estancia zum abgeschlossenen Heldenkapitel in der Familienfolklore werden konnte – um nebenbei als ferne, aber warm sprudelnde Einnahmequelle noch einigen Generationen Annehmlichkeit zu bereiten. Der Abend, an dem der unverhoffte Heinrich Jürgs wenn nicht auf dem Papier, so doch in der Tat als Alleinherrscher über Águilas eingesetzt wurde.

Jürgs, der, nachdem er seinen Spruch vom Blühen wiederholt hatte, Friederikes zitternde Hand zwischen seine Pranken nahm, als wäre er berechtigt und imstande, ihr in diesem Moment Trost oder Halt zu geben.

Bis er sich die Freiheit nahm, an einem der beiden Flaggenmasten auf der Estancia zu dem und jenem Anlass die

Schweizerfahne aufzuziehen, sollten allerdings weitere Jahre vergehen. Eine Zeit, in der weder sein Eifer noch sein Geschäftssinn nachließ, eine Zeit, in der sich der Kamp auf sein Betreiben hin mit Italienern bevölkerte, zumeist piemontesischen Ackerbauern, wie sie nun zu Tausenden ins Land strömten. Jürgs verpachtete ihnen die Parzellen zu günstigem Preis auf fünf Jahre, mit der Auflage, dass sie zum Schluss dort Luzerne säten, oder *alfalfa*, wie die Einheimischen sagten. Dieser Klee, den Jürgs selbst den Italienern lieferte, bot fette Weide für Rindvieh und gedieh im Anschluss an einige Jahre Fruchtfolge auf dem vormaligen Hartgrasland sehr zufriedenstellend. So veredelten die neuen Kolonisten nach und nach weite Teile des Kamps, so erhielt die Pampa ihr neues Gewand, ihr Gringokleid.

Und Federica widersprach nicht, sie mischte sich gar nicht ein. »Tun Sie, was Sie für richtig halten, Herr Jürgs.« Einmal gesagt, für immer gültig. Federica saß in ihrer Höhle und versorgte die, die ihre Hilfe suchten, oder sie war draußen bei ihren Kräutern oder *guachos* oder bei der Quelle, da, wo die Gegend aussah wie eh und je. Federica, die ihre besiegelten Papiere im Haupthaus zurückgelassen hatte, das sie nie mehr betrat, auch nicht nachdem Jürgs dorthin umgezogen war, Federica, die zu den seltenen Gelegenheiten, da er sie in der Cañada aufsuchte, durchaus von Christian zu ihm sprach, sie sprach ja, was immer ihr in den Sinn kam, und sie nannte Christian ihren kleinen Jungen, doch Jürgs schien nichts Seltsames daran zu finden. Und bisweilen ritt sie am Rand der Parzellen entlang zu Amalias Grab, von den Italienern verdächtigt, ein Spuk zu sein, womit die Italiener ja nicht so falsch lagen, obgleich keineswegs, wie sie behaupteten, in ihren Ranchos die Milch sauer wurde, sobald die ewig junge Reiterin vorbeiflog; und dann suchte sie auch das Grab des Bruders auf, fragte den Bruder aber nur: »Hast du es behaglich?«, während sie Amalia wie ehedem alles Mögliche anvertraute, ihre nächtlichen Träume, ihre täglichen Begegnungen, ihre Lichter und ihre Schatten.

»Wenn du schreiben gelernt hast, wirst du mir dann Briefe schicken?«

»Natürlich, Tía, und wenn ich fertig gelernt habe, komme ich zurück und bleibe bei dir!«

»Mein Junge, mein kleiner Junge!«

Nie sollte sie einen Brief von Christian erhalten, so wie Harvey Johnston nie zu Besuch kommen und sie nicht noch einmal schwanger werden sollte, da konnte draußen in der Welt das Jahrhundert zu Ende gehen, und hier geschah doch weder das eine noch das andere und das Dritte ohnehin nicht; hier blieb alles ruhig.

Jürgs feierte im Jahr 1896 seinen größten Triumph. Mit der ihm eigenen Hartnäckigkeit hatte er erreicht, dass beim Bau der Eisenbahnlinie von Rosario nach Córdoba auf dem Kamp der ehemaligen Estancia Don Ibarras eine Station errichtet wurde, der Bahnhof Azotea.

Bertha führte in Bonn als mürrische Witwe ein gefürchtetes Regiment und lebte hundert Jahre. Alfred machte sein Glück, wie es ihm Amalia und die Jungfrau in Aussicht gestellt hatten. Mit seiner lang angebahnten Heirat und mit der Ankunft der ersten Kleinbauern auf Águilas fielen seine Tage als der von Selbstvorwürfen Zernagteste unter den großen Masturbatoren der Pampa endgültig dem Vergessen anheim. Binnen eines Jahrzehnts zeugte er fünf Töchter, von denen ihm zwei eine schwere Grippe entriss, während die drei verbleibenden heranwachsend immer größere Ähnlichkeit mit Friederike aufwiesen; äußerlich.

Blumen, Amalia: Blumen für dich. Wozu sollen sich unter dem alten Ombú unerfindliche lila Blüten ausbreiten, wenn nicht, damit ich ein paar der Pflanzen aussteche und sie dir aufs Grab setze? Hast du sie schon erwartet, kennst du ihren Namen? Amalia, sage mir, wo bin ich? *Mi cueva, mi huerta, mi pampa, mi mundo. Mis días y mis noches, mis luces y sombras. Mi Amalia.* Und mein kleiner Junge? Der Käfig, der Käfig aus den Fluten, leer ziehen sie ihn zurück an Bord. Das Meer so fern. Blumen für dich, Amalia, sattviolette Blüten, die deine Erde hervorgebracht hat. Ich muss weinen, Amalia, braucht diese Erde salziges Wasser? *La Joven de la Cueva*, stell dir vor, auf immer *la Joven*. Anderswo mag die Zeit vergehen, hier dreht sie sich im Kreis, hier bleibt alles gleich, ich bin die, die ich war, und die, die ich sein werde. Bis irgendwann auch mir das letzte Stündlein schlägt und es vorbei ist mit meiner kleinen Herrlichkeit. Vielleicht indem noch einmal ein Wanderer aus dem Sumpfland auftaucht, aber diesmal nicht mit einem Hals voller Lieder, sondern in mörderischer Absicht, ein halb rasender Desperado, der sich dann an der Leiche vergeht, solange sie noch warm ist, es gibt ja, wie man annehmen muss, auch welche, die in der Pampa verrückt werden. Oder ein ganz unschuldiger Mensch bringt mir eine schlimme Seuche mit, gegen die kein Kraut gewachsen ist. Oder Gott schickt mir einen dunklen Engel, oder die

Pampa bekommt so großen Appetit, dass ich ihr die Bitte nicht mehr abschlagen kann. Oder ich erwache eines Morgens in Starre und vertrockne, ehe der nächste Gast sich hereinwagt. Aber Amalia, ich möchte nicht auf den Friedhof. Obwohl du auf dem Friedhof bist. Ach, du bist doch hier überall! Ich möchte hinter unserer Höhle begraben werden. Ohne Inschrift. Nur ein Stein soll da liegen, ein unbehauener kleiner Pampastein, den erkennt, wer ihn erkennen will. Und ich werde ein Stück von diesem Land sein, nicht ein Überall, wie du es bist, Amalia, du warst und bist und bleibst dieses ganze Land, ich aber werde ein kleines Stück Pampa sein, ein Stück von dieser Erde, über das der Wind streicht und in das der Gewitterregen hineinprasselt. Ein Teil von all dem Grün.

5

Ich möchte nicht auf den Friedhof!«

Endlich in dieser Deutlichkeit, endlich hast du deine Stimme erhoben, deine Bedürfnisse artikuliert. Wann erlaubst du dir das je? Du lässt dir doch alles gefallen, hast dir doch immer alles gefallen lassen, um des lieben Friedens willen.

Zu spät. Zwar wiederholst du, dass du nicht auf den Friedhof willst, aber nichts zu machen, du bist schon da. Du kniest schon wieder vor dem Grab, du tauchst die Hände in die Blumen, beginnst unwillkürlich welke Blüten abzupflücken, es ist ein bleicher milder Spätsommertag. Was hast du schon wieder hier zu suchen, was treibt dich her? Du weißt es selbst nicht. Oder du willst es nicht zugeben.

Gleich wieder weg von hier, das wäre die Lösung. Was tust du stattdessen? Was tun deine Augen? Sie täuschen dich, betrügen dich! Was du siehst, ist ein Stein, nur ein

Stein, der zufällig in der steinigen Erde liegt, hinter dem furchtbaren Grab, dieser Stein hat nicht die Gestalt einer Frau, schon gar nicht die Gestalt einer lüsternen Frau, das ist nur eine schmutzige halbwüchsige Phantasie. Was tun deine Hände? Würden sie den Stein abtasten, um zu ermitteln, ob er nicht nur wie eine Frau aussieht, sondern sich auch wie eine Frau anfühlt, so wäre das schlimm genug. Aber sie tun Schlimmeres, viel Schlimmeres, zumindest die Rechte. Die Linke stützt sich auf die Erde, du kauerst ja und starrst auf den Stein, in dieser Haltung werden dir bald die Beine einschlafen.

Aber sie schlafen dir nicht ein. Sie lassen dich hochschnellen, als das Grauen dich durchfährt, sie sind bereit, dich davonzutragen, schnell wie der Pampawind: Dein Körper ist jung, herrlich jung, gespannt wie eine Bogensehne. Lauf, lauf!

Du läufst noch nicht. Du musst erst in das fassungslose Gesicht dir gegenüber blicken. Dann hinunter auf deine wirbelnden Hände, die panisch zu verbergen suchen, was nicht mehr zu verbergen ist. Dann wieder in das Gesicht, dessen Mund sich öffnet, um dich anzuschreien: *»¿Qué le dijiste, qué le dijiste?«* Als könnte es oder sollte es darauf hier eine Antwort geben. *Was hast du ihr gesagt, was hast du ihr gesagt?* Nichts, gar nichts! Hier hat bis zu diesem Moment niemand etwas gesagt und niemand etwas getan! Das willst du ihr in deiner Scham erwidern, aber deine Scham ist so groß, dass du nichts, gar nichts erwidern kannst. Fort von hier, nur fort! Lauf los, sehniger junger Leib, nimm Schwung, wie du Schwung nehmen kannst, und erhebe dich in die Lüfte, entschwebe wie der Albatros auf dem

Grabstein deiner Schwester! Und im Flug vergiss, was da gewesen sein soll, vergiss das Grauen, vergiss die, die dich in den Blumen ertappt hat! Dulce, dreimal verfluchte Dulce, Tochter der Köchin, nun hat sie das furchtbare Grab für sich allein, und du, Udo Soltau, du bist in Wirklichkeit nicht dort gewesen!

Nur ist dein Flug auch schon wieder vorbei. Du stehst in der Ziegelhütte mit den Staubgespenstern, mit dem schrecklichen Hustenreiz, bist du auf Hochzeitsreise? Aber wem blickst du da in die Augen, das ist doch nicht deine junge Frau – Elise, Charlotte oder wie sie heißt. Das ist doch ein Vogel. Ein Vogel vor dem uralten Herd, ein großer, starrer, staubiger Vogel, der auf ein Holzgestell gekreuzigt scheint. So sieht doch kein Albatros aus, Udo, so was muss doch ein Aasvogel sein! Aber wie kann es angehen, dass ein Aasvogel, ein verstaubter Aasvogel, dir einen riesigen steifen Penis entgegenstreckt?

In diesem Moment erwachst du endlich.

Und im nächsten Moment wünschst du dir, du hättest weitergeträumt.

Deine Schande auf dem Gottesacker der Estancia, damals, '46, du warst jung und verwirrt, du warst, so würde es der Fachmann wohl nennen, traumatisiert; und wer sagt überhaupt, dass dergleichen wirklich geschah? Es ist nur der Schuldkomplex, der dreimal verfluchte Schuldkomplex, der dir solche Bilder einimpft! Und doch, lieber wieder dorthin, lieber wieder der halbwüchsige Frevler sein, der nicht davor zurückschreckt, sich am Grab der Schwester selbst zu beflecken – der ist wenigstens jung, jung und sehnig, körperlich unbeschwert!

Der Udo Soltau dagegen, der an diesem Sonntagmorgen im Mai 1981 gegen 7 Uhr 30 aus seinem Alptraum erwachte, spuckte ein wenig Blut, erschrak darüber heftig, biss dann, während er auf dem Nachttisch nach einem Taschentuch tastete, auf etwas Hartes und spürte zugleich die neue Lücke in seinem Unterkiefer. Er hatte über Nacht einen Zahn verloren. Den Fünfer unten links, er wusste, wie sein Zahnarzt redete, wusste dessen Chinesisch zu entschlüsseln. Erst zwei Monate zuvor hatte er die teure und schmerzhafte Behandlung wiederholt, er hatte die spezielle Zahnpasta weiterhin jeden Morgen benutzt, auch wenn sie widerlich schmeckte – und der Fünfer unten links hatte sich trotzdem aus dem Kiefer gelöst! Udo spuckte ihn ins Taschentuch, mit nassem Gesicht.

Parodontose. Parodontose oder Parodontitis, mit seinen Wortklaubereien konnte ihm der Quacksalber nun erst recht gestohlen bleiben. *Das haben wir im Griff, Herr Dr. Soltau, machen Sie sich keine Sorgen.* Von wegen im Griff, Herr Dr. Scharlatan! Als Nächstes machen Sie wieder Ihr schicksalsergebenes Gesicht und reden wieder von der winzigen Wahrscheinlichkeit, dass da doch noch ein bakterieller Herd weiterschwelte, und dann wollen Sie wieder an einem Stiftzahn verdienen, aber Sie werden sich wundern, nichts bekommen Sie! Mit diesem Stiftzahn wird sich an Ihrer statt einer Ihrer Kollegen seinem neuen Porsche um ein paar hundert Mark nähern.

Parodontose oder -titis. Die späte Strafe für den widerwärtigen Sünder, den Perversen! Ja, der war jung, der hatte feste Zähne, bei dem war alles fest, bei dem waren sogar die Samenergüsse fest, ja die fühlten sich an – ausgerechnet in diesem Moment wusste Udo es wieder genau –, als würde er nicht bloß Flüssigkeit, sondern eine feste Substanz ausstoßen.

Was für Gedanken. Schluss damit. Schluss mit der Nacht. Weg mit dem Zahn. Warum war Udo Soltau allein im Bett? Das hatte seine Ordnung, das hatten Sigrid und er vorige Woche einvernehmlich so beschlossen, sie schliefen beide besser, wenn sie für sich waren, das war Tatsache, und wenn die Sehnsucht größer wurde als die Tatsache, dann wussten sie ja, wo sie einander finden konnten, dann trennten sie nur wenige Meter. Dass Sigrid nun in dem Zimmer nächtigte, das eigentlich Doris zugedacht war, machte ihr nichts aus, wie sie versicherte. Es war eh an der Zeit, zu überdenken, was mit diesem Raum geschehen sollte. In bald zehn Jahren hatte Doris gerade mal zwei Wochenenden dort verbracht, und nun, mit Mitte zwanzig, konnte sie auch nicht mehr erwarten, dass man ihr hier ein Jugendzimmer zur Verfügung hielt. Schon gewöhnte Marco sich an, es *Geisterzimmer* zu nennen. Und schließlich war das Wohnzimmer groß genug, um darin im Fall der Fälle ein Klappsofa aufzustellen und es zum Beispiel mit einem Paravent abzuschirmen.

Udo streckte seine Arme und seinen Hals, dann trat er ans Fenster, um die Jalousie hochzuziehen. Die Gegenwart hatte ihn wieder, die Familie. Das Taschentuch mit dem Zahn würde er nicht nur in den Küchenabfall werfen, sondern den Küchenabfall dann gleich raus zur Mülltonne bringen, in Pantoffeln und Pölter, wie man in Ostwestfalen den Pyjama nannte, nur noch ein dünnes beige und braun gewürfeltes Viskosejäckchen übergestreift. Da mochte die

Nachbarin Stielaugen machen, wenn sie es sich nicht verkneifen konnte, das ging in Ordnung an einem Sonntag.

Auf dem Waschbetonweg zurück durch den Vorgarten wollte er kurz durchatmen, sich am Anblick der erblühten Rhododendronhecke und des frisch gemähten Rasens freuen. Doch die Luft war muffig, gewittrig, und anstatt der Freude stellte sich ein unangenehmer Ohrwurm ein: *Ri, ra, runkel, ne Hühnerfutt is dunkel, kann ja auch nich helle sein, scheint ja keine Sonne rein.* Ächzend eilte Udo zurück ins Haus, er wollte schnell unter die Dusche, vielleicht half das.

Im Flur trat ihm Sigrid entgegen, mit wirrem Haar und verquollenem Gesicht.

»Udo, mir ist nicht gut.«

»Was hast du denn, Liebes?«

»Ich bin die ganze Nacht wach gelegen. Und als ich endlich eingeschlafen war, hast du mich gleich wieder geweckt.«

»Wieso ich?«

»Weil du es nicht schaffst, den Rollladen mal leise hochzuziehen. Oder ihn zumindest so lange unten zu lassen, bis die anderen auch ausgeschlafen haben.«

»Aha. Ich soll wieder schuld sein. Natürlich. Madame ruht nicht gut, und wer darf es ausbaden?«

Ri-ra-runkel. Sie sagte nichts, machte nur ein belästigtes Gesicht. Auch mit belästigtem und verquollenem Gesicht war sie eine Schönheit, nach wie vor. Gerade morgens. Immer schon gerade morgens. Er sehnte sich danach, sie in den Arm zu nehmen, ihre tröstende Wärme zu spüren.

»Apropos ausbaden«, fuhr er fort. »Ich wollte gerade unter die Dusche, wenn du erlaubst.«

Da stöhnte sie auf: »Ich wollte auch gerade.«

»Herrgott, geh doch hinten.«

Hinten pflegte eigentlich nur sie in diesem Fall zu sagen, nicht er, denn das kleinere zweite Bad lag nun einmal nicht hinten im Haus, sondern ganz vorne, sofern man als vorne die Seite akzeptierte, an der die Straße verlief und auf der sich die Haustür befand. Sie sagte aber hinten dazu, weil der Hang zur Straße hin anstieg, die vorderen Räume des unteren Geschosses also Souterrain waren; für Sigrid war das Dunklere hinten und das Hellere vorne, so arbeitete eben ihr Gehirn. Doch dass er sich darauf einließ und sprach wie sie, wurde ihm nicht gedankt: »Ich will nicht hinten. Meine Sachen sind hier, und hinten riecht es schimmelig.«

»Kein bisschen schimmelig riecht es hinten!«

Und wie mochte es da riechen, wo in dieser Nacht ein Zahn ausgefallen war? Scheußlicher Gedanke! *Ne Hühnerfutt is dunkel.* Schluss jetzt, verdorrich noch eins! Einen Zahn verloren, ein Stück Lebenskraft eingebüßt, ein Zweiunddreißigstel Lebenskraft, und niemand, bei dem er Trost finden konnte. Stattdessen dieses kleinliche Gezänk.

»Also gut. Du sollst wie immer deinen Willen haben, Sigrid. Ich gehe hinten.«

»Nein, ich gehe hinten. Aber in dem Geisterzimmer kann ich nicht schlafen, das müssen wir uns was anderes überlegen.«

»Herrgott.« Schon wieder Herrgott. »Wegen einer schlechten Nacht!«

»Können wir das vielleicht nach dem Duschen besprechen?«

»Du hast gerade damit angefangen. Also ich gehe jetzt hinten.«

In dieser Sekunde erschien Marco schluchzend in seiner Zimmertür. Beide Eltern blickten ihn erschrocken an. Er war im Türrahmen stehen geblieben, hielt den Kopf gesenkt und biss sich auf die Lippe. Sigrid stürzte auf ihn zu: »Was ist los, mein Kleiner, was ist passiert?«

Er sagte nichts. Sie kauerte vor ihm und nahm ihn in den Arm, er vergrub sein Gesicht in ihrer Halsbeuge. Es war die Scham, die ihn stumm bleiben ließ. Er war bald zehn Jahre alt, und er hatte ins Bett gemacht.

Udo ging hinten duschen. Die Sorgen lasteten zentnerschwer auf seinen Schultern, das harte Bielefelder Wasser konnte sie nicht einfach wegspülen. Der Fünfer unten links hinterließ eine schmerzliche Lücke, der Sohn war ein Bettnässer, das fensterlose Bad eventuell doch von Schimmel befallen. »Lass dich nicht unterkriegen, Udo«, ermahnte er sich. *Scheint ja keine Sonne rein*, erwiderte der Ohrwurm. Ein Zweiunddreißigstel Lebenskraft, wenn man das durchrechnete – vier Zähne hatte er schon verloren, plus die vier Weisheitszähne, die ihm vor langer Zeit gezogen worden waren. Blieben noch 24. Wenn nun ein Zahn pro Jahr dran glauben musste, hatte er eine Lebenserwartung von 76 Jahren. Auch nicht so wenig. Andererseits, wer sagte, dass es nur ein Zahn pro Jahr sein würde? Und wieder andererseits: Wer sagte, dass ein Leben ohne Zähne nicht möglich war? Es gab doch genug Gegenbeispiele.

Er seifte seinen Penis ein, wie immer ohne ihn eines Blickes zu würdigen, zog die Vorhaut dabei zurück, und da entdeckte er die schwarzen Flecken; über sich, in der Ecke, sie hatten sich, je ein paar Zentimeter weit, über die Decke und die beiden aufeinandertreffenden Wände gestreut.

Unterdessen suchte Sigrid für Marco schöne Anziehsachen heraus, zog sein Bett ab und säuberte die Matratze, so gut es ging. »Das ist nicht schlimm, mein Kleiner, es ist dir doch ewig nicht passiert, und du bist eben noch ein Kind. Gleich machen wir dir einen Toast mit Nussnougatcreme und eine große Tasse Kaba.«

»Ich habe eine Bitte, Udo«, sagte sie bei Tisch. »Mir ist wirklich nicht gut.«

»Was denn für eine Bitte?«

»Dass du bitte deinem Bruder absagst.«

Udo erbleichte. Aus der oberen Hälfte seines Frühstückseis, das er gerade geköpft hatte, tropfte Dotter auf Daumen und Zeigefinger seiner linken Hand. Niemand konnte ihm verdenken, dass er Günthers Besuch an diesem Morgen ganz aus seinem Kopf getilgt hatte. Doch das änderte nichts daran, dass der Besuch bevorstand, zu Kaffee und Kuchen, seit Wochen anberaumt. Günther hatte in Hannover zu tun und nutzte die Gelegenheit für einen Abstecher, man hatte sich ja ewig nicht gesehen. Natürlich muss ich das absagen, dachte Udo. Zugleich blickte er in Sigrids Gesicht, in ihre Leidensmiene, die ein einziger Vorwurf an seine Adresse war.

»Was soll denn das heißen? Das ist seit Monaten verabredet, und du hast doch gestern die Torte abgeholt.«

»Die können wir einfrieren.«

»Ich sage ihm nicht ab. Es ist ja niemand von uns krank.«

»Mir ist nicht gut, habe ich das eben zu leise gesagt?«

»Aber nicht gut heißt doch nicht, dass man sonntagnachmittags keinen Besuch empfangen kann.«

»Doch, das heißt es.«

»Günther ist mein Bruder. Wenn jetzt deine Schwester käme –«

»Ich habe keine Schwester.«

»Herrgott, soll ich jetzt nicht mehr mit dir diskutieren dürfen, nur weil du Einzelkind bist?«

»Ich will gar nicht diskutieren. Ich habe dich nur um etwas gebeten.«

»Was ist denn das für eine Bitte? Günther ist mein Bruder, und wir haben ihn für heute eingeladen.«

»In dem Geisterzimmer war das meine letzte Nacht. Das kann ich dir garantieren.«

Nun meldete sich Marco zu Wort: »Was war denn heute Nacht in dem Geisterzimmer?«

Der Junge hatte, daran erinnerte sich Udo, kürzlich wieder einmal den Gedanken geäußert, selbst dort zu übernachten, dann aber, wie stets, wenn er damit ankam, einen schnellen Rückzieher gemacht. Was ging in dem Jungen vor?

Und noch etwas fiel Udo ein: woher der Ohrwurm kam. Ostern vor zwei Jahren, Skiurlaub im Wallis. Eine der beiden Wochen hatten sie zusammen mit Günther und seiner damaligen Gespielin verbracht, wie hieß sie gleich? Günther hatte auch das Chalet aufgetan, wirklich urig, in reiner Holzbauweise, dabei recht geräumig. Trotzdem war das eine Schnapsidee gewesen. Eine ganze Woche unter einem Dach mit dem Bruder, wie sollte er sich da entspannen? Und als man abends einmal etwas über die Stränge geschlagen hatte, war Günther mit diesem unsäglichen Ri-ra-runkel-Lied angekommen. Kaum stand Udo dieser Zusammenhang wieder vor den Augen – das leicht aufgeschwemmte, von Wein und Sonnenbrand gerötete Gesicht ihm gegenüber vor den rußgeschwärzten Wandbalken, die peinlichen Reime, die es lautstark, wenngleich mit halb geschlossenen Lidern von sich gab –, da überfiel ihn ein weiterer Ohrwurm: *Waidmannsheil, der Furz, der ist kein Pfeil / sonst hätten die Schweizer Eidgenossen / schon längst ihre Frau im Bett erschossen.*

Nichts wünschte er sich sehnlicher, als ihm abzusagen, unter welchem blöden Vorwand auch immer. Doch nun war das nicht mehr möglich. Nun musste er sich gegen Sigrid behaupten, gegen den Vorwurf.

»Ich konnte überhaupt nicht schlafen«, hatte sie inzwischen Marco geantwortet, und Marco hatte in seiner altklugen Ausdrucksweise entgegnet: »Ich ahne, warum.«

»So, es reicht mir«, sagte Udo, worauf ihn beide verwundert ansahen. »Ich drehe jetzt meine Runde im Wald.«

Er war im Begriff, sich zu erheben, obwohl Frau und Sohn noch aßen und er selbst erst eine Scheibe Toast mit Marmelade verzehrt, seinen Kaffee kaum angerührt hatte. Da fiel sein Blick auf sein geöffnetes Frühstücksei, und er löffelte es schnell aus, obwohl ihm Eigelb in seiner neuen Zahnlücke besonders unangenehm war.

Dass sich Günthers Haupthaar seit dem letzten Treffen weiter gelichtet hatte und ihm Tränensäcke zu wachsen begannen, glich er durch eine nochmals erhöhte Dosis an dröhnendem Lachen und zotigen Sprüchen aus. Und Udo saß dem Spektakel so gut wie hilflos gegenüber, nicht nur wegen des unseligen Anrufs in seiner Abwesenheit.

Unselig war nicht das passende Wort, es war sogar ein Wort, für das man sich hätte schämen müssen, wenn man für solche Regungen die Zeit und die Ruhe gehabt hätte. Schließlich ging es um die eigene Tochter.

Die Runde im Wald war genau das Falsche gewesen. An einem Tag wie diesem konnte einen bei einer Runde im Wald alles Mögliche wieder anfliegen, und gerade weil man für sich allein war, war man ohne Schutz. Das hätte er bedenken und zu Hause bleiben sollen. Dann hätte sich vielleicht das größte Unheil (richtiges Wort hin oder her) noch abwenden lassen. Hinterher war man immer klüger. Unterwegs zwischen den strotzenden Buchen und Ahornen aber war man ausgeliefert – töricht, zu glauben, dass einen all das dichte hellgrüne Laub etwa gegen eine längst verjährte Perversion in der Pampa beschirmen würde oder gegen Todesängste angesichts eines Backenzahnverlusts. Wie gerädert war er von seinem Gang heimgekehrt, zumal er auf halber Strecke obendrein eine Begegnung mit den Karstmeyers hatte überstehen müssen, einem vier fette Möpse um den Berg zerrenden Ehepaar um die sechzig, das Udo vor Jahren, als er, um in Bielefeld als Anwalt Fuß zu fassen, nicht wählerisch sein durfte, einmal in einem hirnrissigen Nachbarschaftsstreit vertreten hatte und das ihn seither für einen Gleichgesinnten hielt, ihn zu Ostern sogar regelmäßig mit einer großen Sommerwurst im Tuch beschenkte. »Herr Soltau!« Ein Organ, laut genug, um das vierfache neurotische Gekläff zu übertönen; und wer nun noch zuckte, den erledigte Sekunden später Frau Karstmeyers tödliches Eau de Toilette. »Wollen Sie uns etwa davonlaufen? Sah ja gerade aus, als würden Sie noch einen Zahn zulegen.«

»Aber wo denken Sie denn hin, Frau Karstmeyer? Herr Karstmeyer, guten Tag.«

»Wir haben Spargel für heute Mittag.«

»Sie lassen es sich ja gut gehen.«

»Dafür haben wir auch ein Leben lang gearbeitet.«

»Recht haben Sie. Ich wünsche Ihnen –«

Alles Gut-Wetter-Machen vergebens: Einer der vier Möpse, die, wenn Udo sich nicht täuschte, die Namen der vier Musketiere trugen, wenn auch nicht darauf hörten, hatte nach seinem Hosenbein geschnappt. Er schrie auf, aber Frau Karstmeyer schrie lauter: »Der tut doch nix!«

»Soll mich wohl dran erinnern, dass meine Frau zu Hause den Braten in der Röhre hat«, war die Entgegnung, zu der Udo sich eilig erniedrigte und mit der er sich von den Plagegeistern zu lösen vermochte.

Von einem Braten konnte allerdings keine Rede sein. Als er nach Hause kam, hing nicht einmal mehr ein dünner Frühstücksgeruch in den Räumen. Sigrid hatte alle Fenster aufgerissen. Und Doris hatte angerufen.

Udo Ufo. Das war einem Witzbold aus Marcos Klasse eingefallen, als man die Vornamen der Eltern verglich, und Marco hatte es zu Hause erzählt. Dem Witzbold Hintergedanken zu unterstellen, ging gewiss zu weit; ein Grundschüler fand Spaß am Gleichklang, das war alles. Doch fand Udo nicht, dass der Sohn solche kleinen Lästermäuler nachmittags zum Spielen einladen sollte. Manchmal plagten ihn Gedanken dieser Art, wenn er in der Kanzlei saß. Ein Bengel, der sich über ihn den Mund zerriss, würde unterdessen in seinen vier Wänden empfangen, vielleicht sogar noch mit Abendbrot verwöhnt und wäre natürlich längst wieder weg, wenn Udo nach einem langen Arbeitstag heimkäme. Und Sigrid hätte Marco beigebracht, dem Vater nichts davon zu sagen.

Nun aber war es sein eigener Anblick im großen Spiegel neben der Garderobe, der ihn an »Udo Ufo« denken ließ. Als Ufo war er um den Berg geschwirrt, als Ufo taumelte er durch sein Haus und trieb durch diesen verfluchten Sonntag, durch sein ganzes Leben!

Nein, so weit durfte er nicht gehen. Durch sein Leben trieb er keineswegs wie ein Ufo, über sein Leben verfügte er selbst, auch wenn es sich in Momenten wie diesem nicht so anfühlte und auch wenn er über Teile seiner selbst, etwa den Fünfer unten links, unbestreitbar nicht mehr verfügte. Ein Ufo war ein unidentifiziertes Flugobjekt, was auf ihn ebenfalls nicht zutraf. Die Karstmeyers hatten ihn ja gleich erkannt. Obwohl: Was hatten die erkannt? Für wen hielten die ihn? Und hatte die Mopsbestie ihm ein Loch in die Hose gerissen? Wenigstens das nicht, die Hose schien leicht besabbert, doch unversehrt. Und ein Glück, dass er es seit Jahren nicht mehr nötig hatte, Mandate wie das der Karstmeyers anzunehmen. Ein Unglück aber, dass er zu höflich oder zu weichherzig war, um Leute wie sie nun einfach zum Teufel zu schicken. Andererseits, wie sollte man Leute zum Teufel schicken, denen man bei jeder Waldrunde über den Weg laufen konnte?

»Ich mach doch kein Mittagessen, wenn wir alle ausgiebig gefrühstückt haben und es um halb vier schon wieder Unmengen Kuchen gibt.«

Udo hatte nicht ausgiebig gefrühstückt.

Wieder Sigrid: »Es ist noch Toast da.«

Genau zwei Scheiben, er hielt die Packung in die Höhe.

»Ach so, Udo, o Gott –«

Sie presste sich beide Hände vor den Mund.

»Was ist denn?«

»Deine Tochter hat angerufen.«

»Ja und?«

Er war alarmiert, aber er gab sich beherrscht. Doris rief nie an. In manchen Jahren vielleicht zu seinem Geburtstag. Etwas musste vorgefallen sein.

»Sie hat sich in Gorleben den Fuß verstaucht und schafft es nicht bis nach Hause. Sie fragt, ob sie bei uns übernachten kann.«

Gorleben, war das nicht Zonenrandgebiet? Von da nach Bielefeld konnte es auch nicht viel näher sein als bis nach – wo wohnte Doris jetzt eigentlich?

Monique. Das fiel ihm wieder ein. Als wäre es von Belang. Der Name der Gespielin, die Günther im Skiurlaub mitgehabt hatte. Monique. *Der Furz, der ist ein Pfeil.* Quatsch: *kein Pfeil.*

»Gorleben.« Reiß dich zusammen, Udo! »Hat sie Ärger mit der Polizei gehabt?«

»Davon hat sie nichts gesagt.«

»Warum sollte sie denn mit der Polizei Ärger kriegen?«, fragte Marco dazwischen. Udo hatte ihn, wie so oft, nicht kommen hören. Der Junge bewegte sich geräuschlos. Udo konnte es nicht haben, wenn Menschen im Haus herumpolterten, aber dieses Schleichen war schon das andere Extrem. Und Extreme waren nie gut.

Protestieren gegen Atommüll an der Zonengrenze. Hatte Doris nichts Besseres zu tun? In was für Kreise begab sie sich da? Hatte sie überhaupt einen Mann? Sigrid war in ihrem Alter schon Mutter gewesen. Charlotte sowieso.

»Das war nur so dahergesagt, Marco. Wegen diesem Ort. Natürlich hat sie keinen Ärger mit der Polizei.« Er wandte sich um: »Sigrid?«

Doch Sigrid war im Hauswirtschaftsraum verschwunden, wo das Schleudern der Waschmaschine sie gegen alle Zurufe immun machte.

»Hast du das Wunderwerk selbst gezaubert?«

Mit diesem plumpen, für jedermann durchschaubar vergifteten Kompliment zur für jedermann ersichtlich in einer Konditorei fabrizierten Torte begann Günther sein übles Wirken am Kaffeetisch, der trotz der launischen Witterung auf der Terrasse gedeckt war. Und was antwortete Sigrid, anstatt souverän zu sein?

»Nein, das Café Busch.«

»Heißt das, ich muss jetzt mit euch auf das Café Busch anstoßen?«

Günther hatte eine Flasche Kupferberg mitgebracht und sich, obwohl bei ihrem Anblick bewusst keine Sektgläser herbeigeholt worden waren, darangemacht, den Korken zu lösen, als man sich gerade setzen wollte; woraufhin Sigrid schnell wieder hineingesprungen war, zum

Bauernschrank mit den Kelchen, knapp rechtzeitig ehe der Korken knallte.

»Probier das Wunderwerk doch erst mal«, knurrte Udo, während seine Frau auf die dumme Frage mit einem gekünstelten Kichern reagierte, bei dem sich ihm die Nackenhaare sträubten.

Marco funkte dazwischen: »Onkel Günther mag doch kein Marzipan.«

»Na, na, na, mein Kleiner. Nicht so vorlaut. Wenn das Café Busch sich dermaßen ins Zeug gelegt hat, wird der Onkel Günther ja nicht kleinlich sein. Es sei denn, es will jetzt immer noch niemand mit mir anstoßen.«

Denn der Onkel Günther hielt weiterhin sein Glas in die Höhe. Udo und Sigrid prosteten ihm widerwillig zu. Dann enttäuschte die Torte, zu süß und zu sahnig. Udo verspürte plötzlich Heißhunger auf Linseneintopf.

»Was macht denn die Schule, mein Kleiner? Schon Pläne, Reißaus zu nehmen und zur See zu fahren?«

Marco zögerte mit seiner Antwort, sah den Onkel prüfend an. Der Onkel zwinkerte ihm zu.

»Nein, ich möchte mal Sänger werden.«

»Sänger, das ist gut! Da freut sich deine Mutter, nicht wahr? Ich meine, wär ja schrecklich, wenn er jetzt zum Beispiel Rechtsanwalt werden wollte.«

»Er ist neun Jahre alt«, sagte Sigrid.

Tapfer sein, Udo! Du lässt dich nicht unterkriegen, auch wenn dir nun schwindelig wird. Schnell fragte er den Bruder: »Und womit ziehst du gerade den Leuten das Geld aus der Nase? Großes Geheimnis, nehme ich an?«

»Allerdings.« Günther beugte sich zu Marco über den

runden Tisch. »Bin nämlich jetzt Geheimagent geworden. Also Spion.«

»Wem spionierst du denn nach?«, fragte der Junge kokett, und der Onkel schlug sich auf die Schenkel.

»Das verrate ich dir nur, wenn du mir was vorsingst.«

Der vergebliche Hunger, der Sekt, der Schwindel. Und Günthers Anwesenheit und obendrein Doris, die jeden Moment dazustoßen konnte.

»Da muss ich an diesen Witz denken, den du neulich erzählt hast, Junge«, hörte Udo sich laut sprechen. »Den mit Fritzchen bei Oma und Opa, wo Fritzchen sagt, ich muss mal pinkeln.«

Marcos Blick irritierte ihn. Aber es musste weitergeredet werden.

»Und dann sagt Oma: Das heißt, ich muss mal singen, und dann Fritzchen in der Nacht zu Oma, nein, warte mal, nicht zu Oma, Fritzchen in der Nacht zu Opa, nicht zu Oma: Ich muss mal singen, und Opa: Doch nicht jetzt, Fritzchen, und Fritzchen: Doch, doch, ganz dringend, und Opa: Na gut, dann sing mir halt leise ins Ohr.«

Nun hätte man lachen können. Ein bisschen zumindest, rasch und schmerzlos. Aber in den ersten Sekunden nachdem Udo geendet hatte, konnte man von drinnen die Wanduhr ticken hören. Sigrid ließ sich nicht einmal zu ihrem falschen Gekicher herbei, sie saß mit halb abgewandtem Gesicht über ihrem unberührten Stück Torte. Marco hielt still. Und Günther nahm erst in Ruhe einen weiteren Schluck, ehe er tatsächlich ein Lachen ausstieß, nicht sein übliches feistes Lachen, sondern eines, das stotterte wie ein Prostataproblem.

In Udo stieg Ärger auf, mächtiger als der Schwindel. Günther Ri-ra-runkel, Günther Waidmannsheil, der windige, aufgedunsene kleine Bruder lümmelte sich da ihm gegenüber auf seinem Gartenstuhl wie ein gehässiger Preisrichter. Und seine Frau stand ihm nicht bei und sein Sohn hatte einen Kaninchenblick.

Aber es musste weitergeredet werden.

»Ich meine, der Onkel Günther weiß ja nicht, was hier heute Nacht mal wieder passiert ist. Also von wegen Singen.«

»Hörst du auf!«, zischte Sigrid ihn an, es ging ihm durch Mark und Bein. Einen solchen Ton war er von ihr nicht gewohnt. Eben hatte sie noch dagesessen, als verstünde sie kein Wort. Jetzt stürzte sie hinter Marco her ins Haus und ließ Udo mit Günther, der Torte und dem Sekt alleine. Sigrid. Seine Sigrid. Nicht zu fassen.

»Da sieht man doch mal wieder, wer bei euch die Hosen anhat. Jetzt ist wieder zwei Wochen Funkstille im Bett, was?«

Dazu das Lachen, das nicht mehr stotterte.

Einhalt gebieten! Udo wusste nicht, wie. Seine Sigrid, seine Familie. Und nun so eine Szene mit ihr. Der Eindringling störte das Gleichgewicht. Man hätte von der verunglückten Waldrunde nach Hause und zur Ruhe kommen können. Man hätte anständig zu Mittag gegessen, obschon wohl keinen Linseneintopf, der ja nicht gerade ein Sonntagsgericht war. Man wäre schon am Morgen gar nicht erst in Streit geraten, jedenfalls nicht über Lappalien wie das Poltern der Jalousie und die Frage, wer vorne duschte, hinaus.

»Aber Udo, Bruderherz, aus dir wird auf deine alten Tage noch ein ganz großer Witzeerzähler.«

Lappalien. Das Malheur des Sohnes von heute Nacht. Ein Neunjähriger sang in sein Bett, das war nicht schön, aber es konnte passieren, es war eine Ausnahme und wäre bald vergessen. Sicher, er hätte sich die Anspielung sparen sollen, gerade in Günthers Gegenwart. Aber nun war sie ihm herausgerutscht, und wegen Günthers Sprüchen, die viel schlimmer waren, regte sich niemand derart auf. Er hätte ihm absagen müssen. Sigrid hatte Recht. Bloß: Warum hatte sie ihm dann die Absage unmöglich gemacht?

»Ich nehm mir mal noch so ein Stück vom Café Busch, nicht dass das Wunderwerk hier Schimmel ansetzt.«

Schimmel. Herrgott. Der Sonntag musste der Familie gehören, nur der Familie, im ganz engen Sinn. Und wenn ein Viertklässler auf einen Witz überempfindlich reagierte, dann durfte das nicht bedeuten, dass die Großen ihm nacheiferten. Wo käme man sonst hin? Da würde man bald anfangen, gegen das Malheur des Kleinen das Malheur des Großen aufzurechnen. Das Bettnässen war schnell vergessen, aber die Parodontose schritt weiter fort.

»Nicht wahr, wär doch schön, wenn man jetzt einfach sagen könnte, Leute, mir reichts, ich verzieh mich auf meine Estancia Águilas.«

Einhalt gebieten! *Ich möchte nicht auf den Friedhof.*

»Günther, in Argentinien ist eine unberechenbare Militärdiktatur am Ruder. Wir können heilfroh sein, dass wir uns von da zurückgezogen haben. Im Übrigen hätte schon Perón uns enteignet, wenn wir nicht –«

Günther hatte sich und Udo nachgeschenkt.

»Eben. Sag ich ja. Die Estancia, das waren Zeiten! Zum Wohle.«

Hätte man ihm abgesagt, so hätte Sigrid sich nach dem Mittagessen ein bisschen hinlegen und Udo sich bei der Lektüre der Wochenendausgabe von seinem Waldgang erholen können, und man würde zum Beispiel jetzt, in diesem Moment, ganz in Ruhe das Thema Geisterzimmer besprechen. Udo würde dabei Sigrids Alabasterhände, die immer noch Alabasterhände waren, streicheln, und alles käme wieder ins Lot.

Hinter ihm schwang die Terrassentür auf. Sigrid und Marco kehrten zurück, aber ihnen voraus humpelte Doris, als müsste sie trotz ihrer Blessur die Vorhut bilden und Barrikaden niederrennen. Sie trug eine grasgrüne Pluderhose voller getrockneter Schlammspritzer, ein zu enges T-Shirt mit Stummelärmeln und um die Stirn ein rotes Tuch.

»Ja, Mensch, Onkel Günther auch hier, da hab ich mir ja genau den richtigen Tag ausgesucht!«

»Doris, an mein Herz!«

Und der Eindringling erhob sich, als hätte er ein Hausrecht, sie als Erster zu begrüßen. Udo trat dazwischen: »Meine Tochter. Lange nicht gesehen.«

»Verdammt lange nicht.«

»An mein Herz, Doris!«, drängelte Günther wieder, und Doris tat ihm den Gefallen.

Ihr linker Knöchel war gerötet und geschwollen. Sigrid sorgte dafür, dass sie den Fuß gleich hochlegte, auf einen mit Sofakissen gepolsterten Stuhl, und holte die Mobilat-Salbe und eine Mullbinde aus der Hausapotheke. Froh, sich schweigend nützlich machen zu können, befüllte Udo die Kaffeemaschine von neuem.

»Auf dem Acker umgeknickt«, hörte er Doris erklären, als er mit der Glaskanne auf die Terrasse zurückkehrte, »kleiner Fehltritt im Kampf gegen den Atomstaat.«

Günther fragte: »Und habt ihr den Atomstaat bald in die Knie gezwungen?«

»Wir leisten Widerstand, und wir werden immer mehr. Es hat gegossen wie aus Kübeln, und trotzdem haben wir –«

Der Onkel unterbrach sie: »Gut, dass dein Vater hier so einen Bunker gebaut hat, was? Da kann ja im Ernstfall nicht viel schiefgehen.«

Er blickte nach den Schatten, die die kurz zum Vorschein gekommene Sonne auf den Rasen warf.

»Auch die Lage stimmt. Wenn der Russe hier einen Angriff fliegt, dann sicher nicht über die Nordflanke. Einen Strahlenschutzkeller hast du unten drunter, oder?«

»Hauptsache, wir müssen nicht besprechen, was du unten drunter hast«, gelang es Udo zu erwidern.

»Jedenfalls nichts von Oma.«

»Was trägt Papa denn von Oma drunter?«, meldete sich Marco zurück, in einem erschreckend boshaften Tonfall.

»Ein Erbgrundstück. Ein Erbgrundstück, das er seinem weichherzigen Bruder seinerzeit ganz geschickt abgeschwatzt hat.«

»Wer hat denn damals gesagt: Kein Mensch will nach Bielefeld? Außerdem hast du deinen Anteil –«

»Ist gut, Bruderherz, ich mach ja nur Spaß! Wenn die Russen kommen, will ich doch auch mit im Bunker sitzen.«

»Er meint: wenn die Amis und die Sowjets hier in Mitteleuropa den Dritten Weltkrieg anfangen«, sagte Doris in Marcos fragendes Gesicht und handelte sich damit von Sigrid ein empörtes »Hörst du auf!« ein.

Schon wieder dieses *Hörst du auf!*, das durch Mark und Bein ging; zum zweiten Mal heute Nachmittag. Diesmal hatte es nicht Udo gegolten, doch das erleichterte ihn nicht. Im Gegenteil. Nun fauchte sie sogar Doris an, die sie nicht gut kannte und seit Jahren nicht gesehen hatte. Wohin sollte das führen?

Dritter Weltkrieg. Mochten die jungen Leute in den Pluderhosen sich seinetwegen über das Ende der Menschheit den Kopf zerbrechen, ihm würde es schon reichen, wenn in seine vier Wände wieder Friede einkehrte. Der ganze Sonntag ein Kampf. Dabei traten alle schon geschwächt an, mit Malheur oder Blessur. Doris mit dem verstauchten Fuß. Sigrid hatte nicht geschlafen. Marco, jaja. Und er selbst, ach, wie es ihm ging, interessierte ja keinen.

Aber Günther? Was plagte den? Dass sein Haar schütter wurde, konnte man nicht gelten lassen, denn das hatte er Udo nicht voraus. Im Gegenteil: Hatte Udos Stirn, schon bevor er dreißig wurde, fast bis zum höchsten Punkt seines Schädels gereicht, so war Günther noch zehn Jahre länger der mit dem dichten, kaum ergrauten Schopf geblieben. Die Tränensäcke? Hatte er seinem Lebenswandel zuzuschreiben und konnte man nicht vergleichen. Die Prostata? Nicht dass Udo wüsste. Der Bruder war gleich nach seiner Ankunft zur Toilette gegangen, seitdem jedoch nicht mehr.

Ohne ihn wäre der Friede längst wiederhergestellt. Eintracht und Harmonie. Familie. Das, worauf es im Leben wirklich ankam, das, was wichtiger war als aller Erfolg, alle Äußerlichkeiten. Nichts nutzte dir Ruhm oder Reichtum, wenn der Haussegen schief hing. Udo Soltau wusste, wovon er sprach.

Aber wie wäre man, wenn er Günther abgesagt hätte, mit Doris' Überfall umgegangen? Einer fußkranken Tochter aus erster Ehe konnte man das Asyl ja keinesfalls verweigern, ganz gleich in welchem Moment sie hereinplatzte.

Da hörte er den Bruder schon wieder: »Und wenn wir nun, anstatt uns in die Haare zu kriegen, alle zusammen eine Runde Minigolf spielen gehen? Das ist doch auch mit verstauchtem Fuß machbar. Oder gibt es den Platz nicht mehr, da hinten um die Ecke?«

Marco entgegnete: »Der Platz da um die Ecke ist ein Fußballplatz.«

Recht hatte er, der kleine Besserwisser: Gleich um die Ecke lag das Rasenfeld Dreesgen, wo die Jugend des SV Gadderbaum ihre Gegner meist in knöcheltiefem Schlamm empfing. Aber die von Wilhelm Generotzky erbaute und betriebene Minigolfanlage befand sich auch keine 15 Gehminuten vom soltauschen Bunker entfernt, oberhalb der steilen Straße namens Windfang. Udo hatte Günthers Vorschlag sofort zugestimmt, Sigrid sah ihn an, als hätte er den Verstand verloren. Dabei war sein Anliegen glasklar und simpel: hinaus mit den Gästen. Egal wohin, seinetwegen zum Minigolfplatz, der an einem Sonntagnachmittag im Mai eh so überfüllt sein dürfte, dass man gleich weiterziehen würde. Hauptsache raus, Hauptsache, sie hörten auf, an seinem Heim und seinem Leben herumzukritteln. Statt zu minigolfen, würde man einen Spaziergang machen, und danach stünden die Chancen nicht schlecht, dass Günther, der ja zurück nach Hannover musste, von selbst sagen würde: Jetzt noch mal reingehen lohnt sich nicht. Und dann wäre man ihn los.

Und wenn man unterwegs wieder die Karstmeyers träfe? Die absolvierten die Runde im Wald zweimal täglich. Ihre unvermeidliche Frage beim Anblick von Doris klang ihm schon im Ohr: »Ach, wer ist denn die junge Dame?« Aber nein, man würde die Karstmeyers nicht treffen, die saßen beim Spargel oder bei dem, was nach dem Spargel kam. Vielleicht schraubten sie einträchtig die Zecken aus ihren Möpsen. Die Karstmeyers – so ging es ihm nun durch den Kopf – waren nur im Doppel denkbar. Die Möpse beiseite gelassen, gab es weder ihn noch sie allein, es gab die Karstmeyers und Punkt. Schon damals beim Nachbarschaftsstreit war es so gewesen, und wenn Udo, wie üblich, seine anwaltlichen Schreiben an *Herrn Karstmeyer* aufgesetzt hatte, dann war das nicht von Belang, vor dem Auge hatte er sie immer beide gehabt. Sollte man sie beneiden, weil sie unzertrennlich waren, fraglos eine Einheit bildeten? Bildeten Udo und Sigrid Soltau denn keine Einheit?

Sie war nicht mitgekommen. Er stand am Abschlagpunkt von Bahn Nummer 18 und fühlte sich im Stich gelassen. Bahn 18 zählte zu den vertrackteren Gebilden, die Herr Generotzky für seinen an diesem Sonntagnachmittag, wohl weil die Wolken sich ballten und auch schon ein paar Tropfen gefallen waren, nur mäßig besuchten Parcours ersonnen hatte. Man stieg ein paar Stufen hoch auf eine kleine Plattform und musste den Ball von dort hinunterspielen, und zwar so, dass er zunächst auf ein blechernes Podest traf und dann schnurgerade mittig weiterrollte, mit genug Schwung, um am Ende der Bahn noch die steile Rampe zum Loch zu schaffen, das in diesem Fall kein Loch war, sondern der Eingang eines Fachwerkhäuschens. Udo hatte sich bisher wacker geschlagen, auch im Hinblick auf die schwierige Gesellschaft. Seine Punktzahl hätte ihn kaum interessiert, aber Marco, der aufschrieb, krähte dauernd Zwischenstände. Weit in Führung lag Doris, trotz verstauchtem Fuß. Udo hatte immerhin Günther gegenüber die Nase vorn. Völlig belanglos, das Ganze, aber er stellte fest, dass es ihn freute. Und dass er einen gewissen Ehrgeiz entwickelte, den Vorsprung zu halten. Ein kleiner Schock daher: Günthers As auf Bahn 18.

»Endergebnis für dich: 75 Punkte«, gellte die metallische Kinderstimme in den Jubelschrei des Onkels hinein.

Udo lag bei 69. Vor ihm war noch Marco dran, der jeden seiner sechs Versuche mit dem gleichen Aufwand an Ball-Zurechtrücken und Schläger-pendeln-Lassen einleitete. Ohne Erfolg.

Nun aber. Gleichfalls ein As, das wäre es gewesen, doch das war ihm schon einmal nicht beschieden, obwohl er sich selbst hatte überlisten können: den Ball auf den roten Punkt gelegt, kurz Fußstellung und Lockerheit der Arme geprüft, ein flinker Blick aufs Ziel, ein ebenso flinker Schlag, zack, alles geschmeidig, ohne dass ihm ein Gedanke in die Quere kam. Trotzdem knapp neben das Loch.

Sein zweiter Schlag. Günther und Doris hielten beide gerade den Mund, bessere Voraussetzungen konnte man sich nicht wünschen. Sigrid, allein zu Hause, regenerierte sich hoffentlich ein bisschen, er gönnte es ihr von Herzen, so schwer es ihm gefallen war, hier auf ihre Unterstützung zu verzichten. Der dicke rote Punkt. Der schon ziemlich abgeriebene dottergelbe Ball. Hatte er nicht einen weißen gehabt? Den hatte er eben verschossen, und die drei anderen lagen zu seinen Füßen bereit, er hatte sich mechanisch mit dem Schläger den nächsten geangelt, den gelben. Durchatmen und einmal pendeln lassen. Zack. Besser als der erste, er spürte es. Dumpf scheppernd traf der Ball aufs Blech, er rollte gut und machte seine unselige Kurve erst kurz vor dem Ziel, sprang am Fuß der Rampe auf, wäre fast von der Bahn geflogen.

»Angeschnitten«, hörte er Günther sagen, wohl zu Doris und in untypisch ruhigem Ton. Vielleicht war es gar nicht als Kommentar zu seinem Schlag gemeint. Vielleicht hatte Udo sich auch verhört.

Von der Bahn geflogen hätte einen Strafpunkt bedeutet.

Marco kam an die Plattform und legte den weißen Ball hinter die beiden verbleibenden, den grünen und den blauen. Udo holte den weißen nach vorne. Als er Maß nahm, störte ihn Marcos Kopf in seinem Gesichtsfeld. Er ließ den Schläger sinken und blickte auf. Der Junge schlotzte neben der Bahn ein Eis. Ein Nogger. Wer hatte es ihm gekauft? Doris oder Günther, jemand anders kam ja nicht infrage. Eis gab es am Ausgang, der zugleich der Eingang war, am Kiosk, der zugleich das Kassenhäuschen war. Dort würde man gleich eh hingehen, die Schläger und die

Bälle wieder über die Theke schieben; das wäre für ein Nogger der geeignete Zeitpunkt. Udo gab einen unwirschen Laut von sich und verschlug seinen dritten Ball.

Den grünen legte er sich dann so schnell zurecht, dass Marco, der losgegangen war, um den gelben und den weißen zurückzuholen, sich noch nicht wieder nähern konnte.

»Kuck mal, nun sieht es fast wie ein Familienausflug aus.«

»Oder wie eine therapeutische Maßnahme.«

Solche Bemerkungen von Günther und solche Entgegnungen von Doris hatten die Partie begleitet – nicht nett, aber auch nicht so laut und ausfällig, dass sie dem, den in dieser Gegend die Leute kannten, allzu peinlich sein mussten. Harmloses Geplänkel, nichts Schlimmes war geschehen. Doris hatte von ihrer Katze erzählt, Günther von einer Treibjagd, an der er angeblich in England teilgenommen hatte (»Apropos Golf«), und Marco von einer Zeichentrickserie namens *Captain Future*. Es war die goldrichtige Entscheidung gewesen, mit den Gästen hinauszugehen. Zack, wieder daneben.

Fünfter Schlag. Die letzte Gelegenheit, besser abzuschließen als Günther. Günther, der sich für Udos Spiel gar nicht mehr zu interessieren schien. Er stand mit dem Rücken zur Bahn, sah ein paar halbwüchsigen Mädchen zu, die kreischend an der Nummer 16 scheiterten, und glaubte wohl, die Asche seiner Zigarette in den am dürren Lichtmast neben der Plattform befestigten Aschenbecher zu schnippen, den er aber um Zentimeter verfehlte.

Udo legte sich den blauen Ball zurecht. Beherzt schwang er sein Eisen. Es geschah, was manchmal geschah. Impuls und Ausrichtung waren perfekt, doch die Schlagfläche konnte, an einem etwas zu hohen Punkt auftreffend, nur einen geringen Teil ihrer Wucht weitergeben. Sie holperte über den Ball hinweg, der Ball tropfte auf den Beton hinter dem Podest.

»Scheiße«, sagte Udo.

»Wieder nix?«, fragte Günther und wandte den Blick von den Mädchen, die zur abgelegenen Bahn 17 weiterschlenderten.

»Wars das?«, fragte Doris, die nach Udo an der Reihe war.

»Letzter Versuch«, sagte Marco, mit seinem Nogger fast fertig.

Gleichauf mit Günther zu enden, diese Chance bestand noch. *Letzter Versuch*, was ging in dem Jungen vor? Man hätte doch auch sagen können: Das war erst der fünfte. Zum Beispiel. Udo sah auf das Häuschen, in dem der Ball landen musste. Zuhause. Das Einzige, was zählte. Die Familie, die Zuflucht. Dort hinein galt es den Ball immer wieder zu spielen, das war das Wichtigste. Wenn das Leben ihn eine Lektion wirklich gelehrt hatte, dann diese. Und wenn es eine Lektion gab, die er wirklich an seinen Sohn weitergeben wollte, dann ebenfalls diese. Und wie traurig, dass seine Tochter solchen Halt, solche Geborgenheit als Kind und Jugendliche nicht hatte erfahren dürfen. Eine Wut auf das Schicksal regte sich in Udo Soltau und zugleich eine tiefe, schmerzliche Zärtlichkeit gegenüber seiner Tochter, wie er sie vielleicht manche Nacht in wehmütigen Träumen, sonst aber noch nie verspürt hatte.

Nicht die besten Voraussetzungen für den letzten Schlag. Dennoch: Udo traf ins Haus. Bloß hatte sein Ball das Blechpodest überflogen, weshalb der Treffer nicht zählte.

»Dann kann ja jetzt Elise auf diesem Platz die Familienehre retten.« Damit stieg er die Stufen hinab.

»Wie bitte?«, fragte Günther.

»Na, Elise ist uns doch eh allen weit voraus, und jetzt wird sie –«

Der Bruder fiel ihm ins Wort: »Elise! Mensch, Udo! Was redest du hier von Elise?«

Udo schrak zusammen, sodass ihm am Fuß des Treppchens der Schläger aus der Hand glitt, während Marco fragte: »Wer ist denn Elise?«

Das ist ein Stein, irgendein Stein, er hat keineswegs die Gestalt einer Frau, und dies hier hat niemals stattgefunden.

Der Schwindel war zurück. Nach Halt suchend fand Udo keinen anderen Ausweg, als den wieder aufgegriffenen Schläger in den Boden zu rammen und sich darauf zu stützen.

»Ja, wer ist denn Elise?«, fragte nun auch Doris, in einer scheinbar spielerischen Weise, die Udo eine äußerst unwillkommene, lebhafte Erinnerung an seine erste Ehefrau bescherte.

»Kinder«, begann Günther, »Elise ist doch –«

»Hörst du auf!«, fuhr Udo dazwischen.

»Warum denn?« Günther schien ehrlich verblüfft.

»Das hat hier nichts zu suchen!«

»Wie bitte? Ich meine, du hast doch gerade deine Tochter mit ihr –«

»Lass Doris in Ruhe!«

»Natürlich lasse ich Doris in Ruhe!«

Sie standen sich gegenüber wie zwei Streithähne.

»Und wenn einer Doris nicht in Ruhe lässt, kommt Doris schon selbst damit klar«, schaltete sich Doris ein. »Nichts für ungut, Günther.«

Da ließen sie voneinander ab, beide beschämt. Doris stieg auf die Plattform und schlug ihr As.

Alabaster, Alabaster. Was war eigentlich Alabaster? Ein Gestein, ein Mineral, etwas, das der Mensch erfunden hatte? Er würde es morgen nachschlagen. Man lernte nie aus. Sigrids Rücken unter dem hellblauen Nachthemd. Welche Erleichterung an diesem Abend, auch wenn sie beide allein besser schliefen. Wobei, die letzte Nacht hatte Sigrid ja nicht geschlafen, obwohl sie allein gewesen war. Was hieß *nicht*, ach, die üblichen Übertreibungen. Man lag ein, zwei Stunden wach, und am Morgen erklärte man das zu einer schlaflosen Nacht. Alle Menschen übertrieben dauernd. Auch Sigrid. Aber Sigrid hatte andere Qualitäten. Was für ein bescheuerter Satz. Zu spät, da war er schon. Herausgerutscht. Andauernd rutschte den Menschen etwas heraus. Da konnte er sich selbst nicht ausnehmen. Herrgott, was ihm heute alles herausgerutscht war. Wenn er jetzt anfing, darüber nachzudenken, würde er die ganze Nacht kein Auge zutun. Neben seiner Sigrid. Die ganze Nacht, die üblichen Übertreibungen. *Ri-ra-runkel.* Er sehnte sich nach dem Alabasterleib. Wann hatten sie zuletzt? *Ne Hühnerfutt.* Nein, nix Hühnerfutt, verdorrich. Ein Glück, dass sich mit der Anwesenheit der Tochter die Diskussion ums Geisterzimmer fürs Erste erledigt hatte. Wer weiß, wer sonst jetzt dort läge. Am Ende er selbst, um Sigrid irgendetwas zu beweisen.

»Übernachten kann man ja bei euch nicht.«

Das waren die Worte, mit denen Günther seinen Abschied vor dem Haus eingeleitet hatte. Sein roter Lancia stand nicht an der Straße, sondern in der Garageneinfahrt, als gehörte er hierher. Die Brüder hatten während der Rückkehr vom Minigolfplatz kaum geredet, und nur einmal – Doris und Marco waren vom Spazierweg abgewichen, um zusammen durchs Laub vom Vorjahr zu pflügen – hatte Günther versucht, auf den Lapsus zurückzukommen: »Udo, ich versteh wirklich nicht, was du da eben –«

»Lassen wir das einfach ruhen.«

»Nein, ich meine mit Elise.«

Was sollte er sonst meinen?

»Ich kläre das schon mit den Kindern.«

Günther sah ihn befremdet an, verzichtete jedoch auf weiteres Löchern.

Es stand keine Absicht dahinter, dass Doris und Marco von Elise nichts wussten. Es hatte sich so ergeben, Punkt. Und dies war nicht der Moment, um das Versäumte nachzuholen.

»Natürlich kann man bei uns übernachten!«

Wieder war die gute Sigrid Günther auf den Leim gegangen. Gar nicht reagieren auf seine Sticheleien, die er sich nicht einmal beim Abschiednehmen verkniff, das war die Devise. Schreckliche Vorstellung, ihn noch über Nacht dazubehalten. »Dann komm mal gut nach Hannover«, rote Lanciatür zu und Schluss. Gar nicht hinschauen, wenn er rasant rückwärts aus der schmalen Einfahrt fuhr. Schlimm genug, dass Marco ihm voller Bewunderung hinterherstarrte.

»Mir hätte auch eine Luftmatratze im Wohnzimmer genügt.«

»Aber Doris, das ist doch hier dein Zimmer!«

Diese begeisterte Herzlichkeit in der Stimme, das war seine Sigrid, wie sie leibte und lebte und wie er sie abgöttisch liebte; auch wenn er sich wunderte, sie so reden zu hören, nachdem sie in demselben Raum eine derart schlechte Nacht verbracht hatte. Ein Gästebett im Wohnzimmer, das sollte die Lösung sein. Gab es nicht auch Sofas, die man in Nullkommanichts zu einem Bett umbauen konnte? Und aus dem Geisterzimmer würde man etwas Schönes machen, da würde er Sigrid und ihrem fröhlichen Geschmack freie Hand lassen.

Er berührte ihre Schulter unterm hellblauen Nachthemd. Sie schnaufte leise und verschob ihren rechten Arm, doch sie erwachte nicht. Er würde morgen mit ihr darüber sprechen. Über das Geisterzimmer. Sobald Doris weg wäre. Oder nein, erst am Abend, er musste ja arbeiten, und früher als er würde die Tochter kaum das Haus verlassen. Vielleicht würde er sie noch zum Bahnhof bringen. Ob sie Geld brauchte? Man sollte ihr welches anbieten. Und dann abends das Geisterzimmer besprechen. Höchste Zeit, sich dem Thema zu widmen.

Elise. Was für ein furchtbarer Alptraum. Ein Zahn fiel aus, und Elise sprang hervor. Wie konnte das sein? Zum Glück hatte Doris nicht noch einmal nachgefragt. Den ganzen Abend war er in Habachtstellung gewesen, vor allem bei Tisch. Sommerwurst und saure Gurken, eine Wohltat nach diesem Tag ohne Herzhaftes. Hatte nicht alles sein Gutes, sogar die Bekanntschaft mit den Karstmeyers? Ohne sie hätte Udo nicht gewusst, was eine Sommerwurst sein sollte. Genießen konnte er das Abendbrot trotzdem nicht, er war zu angespannt. Aber auch als Marco lang und breit den Verlauf der Minigolfpartie Revue passieren ließ, brachte Doris den Ausrutscher nicht wieder zur Sprache. Vielleicht hatte sie ihn schon vergessen, vielleicht war er ihr unwichtig. Wenn man sich wegen des Dritten Weltkriegs den Kopf zerbrach, verlor gewiss vieles andere an Bedeutung. Das würde hoffentlich am Morgen immer noch gelten.

Doch nun war es ja erst einmal Nacht. Elise sollte wieder ruhen, in ihrer Ferne, in der Pampa, auf der anderen Seite der Welt, ein halbes Leben zurück. Und ruhen sollte auch Udo.

Ich möchte Sänger werden. Wie kam der Junge darauf? Und was meinte er mit Sänger? Hatte Günther ihm den Floh ins Ohr gesetzt? Hatte der ihm nicht zum Geburtstag diese Tonbandkassette geschickt? *Sie müssen nur den Nippel durch die Lasche ziehn.* Träumte der Neunjährige nun davon, selbst so ein schlüpfriges Geblödel hervorzubringen? Grauenvolle Vorstellung, dass Günther den Abend über geblieben wäre; geblieben und mit Liedern angekommen, *Ri-ra-runkel, Eidgenossen, hier fliegen gleich die Löcher aus dem Käse*, Schluss jetzt, Schluss, er war ja weg!

Hatte er Marco diesmal nichts mitgebracht? Die unerwünschte Flasche Sekt und einen Blumenstrauß. Aber etwas für den Kleinen?

»Ist doch scheißegal.«

Das hatte er laut gesagt. Sigrid regte sich, bewegte erst wieder nur den Arm, dann drehte sie sich plötzlich auf den Rücken, hob den Kopf und starrte Udo aus weit aufgerissenen Augen an. Sigrid, seine wunderschöne Sigrid, im schwachen Widerschein der Straßenbeleuchtung, der durch die Löcher zwischen den Lamellen der Jalousie ins Zimmer drang.

»Mein Liebes.«

»Udo?«

Alabaster. Alabaster, den er sofort in seine Arme schließen wollte, seine Frau, sein Lebensglück; ihre Wärme, tröstend nah; und seine Lust, die Lust auf sie! Der einzige Grund, aus dem man sich wirklich wünschen konnte, noch einmal den sehnigen Leib des Halbwüchsigen zu haben.

Erregt schmiegte er sich an sie: »Was hat dich erschreckt, mein Liebes?«

»Du hast doch gerade geschrien.«

»Geschrien? Um Gottes willen. Nein. Ich weiß nicht, vielleicht habe ich gehustet.«

Er strich ihr das Haar aus der Stirn und von der Wange und begann sie mit den Fingerspitzen im Genick zu kraulen.

»Die Staubgespenster.«

»Bitte?«

»Das würde ja auch passen.«

»Wozu? Ich meine, wovon redest du?«

»Von dieser Höhle. Da war ich gerade wieder. Im Traum.«

»Was für eine Höhle?«

Nicht ungeduldig werden, Udo.

»Diese Höhle oder Hütte, in die wir damals geraten sind. In Argentinien. Mit den Pferden. Du musstest so schrecklich husten.«

»Was soll denn das? Sigrid, was soll denn das?«

Er saß kerzengerade im Bett.

»Bitte schrei nicht so.«

»Ich schreie nicht.«

»Und warum fragst du *Was soll das?* Man kann doch bei Träumen nicht fragen *Was soll das.* Oder wenn, dann höchstens sich selbst.«

»Es ist aber – bitte entschuldige, Sigrid. Ich habe wieder einen Zahn verloren.«

Bist du von allen guten Geistern verlassen, Udo? Eine Sigrid, die dich *mein Ärmster* nennt und deinen Kopf an ihrer Brust bettet – weiter weg von dem, was du dir wünschst, wärst du auch nicht, wenn du im Geisterzimmer übernachten würdest.

»Der Quacksalber.«

»Mein Ärmster.«

»Ach, ist doch scheißegal.«

Sie zuckte zusammen. Schon besser. Eine Sigrid, die zuckte, war seinem Wunsch näher als eine Sigrid, die ihn mütterlich tröstete. Er schmiegte sein Gesicht an ihre Brust.

»Ach«, hauchte nun auch sie. »Damals. So jung. Und so frei.«

Ihre Stimme schien wegzubrechen. Jung und frei? War sie in Gedanken immer noch in der Pampa? Udo hielt still. Ihre Finger glitten über seine Schulterblätter, auf der Außenseite des Pyjamas. Nur einmal, dann ließ sie die Hände sinken und seufzte.

Nicht enttäuscht sein, Udo. Es ist spät. Ruhen sollst du.

Er atmete tief ein, ihren Duft unter dem Persilduft des Nachthemds.

Morgen. Oder morgen Abend.

Was stand ihm am nächsten Tag bevor? Warenzeichenrecht. Er würde sich ein wenig einarbeiten. Bis Mittwoch galt es zu entscheiden, ob er das Mandat übernähme. Konnte ein kleines Bielefelder Textilunternehmen Markenschutz für den Begriff *bügelleicht* beanspruchen? Nicht gerade Udo Soltaus Domäne, solche Fragen. Aber man lernte nie aus. Alabaster. Ein Mineral, ein Gemisch, ein eingetragenes Warenzeichen? Sigrid regte sich. Er hob, schon schwerfällig, den Kopf, sie entzog sich, drehte sich wieder auf die Seite.

Er auch. Gute Nacht, Liebes. Er schloss die Augen. Es war ganz einfach. Man musste nicht mehr denken um diese Zeit. Nichts mehr wälzen. Der Tag war vorbei. Draußen vor der Jalousie lag die Nacht. Die fahle Straßenbeleuchtung. Und hier drinnen war alles gut. Alles wieder gut. Überstanden.

Du bist zu Hause, Udo.

Noch einmal tief Luft holen. Augen zu? Die Augen sind zu.

Das Ufo ist gelandet.

6

Gelandet, ja. Aber wo?

Du solltest imstande sein, auf diese Frage eine halbwegs klare Antwort zu geben.

Auf einem der dunklen, hölzernen Rotorblätter vielleicht, die der Ventilator so verbissen unter der geziegelten und blutrot gestrichenen Zimmerdecke kreisen lässt, als werde er sich, sobald dir endlich die Augen zufallen, von seiner Stange losreißen, das Dach durchfräsen und in den südlichen Sternenhimmel abschwirren?

Du hältst die Augen auf. Bis Tari aus dem Bett gleitet, den Ventilator, ohne dich zu fragen, ausschaltet und Ruhe einkehrt in der Pension Jujuy in einem unscheinbaren, aber gut angebundenen Winkel der Hauptstadt. Das Zimmer ist stickig, es hat außer der schmalen, nun geschlossenen Flügeltür zum Patio keine Belüftung. Als du noch einmal erwachst, ist dein Kopfkissen nassgeschwitzt. Du trittst zur Tür, um sie zu öffnen, es wird schon niemand eindringen und der Rotor nicht hinausfliegen, oder wenn, warum sollte er nicht? Man ist doch nicht zuständig, wenn man in einer Pension übernachtet. Tari schläft, das Knirschen des Türgriffs hat sie nicht geweckt. Du schiebst dich leise wieder auf die Matratze, zu ihr hin, streifst ihre nackte Schulter mit den Lippen. Du lässt deine Zunge vorsichtig ein Stück über ihre Haut gleiten. Tari zieht scharf die Luft ein, aber sie schläft weiter. Du reißt dich zusammen und drehst dein Kopfkissen um.

Oder vielleicht vor dem Ficus? So ist das nämlich: Du fliegst um die halbe Welt, und wo findest du dich wieder? Vor einem Ficus. Mit offenem Maul stehst du da. Schon die überirdischen Teile der Wurzeln sind Mauern, die dich überragen, aber nicht einschließen, sondern sich bereitwillig umrunden lassen; die Äste so dick und überlang, dass man dem Baum mit starken hölzernen Stützpfeilern hilft, unterm Gewicht seiner eigenen Extremitäten nicht zusammenzubrechen; das Laub so dunkel und dicht, dass unter dem Riesen kein Kraut gedeihen kann. Tari? Steht ein Stück entfernt, macht Fotos von dem Phänomen. Bestimmt hast du schon größere Bäume gesehen, das ist nicht der Punkt. Der Punkt ist das maßlos Ausgewucherte: eben dieser verworrene Exzess an Wurzeln, Ästen, Blättern inmitten einer sonst sehr adretten städtischen Parkanlage. Und als du mit offenem Maul dastehst, kommt ein gesprächiger junger Einheimischer daher – ein *porteño*, so klug macht dich dein Reiseführer, der über diesen Baum kein Wort verliert – und klärt dich auf: Das ist ein Ficus.

Ein Ficus?

»Sí, sí, amigo. Ficus.«

»Unerhört. *Gracias, amigo.*»

»De ná. De dónde sos?«

Woher du kommst? Keine Ahnung.

Ein Ficus. Als wäre dieses Buenos Aires eine Behörde und diese Plaza San Martín die Amtsstube, in der du dich eingefunden hast, um etwas geregelt zu kriegen, einer Vorschrift zu entsprechen. Ja, was glaubst du denn, wo du hier bist, Marco Tausol? Doch nicht auf der anderen Seite der Welt? Doch nicht so weit weg, wie du noch nie warst, bei weitem nicht?

Und wenn nicht vor dem Ficus, dann vielleicht auf den Peso-Münzen, die du bisher nur als Währung von Abenteuerromanen kanntest und die du nun leibhaftig in deiner Hand klimpern lassen kannst? Wunderschönes Geld, außen goldig, innen silbrig, mit einer prächtigen Sonne drauf. Wie soll die Deutsche Mark da mithalten? Die Deutsche Mark kann nur stabil und verlässlich sein. Sonst nichts. Stabil und verlässlich sind zwei Gegenteile von schön.

Oder seid ihr im Grün gelandet? Längst kein Tabuwort mehr. Das Grün ist wahr geworden, sobald der Bus sich durch verstopfte Ausfallstraßen gekämpft und die Hauptstadt in nordwestlicher Richtung verlassen hat, und es bleibt wahr auf der ganzen Strecke nach Rosario, einen Tagesritt von der Estancia Las Águilas entfernt.

»Die Pampa«, sagtest du, und Tari erwiderte: »Das ist doch Soja.«

»Welche Soja, eine Jonglierkollegin von dir?«

»Hab ich was gesagt, was du nicht hören wolltest?«

»Gott bewahre.«

»Das Grüne da draußen ist Soja. Das kannst du der alten Botanikerin in mir glauben.«

»Was treibt denn eine alte Botanikerin in dir?«

»Ihr Unwesen. Hast du sie nie bemerkt?«

»Ich dachte, das Unwesen wärst du.«

Sie räkelte sich in ihrem Sitz – *semi-cama*, Pseudobett, fast flach zurückklappbar, dergleichen hatten Busse im Deutschmarkland nicht zu bieten – und brummte wie ein Unwesen. Bevor Marco sie küsste, blickte er noch einmal hinaus und sah auf ein reifes Maisfeld in der Sonne.

»Fahr doch hin und schau es dir an. Das Geld kann ich dir geben.«

»Mama?«

Das war ihm herausgerutscht. Aber es war und blieb das Wort, das sie von ihm hören wollte, selbst wenn es klang wie eine Kurzform von *Bist du noch ganz dicht?*

»Was solls, wir haben doch das Geld. Und du hast gesagt, es ist dein sehnlichster Wunsch.«

Oho, Sigrid. Ihr habt das Geld. Wisst ihr nicht mehr, wie ihr es loswerden sollt? Gibt es plötzlich nichts mehr im Bunker auszubessern, keine überlebten Tapeten, keine zermürbten Leitungsrohre, keine unwirtschaftliche Heizanlage, keinen Pfusch beim Bau, der nun, ein Vierteljahrhundert später, einen Riesenrenovierungsbedarf nach sich zieht, und brauchst du gar kein neues Auto?

Sein sehnlichster Wunsch. Das hatte er gesagt? Vor dem eigenen Überschwang konnte einem bange werden.

»Letzten Sommer ging es dir so schlecht.«

Und was für eine Trauermiene sie zu diesen Worten plötzlich machte. Er musste die Zähne zusammenbeißen, um nicht zu erwidern: Du kannst doch nichts dafür. Es wäre keine Lüge gewesen, er hätte es ehrlich gemeint, aber sie hätte ihm nicht geglaubt. Eine komplizierte Angelegenheit, die Liebe zur Mutter, die älteste Liebe im Leben, die sich in diesem Moment ungewohnt heftig im Sohne regte. Er saß mit Sigrid im Café Hirsch und wollte es ihr gerne recht machen. Er wollte gerne etwas sagen, das sie erfreute, wollte sich staunend dankbar dafür zeigen, dass sie so beiläufig wie großzügig anbot, ihm seinen sehnlichsten Wunsch zu erfüllen, wollte sie zuvor noch darüber hinwegtrösten, dass es ihm letzten Sommer so schlecht gegangen war. Die Zähne wollte er nicht zusammenbeißen, im Gegenteil, er wollte den Mund auftun und reden, er wollte antworten und sich keinen einzigen gehässigen Gedanken machen.

Stattdessen sprach sie weiter: »Das hat mich sehr erschüttert. Du weißt, wie mich das erschüttert hat. Ach, Junge, ich will dich nicht nerven.«

Ihr Milchkaffee wurde kalt. Sie hatte ihr Zuckertütchen mehrmals zwischen Zeige- und Mittelfinger gedreht, nun nahm sie den Daumen dazu, und das Tütchen brach auf. Sie merkte es nicht, drehte es weiter und sah hinaus in den Tübinger Dezembertag, wohl weil sie dachte, dass sie hinausblickend den Jungen am wenigsten nervte. Wohl weil sie dachte: Anstrengend genug für ihn, dass ich ihn schon wieder besuche. Als wäre diese Art von Besuch – sie wohnte im Hotel, er entschied, wann und wo man sich sah, sie zahlte alle Rechnungen – für ihn anstrengend.

Oh, guck mal, Mama, den da draußen kenn ich aus der Klapse, das ist der Frank, der hat heute Freigang. Warte, ich hol ihn rein. Nee, nee, war nur Spaß. Hahaha. Der hat gar keinen Freigang, der ist ausgebrochen.

Als der letzte Rest Zucker über ihre Finger rieselte, hielt sie inne.

»Jedenfalls, wenn du willst, flieg doch hin in den Semesterferien. Das Geld würde ich dir geben.«

Sie begann in ihrer kalten Kaffeetasse zu rühren und wechselte das Thema.

»Und wegen Weihnachten: Überlegs dir. Du weißt, dein Zuhause steht dir offen, aber das heißt nicht, dass du bei irgendwas mitmachen müsstest. Wir machen ja selbst nichts. Nur den Baum, na ja, der gehört eben dazu. Ein kleiner Baum zumindest. Aber das braucht dich nicht zu stören. Du hättest so viel Ruhe, wie du willst. Wir würden dich in Ruhe lassen.«

Endlich gelang es ihm, etwas zu erwidern: »Auf der Südhalbkugel ist ja jetzt Sommer. Und in den Semesterferien immer noch.«

Unter der Sommersonne das satte Sojagrün, das bleiche Maisgelb, ein paar Pferde auf saftigen Weiden. Eukalyptus in hohen, fahlen Reihen oder dunkle, bauschige Piniengrüppchen. Und das einst baumlose Land war zwar flach, doch nicht so abwechslungslos eben, wie es einen die Aufzeichnungen der Vorfahren glauben machen konnten. Die

Pampa oder ehemalige Pampa wellte sich sanft, wenn ihr danach war. Dann wieder wuchtige Getreidesilos am Straßenrand oder Gehege voller schweigender Landmaschinen und wieder ein staubiger kleiner Ort mit seiner geschäftigen Busstation, an der man für ein paar Minuten Halt machte.

»Sag mal, wie du dich fühlst.«

»Was sind das für Anwandlungen, Tarilein?«

Das mochte sie nicht. Verniedlicht zu werden. Und er wusste nicht, warum er es tat, vielleicht störte ihn ihre Aufforderung wirklich, vielleicht hatte sie ihn bei etwas Wichtigem unterbrochen.

»Seit bestimmt einer Stunde hast du den Mund nur noch zum Seufzen aufgemacht.«

»Ich habe nicht geseufzt.«

»Geseufzt und geächzt wie ein alter Mann unter der Last seines ausgewucherten Lebens.«

»Guck mal raus, das muss hier schon Rosario sein. Gleich steigen wir um.«

»Slums.«

»Sieht so aus. Ein bisschen. Ist eben nicht das Schwabenland hier.«

Die Wellblech- und Pressspanhütten gingen in unregelmäßige Wohnquader aus nacktem Beton über, zwischen denen sich Kinder auf Rasenflächen voller alter Plastiktüten von der Mittagshitze nicht am Fußballspielen hindern ließen. Dann folgten, dicht an dicht an die schmalen Gehwege gereiht, einstöckige Bauten, fest gemauert und bunt angemalt, darin Werkstätten, Grillkneipen und Läden, die Sanitärkomponenten oder Tierfutter feilboten.

Und kaum dass die Gebäude höher zu werden begannen, überragte sie bei weitem ein cremeweißer Turm mit Uhr, der eine halbwegs schnörkelige Kirche antäuschte, aber das Wahrzeichen des Fernbusbahnhofs Mariano Moreno war.

Einen Beutel voll kleiner Teigtaschen und zwei Fahrscheine in den Händen, bestieg Tari eine Stunde später an der ölgetränkten Haltebucht 34 einen doppelstöckigen Bus des Unternehmens Güemes, während Marco an der Kofferraumtür desselben Fahrzeugs hektisch nach einer der hübschen Münzen suchte, um den Gepäckmann fürs Verstauen der beiden Rucksäcke zu entschädigen.

»Für einen Peso außerdem sing ich ein Liedchen euch noch vor / und sag auf Wiedersehn, kommt wieder zum Bananen-Señor.«

»Schön und gut, aber bevor wir jetzt auf Abwege geraten –«

»Das haben wir im Musikunterricht gesungen. Ohne Scheiß. Ich meine: Singen die Südamerikaner auch so was über uns? *Für einen Pfennig außerdem tanz ich noch Schuhplattler für euch / und sag auf Wiedersehn, kommt wieder einmal übern großen Teich.«*

»Zurück zur Frage, wie du dich fühlst.«

Er seufzte.

»Verflossene Größe durchzuckt mich. Noch ein halber Tagesritt, und das Land da draußen hätte mein Besitz sein können. Ich fühle mich um mein Leben als Argentinier betrogen.«

»Und hast eine Stinkwut auf deine Eltern.«

»Nein, eine Wut, die sich gewaschen hat.«

»Und hilft es?«

»Natürlich nicht.«

»Aber du weißt doch, sie hatten keine andere Wahl. Perón wollte sie enteignen.«

»Andere Gringos sind, soweit ich weiß, auch geblieben.«

»Die waren von anderem Schrot und Korn.«

»Von anderem Schlag, aus anderem Holz. Nicht vom Stamme Soltau, nicht vom Stamme Nimm und Renn.«

»Irre ich mich, oder kommen wir deiner komischen Laune gerade wirklich auf die Spur?«

»Du irrst dich. Wie könnte ich denn Argentinier sein wollen? Wo ich doch mit Leib und Seele Tübinger bin.«

Er wandte den Kopf wieder zur Scheibe. Dass er am Fenster saß, hatte Tari bestimmt; als er hereinkam, hatte sie schon den Platz am Gang eingenommen. Er sollte ja schauen. Er fror. Draußen waren dreißig Grad, aber diesen Bus verwandelte die Klimaanlage in einen Kühlschrank. Den Argentiniern auf den Sitzen ringsum schien es nichts auszumachen. Sie trugen Shorts und Tops oder Muskelhemdchen, unterhielten sich unbeirrt oder dösten vor sich hin.

Wieder Soja. Mais. Soja. Eine gedrungene Ziegelbrücke über einen Bach oder Kanal mit schlammigem Wasser. Weide, immerhin auch mal wieder Weide. Und Rinder, zwei oder drei Dutzend um eine große Pfütze versammelt. Fleckvieh. Unter einem blauen Himmel, auf dem blasse Wolken zerflossen. Nun ein breit geschwungenes, schneeweiß getünchtes Brettertor, das, von Eichen gesäumt, in der Sonne schimmerte und über dem ein Schild mit der

Aufschrift *Estancia Los Robles* hing; und die Piste, die von der Landstraße dorthin führte, setzte sich hinter dem Tor als schnurgerade Allee fort. Ein paar weitere Abzweigungen dieser Art passierten sie noch, mal waren die Tore weiß, mal nicht, aber ein jedes hatte sein Namensschild und hinter jedem begann eine Allee, deren Ende die dicht belaubten Baumkronen verbargen. Der nächste Ort, in dem der Bus hielt, hieß Ibarra.

»Soweit ich weiß, ein Nachbar von damals.«

No soy de aquí ni soy de allá / no tengo edad ni porvenir.

Das musste er halblaut gesungen haben, eine ältere Dame vor ihm und ein Bursche im Muskelhemd drehten die Köpfe in seine Richtung.

»Es Argentino«, sagte Tari ihnen, auf den Sänger deutend und heftig nickend.

»Was erzählst du den Leuten da? Und seit wann kannst du Spanisch?«

»Kann ich doch nicht. *Empanada?*«

Sie hielt ihm die Tüte mit den Teigtäschchen hin. In seinem Kopf hampelte wieder der Bananen-Señor.

Aussteigen mussten sie an der Station La Huerta, der Fahrer hatte sich in Rosario zweimal vergewissert, dass sie es ernst meinten. Draußen schlug ihnen die Hitze auf die Schultern wie ein Onkel Günther, der eine Flasche Wein intus hatte. Wann war Onkel Günther zum letzten Mal hier gewesen? Gleichviel, Rucksäcke auf und los.

Halb vier, das Dorf lag noch in der Mittagsstarre. Zwei Frauen, die im Schatten des Stationshäuschens Mate schlürften, wohl Mutter und Tochter, ein Mann, der sich auf einem Klappstuhl an die Straße gesetzt hatte, zwischen einem scheppernden Radio und einer schlafenden Katze; sonst sahen sie niemanden. Einen Häuserblock von der Haltestelle entfernt sollte es eine Pulpería namens El Nórdico geben, und dahin sollten sie kommen, so war es mit Herrn Moretti ausgemacht.

»Und warum heißt das Pulpería?«

»Weil alles, was da drin abgeht, Pulp ist. *Ya verás, Tarita.*«

»Tarita? Es wird ja immer schlimmer. Jetzt sind wir so weit weg von zuhause wie nie, und du willst mich wieder zur Rita machen. Mirko.«

El Nórdico, verhießen dunkle Keramiklettern über dem Türbogen eines freistehenden Baus mit weiß und ocker gescheckten Mauern. Drinnen ragte brusthoch eine ausgeblichene Theke, und eine Handvoll Gäste verteilte sich an groben Holztischen auf dürren schmiedeeisernen Stühlen. An den Wänden hinter dem Tresen zogen sich Regalbretter bis zur Decke hinauf und trugen unter einer kleidsamen Staubschicht Unmengen historischer Gefäße, von Kaffeepulver in Dosen bis zu Fliegenfallen in Kästen, von Oliven- bis Schmieröl; Gewürz- und Zuckerpäckchen, blecherne Teekessel, Arzneiphiolen, Bier, Wein, Schnaps, Limonade, Süßigkeiten in bunter Glitzerfolie, auf einem der Bretter auch eine Pyramide aus Stoffschuhen mit Korksohlen.

»Nix Pulp«, sagte Tari, nahm ihren Rucksack ab und setzte sich an einen Tisch nah der Theke. »Cowboyfilm.«

»Gauchofilm.«

»Ach, hör mal, die Musik. Die kennen wir doch.«

Marco wischte sich den Schweiß von der Stirn und sah sich weiter im Stehen um.

Die Musik. Der berittene Barde mit dem Rauschebart,

Herr Cafrune, in seinem Element. Hier spielt die Musik. Von hier kommt sie, hier ist sie daheim, hier klingt sie, wie sie wohl klingen soll; wie sie gedacht ist. Hör schön zu und halt dich an ihr fest. Schau, die Staubteilchen, die machen es richtig, wie sie im Sonnenlicht zu ihr tanzen.

Rubia Moreno, pulpera gaucha / de falda roja, vincha y puñal / No había viajero que no te nombre / sobre el antiguo camino real.

Endlich die Ablösung für den bekloppten Bananen-Señor. Und nun soll sich bitte hinter der Theke noch die Tür auftun und er selbst heraustreten: Cafrune, die Gitarre vor dem beträchtlichen Bauch und einen Bart, so gewaltig wie der Ficus von der Plaza San Martín. Sein Lied soll er zu Ende schmettern und dann bitte ein paar kühle Biere vorschlagen. Wie heißt das Bier, das es hier überall gibt? Quilmes. Da steht es wieder, auf einem alten Blechschild im Regal.

Die Tür hinter der Theke blieb verschlossen, aber in der Tiefe des Schankraums hatte sich ein glattrasierter alter Mann von seinem Stuhl erhoben, schien einen zweiten alten Mann auf ein andermal zu vertrösten und schritt dann auf die Ankömmlinge zu.

»Der Patrón?«

»Werden wir gleich sehen.« Marco rieb sich das Gesicht.

Der Alte sprach zunächst Tari an, wies auf ihren Rucksack und schüttelte den Kopf.

»Er sagt, eine Tasche auf den Boden zu stellen bringt in Argentinien Unglück. Tasche am Boden heißt: Bald ist sie leer.«

»Chicos, ¿cómo andan? ¿Tuvieron un viaje agradable?«

Das fragte er mit erhobener Stimme und ausgebreiteten

Armen. Er war groß, überragte, obwohl sicher Mitte siebzig, Marco um einen halben Kopf, und an seinem kahlen Schädel standen die Kieferknochen hervor, als hätte er sich einen Stock quer in den Mund geschoben. Die Sonne hatte die Haut seines zerfurchten Gesichts zu einem feinen Muster aus dunkelbraunen und rosaroten Punkten gebrannt.

»Juan Moretti. *¡Bienvenidos!*«

Dazu drückte er Marco kräftig die Hand und küsste Tari auf die Wange. Sehr erfreut, vielen Dank, erwiderte Marco und scheiterte an der Beteuerung, die Reise sei angenehm gewesen.

Und Moretti: Wenn ihr schon mittags gekommen wärt, hätten wir ein Asado gemacht.

»Aber wir mussten doch von Rosario aus noch einen ganzen Tagesritt hinter uns bringen«, gab Tari zurück, die ihn offenbar verstanden hatte. Marco übersetzte ihre Worte, so gut er konnte.

»Muy bien«, lachte der Alte und tätschelte Taris Rücken. Egal, fügte er hinzu, wir machen das Asado einfach heute Abend. Soweit er sich erinnere, habe man es damals, als Marcos Eltern kamen, auch so gehalten.

»Er freut sich immer besonders, wenn er etwas genauso machen kann wie seine Eltern.«

»Tarita, wenn du Herrn Moretti mit Sprüchen auf meine Kosten beeindrucken willst, lern bitte Spanisch nicht nur zu verstehen, sondern auch zu sprechen.«

»Mach ich. Entschuldigung.«

»Hola, chicos, ¿qué van a tomar?«, fragte ein Mädchen mit schläfrigen Lidern, das an des Barden statt hinter der Theke aufgetaucht war.

»Was wir trinken wollen, fragt sie.«

»Dos porroncitos, ¿no?«, schlug Moretti vor, und eine Antwort warteten weder er noch das Mädchen ab. Zu Marcos Erleichterung – er kannte *porroncito* nicht, nur *porro*, aus Spanien, wo es Joint hieß – brachte sie kleine Bierflaschen.

»Kwilmes«, sagte Tari, »Kilmes«, korrigierte Marco unwillkürlich.

Dann ist im Arsch Kilmes.

Wer hat das gesagt? Mit rheinischem Akzent. Wer spricht Rheinländisch, außer, in seltenen Wendungen, Udo?

Günther. Günther natürlich. *Du, dann is aber im Arsch Kirmes, hahaha!* Wann mag Old Günther zuletzt hier gewesen sein? Es wäre wohl an der Zeit, ein paar Grüße aus der Alten Welt auszurichten.

Moretti führte seine Gäste zu einem viertürigen Pick-up, der hinter der Pulpería in der Sonne briet. Auf der Fahrt durchs nun wache Dorf grüßte der Alte in alle Richtungen, jeweils mit einem Kopfnicken und indem er kurz die rechte Hand vom Schaltknüppel hob.

Zweihundert Seelen. Keine Ahnung, warum hier überhaupt ein Dorf ist. Am Anfang stand wohl die Pulpería mit diesem komischen Namen. El Nórdico. Soweit ich weiß von einem Teilhaber deiner Vorfahren gegründet, Jorge – Jorge – wie sagst du? Chenrich Yirk? Na, bleiben wir bei Jorge. El Nórdico, das klingt hier auch seltsam. Hast du gesehen, wo die Sonne steht? Genau. Da zeige ich euch nachher noch was Lustiges. Norden ist, wo es heiß und feucht ist. Aber dieser Jorge soll wie ein – wie heißen die? – wie ein Wikinger soll er ausgesehen haben. Kommt ihr zurecht mit dem Wetter hier? Ihr habt in Deutschland jetzt Winter, was? Ich war nie in Deutschland. Vielleicht sollte ich es nachholen. Aber so sind wir. Wir bleiben hier hocken, auf dem Land. Mehr oder weniger. La Huerta, da hört es schon auf. Du siehst, jeder kennt jeden. Zweihundert Seelen. Wer hier lebt, arbeitet entweder bei uns oder hat selbst ein paar kleine Felder. Da drüben, Ibarra, das ist schon eine kleine Stadt. Über fünftausend Einwohner. Da hatten sie den Bahnhof, Azotea hieß er früher. Was heißt hatten, der Bahnhof ist ja nicht verschwunden. Aber da hält nur noch zweimal in der Woche ein Güterzug. Den Rest machen die Busse. Und natürlich die Autos. Dieses Land hat sein Eisenbahnnetz ruiniert. Ibarra hat den Bahnhof und La Huerta die Pulpería. Habt ihr gesehen? Etwas Besonderes, diese Pulpería. Alles wie damals, mehr oder weniger im Urzustand. Eine Attraktion, damit kann man Touristen anlocken. Die Leute wollen ja wissen, wie es früher hier war. Also manche wollen es wissen. Wieso sollten sie sonst in diese Gegend kommen? Rede ich zu schnell? Hier fahren wir links, nehmt euch ein bisschen in Acht, der Weg ist schlecht. Im Februar hatten wir Unwetter, da traten die Bäche über die Ufer, und seitdem taugt der Weg nichts mehr. Wir könnten einen anderen nehmen, dieser ist nicht mal der kürzeste, aber du sollst schon ein bisschen vom Land deiner Väter sehen, ehe wir nach Hause kommen. Was da auf dem Zaunpfahl sitzt? Jawohl, eine Eule. Von denen gibt es hier viele. Soll ich anhalten? Doch, solche, die nachts wach sind, haben wir auch. Die sind größer. Uhus. Diese kleinen aber sind tagsüber – ach, der da: ein

Carancho. Und noch einer, auf dem nächsten Pfahl. Siehst du ihn? Willst du, dass ich anhalte?

Diesmal bremste er wirklich, doch als Marco die Tür öffnete, hoben die beiden großen Greifvögel sich mürrisch in die Luft und entschwebten über dem frisch geernteten Maisfeld.

Ja, Caranchos. Das war nicht die letzte Gelegenheit, auch von denen haben wir jede Menge. Früher sah das Land ganz anders aus. Aber seit überall Getreide steht, haben sie noch leichteres Spiel. Egal. Uns stören sie nicht. Als hier Schafe gezüchtet wurden, war der Carancho eine Plage. Ein schlimmer Feind. So ein Vogel ist imstande und schnappt sich ein schlafendes Lämmchen. Seht ihr? Soja. Soja und wieder Soja. Das pflanzen wir jetzt. Der Mais wird in diesen Tagen geerntet, die Soja da drüben ist auch bald dran. Schon ziemlich trocken. Die hier vorne noch nicht, siehst du den Unterschied? Die hat noch ein paar Wochen. Ja, früher war das hier alles Weideland. Weide für Rindvieh. So gut wie alles. Mich geht es nicht mehr viel an. Ich habe meinen Garten und halte mich raus. Die Jungs sagen, sie müssen Soja pflanzen, sie sagen, das ist das Einzige, was sich heutzutage lohnt. Das Geschäft liegt in ihren Händen. Im November wird der Weizen geerntet, dann kann man Soja aussäen, und im Winter wieder Weizen, das greift ineinander. Interessiert ihr euch für Landwirtschaft? An einem anderen Tag hätten wir uns in Rosario treffen und zusammen hier rausfahren können. Tut mir leid, dass das heute nicht möglich war. Ich wohne in Rosario, seit Jahren schon, bin nur noch ab und zu hier. Also doch nicht ganz auf dem Land geblieben auf meine alten Tage. Aber gerade jetzt gab es ein paar

Dinge mit den Pächtern zu regeln, vorgestern musste ich kommen. Deshalb konnten wir uns nicht in Rosario treffen. Ich wäre gerne mit euch von dort aus hergefahren. Es gibt an der Strecke ein paar interessante Sachen, die man erzählen kann. Aber der Bus fährt fast denselben Weg. Wie war der Bus? Ein Kühlschrank? Klimaanlage. Besser als ohne, glaubt mir. Ja, ja, wir haben auf dem Land immer noch ein paar Pächter. Alte Freunde oder Bekannte, im Prinzip haben wir ihnen die Felder geschenkt. Was solls. Der Herr eben in der Pulpería war einer von ihnen. Facundo. Rosario, ich mag die Stadt. Habt ihr ein bisschen Zeit gehabt, sie euch anzuschauen? Nein? Nicht einmal am Fluss gewesen? Das Flaggendenkmal, schön und gut – aber der Fluss! Die Costanera. Das müsst ihr nachholen. Und dann geht ihr essen. Der Busbahnhof? Ja, wie eine Kathedrale. Die Bahn wird zugrunde gerichtet, und den Bussen baut man eine Kathedrale. So ist das in diesem Land. Aber wenigstens sitzt man bequem. Im Bus, meine ich. Das sind die Zeiten. Zeiten der Soja und Zeiten der Buskathedralen.

Er lenkte er den Pick-up an einer Abzweigung nach rechts, und Tari sagte: »Da schimmert wieder so ein weißes Tor.«

»Ich sehe nichts.«

»Aber die Bäume da. Die Allee. Die siehst du doch.«

»Ich sehe gar nichts. Schon die ganze Zeit.«

Der *monte* dort, Chicos. *Monte*? Nein, nein, das soll nicht Berg heißen, Monte sagt man hier – seht ihr die Bäume da? Das ist der Monte von Las Águilas. Wir sind gleich da. Rinderland, altes Rinderland. Das war einmal. Jetzt haben wir nur noch zweihundert Tiere auf der Weide. Es lohnt sich nicht mehr. Die kann man von hier aber nicht sehen, die grasen ein ganzes Stück östlich von hier. Das da vorne? Nein, das ist ein *tambo*. Das sind Milchkühe, die aus der Krippe fressen. Die zählen nicht. Reitet ihr?

»Reitest du?«

»Wieso ich?«

»Fragt er gerade. Du verstehst ihn doch.«

»Ich verstehe die großen Zusammenhänge.«

»Pues ella sí. Yo no.»

»Bien.»

»Lo siento.«

»Was denn?«

»Ich habe ihm gesagt, dass du reitest und ich nicht.«

»Da können wir nur hoffen, dass er es darauf beruhen lässt.«

»Auf einmal so kleinlaut?«

Sie blickte ihn wütend an. »Was heißt hier kleinlaut? Weißt du, wo ich hier bin?«

Far away, where we might laugh again.

»Wo du hier bist. An meinem Ende sind wir angekommen. Aber für dich gilt das ja nicht.«

»Was gilt nicht für mich?«

»Das mit dem Ende. Du kannst immer noch weiter gehen. In diesem Fall wohl nach Westen. Du gehst einfach weiter, und nach einiger Zeit erblickst du die Anden. Du steigst rauf und sagst zu den Musikanten: He, wir kennen uns doch von mittwochs auf dem Holzmarkt in Tübingen? Und sie so: Hajoh, klar. Tari, Mensch. So kloin isch die Welt. Tringsch e Mate mit?«

»Was ich sagen wollte, Marco: Auch wenn ich, wie gewohnt, große Töne spucke, bin ich doch tatsächlich ziemlich weit weg von zuhause und sehne mich gerade nach einer kleinen Umarmung.«

»Oh. Ich Glückspilz. Wie wärs mit einer gar nicht mal so kleinen?«

Auf den meisten Strecken hier kommt man aber auch mit dem Fahrrad ganz gut zurecht. Dein Vater und deine Mutter, die konnten ja reiten. Seht ihr die Bäume da vorne? Jacarandas. Die hat dieser Jorge, der seine Karriere mit der Pulpería begann, pflanzen lassen. Hier steigen wir aus.

Moretti ließ den Wagen in einen offenen Schuppen rollen, in dem schon ein Traktor stand. Zwei Hühner stoben schimpfend hinaus ins Grün. Die Jacarandabäume säumten einen Kiesweg, über dem die Buchstaben *Las Águilas* in einen gemauerten Bogen eingelassen waren. Der Weg mündete auf ein weitläufiges, ebenfalls kiesbedecktes Rund. Hinter einer steinernen Veranda mit schneeweißen Säulen erhob sich das Haupthaus der Estancia. Der Eingang sprang hervor, und über der breiten zweiflügligen Tür sah ein kreisrundes Fenster ganz neu aus, war wohl erst kürzlich in die Mauer gebrochen worden.

Du bist hier falsch.

Was all die alten Bilder zeigten, war nicht wiederzuerkennen. Außer dass das Haus auf ihnen ebenfalls an einer größeren Freifläche zu stehen schien. Doch sonst? Von Jacarandabäumen hatte Sigrid geschwärmt, von überwältigender lila Blütenpracht.

Da müsstest du auf den Frühling warten. Aber du bist falsch.

Offenbar wurde am Dach gearbeitet. Auf der Veranda und seitlich im Gras lagen flache Ziegel gestapelt, standen

Schubkarren, Leitern, Zementsäcke und eine Mischmaschine bereit.

Links und rechts vom Haupthaus reihten sich im Halbkreis niedrigere Gebäude. Aus einem davon schoss ein buntgefleckter Hund bellend auf die Ankömmlinge zu, begnügte sich jedoch mit dem Effekt, dass Marco Taris Oberarm umkrallte und den Drang, hinter ihr Schutz zu suchen, mühsam unterdrückte, und drehte ab in Richtung der Allee.

Wir bauen gerade um. Also das liegt in den Händen der Kinder. Meinen Garten werden sie nicht antasten. Gehen wir rein. Ach, halt, ich wollte euch ja noch etwas zeigen. Schaut.

Moretti trat ein paar Schritte zurück auf den Platz.

Nun sinkt die Sonne schon. Egal. Kommt her, kommt her. Schaut. Auch wenn du sonst in diesem Haus kaum einen Ziegel mehr von damals findest, die Grundmauern sind dieselben, die dein Ur-Urgroßvater vor 130 Jahren errichten ließ.

Er machte eine bedeutsame Pause.

So haben sie gebaut, die Einwanderer aus Europa. Nicht nur deine Leute, viele andere auch. Sie wollten die Sonne in ihren Zimmern haben und richteten ihre Häuser nach Süden aus. Wie dieses hier. Nach Süden.

Er ließ ein heiseres Kichern folgen und ging die Stufen zur Veranda hoch.

Ein riesiger Grill über einem Bett aus glühenden Kohlen, in dem ein Marco Soltau ohne größere Verrenkungen von Kopf bis Fuß Platz finden konnte. Wohl bekomms! *¡Salud!*

Quilmes und noch anderes südliches Bier, auch süßlich schwerer Wein, und jenseits der Gläser ein verschwommener Reigen von Gesichtern zur Linken und zur Rechten des kantigen Morettischädels. Seine Frau, dunkel, rund, überschwänglich, hörte nicht auf, Tari den Arm zu tätscheln und die Wange zu streicheln. Daneben seine Tochter mit Baby, wie hieß sie, Angela oder Angélica, und wie hieß das Baby, ein Mädchen, kein halbes Jahr alt, aber schon Ohrringe, und wie hieß ihr Mann im hellen Hemd mit Gittermuster? Weiterhin, ohne Anhang, einer von Morettis Söhnen, mit dröhnendem Bass, doppelt so breit wie der Vater, aber die gleichen wasserhellen Augen. Eine alte Frau mit schwarz gebliebenem Haar und seltsamem Namen, Dulce, das bedeutete doch süß; ein gütiges, unbegreifliches Indianerinnengesicht hatte sie, sprach kaum ein Wort. Dann zwei Familien in Khakishorts, die eine drei-, die andere vierköpfig, denn die Morettitochter hatte begonnen, auf der Estancia Zimmer zu vermieten, und fürs Erste kamen Wochenendgäste aus Rosario oder aus der Stadt Santa Fe, Freunde von Freunden mit Nachwuchs im Vorschulalter.

Der betörende Duft der Opferrinder in der Sommernacht: *¡Un aplauso para el asador!* Der Grillmeister, ein Mann mit fast so viel Bart wie Don Cafrune, nickte nur stumm und tischte Blutwurst und Chorizo und Darmstücke auf. Ohne Scheu biss Tari hinein, und da wollte Marco nicht zurückstehen. Ein Applaus, ein Applaus. Eine Mücke, die er leise hörte, nah bei deinem Ohr. Oh, Sommer. Sommer, schon nach einem halben Jahr wieder. Ein halbes Jahr danach. Gelandet. Moretti lachte ihn an, und die Zähne, die er zeigte, schienen alle noch seine eigenen zu sein.

Wessen auch sonst? Bleiben künstliche Gebisse im Besitz des Zahntechnikers, der sie angefertigt hat?

Schluss jetzt.

Schon deine Eltern haben so ein Asado gegessen. Sie haben dir nie gesagt, wie es geschmeckt hat. Wollten sie dich von hier fernhalten?

Schlussjetzthabeichgesagt. Was für ein Blödsinn, wer hat mir denn die Reise gezahlt?

Blutwurst und Gedärme, frisch aus der Glut. Mit Salat: grünem Salat, Tomaten, Zwiebeln. Betörender Geschmack der Opferrinder. Sie sollen nicht sinnlos gestorben sein, sie sollen so vollständig wie möglich in uns weiterleben, gebt uns ihr Blut, ihre Därme, und lasst uns essen, wie wir noch nie gegessen haben! Nach den Därmen kommen die dicken Rippen und schließlich die Steaks – die Steaks, wir werden doch vor den Steaks nicht schlappmachen, den Steaks, die schmecken wie noch nie. Unter dem Sommernachthimmel, unter den südlichen Sternen, in der Pampa, endlich in der Pampa – was wollen wir mit Tübingen, wenn wir in der echten Pampa sein können?

»Sind wir wirklich hier?«

»Frag mich morgen, Marco. Heute bin ich nirgends mehr. Meine Seele ist in den Leib einer toten Kuh gefahren.«

»Da trifft sie auf die meine, und sie werden sich verschwistern.«

»Willst du jetzt doch mit mir verwandt sein?«

»Nur seelenverwandt.«

»Und wie fühlst du dich?«

»Ich dachte, das hätten wir gerade geklärt.«

»¿Todo bien, chicos?«

»Más que bien, señor Moretti, mucho más que bien.«

Ganz wunderbar sogar, hier im Grün, im tiefsten Grün der Nacht, auf einer Welle aus Endorphinen und Rinderfett.

Aber glüht da nicht ein Marco Soltau durch, im Kohlenbett unterm Parillarost? Wird er nicht zu Asche zerfallen?

Das kann keiner wissen.

Vielleicht wird er sich auch aus der Asche erheben. Aber haben meine Eltern, als sie hier waren, wirklich das Gleiche gegessen wie wir jetzt? Haben sie nicht etwas ganz anderes gegessen? Hat nicht das Essen für sie einen ganz anderen Stellenwert? Sie gehören doch einer ganz anderen Generation an.

Deine Eltern gehören zwei verschiedenen Generationen an.

Waren meine Eltern hier?

Noch ein Bier, bitte. Und noch Wasser. Das Messer mit dem Holzgriff und der Sägeschneide wieder tief ins Fleisch gerissen, ins einzuverleibende.

Einverleiben. Und umgekehrt: selbst ein Teil davon werden. Ein Teil von all dem Grün. Die Kuh isst die Pampa, ich esse die Kuh, die Pampa isst mich. Bejahen, einfach bejahen und weiteressen. Umgeben von all den argentinischen Gesichtern. Die Kinder der drei- und vierköpfigen Familien sind allerdings zusammen spielen gegangen, auf der runden Plaza, deren Kiesel im Sternenlicht schimmern.

Plaza, Plaza – da seid ihr ja wirklich. Wie kann das sein? Oder muss das sein? Kann ich machen, was ich will, und reise doch immer nur euch hinterher?

Was sagst du, Sigrid? Nicht so wispern bitte, wir sind in Gesellschaft, da haben wir doch einen Lärmpegel.

»Auf dieser Plaza in Buenos Aires, ich weiß jetzt nicht mehr, ob es Plaza de Mayo war oder –«

»Plaza de Ketchup.«

»Also auf dieser Plaza, das war seltsam. Da saßen auf einer Bank im Schatten ein paar alte Männer und fütterten die Tauben. Und als wir näher kamen, merkte ich: Die redeten deutsch miteinander. Ich habe mich so erschreckt! Und ich weiß noch, ich dachte: Hoffentlich sind das Juden.«

Aber dann ging sie schnell weiter, ohne die Männer zu fragen. Und siehe da, die Szene verfolgt sie bis heute. Hätte sie damals Halt gemacht und die Alten angesprochen, würde sie die Szene vielleicht auch verfolgen. Ziemlich sicher sogar. Aber sie wüsste, wer sie waren. Was heißt, sie wüsste: Sie hätte eine Aussage von ihnen. Und es wäre diese Aussage, die ihr zu schaffen machen würde, und weder die Ungewissheit, wer sie waren, noch die Gewissheit, dass sie zu feige war, sich bei ihnen zu erkundigen.

»Das ist der Unterschied, Tari.«

»Was? Ich kann nicht mehr.«

»Dass ich ihnen eben nicht nur hinterherreise. Sondern ich will etwas anderes als sie. Also als sie gewollt haben.«

»Tut mir leid, Marco, ich versteh wirklich kein Wort mehr. Ich bin –«

»¿Cómo va, chicos?«

»De verdad, nunca he comido tan buena carne como hoy – y nunca tanta carne tampoco.«

Da lachte Moretti schallend. *»Un gusto teneros aquí.«*

»Encantados. Todo un placer.«

»Du redest ja wie ein argentinischer Wasserfall.«

»Ich sauge die Sprache mit dem Rinderblut auf. Aber was ich eben sagen wollte –«

»Morgen, okay?«

»Ich will wissen, was das hier ist. Wirklich wissen. Also was es in mir ist. Also Quatsch, eben nicht nur in mir, eben auch – was rede ich?«

Sie antwortete nicht mehr. Er fuhr fort: »Hoffentlich sind das Juden, hat sie gesagt.«

Und er dachte an die Weinsteins, blieb nun aber stumm. Udo und Günther hatten sie erwähnt, manchmal, wenn sie dem Satz *Die Estancia, das waren Zeiten* noch ein paar weitere Sätze folgen ließen. Die Geschwister Weinstein, als Hauslehrer auf Las Águilas angestellt, hatten Günther die Grundrechenarten beigebracht und Udo das Zeug zu einem Bonner Nachkriegsabitur mit auf den Rückweg übern großen Teich gegeben. Ja, was mochte aus ihnen geworden sein? Nach Buenos Aires waren sie gegangen, nach ihrer Zeit auf der Estancia, so viel wussten die Brüder Soltau. Udo hatte ihnen noch sein Reifezeugnis geschickt, mit artigen Worten, da hatten sie sich gefreut. Die Weinsteins, ja sicher, sie waren Juden. Das ließ sich unaufdringlich erwähnen, wenn man zeigen wollte, dass die eigene Familie nicht zu den Barbaren gehört hatte. Hurra, Pfründe in Übersee; ein Glück, vor den Nazis und ihrem Krieg dorthin ausgewichen; und ja sicher, jüdische Hauslehrer. Aber als Udo hierher zurückkam, forschte er nicht nach ihrem Verbleib. Fair bleiben: Auf seiner Hochzeitsreise hat man doch anderes im Kopf. Zum Beispiel den Verkauf der Estancia. Las Águilas, bei den Morettis in besten Händen. Wenn dieser Kamp immer noch Udo und Günther gehörte – nicht auszudenken. Dann wären Udo und Günther nicht Udo und Günther.

Der voluminöse Moretti junior hatte im Lauf der Mahlzeit ein Angebot nach dem anderen gemacht, was er den Besuchern in den nächsten Tagen alles zeigen könne, und Marco hatte jedes Mal *Ja, gerne* gesagt, mit derselben kopflosen Höflichkeit, mit der er die Moretti-Tochter für die behagliche Gestaltung der Gästezimmer lobte, von denen er nur eines flüchtig kannte und nicht wusste, ob er es behaglich fand. Würden sie also in den nächsten Tagen auf dem Mähdrescher mitfahren, würden sie zusehen, wie der Abgesandte der US-Konzerntochter Santa Fe Agroquímica sein Wunderköfferchen mit frisch patentierten Saatgutproben öffnete, würden sie der Wiederinbetriebnahme eines renovierten Silos und der Geburt eines Kalbes beiwohnen und erleben, wie in der *quinta* von Ibarra Folklore gespielt und Tango getanzt wurde?

Hier seid ihr, sagte mit seinem breiten Lächeln der alte Moretti, als gälte es, vor dem Schlafengehen noch letzte Zweifel auszuräumen: *»Muy buenas noches.«*

Wenn das Auge sich an all die Soja gewöhnt hat, fällt sie nicht mehr auf, und man sieht stattdessen das andere.

Etwa dass die Grüntöne die einzig satten Farben sind. Die Zaunpfähle ausgeblichen, die Erde fahlbraun. Und das Himmelsblau verwaschen, wo nicht weiß verschleiert. Oder dass, wohin man blickt, Libellen schwirren, groß, doch unscheinbar, dunkel, aber fast farblos. Oder dass der Ombú in der Tat mit einer anderen Selbstverständlichkeit in dieser Landschaft steht als alle anderen Bäume. »Die Pampa ist baumlos«, schrieb Karl Soltau, der Ur-Urgroßvater, einst an die liebe Ur-Ur-Urgroßmutter: »Zur Verdeutlichung mag Dir dienen, dass eine Gegend hier *Cañada del Árbol* heißt, die ›Niederung mit dem Baum‹. Dass ein solcher dort von Natur aus steht, ist außergewöhnlich genug, um daraus einen Flurnamen zu machen. Auf dem Kamp von Águilas sind in der Tat alle Bäume vom Menschen gepflanzt, bis auf zwei, die Ombú genannt werden. Diese stehen, jeder für sich allein, mitten im Grasland, sind von hohem, jedoch plumpem Wuchs und sollen hier heimisch sein. Ihr weiches Holz taugt weder zum Bauen noch zum Verfeuern, aber die Gauchos wissen andere Eigenschaften am Ombú zu schätzen: Sie nennen ihn den Schönen Schatten.«

Bei den zwei Exemplaren von damals war es nicht geblieben. Moretti hatte den Gästen am Vortag auf der Fahrt von La Huerta einige Ombús gezeigt, und nun, ohne den Patrón unterwegs, erkannten sie weitere, am Rand eines Feldes oder auf einem freien Stück Wiese, und waren auch schon abgestiegen, um die runzlige Rinde und die langen ledrigen Blätter gebührend zu befühlen.

Fast überall, wo sie entlangfuhren, gab es Wege. Manchmal kaum breiter als ein schlingernder Reifen, manchmal so spitzsteinig, dass sie, aus Furcht vor einer Panne oder aus Rücksicht auf leichte Kopfschmerzen, die Räder schoben. Einmal versperrte ein riesiger schwarzer Leguan die Weiterfahrt; über die ganze Pfadbreite ausgestreckt, bewegte er die gelbbraunen Augen, sonst nichts, selbst als Tari ihn mit der Fußspitze berührte.

»Schau dich jetzt nicht um«, flüsterte Marco hinter ihr.

»Wieso nicht?«

»Weil du mich nicht mehr sehen würdest. Ich bin jetzt diese Echse. Und dieser Weg ist dein Leben.«

»Gib mir Wasser, du Echse.«

Er gab ihr die Flasche, und sie schüttete einen Schwall auf den Leguan, der plötzlich doch flink wurde und sich zwischen die Sojastrünke verzog.

»Eigentlich schade«, sagte sie, als sie eine Weile weitergefahren waren, nun er voran.

»Was denn?«

»Dass so was nicht hält. Also so was wie wir beide.«

»Wir beide als Paar, meinst du das?«

»Ja, meinetwegen, wenn du es so nennen willst.«

»Klar will ich es so nennen Und ich will, dass es hält.«

»Aber wir sind 24 Jahre alt. Du bleibst doch nicht bei dem Menschen, mit dem du zusammen warst, als du 24 warst. Und schon gar nicht bei einer Echse.«

»Ach, Tari, warum reden wir ausgerechnet jetzt diesen Mist? Muss das sein?«

Sie schwieg.

»Meine Mutter war 24, als sie meinen Vater kennenlernte.«

»Was? Ich verstehe dich nicht, wenn du so nuschelst.«

»Soweit ich weiß, war Friederike Soltau 24, als sie ihren Brüdern nach Argentinien folgte.«

»Sieh an.«

»1869. Und dann 1969, hundert Jahre später, lernten meine Eltern sich kennen.«

»Lass uns zum Quatschen lieber absteigen. So wie jetzt ist es mir zu mühsam. Wir haben es ja nicht eilig.«

Er fuhr weiter.

»Wir sind 24, und wir sind hier. Gerade jetzt. Was heißt das denn? Das heißt wahrscheinlich gar nichts, oder? Wahrscheinlich ist es besser, gar nicht über uns zu reden, sondern in Hunderterschritten rückwärts zu gehen. Was war hier 1769? Was 1669? Kannst du es sehen, wenn du die Augen schließt? Du bist doch ein Medium. Kannst du es mir sagen? Tari!«

Nun hatte er gebremst, so abrupt, dass ihr, um nicht in ihn hineinzufahren, nur übrig blieb, den Lenker scharf herumzureißen. Zu scharf. Sie stürzte. Fing sich mit den Unterarmen ab, überschlug sich, fiel auf den Rücken ins Gras. Es war eine der Stellen, an denen die alte platte Pampa sich leicht senkte.

»Scheiße, Tari, alles okay? Du blutest ja. Ich Idiot!«

»Du Idiot.«

Er kniete neben ihr, umfasste ihre Schultern und Hüften und wollte sie hochheben. Schnell entwand sie sich und sprang selbst auf. Ein Kratzer am Ellenbogen, nicht der Rede wert. Er hatte ein Taschentuch mit Wasser getränkt, sie tupfte sich die kleine Wunde ab, damit er Ruhe gab.

»Du täuschst dich. Ich bin alles andere als ein Medium. Was ist denn das da unten?«

»Meinst du den Bach?«

»Nein. Davor. Links. Das in dem Gestrüpp.«

Sie wartete seine Einschätzung nicht ab, sondern war losgelaufen, dem Wust von Sträuchern entgegen, der aus der Ferne wie eine dicke Staubfluse in der Landschaft aussah. Tari im leguanschwarzen T-Shirt. Ein schwarzes T-Shirt war nichts für den argentinischen März, wie hielt sie die Hitze aus? Marco packte die Wasserflasche weg, nahm die beiden Fahrräder auf und schob sie ihr hinterher.

»Da bist du ja endlich. Wenn das hier mal keine Behausung ist.«

»Was dann? Ich meine: Es ist doch keine. Selbst falls es mal eine war. Man bräuchte ja Macheten, um bis zur Tür durchzukommen.«

»Hilf mir mal mit.«

»Moretti wird Macheten haben. Ich frage ihn nachher. Der wird auch wissen, was das hier ist.«

»Hilfst du mir jetzt?«

»Erstens ist hier alles voller Dornen, und zweitens kriege ich Sonnenbrand. Ich hab mich vorhin zu wenig eingeschmiert.«

Sie zog ihr T-Shirt aus und wickelte es um ihren rechten Unterarm.

Was macht es da? Was macht es da? Das Knäblein zeigt sich im BH!

Schon gut. Halt die Klappe.

»Ich merke schon, Tari, du willst hier Abenteuerfilm spielen. Mit erotischer Komponente.«

»Und spielst du nicht mit?«

»Nur wenn wir jetzt die Sexszene drehen.«

»Erst die Arbeit.«

»Hier gibts nichts zu arbeiten. Komm, wir fahren – nein,

hör auf, das kannst du nicht machen! Erst geht dein T-Shirt in Fetzen, dann deine Arme. Lass es bitte. Wir kommen da nicht durch. Und was wollen wir hier überhaupt?«

»Wir wollen da durch. Schau mal, es geht doch. Dieses Gestrüpp hat nur auf meine starke Hand gewartet.«

»Scheiße, Tari. Aber wenn wir da drinnen ein Dornröschen finden, dann darf ich sie wachküssen.«

»Warum solltest du? Du machst ja gar nicht mit.«

»Also gut.«

Nun wickelte auch er sich sein T-Shirt um Hand und Unterarm und half ihr, das brüchige Dornengewirr von der Tür zu reißen, das dabei seine winzigen schwarzgrünen Blätter in Hunderterschritten abwarf. Bleiches, fleckiges Holz kam zum Vorschein.

»Vielleicht reicht das schon. Ich probiers mal.«

»Warte, hier liegt noch zu viel rum. Verdammt, das sticht sogar durch die Hose.«

»Es ist offen. Komm her und hilf mir.«

Er ließ vom Versuch ab, das Gezweig mit dem Fuß wegzuschieben, und drückte zusammen mit Tari gegen die Tür, die sich nur einen Spalt weit hatte öffnen lassen.

»Die hängt fest.«

»Nee, Dornröschen versucht sie von innen zuzuhalten.«

»Wenn das so ist, wird sie sich kaum von dir küssen lassen.«

»Aber du vielleicht.«

»Achtung!«

Sie nahm Schwung und warf sich gegen die Tür.

»Willst du dir jetzt auch noch die Schulter auskugeln?«

»Und du?«

»Okay. Ich meine: Okay.«

»Ach, okay meinst du?«

»Ich meine: Fühlt sich ganz gut an, endlich mal wieder nicht selbst der Irre zu sein. Das hab ich zuletzt erlebt, als ich Weihnachten in Bielefeld war. – Nein, halt! Wir beide zusammen. Eins – zwei –«

»Drei!«

Gemeinsam rammten sie ihre nackten Schultern gegen die Tür, die freundlich oder gerührt zwei Handbreit nachgab.

Drinnen konnten sie zunächst kaum etwas erkennen. Von einer seltsamen Hast ergriffen, begannen sie gebückt und fieberhaft im Dunkel herumzutasten.

»Was ist das hier? Wo sind wir hier? Ein Tisch!«

»Ein Bett.«

»Wir nehmen das Bett.« Er umfasste sie und warf sich mit ihr auf die Matte.

»Scheiße, was machst du?«

»Die Sexszene.«

»Hör auf!«

»Ich kann nicht.«

Was er aber auch nicht konnte, war ihr, wenn sie sich sträubte, die Hose aufzuknöpfen. Sie zog ein Bein an und stieß ihm ihr Knie in die Rippen. Er ließ sie los und stand unschlüssig vor dem Bett.

Aus dem Dunkel waren hinter dem Tisch die kompakten Umrisse eines uralten Herds mit offen stehender Feuerklappe getreten und die Kanten von Wandbrettern, die leer zu sein schienen. Im gleißenden Licht des Türspalts wirbelte der Staub.

»Hier hat wirklich jemand gewohnt.«

In dieser Höhle mitten im Grün.

»Warum geht die Tür nicht richtig auf?«, fragte Tari, die an den vorderen Bettrand gerobbt war, und zupfte in dem unerfindlichen Haufen auf dem Lehmboden herum. Als wäre es von Bedeutung, dass die Tür nicht richtig aufgeht.

Du bist neu hier. Alles kann von Bedeutung sein.

Aber das kann doch nicht heißen, dass nun alles eingehend geprüft wird. Wir sind ja nur ganz kurz zu Gast hier auf der Südhalbkugel.

Wie entscheidest du, was du hier prüfen willst und was nicht, Fremdling?

Keine Ahnung. Wohl aus dem Bauch. Aber wer bist du, Stimme? Du bist doch nicht mehr die Stimme, an die ich mich gewöhnt habe.

Nein?

»Was?«

»Habe ich was gesagt?«

»Ja, oder?«

»Weiß ich nicht. Aber du, was machst du denn da?«

»Ich wühle in Stoffknäueln, versuche mich nicht an Tonscherben zu schneiden, habe ein paar Töpfe und auch eine alte Öllampe gefunden.«

»Brauchen wir diese Einzelheiten? Reicht es nicht zu wissen, hier liegt irgendein wirrer Haufen hinter der Tür, hat aber genug Platz gemacht, um uns reinzulassen?«

Er hatte Hose und Unterhose ausgezogen und kniete auf dem Bett.

In dieser Höhle mitten im Grün.

»Es tut so weh, Tari.«

»Was tut dir weh?«

Sie hatte zwei Häkelpuppen oder Häkeltierchen aus dem Haufen gezogen, hielt sie in den Händen und betrachtete sie, die Ellenbogen aufgestützt.

»Das Bett ist nicht gemacht. Jemand ist hier rausgegangen, wer weiß, wann, und hat das Bett nicht gemacht.«

»Du machst doch auch nicht immer dein Bett, bevor du rausgehst. Oder hast du dein Bett gemacht, als du damals beschlossen hast, du kannst nicht in deine Wohnung zurück?«

»Aber ich bin ja dann doch zurückgekommen.«

»Und jetzt? Ist jetzt in Tübingen dein Bett gemacht? Kannst du dich erinnern?«

Mit diesen Worten fuhr sie herum, und während er die beiden gehäkelten Figuren in ihren Händen sah, sah sie seinen steifen Penis.

»Was soll das? Hör auf damit.«

»Tari. Es war noch nie so dringend. Bitte entschuldige.«

»Schau lieber mal, was ich hier habe.«

»Häkelpuppen. Aber irgendwas müssen wir machen, Tari. Ich meine, ich kann mir auch einen runterholen hier. Aber lieber wäre mir, wenn du … wenn du mitmachen würdest.«

Sie sagte nichts, ließ nur die beiden Figuren ihre wollenen Köpfe schütteln.

»Du bist auch selber mit schuld«, fuhr er fort. »Du hast ja dein T-Shirt ausgezogen.«

»Wie bitte? Wenn eine Dame mal ihr T-Shirt auszieht, heißt das doch nicht, dass sie einen Pimmel sehen will.«

»Also, in einem weiteren Sinne – in der Welt, in der wir leben –«

Und wenn sie geglaubt hatte, das Debattieren würde seine Lust mindern, so hatte sie sich getäuscht.

»Bitte, Tari.«

»Habt ihr das gehört?«, fragte sie die Häkelgestalten: »Habt ihr gehört, was der perverse Nachfahr von mir will?«

Anderswo mag die Zeit vergehen, hier dreht sie sich im Kreis, hier bleibt alles gleich.

Wer bist du?

Die Puppen lagen mit den Gesichtern zur Matte und sahen nicht, wie Tari Marcos Problem in die Hand nahm, dass sie ihn anders anfasste als sonst, nicht grundsätzlich anders, aber ohne Zärtlichkeit. Obwohl, woran bemisst sich dabei die Zärtlichkeit? Daran, ob man etwas sagt? Oder ob man lächelt? Aber hat sie nicht eben gelächelt, kurz? Plötzlich hörte er sich selbst sprechen: »Warum soll ich mich schämen, du drehst ja hier drin auch durch. Es liegt nicht an uns, es liegt an diesem komischen Ort. Wie du eben in dem Müllhaufen gewühlt hast. – Nein, bitte hör nicht auf! Ich halte die Klappe.«

Sie veränderte aber ihre Position; während er weiter kniete, setzte sie sich auf. Und sie wechselte die Hand, machte mit links weiter. Mit der Rechten fuhr sie sich durchs Haar und stützte sich dann auf der Matte ab.

Bitte, bitte zieh deinen BH aus. Ich muss doch kommen.

Sie bewegte ihre linke Hand schneller und schneller, als ob Beschleunigung helfen könnte. Er hatte begonnen, sich mit beiden Händen das Gesicht zu reiben, bemerkte es selbst erst, als sie ihn losließ und rief: »Hör auf!«

»Hör nicht auf!«

Sie schubste ihn rücklings aufs Bett und warf sich über ihn. Er wollte jubeln und schrie: »Scheiße, mich hat was gestochen!«

Der Schmerz war so plötzlich und heftig, dass er Marcos Körper hochschnellen ließ, und das Bett so schmal, dass sie beide auf den Boden fielen.

»Hoffentlich nichts Schlimmes! Nichts Giftiges!«

Aber noch während er das rief, zog er eine schwarz angelaufene Stecknadel aus seiner rechten Hüfte.

»Voodoo«, sagte Tari. Und dann: »Schau mal, was hier unterm Bett liegt.«

»Was denn?«

»Ein alter Brief.«

7

Und auf ihrem Weg hinaus stoßen die Kinder – für mich sind sie Kinder und ich darf sie Kinder nennen –, zwei Staubgespenster, die so, wie sie aussehen, die Räder erst einmal liegen lassen und sich in die andere Richtung, zum Bach, wenden, da stoßen sie auf den großen gelblichen Stein, der hinter der Hütte in der Erde sitzt. Und das halbnackte Mädchen sagt: »Der Stein da. Auch komisch, oder?«

Und der halbnackte Junge: »Wieso ist der komisch?«

»Weil jemand ihn da hingebracht haben muss. Der sieht nicht aus, als wäre er von Natur aus hier.«

»Hier haben ja sogar welche eine ganze komische Behausung hingebaut. Und jemand hat da gewohnt und einen Brief unterm Bett liegen lassen, bevor alles zuwucherte.«

»Eben.«

Statt nun noch etwas zu erwidern, will der Junge sich auf den Stein setzen und den Brief aus der Tasche ziehen, doch zum Glück besinnt er sich eines Besseren, mit so einem Brief ist draußen im gleißenden Mittag nichts anzufangen, damit befasst man sich später, wenn man sich gewaschen, gestärkt und ein bisschen beruhigt hat. Das Bachwasser ist schlammfarben, doch das Mädchen lässt sich nicht abschrecken, sie krempelt ihre Hosenbeine bis über die Knie und stellt sich hinein, beugt ihren Rumpf, benetzt ihre Arme, ihre Schultern, ihr Gesicht. Dann entrollt sie ihr zerrissenes Hemdchen, findet aber zu viele Stacheln darin, um es wieder überzuziehen. Dass sie bis auf die Korsage entblößt zurück zum Monte kommt, will der Junge nicht zulassen. Darum zieht er sorgsam Dorn um Dorn aus seinem eigenen Hemdchen, schüttelt es aus, hält es prüfend gegen die Sonne und streift es dann kurz selbst über, ehe er sie überredet, es zu tragen.

»Und keine Angst mehr vor Sonnenbrand? Oder davor, einen nackten Männerbauch spazieren zu fahren?«

»Ich bin 24. Ich muss lernen, mit meinen Ängsten zu leben.«

So tapfer, der Arme, krebsrot wird er am Haupthaus eintreffen, aber seine Braut anständig bedeckt! Vierundzwanzig. Was wollt ihr mit den Zahlen? Mit 24 kann die Zeit stehen bleiben, kann die Welt verschwinden in graublauer Unermesslichkeit – oder im ewigen Grün. Was wollt ihr mit den Zahlen? Schaut, wenn ihr euch im Bach wascht, nach Osten, da ahnt ihr schon das Sumpfland. Was fällt euch zum Sumpfland ein? Woran erinnert ihr euch?

An nichts?

Wie sollt ihr auch. Geht zurück zu euern Rädern, schwatzend, schwitzend, Hand in Hand. Wie fühlt ihr euch?

Hier, sagte Moretti und rollte eine vergilbte Landkarte auf dem Tisch aus: Könnte es dies gewesen sein?

Rechts unten auf dem akribisch, doch mit etwas ungelenker Hand gezeichneten geografischen Plan, der den soltauschen Kamp samt seinen Gebäuden in den Grenzen von 1896 darstellte, dem Eröffnungsjahr des Bahnhofs Azotea, trug ein winziges Tuschekreuzchen den Schriftzug *Cueva de Federica*, und Marco Soltau, dem das Herz bis zum Hals schlug, antwortete dem Patrón mit einer Gegenfrage: Wieso denn Höhle?

Moretti zuckte mit den Schultern. Wie soll man wissen, was sich vor hundert Jahren einer gedacht hat, der hier einen Namen vergab.

»1896 müsste Friederike noch gelebt haben«, sagte Marco nun auf Deutsch. Und trotzdem hatte die Hütte, genannt Höhle, schon damals ihren Namen getragen.

»Federica muss nicht Friederike sein.«

»Doch!«

»¿De qué se trata, chicos?«

Konserviert, sagte Marco. Konserviert wie die Pulpería in La Huerta. Oder eben nicht wie die Pulpería. Wir haben die Tür wieder zugemacht, und wir fragen uns, was aus der Hütte werden wird.

Warten wir ab, grinste Moretti, bis meine Söhne dort Soja pflanzen.

Ja, warten wir es ab.

Wie wunderschön einstweilen: nebeneinander, aneinander geschmiegt auf einem Gästebett zu liegen und im letzten Licht des Tages, das die halb offenen grünen Fensterläden filtern, einen alten Brief zu entziffern. Die Schrift ist nicht Sütterlin, das macht es euch einfacher, Kinder, aber auch nicht eben leserlich, und über weite Abschnitte hin ist sie zu verblasst, um mehr als hier und da einen Fetzen zu erraten. Die Sprache ist Deutsch, allerdings so eigentümlich buchstabiert, dass euch manchem Wort erst mehrmaliges Lautlesen auf die Spur bringt. Was für eine schöne Arbeit! Vorsicht, Mädchen, wenn du ihm zum Ansporn den Rücken tätschelst, er ist doch angebrannt.

Vier Bögen Papier, doppelt gefaltet. Ob noch Blätter fehlten, ließ sich nicht sagen, sie waren nicht nummeriert. »Liebe Freundin!«, lautete die Anrede. Vom Briefschluss war nur ein »H.« übrig, wohl ein Initial des Verfassers. Es handelte sich um einen Mann, glaubten sie beide. Nicht nur der widerspenstigen Handschrift wegen, auch zählten zu den ersten Stellen, die sie entschlüsselten, die Worte »all die Büchsen aus meiner Fabrik«, und so etwas, meinten sie, hätte in alten Zeiten keine Frau geschrieben. Der Brief trug kein Datum, doch er schien ihnen über hundertjährig; vielleicht weil sie nicht bezweifeln wollten, dass er an Friederike Soltau gerichtet war; aber auch weil Formulierungen wie »Die Kunde erreichte mich vorige Woche mit einer Bark des Norddeutschen Lloyd« danach klangen. Wobei der Passus, der wohl erhellt hätte, um welche Kunde es ging, zu den vollends verblassten zählte.

Nun knipst ihr das Licht an, eine alte tropfenförmige Wandlampe, der ihr noch den Schirm abnehmt, und schließt die Fensterläden, zieht die Gardinen zu; die Mücken sollen ja nicht mitlesen.

Und was klingt euch, Kinder, besonders laut in den Ohren?

»Kaum wage ich nach dem Kleinen zu fragen. Die Familie auf Águilas sei wohlauf, so wird mir knapp versichert, wann immer in den Geschäftsdingen ein Schreiben eintrifft. (Etwa fünf Wörter nicht zu entziffern), dass der Handel, auf den Sie, liebe Freundin, sich einließen, weiter Bestand (wieder mehrere Wörter unleserlich, das erste wahrscheinlich ›hat‹) in seinem fünften Lebensjahr – da ist ein Kind doch schon ganz verständig! Haben Sie nie (Rest der Zeile verblichen) Ich weiß, Sie sehen mir meine Unverblümtheit nach; und Sie wissen, wie mich derlei Fragen umtreiben müssen. Immer wieder kommen mir unsere Unterhaltung auf (ein oder zwei Wörter unkenntlich) und all die weiteren Gespräche in der Zeit danach in den Sinn – ach, ›all die weiteren‹ schreibe ich, dabei war ihre Anzahl ja viel zu gering; und immer wieder staune ich, wie wenig Sie damals mit dem Opfer, das man Ihnen abverlangte, zu hadern schienen. Aber konnte dies – (längerer Abschnitt verloren).«

Was von den zwei Bögen, die diesen Bruchstücken noch folgten, erschließbar blieb, widmete der Verfasser einer teilweise rührenden Meditation über »das Menschenherz« und dessen tiefe Rätsel, wobei er sich mehrfach unterbrach, um sich für sein »ahnungsloses Geschwätz« zu entschuldigen. Gewiss hatte die kleine Abhandlung für ihn selbst handfeste Relevanz gehabt, möglicherweise auch für die Adressatin, doch ins Dunkel des vorigen Abschnitts brachte sie kein Licht. – »was das Leben in der Neuen Welt mit den empfindlichen Seelen anrichten kann«, so die letzten lesbaren Worte vor dem »H.«.

»Wer ist *der Kleine*?«, fragte Tari, als sie so weit waren.

Es war nicht das erste Mal, aber sie hatten die Frage für die Dauer des Entzifferns zurückgestellt. Nun, zur dunkelsten Stunde der Pampa, einigten sie sich schnell auf die Antwort: Friederikes Kind.

»Und er ist der Vater.«

»Der Vater ihres Kindes wird sie wohl kaum siezen.«

»19. Jahrhundert.«

»Wie stellst du dir das vor? *Sie verzeihen, Gnädigste, aber ich würde nun gern ungeschützt in Sie eindringen.*«

»Nein, ich dachte an: *Werter Ausdeuter des Menschenherzens, würden Sie bitte genau jetzt und hier das Räsonieren hintanstellen und das Unaussprechliche wagen? Denn mir scheint, ich bin in meinen fruchtbaren Tagen.*«

»Nee, mal wirklich jetzt.«

»In Frankreich haben sich Ehepaare gesiezt, und im 19. Jahrhundert hatte man noch Sex, ohne darüber zu reden.«

»Aber mit Frankreich hat das hier doch nichts zu tun. Ist noch Wein da?«

Die verschwiegene Alte namens Dulce hatte Marco, als Tari und er sich nach dem frühen Essen aufs Zimmer verabschiedeten, plötzlich eine Flasche Roten in die Hand gedrückt und gesagt, sie sollten ihn in dieser Nacht trinken. Von dem Brief konnte sie nicht wissen, sie hatten auch Moretti nicht davon erzählt. Und Marco glaubte, dieses *»Para tomarla esta noche«* waren die ersten Worte, die er die Alte überhaupt hatte sprechen hören. Tari schenkte ihm nach.

»Also ist er nicht der Vater. Wer ist er dann?«

»Ein Geschäftspartner meines Ur-Urgroßvaters.«

»Und was wurde aus dem Kind?«

»Ein Erwachsener, will ich hoffen.«

»Der Handel, auf den sie sich einließ. Das meine ich. Wenn es deine Friederike ist, die in ihrer komischen Cueva diesen Brief aufbewahrte –«

»Was für ein Handel?«

»Es steht doch hier drin. ›Der Handel, auf den Sie sich einließen‹.«

»Finadita, Finadita, y alabanza sollozada …«

»Ja, ja, ich merke, du willst nicht mehr. Du bist Argentinier.«

»Tübinger und angetrunken.«

»Warum willst du Tübinger sein?«

»Wer sagt denn, dass ich es will?«

»Was war das eben für ein Lied?«

»*La Finadita.* Die verniedlichte Verstorbene heißt das.«

»Finadita-Federica?«

»Quisiera soñarme muerto para sentirte cantada.«

»Was?«

»Ich möchte mich totträumen, um zu spüren, wie du gesungen wirst.«

»Das hat der Rauschebart zu Pferde sich gewünscht?«

»Ja. In einer Sprache, in der das ergreifend und poetisch klingt.«

»Dass Friederike ein Kind hatte, kommt wirklich nirgends vor?«

»Mir ist es völlig neu. Es gab hier nur ein einziges Soltau-Kind, nämlich meinen Urgroßvater.«

»Gehen wir also davon aus, dass der Kleine doch nicht ihr Kind ist.«

»Davon scheinen ja alle anderen auch ausgegangen zu sein?«

»Was?«

Er antwortete nicht, sondern holte sich die Kladde aufs Bett, die sie ihm zu Geburtstag geschenkt hatte, und schrieb etwas hinein. Sobald er zu Ende geschrieben hatte, schloss er die Kladde um den Brief.

»Und wer hat den Haufen hinter der Tür angerichtet?«

»Ein Gespenst, würde ich sagen.«

»Eine *Finadita*?«

»Und wann war da wohl vor uns zuletzt jemand drin? Und warum war das Bett nicht gemacht?«

»Man hätte den Haufen machen und sich dann noch rauszwängen können. Oder? Also, jemand hat die Hütte durchsucht und hat alles hinter die Tür geschmissen. Aber warum? Wonach hat er gesucht? Und unterm Bett hat er nicht geschaut. Oder doch? Na ja, lassen wirs. Es ist spät.«

»Kann man einschlafen, wenn man so viele Fragen hat?«

»Ja. Denn eigentlich hat man immer so viele Fragen. Jeden Tag.«

»Ich liebe dich, Tari. Wie schade, dass du nicht bei mir bleiben willst.«

»Ich will doch bei dir bleiben.«

»Wirklich?«

»Tübinger und angetrunken. Der Mensch, neben dem ich gleich in der Pampa einschlafen werde. Allen Fragen zum Trotz. Was könnte es Schöneres geben?«

»Mir ist kalt.«

»Komm, ich wärme dich.«

»Aua! Bitte Vorsicht mit meinem Sonnenbrand. Was ist aus dem Kleinen geworden?«

Er kam. Vielleicht zählte er da 24 Jahre. Was haben schon die Zahlen zu bedeuten? Er kam zu spät. Suchte zwar gleich am Morgen nach seiner Ankunft das Tantchen auf, das Tantchen in der Cañada Torres, doch die Hand, die er da noch halten konnte, war kalt. Der Zufall erschütterte ihn. Nach so langer Zeit, zum Manne gereift, zurückgekehrt an die Stätten der frühen Kindheit, in die alte Neue Welt, übers unvorstellbare Meer mit dem Norddeutschen Lloyd, und dann das: *la Tía de la Cueva* soeben tot aufgefunden. Ximénez junior vom Puesto Horizonte wollte den Besuch des Herrn Christian ankündigen und fand die nicht mal ins Greisenalter Eingetretene leblos am Hüttenboden. Da saß der Gast bei ihr – man hatte sie auf das Bett gehoben – und hielt noch ein wenig ihre Hand, betrachtete ihr Gesicht mit dem wie ausgerenkt herabhängenden Unterkiefer und den halbgeschlossenen Lidern, ein Gesicht, das tot aussah, schrecklich tot, aber sonst kaum verändert, sondern ganz so, wie er es im Gedächtnis hatte; als hätte die Zeit ihm nichts anhaben können. Lange blieb er nicht mit ihr allein, die Gauchos kamen, ihre Frauen, ihre Kinder, immer mehr Menschen drängten sich herein, viele weinten, manche schienen ihn gleich zu erkennen, aber er erkannte sie nicht. Und als hätte der junge Patrón hier nichts zu sagen, übernahmen sie die Totenwache und trafen die Vorbereitungen fürs Begräbnis. Sie entschieden, dass Federica nicht auf dem Friedhof der Estancia beigesetzt wurde, sondern hinter ihrer Höhle. So habe sie es sich gewünscht, einige von ihnen beschworen es, und sie ließen nichts anderes zu, ebenso wenig wie sie dulden wollten, dass man irgendetwas in der Höhle verschob oder aus ihr entfernte. Aber sie waren freundlich zu ihm: Ein reizendes Kind sind Sie gewesen, Señorito, es war immer wieder eine Freude, Sie hier draußen zu erblicken. Wie ein verschüttet geglaubter alter Freund kehrte die spanische Sprache zu ihm zurück, allerdings ein Freund, der ein reizendes Kind geblieben war. Sein gymnasiales Latein und was er an Französisch beherrschte, halfen ihm noch ein bisschen weiter. Und so begann er die Gauchos auszufragen, nach Federica, aber auch nach jener, die vor ihr an dem seltsamen Ort gelebt hatte und an die er sich vage erinnerte. *La Hechicera*, strahlten sie und geizten nicht mit Anekdoten über Taten und Aussprüche der Heilerin. Wer sie gewesen und woher sie gekommen war, schien ihnen jedoch unbekannt zu sein: eine alte Indianerin, mehr fand er nicht heraus; niemand, mit dem er sprach, hatte eine Zeit vor ihr im Gedächtnis, ebenso wie niemand ein Bild oder eine Fotografie von ihr zu besitzen schien.

Alle versicherten, sie selbst habe *la Joven* zu ihrer Nachfolgerin erkoren und in ihre Geheimnisse eingeweiht. Nun aber sei es wohl vorbei mit dem Segen, der von der Höhle ausging.

Ja, Christian Soltau, das war dein Wiedersehen mit dem Tantchen. In den Wochen danach ist dir ein ums andere Mal ein Bild aus den Kindertagen in den Sinn gekommen. Wie der Papa gestorben war. Du hattest nicht begriffen, was vor sich ging, hattest nur entsetzliche Angst, aber Federica war bei dir, sie hielt dich auf ihrem Arm und trug dich hinaus aus dem Zimmer, in dem sich das Furchtbare ereignete, und sie schenkte dir eine Kralle. Von einem Puma, sagte sie, und die Kralle sei ein bisschen zauberkräftig. Wo war sie geblieben? Du musstest sie doch verwahrt haben, ein Geschenk aus so einem Schicksalsmoment, musstest sie doch mit nach Deutschland genommen und dort weiter gehütet haben – aber nein, es fiel dir nicht mehr ein, und der Gedanke wurde dir zur Qual; armer Junge.

Dann bist du noch mit Heinrich Jürgs aneinandergeraten – hast im Auftrag der herrischen Bertha von ihm verlangt, dir eine penible Abschrift der Buchführung über die letzten Jahre mit auf die Rückreise zu geben; denn die bisher nach Bonn übermittelten Zahlen entsprächen weder, was die Verkäufe an Vieh angehe, noch im Hinblick auf die Erlöse aus Feldbau und Verpachtung der zwischen den Teilhabern festgelegten Abrechnungsweise. Ob man ihn krummer Touren bezichtigen wolle?, ereiferte sich Jürgs. Und ehe du entscheiden konntest, ob eine einlenkende oder eine ähnlich aufgebrachte Entgegnung am Platze wäre, fügte er hinzu: Für krumme Touren zeichne doch vielmehr die soltausche Seite verantwortlich, und dazu hätte die Verstorbene aus dem Hexenhäuschen gewiss einiges zu erzählen gehabt. Nun konntest du dir nicht die Blöße geben zu fragen, was denn wohl? Nein, du musstest dich in scharfem Ton verwahren. Wie zwei Streithähne sehe ich euch einander gegenüberstehen, der Schweizer Wikinger überragt den drahtig-nervösen Rückkehrer, der vom Alter her sein Sohn sein könnte, fast um Kopfeslänge. Handgreiflich seid ihr natürlich nicht geworden, aber schon dass ihr euch und eure Stimmen so erhobt, war doch ganz unpassend und unnötig.

Nun, wer in der Welt weiß schon, was passend und nötig wäre?

Am Tag deiner Abfahrt von Águilas, auf dem Weg zur Bahnstation Azotea, sahst du aus der offenen Kutsche heraus an einem der Flaggenmasten die Schweizerfahne gehisst. Da beugtest du dich vor, wolltest dem Mann auf dem Bock zurufen, er möge rasch dorthin lenken, aber aus deinem Mund drang kein Zuruf, nur ein lautes Gelächter, und als der Kutscher sich erstaunt nach dir umwandte, winktest du ab und lachtest weiter. Dann warst du wieder weg von hier. Und hoffentlich hast du danach nie wieder einen Auftrag der herrischen Bertha ausgeführt.

Nein, hat er nicht. Verändert kehrte er von der Reise zurück, und nicht zum Guten. Noch im selben Jahr zeugte er einen Sohn, der ihm überhaupt nicht ähnelte, nahm zwar die werdende Mutter rasch zur Frau, ehe man ihr die Umstände ansah, brachte ihr aber wenig Glück, ließ sie mit dem Kind in Bonn sitzen und ging selbst nach Köln, wo er über Jahre dem Absinth verfiel und ein Maler sein wollte, jedoch nur als aufbrausender Enthusiast bekannt wurde, der verkrachte Künstler aushielt. Ohne Scheu, und taub für Berthas bittere Klagen, begann er das Familienvermögen aufzuzehren und stieß nach und nach fast die Hälfte seines Anteils an der Estancia ab. Heinrich Jürgs kaufte alles auf, bis sein eigener Besitz groß genug war, um daraus, die Eigentümergemeinschaft kündigend, die neue Estancia *La Huerta* zu bilden. Unterdessen hatte das Deutsche Reich den Ersten Weltkrieg angefangen, und ein überdrüssiger Karl Christian Wilhelm Soltau zog im Rang eines Majors in die Marneschlacht. Am 7. September 1914 zerfetzte ihn eine französische Granate. Bertha überlebte ihn um gut zweieinhalb Jahrzehnte. Sein heranwachsender Sohn zeigte ein ernstes und stilles Naturell, von seltenen Zornesausbrüchen abgesehen. Er erwies sich als medizinisch interessiert, verlegte sich auf die Pharmazie und schien seine Berufung im Arzneilabor zu finden. Letztlich zog er aber die Approbation zum Apotheker vor.

»Das Geisterzimmer.«

»Was?« Tari wachte erst von seinen Worten auf.

»Geisterzimmer«, wiederholte er. »Komisch. Das muss aus meinem Traum kommen.«

»Aber passt doch auch gut zu dem, was wir gestern gesehen haben.«

»Nein, Geisterzimmer haben wir früher gesagt. Ich meine, was heißt wir. Ich habe es früher so genannt. Das

Zimmer, das bei uns in Bielefeld für meine Schwester sein sollte. Und in dem sie nie war. Entschuldige. Guten Morgen, wollte ich sagen.«

»Und was ist das hier für ein Geist?«

Sie hatte sich im Bett halb aufgesetzt und bei ihm eine morgendliche Erektion entdeckt.

»Ein Geist, der stets bejaht.«

Sie beugte sich zu ihm herab und begann ihn zu liebkosen, mit sachter Hand, dann kurz mit knabbernden Lippen, und kicherte darüber, wie er sich bäumte, als sie sich wieder zurückzog. Marco hob den Kopf und nutzte den Moment, um sein Gesicht zwischen ihre Knie zu schieben. Er zog sich das Kissen in den Nacken und umfasste dann von unten ihre Hüften. Mit dem Mund begann er ihre Lippen abzutasten, mit kleinen Küssen ihre Klitoris zu suchen.

»Ich muss aber pinkeln.«

»Dann reiß dich bitte zusammen – so weit sind wir miteinander ja doch noch nicht.«

Und er machte weiter. Da drückte sie ihre Fingerspitzen in seine Blase.

»Es kommt nicht, wenn er steif ist.«

Und nichts mehr sagen. Er drückte seine Lippen fester auf ihre Lippen, ließ seine Zunge auf dem kleinen Knotenpunkt hin und her gleiten. Ein wohliger Laut von ihr, wie schön. Wie schön auch, dass sie den Kopf neigte und ihn wieder in den Mund nahm.

Wenn ihr nach Osten blickt, ahnt ihr das Sumpfland. Jenseits des Bachlaufs steigt der Kamp unmerklich an, und damals markierten im Abstand kurzer Steinwürfe gepflanzte Kakteen hier die Grenze des soltauschen Besitzes.

Was kommt aus dem Sumpf, Kinder? Die Mücken, gewiss. Und Vögel, viele Vögel. Manche von ihnen begnadete Sänger. Könnt ihr singen? Trefft ihr die Töne, vermögt ihr sie zu halten? Ist euer Lied nur sauber, oder lebt es?

Er sei ein Vogel, sagte mir der Mann, der aus dem Sumpf kam.

Mit einem Vogel, erwiderte ich, habe ich hier schlimme Erfahrungen gemacht.

Hat er Ihnen gesungen, Señorita?

Nein, er sang nicht.

Erlauben Sie denn mir, Ihnen etwas zu singen, und wenn Sie danach sagen: Verschwinde, dann verschwinde ich unverzüglich?

Wer wäre ich gewesen, so ein Angebot auszuschlagen? Und er sang ja nicht eines, er sang alle Lieder zu seiner Gitarre, und die ersten drei im Stehen, erst dann setzte er sich zu mir an den Bach und half mir, das kleine Feuer für den Mate zu entfachen. Dabei fuhr er fort zu singen.

Ob Amalia ihn auch hörte? Allein war ich unterwegs an jenem Tag. Aber sie war doch da. Sie ist ja hier überall und immer schon gewesen. Seid ihr auf sie aufmerksam geworden, ihr empfindlichen Seelen? Sie wird sich auch bei euch bemerkbar gemacht haben, ganz sachte, so ist es ihre Art. Aber vielleicht wart ihr zu emsig beschäftigt.

Ganz sachte. Nahm er meine Hand, oder war ich es, die seine ergriff – weil mich ein plötzlicher Schwindel anwandelte? Ließ dieser Schwindel mich hinter einer Sträucherinsel nah beim Wasser ins Gras sinken, oder suchten wir schon gemeinsam, umschlungen, diese Zuflucht? Sang er mir leise ins Ohr, oder klang mir sein Lied laut im Kopf?

Entonces todo cantaba, agua, tierra, viento y sol
Entonces todo era canto porque iba cantando yo

Auf solche Weise gemeinsam zum Höhepunkt zu kommen, schaffen nur Profis, tröstete sich Marco, unmittelbar bevor er sich in Taris Rachen ergoss, während sie noch keine Orgasmusnähe erkennen ließ. Er wollte nicht aufhören, sie zu lecken, hatte mittlerweile die Hände von ihren Hüften gezogen, befingerte mit der linken ihr Hinterloch, hatte Zeige- und Mittelfinger der rechten in ihre Vagina geschoben. Doch sie setzte sich auf und stemmte die Knie gegen die Matratze, sodass seine Zunge und Lippen ihren Kontakt verloren, und dann wandte sie sich zu ihm, um ihm mit einem Kuss sein eigenes Sperma in den Mund zu geben, was er nicht mochte, worüber er sich aber nicht beschweren konnte.

»Lass mich weitermachen«, sagte er trotzdem zu ihr. »Wir brauchen eine ausgeglichenere Bilanz.«

Sie prustete kurz und ging pinkeln.

Wie oft traf ich ihn? Wie lange währte die Zeit, in der er immer wieder am Bach zu finden war? Warum endete sie? Bekam auf dem Kamp niemand außer mir ihn zu Gesicht?

Glaubt ihr mir, dass ich all das nicht mehr weiß?

Meine Brüder erfuhren nichts. Sie waren daran gewöhnt, dass ich zum Puesto Horizonte hinausfuhr. Dass ich es nun noch häufiger tat als zuvor, wird ihnen kaum aufgefallen oder wenn, dann kein Anlass zur Nachdenklichkeit gewesen sein. Manche Nacht sogar verbrachte ich draußen am Bach, als in jenem Herbst noch einmal sehr warmes Wetter kam.

Ach, Kinder. Was hat das alles schon zu bedeuten? Lasst die Jahre dahingehen, lasst die Geschehnisse einander ablösen, reiht alles hübsch auf und stellt unermüdlich Zusammenhänge her, wenn es euch behagt oder beruhigt. So wenig bleibt davon.

Was bleibt, ist der Taumel, das Glück. Ganz gleich, ob es nur ein Augenblick im Leben war. Wenn ja, so ist es eben der Augenblick, der bleibt.

Die Pampa trägt hier alles, die Pampa saugt alles auf. Man möchte meinen, sie sei gleichgültig. Aber wenn ihr nach Osten blickt, von der Höhle aus, dann ahnt ihr das Sumpfland. Da wird die Pampa weich.

»Und wenn man das jetzt mal zu Ende denkt mit dem Kind und dem Handel und wir also in Wahrheit Friederikes Nachkommen wären – was dann?«

Die nackte Tari, tropfend und frisch zurück aus dem winzigen Bad, das dem Zimmer in einer Ecke abgetrotzt und in pappkartondünne Wände gehüllt war, antwortete: »Dann seid ihr immer noch die, die ihr seid.«

»Nein! Eben nicht.«

»Ach, Marco.«

Sie setzte sich zu ihm aufs Bett. Nun erst sah sie, dass er die Kladde aufgeschlagen neben sich liegen und mehrere Blätter herausgerissen und zerknüllt hatte.

»Was machst du denn da? Aus dem Alter solltest du raus sein.«

»Nein, da standen Dinge drin, die ich nicht stehen lassen kann. Und der Brief muss auch wieder weg.«

»Nix da. So geht man damit nicht um. Mit der Kladde, meine ich. Was du mit dem Brief machst, ist ja deine Sache, deine Familienangelegenheit. Aber was hier drinsteht« – und sie schnappte sich das Heft – »das ist unantastbar, das wird nicht rausgerissen.«

»Was soll das denn heißen?«

»So eine Kladde wirft man entweder als Ganzes weg oder gar nicht. Hat man dir das nicht beigebracht?«

»Was hat man mir schon beigebracht?«

»Ihr seid eben trotzdem die, die ihr seid.«

»Vom Stamme Soltau, vom Stamme Nimm und weg damit.«

»Klebst du die rausgerissenen Seiten wieder ein?«

»Sehe ich so aus?«

Sie warf ihm die Kladde hin und zog sich schnell an, ohne ihm noch einmal den Blick zuzuwenden. Als sie fertig war, fragte sie: »Und was wird heute aus uns?«

Macht euch wieder auf den Weg, geht dahin, wo die Pampa weich wird, oder dahin, wo sie brennt, zieht eure Kreise oder rennt euer Zickzack, wie ihr wollt: Ihr seid da, wo alles ist und bleibt.

Marco blickte sich um und seufzte.

»Das Grün, das Grün, das Grün, blablablablabla.«

»Habe ich was verpasst?«

Verzeiht mir mein Geschwätz, Kinder. Ihr seid ja fremd

hier. Und ihr seid so empfindlich. Wo seid ihr jetzt gelandet? Überlegt es euch anders. Geht weiter, an diesem Platz vorbei.

Tari hatte sich Marco in den Weg gestellt und ihn an beiden Oberarmen gefasst.

»Schon gut«, sagte er. »Mach dir keine Sorgen. Ich habe nur laut an etwas denken müssen.«

»Was ist mit dem Grün?«

»Sigrid Soltau hat hier Grün gesehen. So viel, dass sie es dick ins Album zu den Fotos von ihrer Hochzeitsreise schrieb. Egal. Alles okay. Wir können weitergehen. Da rein.«

Tari ließ ihn los, und er fuhr fort: »Sigrid bleibt die, die sie war. Sie ist ja angeheiratet.«

»Ich glaube, Sigrid ist nicht mehr die, die sie war, seit sie sich anheiraten ließ.«

Da lachte er laut. »Das stimmt. Das stimmt sicher!« Er beschleunigte seine Schritte. »Außerdem sind meine Eltern ganz woanders gewesen. Jedenfalls nicht hier.«

Sie blieb bei den Kakteen zurück, weil sie eine einzelne Blüte gefunden hatte, sie sich in einer Furche an einem der schrundigen Sprosse versteckte.

Überhaupt bin ich sonst kein solches Plappermaul. Was mag in mich gefahren sein? Behandelt mich bitte wie Luft. Ihr kennt mich nicht. Ich kenne euch nicht. Bin nicht von hier, bin nicht von da, habe kein Alter und keine Zukunft, das ist das Glück. Schön, dass ihr hier seid. Lasst euch nicht stören. Die Blüten zu betrachten, das ist gut und richtig, Mädchen. Aber sie sorgt sich ja um ihren Bräutigam. Sie reißt sich los von der kleinen Pracht und eilt ihm nach. Er steht im abgeblühten Kraut und hört sie kommen. Ohne sich umzuwenden, sagt er: »Hier. Die Schwester meines Vaters, über die er nie spricht.«

»Elise.«

Sie sah, dass er sich mit dem Unterarm über die Augen wischte.

»Bist du traurig?«

»Nein. Im Gegenteil.«

»Warum bist du nicht traurig?«

Er drehte sich zu ihr und trat einen Schritt beiseite, sodass sie den Grabstein sehen konnte. Ein heller Marmorblock. Über Namen und Jahreszahlen war der Umriss eines großen fliegenden Vogels in den Stein gemeißelt.

»Mein Vater und ich. Ein Grab und ein Geisterzimmer. Ich habe doch großes Glück mit meiner großen Schwester.«

»Ich kann die seltsamen Wege deiner Gedanken gerade nicht nachvollziehen.«

»Reden wir über deine Familie, mal sehen, wie viel ich dann nachvollziehen kann.«

»Da hast du Recht. Und schön, dass du fröhlich bist. Aber ich werde jetzt traurig.«

»Wegen Elise?«

»Auch.«

Da stand sie an dem Albatrosstein, die Finger in die Hosentaschen geschoben, die so eng waren, dass nicht mehr als die Finger hineinpasste, und blickte schmal und dunkel zu Boden.

»Traurig werden. War ja eigentlich nicht schlecht, als man das noch konnte. Traurig werden, traurig sein und wissen, danach wird man wieder fröhlich. Oder halbwegs unbeschwert oder wie auch immer. Was heißt *man*? Ich.«

Er ließ seinen rechten Fuß durchs Kraut streifen, einmal hin und her, dann schlang er die Arme um Tari, die den Kopf nicht hob und ihre Finger in den Taschen ließ. Ihre Stirn lag an seinem Schlüsselbein.

»Ich komme mir gerade vor wie mein Vater, wenn er von '68 redet. *Eine Zeit der Verantwortungslosigkeit. Das war alles völlig überkandidelt. Chaotisch und hysterisch. Aber für mich wird es trotzdem immer eine besondere Zeit bleiben. Denn damals habe ich deine Mutter kennengelernt.* – Soll ich meinen Mund halten?«

»Nein, warum denn?«, murmelte sie in sein T-Shirt.

»Das ist gut. Ich bin in geschwätziger Laune. Ich denke gerade: Was ist, wenn du Recht hast, Tarita? Wenn es nichts ändert, ob man nun der leibliche Ur-Urenkel von Dr. Karl Reinhard Soltau ist oder von der verrückten Friederike. Wenn man einfach mal durchatmet und das Gesicht in die Sonne hält. Und wenn man merkt, man ist jetzt ganz woanders. Dann kann man doch auch sagen: Jetzt bin ich bei mir selbst. Und jetzt gehe ich einfach mal los. Mit beiden Füßen durch das Grün. Und immer weiter, wohin ich will oder wohin es mich verschlägt. Ach, ich wollte ja den Brief noch begraben.«

Was willst du mit dem Brief tun, Junge?

»Da!«, rief Tari, die den Kopf wieder gehoben hatte und ebenso eine Hand, um zu zeigen, was sie meinte.

Ein großer Vogel über der Kaktushecke. War er aufgeflogen oder suchte er einen Landeplatz?

»Ein Carancho«, sagte Marco. »Machst du ein Foto?«

»Du hast die Kamera.«

Hastig griff er in den Leinenbeutel. Doch während Tari den Apparat aus seiner kunstledernen Hülle puhlte und den Objektivdeckel abnahm, stieß der Vogel einen spöttischen Schrei aus und machte sich mit ein paar kräftigen Flügelschlägen davon. Tari fotografierte den Grabstein mit dem Albatros.

Es tut nicht weh. Und auch das andere Wenige, was ich darüber zu wissen glaubte, stimmt nicht. Weder muss ich bluten, noch schwinden mir die Sinne. Ich bin ganz wach. Vielleicht so wach wie in der Nacht, nachdem ich das ausgestopfte Untier aus Amalias Hütte gezerrt und zertreten hatte. Vielleicht so wach wie nie zuvor. Ich öffne mich und freue mich. Nur herein mit euch, herein in mich, all ihr Lieder, herein, meine Pampa, herein, du unerschütterliches Grün, du südlicher Himmel, herein, mein Leben! Erfülle mich und löse mich in dir auf! Und lass dich halten, ganz fest halten, du seltsamer Vogel, bleibe bei mir, ein wenig noch, lass mich dein Zittern spüren, dieses wunderliche, wunderbare Zittern, das dich überkommen hat, als dürfte ich dich trösten. Hier bin ich. Hier sind wir. Hier ist die Welt zu Ende. Ich bin wach wie nie, und ich schließe die Augen. Und so bleiben wir.

»Wir müssen ja nicht bleiben. Lass uns morgen weiterfahren. Oder wenn das zu unhöflich ist, übermorgen. Lass uns in Rosario einen Nachtbus nehmen, nach Westen. Dann sind wir am Morgen schon tausend Kilometer weiter. Ich will mit dir in die Anden. Ich will, dass du mich zu den Musikern mitnimmst und dass du mich ihnen vorstellst. Ich kann bisher nur ein bisschen auf den Fingern pfeifen, aber das kann ja werden, oder? Hast du Lust?«

Sie fotografierte ihn, mit seinem wirren Haar, seinen fuchtelnden Händen.

»Komm, ich dich auch.«

Sie gab ihm die Kamera, brachte rasch ihr Haar in Unordnung und begann ebenfalls zu fuchteln.

Da geht ihr, Hand in Hand. Wie rührend, Kinder. Und was für ein Gedanke: weiterfahren. Das ist mir nie in den Sinn gekommen. Man hatte mich doch schon so weit gebracht. Bis hierher. Und ich blieb. Die eine lange Fahrt noch, nach Montevideo und zurück, ach.

Nehmt ihr den Brief mit? Werft ihr ihn ins Meer? Oder fahrt ihr nicht zum Meer?

Mein lieber Freund, lieber Freund des Meeres, habe ich Ihnen eigentlich je geantwortet? Glauben Sie mir, dass ich es nicht mehr weiß?

Wie man sich doch aus den Augen verliert. Was rede ich? Nichts geht verloren. Alles wird grün.

»Verde. Que te quiero, verde.«

»Geht es noch mal los?«

»Nein, nein. Ich brauchte nur was, um mir ein blödes Bild aus dem Kopf zu schlagen.«

»Ach so. *Verde que te –*»

»Nämlich die Zähne meines Vaters. Als ich Weihnachten da war, habe ich sie zum ersten Mal im Glas gesehen. Seine Dritten. Zufall, dass ich sie nie vorher zu Gesicht bekommen hatte. Also außer wenn er sie im Mund trug und sie wie richtige Zähne aussahen. Er hat sie ja schon seit Jahren. Aber erst diesmal – ich war mitten in der Nacht aufgewacht, mit furchtbaren Kopfschmerzen, und dachte, ich brauche eine Tablette. Im vorderen Bad haben sie ein Medikamentenschränkchen. Das hängt etwa in Kopfhöhe. Ich ging mit meinem platzenden Schädel hin, machte es auf, und dann klimperte da auf dem Schränkchen was. Eben das Glas mit den Zähnen. Hatte er da oben abgestellt. Ich hab dann doch keine Tablette genommen. Sondern schnell das Licht wieder ausgemacht. Und bin kurz raus, vor die Haustür. Im Schlafanzug. Es war ja arschkalt.«

»Da hörte der junge Mann, kaum genesen, ein Geräusch von oben. Er fuhr herum und blickte ins fahle, zahnlose Gesicht des Vaters. Zum ersten Mal. Und der Vater fragte: Frierft du nicht, mein Wohn? Der junge Mann, ganz tapfer, wandte den Blick nicht ab, während er erwiderte: Wieso, da, wo ich bin, ist jetzt Sommer.«

Marco spürte, wie ihm das Herz klopfte, er schloss seine Finger fester um ihre Finger und begann sie dabei zu bewegen, die umfasste Hand zu streicheln. Sie schritten zügig aus, liefen schon fast.

»Und wo bist du, Tari?«

»Ich? Ich bin irgendwo in der Pampa. Ich habe den jungen Herrn Tausol auf seiner großen Reise begleitet und höre mir geduldig seine Familienangelegenheiten an. Ich weiß ja, es dauert nicht mehr lange, bald ist er drüber weg. Und natürlich nehme ich ihn mit in die Berge, er hat mich doch auch mitgenommen. Und ich sage zu den Musikanten: Spielt jetzt euer schönstes Lied, der Tüpp hier versteht was davon, und genau das ist es, was er hier sucht – das schönste Lied. Da fühlen sie sich bei ihrer Ehre gepackt und lassen sich nicht lumpen, hoffe ich. Und so werden wir dann sitzen, in unsere Ponchos gehüllt, am Feuerchen, über dem im Blechkessel das Wasser für den Mate brodelt, und hinter den Gipfeln wird die Sonne untergehen, und in der Alten Welt wird sie bald danach schon wieder aufgehen, und was solls, wir sind, wo wir sind, und hast du gemerkt: Es fängt an zu regnen.«

Die Figuren und die Handlung dieses Romans sind frei erfunden.

Als wichtige Quelle zum Estancialeben im 19. Jahrhundert, nicht jedoch als Vorlage oder Vorbild für im Roman geschilderte Ereignisse, dienten mir die aufgeschriebenen Lebenserinnerungen meines Vorfahren Hermann Christoph Bleek.

Für ihre Hilfe bei meinen Recherchen in Argentinien danke ich Rodolfo Frank, Rosita Roldán de Aichino, Juan Carlos Aichino und Johannes Bleek.

Amalia Delgados Märchen (S. 202–206) erzähle ich nach *Der Spiegel, der alles sieht*, in: *Märchen aus Argentinien und Paraguay*, hrsg. von Felix Karlinger und Johannes Pögl, Köln 1987.